ステリ文庫

9-4〉

黄色い部屋の秘密

〔新訳版〕

ガストン・ルルー

高野 優監訳・竹若理衣訳

早川書房

7661

LE MYSTÈRE DE LA CHAMBRE JAUNE

by

Gaston Leroux

1907

目次

黄色い部屋の秘密

〔新訳版〕

登場人物

ジョゼフ・ルールタビーユ…………新聞記者
サンクレール……………………ルールタビーユの友人
スタンガーソン博士…………………科学者
マチルド嬢……………………………スタンガーソン博士の娘
ジャック爺さん………………………スタンガーソン親子の老僕
ベルニエ夫婦…………………………同門番
ロベール・ダルザック………………ソルボンヌ大学教授。マチルド嬢の婚約者
アンリ・ロベール……………………ダルザックの弁護人
マチュー親父…………………………《主楼館》のあるじ
アーサー・ウィリアム・ランス……アメリカ人の科学者
ド・マルケ……………………………予審判事
マレーヌ………………………………ド・マルケ氏の書記
フレデリック・ラルサン……………パリ警視庁の刑事

第一章　謎の始まり

今日ここに、私は十五年前に我が友ジョゼフ・ルールタビーユが手がけた奇妙な事件の真相をついに読者の皆さんにお話しできることになった。いわゆる〈黄色い部屋の謎〉として、世間で評判になった事件である。そのことに、私はある種の感慨を抱かずにはいられない。なぜならばこの事件は、ほかに類例をみないほど不思議なものだったのにもかかわらず、ルールタビーユはこれまで一貫して、真相を明らかにするのを拒《こば》んできたからだ。私も、もはや書くことはあるまいとあきらめていた。

それなのに、今になってその方針を変えたのは、この事件の関係者のひとりである、かの有名なスタンガーソン博士がレジオンドヌールの最高位、大十字章《グラン・クロワ》に推挙されたせいである。すなわち、博士の推挙をきっかけに、ある夕刊紙がかつて博士の家で起きたこの事件を蒸しかえし、卑劣な方法で博士を誹謗中傷《ひぼうちゅうしょう》したので、私としては博士の名誉を守るためにも、真相を明かさざるを得なくなったのだ。ルールタビーユは、この〈黄色い部屋〉の事件に深く関わり、世間を驚かせたこの惨劇にまつわる多くの謎を見事に解明したのだが、最初に書いたとおり、その真相を明らかにするつもりは一切ないと言明していた。だから、もしこの夕刊紙の恐るべき無知というか、破廉恥《はれんち》な記事がなければ、あの日、〈黄色い部屋〉で何が起こったのか、その真実を人々が知ることは永久になかったろうと思われる。そうだ。永久にである。

実際、十五年前には、あれほど世間を騒がせて、新聞や雑誌に膨大なインクを流させた〈黄色い部屋〉の事件も、今となってはほとんどの人が覚えていないはずだ。そもそもパリっ子の気は、それほど移りやすいのである。その証拠に、それから数年後に起きたネーヴ裁判――あのかわいそうなメナルド少年が殺された悲劇の事件の裁判だって、すでに忘れられているではないか。裁判の時はあんなに世間の注目を集め、その間に内閣が突然総辞職をしても、誰も気にとめなかったくらいだというのにである。

だから、この〈黄色い部屋〉の事件も、世間から忘れられていっこうに不思議はないのだが、十五年前に起きた当時は、ネーヴ事件とは比較にならないほど大きな反響を社会に呼びおこしていた。裁判が行なわれていた数ヵ月の間、人々はこの難事件に熱中した。まさに難事件である。私の知るかぎり、かつて警察がこれほどの洞察力を求められたことは一度もなかったろう。かつて裁判官がこれほどの判断力を問われたことも一度もなかったろう。誰もがこの事件の謎を解くことに夢中になり、誰もがこの事件の真相を追い求めた。古きヨーロッパに住む人々だけではない。事件がアメリカにまで報じられると、この新しい国に住む人々も、競こぞって謎解きに挑戦したのである。

いや、私がこんなふうにこの事件の難解さを強調するのも、「自分が世にも不思議な物語を書いた」という作者の自負心からではない。私はただこの事件の真相を伝えるために、今回あらためて見ることを許された、特別な資料を書き写しているにすぎないからだ。実際のところ、現実の世界でも空想《フィクション》の世界でも、私は〈謎〉という点において、この〈黄色い部屋の謎〉に匹敵するものを知らない。それはあのエドガー・アラン・ポーの『モルグ街の殺人』の中にも見られないものだ。ましてや、ポーに追随した、ほかのつまらない作家の作品や、謎のつくりとしては大雑把《おおざっぱ》すぎるコナン・ドイルの作品には決して見られるはずがないものである。

だが、誰ひとり突きとめられなかった、この〈黄色い部屋の謎〉の真相を、当時まだ十八歳の駆けだしの記者に過ぎなかったジョゼフ・ルールタビーユが突きとめた。といっても、ルールタビーユは裁判の行なわれた重罪院の法廷で、すべての真実を明るみに出すことはしなかった。ただ、自分が解明したすべての真相のうちから、〈当時、誰にも解決できなかった謎〉の説明だけを行ない、ひとりの無実な人間を救うために必要な事実を明かしただけである。それ以上の真実を口にすることは、当時はいろいろな意味で差《さ》し障《さわ》りがあったからだが、今では口をつぐんでいる理由は何もなくなった。ルールタビーユは真実を明かすことができるようになったのである。そして今、世間はようやくここに、〈黄色い部屋〉の謎だけではなく、事件の裏に隠されていた秘密まで、すべてを知ることになる。

で起きた悲劇の翌日の記事をお読みいただきたい。

謎〉をお話ししよう。まずは事件当時の世間の人たちがそうしたように、グランディエの城

というこことで、前置きはそれくらいにして、これから読者の皆さんには〈黄色い部屋の

一八九二年十月二十五日、《ル・タン》紙の最終版の速報。

昨夜遅く、パリ郊外、エピネー・シュル・オルジュの近くで、スタンガーソン博士の令嬢が襲われる凶悪犯罪が発生した。犯行現場は博士の住まいであるグランディエ城の離れで（グランディエ城はサント・ジュヌヴィエーヴの森の真ん中に位置する）、令嬢は博士が実験室で仕事中、その隣の部屋で就寝しているところを襲われた模様である。医師によると令嬢は重篤《じゅうとく》で、生死の間をさまよっているという。

この報道にパリの人たちは大きな衝撃を受けた。というのも、この頃すでにスタンガーソン博士とその令嬢は、世界で初めて〈放射線による写真の可能性〉を論じた研究で、世間に広く名を知られていたからである（ちなみに、それから数年後の一八九八年に、キュリー夫妻がラジウムを発見したのは、この研究があったからだと言われている）。

また、この時、人々はスタンガーソン博士が〈物質の消滅〉に関して、近々科学院で新しい理論を発表するというので、そのセンセーショナルな研究報告を待っている最中だった。その理論はあらゆる科学の基礎を揺さぶることになるものだった。つまり、長い間、真理だ

と思われていた法則——〈物質は消失しないし、あらたに生成されることもない〉という《質量保存の法則》を根本から否定するものだったのである。その博士の自宅で令嬢が襲われたというのだから、世間が衝撃を受けたのも不思議はない。
翌日、朝刊紙はいっせいに事件を取りあげた。その中にあって《ル・マタン》紙が博士の家の老僕に取材し、次のような供述記事を載せた。

悪魔の犯罪？　理性はこの事件を解決できるのか？

本紙は、グランディエで起きた殺人未遂事件について取材した結果、次のような情報を得た。といっても、スタンガーソン博士はまだ事件にショックを受けていて、インタビューに答えられる精神状態ではなく、被害者に至っては警察による事情聴取もできない状況なので、直接に事件の謎を明かしてくれる情報は、ほとんどないと言ってよい。それゆえ今の段階では、令嬢が寝室にしていた〈黄色い部屋〉——壁紙が黄色いことからそう呼んでいるらしい——で、いったい何が起きたのか、スタンガーソン嬢がなぜ寝巻姿のままで倒れていたのか、報道機関はおろか、警察当局もつかめていないありさまなのである。しかし、それでも記者は、博士の家で古くから働いている老僕に話を聞くことができた。近所の人にジャック爺《じい》さんと呼ばれているこの老僕は、事件が発生した時に、博士と一緒に〈黄色い部屋〉に飛びこんだという。ちなみにこの〈黄色い部屋〉は、城館から庭園をはさんで三百メートルほど離れた建物にあって、博士はその離れを実験室として使用している（離れの構造については、八二ページの図参照）。

本紙の取材に、この見たところ実直そうな（はたして、本当にそうなのだろうか？）老僕はこう話した。

《事件が起きたのは、ちょうど深夜零時半だったと思います。その時、旦那さまと私はまだ実験室にいて、旦那さまはまだ仕事をしておられました。私のほうは、その夜、ずっとしていた、実験器具を洗ったり片づけたりする仕事がやっと終わったところでして……。旦那さまが実験室を出られたら、私もやすもうと、お待ちしていたのです。マチルド嬢さまのほうは、その少し前に仕事をやめられて、寝室になさっている〈黄色い部屋〉にひきとっていらっしゃいました。

ああ、そうです、嬢さまが実験室で作業をされていたのはちょうど零時まででした。鳩時計が十二回鳴いて深夜零時を知らせると、立ちあがられて、旦那さまにおやすみのキスをなさり、私にも「おやすみなさい、ジャック爺」と声をかけてくださいました。そして〈黄色い部屋〉にお入りになられました。でもそのあとで、嬢さまが鍵だけでなく、扉のかんぬきまでおろされた音がしたものですから、私はなんだか可笑《おか》しくなっちゃいましてね。旦那さまにこう申しあげたのです。「嬢さまったら、かんぬきまでおろされましたよ。まあ、もうじき〈神さまのしもべ〉が騒ぎだしますからね。怖いのは当然でしょうけど」と。

でも、旦那さまは仕事に没頭なさっていて、私の言葉が耳には届かなかったようで、お返事はありませんでした。その代わりに、外からあの不気味な声が返事をしたんですよ。ええ、まさにその〈神さまのしもべ〉の鳴き声がね。それに気がついて、こっちはぶるっと震えましたよ。今夜もまたあれに眠りを邪魔されるのか、ってそう思いました。なんでかって、私は今月――つまり、十月の終わりまで、離れにあるその〈黄色い部屋〉の真上で寝ているからですよ。城館から離れたあの建物に、嬢さまを夜じゅうおひとりにしておくわけにはいきませんからね。え？　ああ、嬢さまが〈黄色い部屋〉にお泊まりになるのは、春から秋までです。その間は離れで生活なさるって、嬢さまご自身が決められたのです。そちらのほうが城館よりも、気分が明るくなれるのでしょう。離れができた四年前から毎年、春になるとそちらに移られ、冬になると城館のほうにお戻りになります。なにしろ〈黄色い部屋〉には暖炉がないものですから。

そういったわけで、私と旦那さまはその時、離れにおったんです。それも物音ひとつ立てないでね。私は自分の仕事は終えたものですから、机に向かっている旦那さまの背中を眺めていたんです。「何てお方なのだろう。頭がよくて、知識もたくさん持っていらっしゃるんだから」って感嘆しながらね。この物音ひとつたてなかったという点が重要だと思いますよ。おそらく、そのせいで犯人は私たちが離れから出ていったと思いこんだのでしょうから……。

そして零時半を知らせる鳩時計が鳴った時です。突如、嬢さまの叫び声があがったのです。「人殺し！　人殺しよ！　人殺し！」その直後に銃声がしました。嬢さまは必死に抵抗していたのでしょう、大きな音がたてつづけに聞こえ、そこにまた銃声が鳴り響きました。家具がいくつもひっくり返され、激しく乱闘をしているような音が続きました。そしてまた嬢さまの叫び声が……。「人殺し！　助けて、父さま、父さま！」その声を聞くと、もちろん私と旦那さまはすぐさま飛びあがって、〈黄色い部屋〉の扉に飛びつきましたよ。ええ、でもそうなんです。扉は頑丈に内側から閉まっているのです。先程申しあげたように、嬢さまは内側から鍵をかけてしまわれたんですから。それも、しっかりとかんぬきまで……。私たちは、それはもう必死に扉をガタガタやりました。でも、びくともしない。旦那さまは半狂乱になっていました。いや本当におかしくなっていたかもしれない。だって、その時、部屋の中からは、嬢さまが「助けて、助けて！」と、息もたえだえに助けを求める声が聞こえていたんですから……。旦那さまと私は扉を壊せないかと、ガンガンと力一杯叩きつづけました。特に旦那さまなんて、手のほうがどうにかなってしまうんじゃないかというぐらいに……。当然ですよ、目と鼻の先で大事なひとり娘が助けを求めているというのに、たった一枚の扉に阻まれて助けにいけないなんて……。このままでは間に合わない。殺されてしまう。悔しくて、情けなくてご自分に腹をたてておられたのでしょうね。必死に嬢さまの名前を呼んでいらっしゃいましたが、その声もだんだん、すすり泣きになられていました。

その時、私はふと思いついたんです。「犯人はきっと窓から入ったんだ！」とね。それで、「窓の外にまわります」と旦那さまに叫んで、離れから飛びだしました。それはもう全速力で走っていきましたよ。

私はあせっていました。というのもですね、〈黄色い部屋〉にひとつだけある窓というのが、外に出て建物をまわりこめばすむ、というわけではないからです。あの離れは敷地の外に面して建っています。しかもその壁は城壁の塀とひとつづき、つまり建物の壁が塀のかわりになっています。したがって、そこへ行くには、庭を通って敷地からいったん出なければならないんです。だから、私はまず門へ向かいました。すると、途中で門番のベルニエ夫婦がこちらにやってくるのに出くわしました。ベルニエが「何かあったのですか。銃声が聞こえましたが……」と言うので、私は手短に二人に状況を説明し、ベルニエにはすぐに旦那さまのもとへ加勢に行くように申しつけました。そして、細君のほうには私と一緒に来て、門をあけるよう言ったのです。

私と門番の細君が〈黄色い部屋〉の窓の外にたどりついたのは、それから五分後くらいのことだったでしょうか？　ところが、月明かりに照らされたその窓を見ると、思いがけないことがわかりました。ええ、窓には、外からこじあけられた形跡がまったくなかったんです。鉄格子も折られていないし、内側の鎧戸《よろいど》もしっかりと、私が閉めたままになっている。そうなんです。鎧戸は、毎晩、私が閉めることになっているんです。もっとも、あの晩は、実験室の仕事で私が忙しそうにしていたので、嬢さまが気をつかわれて、「心配しなくてもいいわよ。自分で閉めるから」、そうおっしゃってくださったんですが。いや、それでも結局はいつものように私が閉めましたよ。そうしなければ、安心できませんからね。

ということですから、私らがかけつけた時、鎧戸はしっかりと閉まっていました。用心にと、内側からかけた鉄製の掛け金もはずされていない。つまり犯人はその窓から入ったわけでもなければ、そこから逃走したわけでもないということです。でも、それでは私もまた、窓から〈黄色い部屋〉に入ることはできません。私は嬢さまを助けにいくことができないんです！

こんなことってありますか！　私はどうしようかと思いましたよ。嬢さまのいる部屋の扉は内側から鍵がかけられているので、実験室からは入れません。また、窓のほうも、鎧戸がおろされ、これもまた内側から鍵がかけられているので、外からは入れません。鎧戸の鍵が外側からこじあけられた形跡もありません。しかも、窓には鉄格子がはまっていて、格子の隙間は腕だって通らない狭さなのですよ……。もちろん、鉄格子が切られたりもしていません。

ああ、中からは嬢さまが助けを求めているというのに！　いえ、その頃にはもうその声も聞こえなくなっていました、嬢さまは殺されてしまったにちがいない……。そう思う私の耳に、建物の中からは旦那さまが扉をガタガタ揺さぶりつづけて、格闘している音が聞こえてきました。

それで、私と門番の細君は、あわてて離れに走って戻りました。見ると、旦那さまがベルニエと二人で、扉に体当たりをしていらっしゃいました。しかしながら、扉はあいかわらずびくともしない。それでも、四人で体当たりを食らわせると、ようやく突き破ることができました。

その時、私たちの見た光景がどんなものだったか……。門番の細君が実験室にある一番明るいランプを持ってきて、後ろから照らしてくれたので、室内の様子はひと目でわかりました。

最初に言っておきますが、〈黄色い部屋〉はとても小さな部屋なのです。家具はわりと大きめの鉄枠のベッドにナイト・テーブル、それに小さな机。化粧台と椅子が二脚。それで全部です。だから、門番の細君が掲げたランプで、室内の様子がいっぺんに見てとれたのです。その惨状といったら……。

部屋はとにかくめちゃくちゃに荒らされていて、嬢さまはその中に寝巻のまま倒れておられました。よほど激しい揉みあいが繰りひろげられたようで、机も椅子も何もかもがひっくり返っています。それに、嬢さまはきっとベッドから無理やり引きずりおろされたのでしょう。全身が血だらけでした。首には指で絞められた跡がくっきりと残り、必死にその手から逃れようとなさったのか、肉が爪でえぐられているではありませんか！　さらに右のこめかみに穴が開いていて、そこからとめどなく血が流れています。そのせいで、床には血だまりができていました。

そんな嬢さまの姿を目にされると、旦那さまはなにやら叫びながら、嬢さまのそばに駆けよられました。その叫び声には胸がつぶれる思いでした。やがて、嬢さまがまだかすかに息をしていらっしゃることがわかると、旦那さまは嬢さまのそばを離れず、ほかのことは目に入らないご様子でした。一方、私たちはすぐさま犯人の姿を探しました。嬢さまを殺そうとした卑劣漢の姿を……。もしそいつを見つけたら、間違いなく死ぬほど叩きのめしていたでしょう。でも、どうしたわけか、そいつの姿がないのです。部屋から逃げたはずは絶対にないのに！

これはいったい、どういうことでしょう？　私はベッドの下を探しました。家具の陰も探しました。でも、やつはいません。いや、やつがいたのは確かなのです。壁や扉には男のものと思われる大きな手の跡が残っているのですから……。それも真っ赤な手の跡が……。さらには嬢さまのものではない、血のついた大きなハンカチと古いベレー帽も落ちている。しかも、床にはその男が今まさに歩きまわったとばかりに、足跡が鮮明に残っているのです。足跡は大きく、まるで煤《すす》の上を歩いたように黒っぽかったです。

ああ、でも、この男はどうやってこの部屋に入り、どうやってこの部屋から出ていったというのでしょう。先程も言ったように、この〈黄色い部屋〉には暖炉はありません。当然、煙突もない。じゃあ、扉から出ていったのではないかって？　それもあり得ません。扉は大きくなく、戸口には門番の細君がランプを持って立ちふさがっていたのですから……。部屋のどこかに隠れていることもできません。なにしろ、私と門番の二人で、その小さな部屋の中を徹底的に探したのですから……。そもそも、あの部屋に隠れるところなんてありませんよ。なのに、誰も発見できなかったのです。扉は押し壊した時に壁まで開けたので、その後ろに隠れることもできません。それは確かです。窓は閉められ、鎧戸も鉄格子も無傷のまま。つまり、犯人が人間ならば、あの部屋から逃げだすのは不可能なんです。だから、思いましたよ。これは悪魔の仕業じゃないかって。ところがです。その時、私は床に自分の拳銃が落ちているのを発見しました。ええ、私の拳銃です。それを見て、いや、これは悪魔じゃないと我に返ったのです。だって、正真正銘の悪魔だったら、嬢さまを手にかけるのに私の拳銃を盗んで使う必要などないでしょうから……。そいつはまず初めに、二階の私の部屋に侵入して引出しから拳銃を盗み、犯行に使ったのです。銃を確認したところ、犯人は二発撃っていました。でもね、記者さん。こんなこと言ってはなんですが、私はまだ運がよかったと思いますよ。だって、事件が起きた時、旦那さまが実験室にまだいらしたんですから……。私が一緒にそこにいたのを、旦那さまはその目でごらんになっておられるわけです。そうじゃなかったら、拳銃があったというだけで、私はどうなっていたことか。間違いなく、牢屋行きだったでしょう。いや、それどころか、死刑台に送られることになったでしょう》

そうジャック爺さんの話を伝えると、《ル・マタン》紙の記者はインタビューの最後をこう締めくくっている。

これは〈黄色い部屋の事件〉について、ジャック爺さんが思いつくまま話しつづけるのを、そのまま採録したものである。ただし、読者のことを考えて、ジャック爺さんが何か言うたびに繰り返す、嘆きの言葉だけは少なからず省略した（いや、よくわかっていますよ、ジャック爺さん。あなたがどれだけ、ご主人の一家を大切に思っているか。だから、それをわかってもらうために、繰り返し嘆かずにはいられないか。特に自分の拳銃が犯行現場で見つかったとあっては……。そうなったら、嘆いたり、言い訳したりするのは当然だし、そのことについては我々も異をさしはさまない。ただ、読者にとってはうるさいだけなので、それで省略したんです。わかってください、ジャック爺さん）。

いや、それはともかく、私たちはさらにいくつかの質問をこのジャック爺さんこと、ジャック＝ルイ・ムスティエにしようとした。だが、その時、コルベイユの予審判事であるド・マルケ氏からジャック爺さんに呼びだしがかかったので、それはできなかった。予審判事は城館の大広間で捜査をしていたのだが、ジャック爺さんの事情聴取をしたいと言ってきたのだ。城館の中に入ることは私たちには不可能だった。ならば、せめて犯行現場の周辺だけでもと思ったが、こちらもまた立ち入り許可が出ていなかった。取材陣は城の敷地内に入るのを許されていなかったのだ。そこで、我々は正門の外から見える範囲を探った。すると何人もの警官が、コナラの立ちならぶ広い庭のあちらこちらに配置されているのが見えた。警官たちは離れからの逃走経路や犯人につながる手がかりが見つからないかと、徹底的に洗いだしをしているようだった。だが、警官たちから話を聞くことはできない。

そこで、本紙は門番夫婦に取材を試みようとしたが、あいにく夫婦はどちらも姿が見当たらなかった。そうなったら、あとは予審判事のド・マルケ氏から話を聞くしかない。そう考えて、城のすぐ近くにある宿屋で、ド・マルケ氏が城から出てくるのを待っていたところ、夕方の五時半になって、書記と一緒に現れたので、氏が馬車に乗りこむ寸前に取材をするのに成功した。

「ド・マルケさん、事件について捜査に影響のない範囲で何かお話しいただけませんか」

記者がそう質問すると、予審判事はこう答えた。

「無理ですな。今はどんなことであれ、事件の概要を話せる状況ではありません。そもそもこの事件は、かつて聞いたことがないくらいの難事件です。なにかひとつ事実が判明したかと思うと、その事実によって、さらにひとつ謎が出てくるのですから」

私たちがその言葉についてさらなる説明を求めると、予審判事は次のように語った。

この内容をお読みいただければ、読者にもことの重大さはわかるだろう。

「今日の捜査を振りかえって、ひとつだけ言えるのは、事件の全貌を解明するのは、非常に難航しそうだということです。現在のところ確認されている物的な証拠は、事件を解明するどころか謎を深める一方です。今後の捜査で、あらたな証拠が出てくることを願っていますが、そう簡単に終結を見ることは難しいでしょう。もっともだからといって、我々も手をこまねいているわけではありません。まず、四年前に離れの建設を請けおった職人を、明日、呼んでおります。我々の立会いのもと、天井や床下などに、抜け道や抜け穴が作られたことはないか、もしくは作られそうなところはないかなど、くまなく実況見分いたします。それによってなんらかの進展をみるのではないかと考えております。私としては、この事件は怪奇な現象として片づけられるのではなく、必ずや理性で解明されるものだと信じております。

現在、問題となっているのは、犯人の逃走方法です。侵入に関しては、夕方、博士たちが散歩に出ている間に、扉から侵入したことは間違いないでしょう。そして〈黄色い部屋〉のベッド下でずっと、令嬢が入ってくるのを待ち構え、深夜、ついに犯行におよんだと思われます。だが、問題はそのあとです。誰にも姿を目撃されずに、そしてどうやってあの部屋から出ていったのか。密室から忽焉《こつえん》と姿を消すなどありえません。おそらくなんらかの仕掛けがあるはずです。隠し扉や隠し部屋などがね。だが、もし明日の捜査でもそれが見つからなかった場合には、博士の了解も得ておりますので、あの建物そのものを取り壊すことになるでしょう。

その上でです。博士たちの大切な実験室を解体してもなお、逃走経路になるものが見つからなかった場合。そう、天井から外に出るとか、地下に逃れる隠し通路もなく、人はおろかどんな動物であっても抜けでる場所も隠れる場所もない、完全な密室だと判明した場合には、もはやこう思うしかないでしょう。ジャック爺さんが言ったように、

『悪魔の仕業じゃないか』とね」

この最後の「ジャック爺さんが言ったように、悪魔の仕業じゃないか」という言葉を、《ル・マタン》紙の記者は、予審判事がなんらかの意図があって言ったように感じたと注目している。いや、《ル・マタン》紙の記者だけではない。この日、各紙がいっせいに事件を報じた中で、私が特にこの新聞の記事をとりあげたのも、記者のその言葉に興味を引かれたからである。

ちなみに、悪魔ではないが、ジャック爺さんの話に出てきた〈神さまのしもべ〉についても、記事では最後に触れている。

私たちは、ジャック爺さんが耳にしたという〈神さまのしもべ〉について知りたいと思い、城のすぐ近くにある宿屋《主楼館《しゅろうかん》》の亭主に尋ねた。すると、亭主は、「それはアジュヌー婆さんの猫だよ。この猫は夜中によく恐ろしい声で鳴くんだが、その声があまりにも不気味なもので、この辺りの者は、〈神さまのしもべ〉と呼んでいるんだ」と説明してくれた。そして、亭主によれば、この猫がそう呼ばれるようになったのは、飼い主のアジュヌー婆さんというのが、サント・ジュヌヴィエーヴ洞窟の近くの森で、まるで仙女のような暮らしをしていることにも関係しているという。

〈黄色い部屋〉〈神さまのしもべ〉〈アジュヌー婆さん〉〈悪魔〉〈サント・ジュヌヴ

ィエーヴの洞窟〉〈ジャック爺さん〉……。この事件には、こういった中世の遺物のような超自然的な要素が絡んで、事件そのものが怪奇であるように見せている。だがそれも明日までだ。請負業者による調査がされれば、つるはしが壁を打ち壊すかのごとく、複雑に絡んだ事件の謎の糸は断ちきられ、解きほぐされることだろう。予審判事が言ったように、事件とは必ずや理性で解明されるはずであり、また我々としても、せめてなんらかの進展があることを願うのである。その結果を、スタンガーソン嬢の無事を祈りながら待ちたい。令嬢はいまだ意識が戻らず、うわごとで「人殺し！　人殺しよ！　人殺し！」と繰り返しているという。その容態は今夜が峠とのことだ。

それから、《ル・マタン》紙の記事は、最後に飛びこんできたニュースとして、パリの警視総監がかの有名なフレデリック・ラルサン刑事をロンドンから呼び戻したと報じている。ラルサン刑事は、ある盗難事件の捜査でロンドンに派遣されていたが、この〈黄色い部屋〉の謎を解くため、即刻、帰国するよう電報で命じられたというのである。

第二章　ジョゼフ・ルールタビーユ登場

十月二十六日の朝――つまり、《ル・マタン》紙に、ジャック爺さんの供述記事が載った日の朝のことを、私は今でもよく覚えている。朝八時頃、若きルールタビーユが新聞を握りしめて、私の部屋に飛びこんできたのだ。私はちょうどその記事を、ベッドの中で読みおえたところだった。

だが、何はともあれ、読者にはまずルールタビーユをご紹介しよう。

私が初めてルールタビーユに出会ったのは、弁護士として独立したばかりの頃だった。弁護人として、マザス監獄やサン＝ラザール監獄に収監された囚人に面会をするために、予審判事のもとへ許可をもらいに行くと、ちょくちょく検察当局の廊下で出くわす少年がいた。それがルールタビーユだったのである。

そこで、まず言っておくと、ルールタビーユというのは本名ではない。ルールタビーユの記者仲間たちがつけたあだ名だ。おおかた由来は、その頭部にあるだろう。ルールタビーユはいわゆる〈人なつっこい顔〉をしていたが、ことさら目をひくのがその頭の形で、ビリヤードとかルーレットの玉のように丸っこいのだ。そんな頭の形をした少年がまだ新米《しんまい》の記者として、あちこちうろうろしていたので、roule-ta-bille「転がせ《ルール》、お前の《タ》、玉《ビーユ》」というあだ名がついたわけだ。あだ名はそのまま定着し、ルールタビーユが記者として名をあげていっても、そう呼ばれつづけた。「ルールタビーユを見なかったか？」「おや、見ろよ、ルールタビーユがいるぞ！」といったふうに……。ルールタビーユのほうは、そういったことには我関せずで、トマトのように顔を真っ赤にして走りまわったり、スズメのように陽気に騒いだり、法王猊下のように深刻そうな顔をしたりしていた。

その当時のルールタビーユは、わずか十六歳と六カ月。新米とはいえ、すでに記者として正式に新聞社に雇われていた。その若さでどうやって新聞社での職を得たというのか。それはどんなに親しくなった人でも、本人からその話を聞いていなければ、誰もが持つ疑問だろう。

ルールタビーユが記者になれたきっかけは、私と出会う少し前に、オベルカンフ通りでおきたバラバラ殺人事件だった。この事件もまた、今では覚えている人も稀だろう。ある日のこと、オベルカンフの街中にあるゴミ箱から女の惨殺体が発見された。無惨にもバラバラに切断された体をつないでみると、左足だけが欠けている。警察は一週間に及ぶ必死の捜査を行なったものの、左足を発見することはできなかった。ルールタビーユは、事件直後に起きたセーヌ川の異常な増水が関係しているのではないかと推測した。決壊した堤防からパリの街中へ流れこんだ水が、左足をどこかへ流してしまったのかもしれないと考えたのだ。そこでルールタビーユは、パリの下水溝に目をつけた。警察は下水溝の捜査はまったくしていなかったからだ。おりしも、セーヌ川の増水のせいで破損した下水溝を修理するため、パリ市役所が臨時の下水夫を募集していたので、ルールタビーユはその下水夫の中に潜りこんだ。そして、本当に下水溝から左足を発見したのだ。

ルールタビーユはこの左足を、《ル・マタン》紙のライバル紙である《レポック》紙の編集長のところに持ちこんだ。十六歳の少年が、警察ではなく新聞社に証拠を持っていったのだ。この大発見を手にいれた編集長は、感嘆の声をもらした。まだ子供のような少年が、実に見事な推理を組みたて、警察が見つけられずにいた左足を発見したのだ。しかも新聞社に持ちこんでくるあたり、抜け目もない。だがそのおかげで、新聞社の〈死体公示欄〉に〈オベルカンフ事件の左足〉を掲載できる。編集長は有頂天になった。

「この左足でトップ記事を書くぞ！」

編集長はその気味の悪い届け物を、まず《レポック》紙とつながりの深い法医学者に渡した。それから、のちにルールタビーユと呼ばれる、その少年に向きなおった。

「いくら出したらうちの〈三面記事〉担当の見習いとして働いてくれるかな」

少年は思いもかけない申し出に心の底からびっくりして、つい控えめの数字を言った。

「月に二百フランでしょうか」

「よし、じゃあ二百五十出そう」編集長は即答した。「その代わりだ。みんなには一ヵ月前からここで働いているということにしてくれ。つまり〈オベルカンフ殺人事件の左足〉を見つけたのは、君個人ではなく《レポック》社ということだ。いいかい、新聞社というのは誰がというのはどうでもよくってね。大事なのはどこの新聞かということなんだよ！」

そう言うと、編集長はさがっていいよと言った。だがルールタビーユが部屋を出る間際に、いったんひきとめて、名前を尋ねた。

「ジョゼフ・ジョゼフィンです」ルールタビーユは答えた。

すると、編集長はぼそっと口にした。

「おかしな名前だ。まあ、署名入りの記事を書くわけじゃないから別にいいか」

こうして、新米記者となったルールタビーユは、すぐにみんなからかわいがられた。なにしろ人の頼みをよく聞くうえ、生まれつきの性格のおかげで、一緒にいると、どんなに不機嫌な人でも、魔法をかけられたかのように上機嫌になり、どんなに疑い深い人でも、警戒心をといてしまうからだ。仕事の評判もよかった。三面記事を担当する各社の記者たちは、検察や警察に犯罪ネタを探しに行く前に、日々《カフェ・デュ・バロー》にたむろしていたが、まずそこで、「ルールタビーユはできるやつだ」という噂が広まった。すると、その噂はすぐに警視総監の耳に届くまでになった。《レポック》紙の編集長も、事件が起こり、それが追いかけるに値するものだと判断すると、きまってルールタビーユを現場に送りこんだ。しかも、その事件を追う途中で、ルールタビーユは、場数を踏んだ腕利きの刑事たちを〈出しぬく〉ことさえあったのだ。

私がルールタビーユと親しくなったのも、その《カフェ・デュ・バロー》にいる時だった。私は犯罪を扱う弁護士だし、ルールタビーユは三面記事の記者である。しかも、ともに駆けだしとくれば、もちつもたれつである。私は名前を売る必要があり、向こうは情報を求めていた。私たちはすぐに仲良くなった。そして、親しく言葉を交わすようになると、私はたちまちルールタビーユに好感を持った。ルールタビーユは頭の回転が早く、しかも、この男ならではの独自の発想の持ち主だった。そんなに柔軟な思考をする人を、私は他に見たことがなかった。

それからしばらくして、私は《ブルヴァール・ドゥ・クリ》紙において裁判関係のコラムを書くことになり、ジャーナリズムの世界に足を踏みいれた。それによって、私たちはますます親しくなったのだが、そのうちに、今度はルールタビーユが〈ビジネス〉というペンネームで、《レポック》紙に裁判関係のコラムを書くようになった。そこで私がそのために必要な法律関係の知識を伝授することになり、私たちの絆《きずな》はいっそう深まったのである。

そうして二年近い日々が流れた。この間、私は知れば知るほど、ルールタビーユのことをもっと知りたくなった。というのも、どこまでも陽気な見かけの裏側に、年には似合わない、何か深刻なものが感じられたからである。私はルールタビーユが、それこそはしゃぎすぎだと思えるほど陽気に振舞うのを見る一方、幾度となく、深い悲しみに沈んでいるのを見かけていた。そして、時にはその理由を尋ねたりもしたのだが、ルールタビーユはいつも笑顔でごまかして答えてはくれなかった。また、ある日、たまたま両親のことを尋ねてみると、まるで私の声が聞こえていなかったかのように、すっとその場を立ち去ったこともあった。そう言えば、ルールタビーユはそれまで決して両親の話をしたことはなかった。

そうこうしているうちに、この〈黄色い部屋〉の事件が起きた。これはルールタビーユが記者として一流であるというだけでなく、事件の捜査に関しても一流であることを証明した事件となった。この二つの資質がひとりの人物の中に見いだせるというのは、めったにあることではない。だが、この頃から新聞は、それまでのものから徐々に形を変えつつあり、今日に近いもの、つまり〈犯罪専門紙〉のようになりかけていた。したがって、ルールタビーユのように捜査の資質もある記者が採用されるようになったのは、決して不思議なことではない。ルールタビーユの資質は、そういった状況の中で花開いたのだ。

もっともこの状況に、小難しい連中は新聞が低俗化したと文句をつけるだろう。だが私は新聞のそういう傾向は、むしろ歓迎すべきことだと評価する。おおやけにであれ個人的にであれ、殺人者を糾弾する手段はたくさんあったほうがいいと思うからだ。だが、そうすると連中は、「新聞が犯罪のことばかり書きたてるから、さらなる犯罪をそそのかすことになるのだ」と反論してくるだろう。まあ、どこにでもそういう輩《やから》はいるものだ。そういう人たちとは、議論をしてもしかたがないので、放っておくことにする。

話を戻そう。とにかくこの日、一八九二年の十月二十六日の朝、ルールタビーユは新聞を握りしめて、私の部屋に飛びこんできた。その顔はいつもより一段と赤くなっていた。手にした新聞が《レポック》紙ではなく、《ル・マタン》紙のようだったので、私はルールタビーユがライバル紙にインタビューを先んじられて腹をたてているのかと思った。だが、そうではなく、記事の内容そのものにひどく興奮しているようだった。ルールタビーユは、新聞を握った手を高々と突きあげながら叫んだ。

「サンクレール！　君、読んだか！」

「グランディエの事件か？」

「ああ、〈黄色い部屋〉の事件だ。どう思う？」

「どうって、決まっているだろう。〈悪魔〉か〈神さまのしもべ〉の仕業だよ」

「真面目に聞いているんだよ」

「わかったよ。それなら言うけど、殺人犯が壁を通りぬけて逃走したなんて、まったくあり得ないね。犯人はジャック爺さんだ。爺さんは嫌疑をそらそうとして、犯罪に使った拳銃を現場に残しておいたんだろうけど、僕に言わせればそれが間違いだったね。なにしろ、爺さんはスタンガーソン嬢の部屋の上で寝起きしているんだろう？　ならば、今日、予審判事がやると言っている、〈黄色い部屋〉の実況見分をすれば謎を解く鍵が見つかるだろう。なんらかの仕掛けとか、秘密の扉とか……。そいつを使って、爺さんは博士が何も気がつかないうちに、〈黄色い部屋〉に忍びこみ、また実験室に戻ったんだ。僕に言えるのはそのぐらいだよ。それだって憶測にすぎないけど……」

　すると、ルールタビーユは肘掛け椅子に腰をかけ、ポケットからパイプを取りだした。肌身離さずに持っている大切なパイプだ。それに火をつけ、黙って吸いだす。どうやら、一服して興奮した頭を冷やそうとしているらしい。と、しばらくしてルールタビーユが口にした。

「だめだよ、君。それじゃ、考えが足りない」ずいぶんと人を馬鹿にした言い方だったが、その口調があまりに断固としたものだったので、私は言い返すことができなかった。ルールタビーユは続けた。「そうだよ、考えが足りない。まあ、君は弁護士だからね、罪を犯した人間を無罪にする才能はあるだろう。その才能にけちをつけるつもりはない。君はいくらでも犯罪者を無罪にしてやればいいさ。でも、反対に君が司法判事をすることになったら、僕はぞっとするね。いやあ、いったいどれだけの罪を犯していない人間が有罪判決を受けることになるか……。本当に君は考えが足りないんだから」

そう言うと、ルールタビーユは勢いよく煙を吐きだして続けた。

「おそらく、抜け穴なんてひとつも見つからないと思うよ。〈黄色い部屋の謎〉はさらに謎を生んで、どんどん迷宮に入っていくだろうな。だから僕は興味を持ったのだ。『聞いたことがないくらいの難事件だ』と言った予審判事は正しいよ」

「犯人がどうやって逃げだしたか、何か思いあたることでもあるのか」

「いや、全然。今のところはまったくだね。でも、それ以外のことだったら、推理していることはある。たとえば拳銃。あれを使ったのは犯人じゃないよ」

「じゃあ、いったい誰だというんだ？」

「そりゃもちろん、スタンガーソン嬢だよ」

「なんでそうなるのか、僕にはさっぱりわからないよ。まあ、この事件に関しては、僕には最初から何もわかってはいないんだが……」

それを聞くと、ルールタビーユは肩をすくめた。

「《ル・マタン》紙の記事を読んで、君は何もひっかからなかったのか」

「特には……。何から何まで奇妙な事件だとは思ったがね」

「なるほど……。じゃあ〈黄色い部屋〉の扉に、鍵がきちんと掛けられていたことについては？」

「その点だけは、記事のなかで一番確かなことだと思ったけれど」

「本当かい？　じゃあ、かんぬきは？」

「かんぬき？」

「かんぬきが内側からおろしてあったことさ。令嬢はずいぶん用心していると思わないか？僕が思うに、それは令嬢が誰かを恐れていたということだ。だから、身の安全を計る必要があった。ジャック爺さんの拳銃を拝借しておくほどにね。そう、あれは令嬢が爺さんに内緒で持ちだしたものなんだ。内緒でということは、誰かにそのことを知られて、心配をかけたくなかったのだろう。たぶん父親に……。

さて、そこで、あの晩のことだが、令嬢の不安は的中した。令嬢は犯人に抵抗をし、激しいもみあいになった。それでもなんとか拳銃の引き金をひいて、犯人の手に怪我を負わせた。壁やドアについていた、男のものらしき血のついた手形はそういうことだ。犯人は手探りで逃げだす出口を探したのだろう。だが、令嬢は引き金をひくことはできたものの、犯人の反撃を避けることはできなかった。そこで、鈍器か何かの一撃を右のこめかみにまともに受けてしまったんだ」

「じゃあこめかみの傷は、拳銃で撃たれたわけじゃないのか?」

「新聞にだってそうとは書いてないよ。少なくとも、僕はそう思わない。ともかく拳銃は、令嬢が犯人に向けて発砲した、というほうが理にかなっているんだ。じゃあ、犯人の凶器は何だったのか。こめかみに一撃を与えていることからも、犯人に殺意があったことははっきりとしている。なにしろ、その前には首を絞めようともしているからね。そして、たぶん、屋根裏部屋がジャック爺さんの部屋になっていることも知っていたにちがいない。だから、拳銃のように音が響くものではなく、手で首を絞めるとか、棍棒やハンマーを使って殴りつけるといったように、〈音のしない方法〉をとったのだと思う」

「でも、犯人はいったいどうやって〈黄色い部屋〉から逃走したんだ」私は反論した。「今の説明だけでは、それがわからないよ」

ルールタビーユは立ちあがりながら答えた。

「もちろん、そうだ。だからこそ、スタンガーソン博士の住むグランディエ城に行こうと思うんだ。で、君にも一緒に来てもらいたくて、誘いにきたというわけさ」

「僕も一緒に?」

「そうだ。この事件、うちの社では僕が担当になったんでね。なんとしてでも、他社より早く解決させたいんだ」

「僕がその役に立てると?」

「ロベール・ダルザック氏がグランディエ城にいるからさ。君は知りあいだろう?」

「ああ、そうか。スタンガーソン嬢が襲われたとあっては、確かにダルザック氏は来ているはずだな。それに、そうとうショックを受けているはずだ」

「僕はダルザック氏に、ぜひとも話を聞きたくてね」

そう言うルールタビーユの口調に、私はぎょっとした。

「それは……ダルザック氏が事件に関して、何か知っていることがありそうだということか?」

「ああ」

ルールタビーユはそれ以上のことを話したがらなかった。そうして、私に急いで支度をするように言うと、客間へ行ってしまった。

ここで簡単にロベール・ダルザック氏のことを説明しておくと、ダルザック氏は年は四十過ぎ、ソルボンヌ大学の物理学の教授である。最初に会ったのは、私が弁護士のバルベ＝ドラトゥール氏の秘書をしていた時のことで、ダルザック氏は当時、民事訴訟を抱えていた。その時に、裁判でダルザック氏の手助けをしたことが縁で、私たちは知りあいになったのである。

また、ダルザック氏はスタンガーソン父娘と非常に親密な関係にあった。というのも、ダルザック氏はこの七年というもの、令嬢に熱心な求婚を続けていたのだが、先だってようやく婚約にこぎつけたところだったのだ。令嬢はもう三十五歳ぐらいにはなっていると思うが、今なおその美しさに変わりはなかった。

私は着替えをしながら、客間で苛々しながら待っているルールタビーユに叫んだ。

「犯人がどんな人間か、思うところはあるか？」

「ああ」ルールタビーユは、はっきりと返事をした。「上流階級とまでは言わないが、それなりに社会的な身分を持った男だと思う。もっとも、まだそういう印象だというだけだが」

「どういうところで、そう思ったんだい？」

「うーん、そうだな、古いベレー帽に安物のハンカチ、それに床に残っていた、大きく汚い靴跡とか……」

「そうか！」私は声をあげた。「そのベレー帽やハンカチが本当に犯人自身につながるものなら、そんな証拠は残していくわけがないということだね」

「その調子だよ、サンクレール！」

そう言うと、ルールタビーユは、満足そうに頷《うなず》いた。

第三章　男は鎧戸を幽霊のように通りぬけた

三十分後、私とルールタビーユは、グランディエ城に向かうため、オルレアン駅にいた。城の最寄り駅となる、エピネー・シュル・オルジュ駅行きの列車の出発をホームで待っていると、コルベイユの予審判事であるド・マルケ氏が、私設の書記とともにやってくる姿が見えた。前にも書いたとおり、ド・マルケ氏は今回の〈黄色い部屋〉事件を担当する判事である。昨晩は書記を連れてパリに来ていたようだが、おそらく事件がらみではなく、ド・マルケ氏が持つ、もうひとつの顔のほうの用事だろう。というのも、ド・マルケ氏は、〈カステイガット・リデンド〉という名前で戯曲を書いているからだ。おおやけには本名を伏せてはいるが、ちょっとした事情通の人はこのことを知っている。たぶん昨夜は、近々上演される自作の風刺劇の舞台稽古を見に、スカラ座に来ていたにちがいなかった。

ド・マルケ氏は、すでに老齢にさしかかった、品のいい人物だ。日頃から物腰が柔らかく、女性の扱いに慣れた人だが、その人生における情熱はたったひとつのことに注がれていた。演劇の世界である。司法官という職務は、芝居のネタを探せるという点でしか興味がない。仕事で知った事件を一幕ものでいいから、戯曲に仕立てあげることができれば、それでいいのである。本人の血縁関係からいえば、本来は司法官として、もっと高い地位を手に入れられるというのに、ド・マルケ氏がそれを目指して努力をすることはまったくなかった。その努力はひたすら、自分の作品がロマン派の拠点であるポルト＝サン・マルタン座か、思索的な作品を紹介するオデオン座とかいった名門の劇場で上演されることに向けられた。その理想を追いつづけたがために、年齢を重ねたわりに、司法官としてはコルベイユの予審判事に留まっていたのである。もっとも、だからといって演劇の世界で成功したわけでもなく、残念ながら劇作家〈カスティガット・リデンド〉としても、格下のスカラ座で、あまり高尚とは言えない芝居を上演してもらうのが関の山だったのだが……。

そういった事情から、ド・マルケ氏にとって、今回の〈黄色い部屋〉の事件は、謎が多い、不可解であるという点において、きわめて興味を引かれる事件だったはずである。おそらく、長い司法官としてのキャリアの中でも、かってないほど魅了されていたのではないだろうか？　ただし、それは演劇的な意味でということである。つまり、ド・マルケ氏個人としては、この事件の謎を解明したい気持ちなどはさらさらなく、むしろ早々と解明されてしまうことをひどく恐れていたのだ。その気持ちはよくわかる。芝居になるかどうかという点だけで考えれば、事件が複雑になればなるほど、プロットにうってつけだからである。簡単に謎が解けてしまったら、そこで芝居は終わってしまうのだ。

そんなわけで、私たちがホームでド・マルケ氏を見かけた時も、ド・マルケ氏はかたわらの書記にため息まじりにこんなことを言っていた。

「マレーヌ君、今日は請負業者があの離れを調べにくることになっているが、建物を壊した時に抜け穴みたいなものを発見して、〈事件の謎〉も壊してしまわなければいいがね」

「ご心配には及びません。業者があの離れをとり壊したとしても、謎は手つかずに残ると思いますよ。昨日、あそこの壁や天井、それに床を叩いたりして確認しましたから間違いありません。これでも、私は建築に詳しいんです。保証しますよ、抜け穴といったものなどがないことは確かです」

そう言って、ド・マルケ氏を安心させると、書記はそこで私たちの姿に気がついたらしく、顎をしゃくって、それとなくド・マルケ氏に知らせた。ド・マルケ氏はルールタビーユの顔を見て、しかめっ面になった。そうして、「誰も私の車室《コンパートメント》に入れるな！　特に新聞記者はな」と言うと、そそくさと列車に乗りこんでしまった。

書記は「承知しました」と答えて、車両の扉の前に立つと、ルールタビーユが列車に乗って、予審判事のコンパートメントに行こうとするのを阻止した。

「申しわけありませんが、判事のコンパートメントは貸切になっています」

だが、それを聞いても、ルールタビーユはひるまなかった。大げさな身振りで、書記に対してうやうやしく挨拶すると、自己紹介をする。

「失礼、僕は《レポック》紙の記者です。ド・マルケ氏にちょっとご挨拶したいと思いまして……」

「予審判事殿は、仕事でお忙しくしておられますので」

「いえ、僕の用件は予審判事殿の公務に関することではないんです。僕の担当は演劇で、殺人だとか、強盗だとか、くだらない記事を書くような記者とはちがいますから……」そう言うと、ルールタビーユは下唇を歪めて、白々しくも、普段自分が書いているような三面記事に対する軽蔑をあらわに見せた。「実は今夜、スカラ座で上演される芝居について、批評を書くことになっていまして……」

その言葉を聞くと、書記の態度が変わった。

「そういうことなら、どうぞ、お入りください」書記は脇によけて、ルールタビーユを通した。

私はすぐにルールタビーユのあとを追った。ルールタビーユはすでに予審判事のコンパートメントに入りこんで、ド・マルケ氏の横に座っていた。私はルールタビーユの隣に腰をおろした。最後に書記が入ってきて、コンパートメントのドアを閉めた。

書記を見ると、ド・マルケ氏は咎めるような目つきをした。

「ああ、ド・マルケさん。部下の方を責めないでください。僕が無理に押しいったのですから」予審判事が言葉を発する前に、ルールタビーユが言った。「僕がご挨拶したかったのは、予審判事のド・マルケ氏ではなく、劇作家の〈カスティガット・リデンド〉氏のほうになんです！　リデンドさん、スカラ座での上演、おめでとうございます。我が《レポック》紙の演劇担当記者として、お祝いを申しあげます」

そうやって、相手の機先を制すると、ルールタビーユはすばやく自己紹介をして、ついでに私の名前も紹介した。

その間、ド・マルケ氏は不安そうに先の細い顎ひげをなでつけていたが、ルールタビーユの話がひと段落すると、言った。

「私はたいした劇作家ではない。なにしろ、本名を隠して、〈カスティガット・リデンド〉という筆名で芝居を書いているくらいだから……。したがって、今夜、あなたがスカラ座で上演される芝居を観て感激しても、〈カスティガット・リデンド〉の本職がコルベイユの予審判事であることは書かないでいただきたい。というのも……」そこでちょっと口をつぐむと、予審判事はためらいがちに、こうつけ加えた。「劇作家の仕事が、予審判事としての仕事の妨げになることもあり得るからね。とりわけ田舎では、まだ古い観念も残っているから……」

それを聞くと、ルールタビーユは神に宣誓するかのように両手をあげた。

「ええ、誓っておおやけにはいたしません！」

その時、列車が出発した。

「おや、動きだしたぞ！」ド・マルケ氏が声をあげた。「君たち、列車を降りなくてもよかったのかね？」

「列車は動きだしました。そして、真実もね」ルールタビーユが人なつっこい笑みを浮かべて言った。「グランディエへ向かって……。いや、それにしても、予審判事殿、あれは捜査のしがいがある事件ですね。その意味では美しい事件です」

「難しい事件だよ。想像もつかなければ、説明もできない。本当にあったと信じることもできない」ド・マルケ氏は答えた。「ということだから、ルールタビーユ君、今の私の心配はひとつだけだ。それは事件が解決するまでに、君たち新聞記者がこの事件にあれこれ口を出して、ひっかきまわすことだ」

「その心配はごもっともです」予審判事に釘をさされたのをわかっていながら、ルールタビーユはそらっとぼけて答えた。「記者というのはどこにでも入りこんできますからね。いえ、僕が予審判事殿に声をかけたのは偶然ですよ。この列車に乗ろうとしたら、たまたま予審判事殿のお姿を見かけたので、ご挨拶をと思っただけですから……」

その言葉に、ド・マルケ氏が尋ねた。

「すると、君たちも最初からこの列車に乗るつもりだったのか？　どこに行くんだね？」

「グランディエ城ですよ」ルールタビーユはさらっと答えた。

ド・マルケ氏は天を仰ぐと、もう一度、釘をさすように言った。

「言っておくが、ルールタビーユ君。君は現場に入ることはできないぞ」

「予審判事殿が許可なさらないからですか？」判事の言葉に、ルールタビーユがむっとした口調になった。

「そうではない。私は新聞社や記者の諸君を大切に思っているからね。なんにせよ、君たちを邪険にすることはない。記者たちが現場に入れないのは、スタンガーソン博士が面会を拒否しているからだ。警察以外の人間には立入禁止になっている。城館にも事件のあった離れにも……。昨日だったら、記者諸君は城の門すらくぐれなかったはずだよ」

「それはよかった」ルールタビーユが答えた。「今日だったら、違うということですね。僕はちょうどいい日に来たというわけだ」

その言葉を聞くと、ド・マルケ氏は唇をかみしめ、これ以上は絶対に何も話さないという意志をあらわにした。だがルールタビーユが、グランディエにはロベール・ダルザック氏に会いにいくのだと打ち明けると、固い表情を少しゆるめた。

「ロベールとは昔からの友人なのです」

おそらく一度会ったことがあるかどうかだろうに、ルールタビーユはぬけぬけとそう言った。それから、いかにも友人を心配しているという口調でこう続けた。

「かわいそうなロベール……。なんと言葉をかけたらいいものか。悲しみのあまり、ロベールの心臓までが止まってしまうんじゃないかと心配なんです……。本当に令嬢のことを愛していますからね」

すると、その言葉に予審判事も思わずつられたらしい。

「確かにダルザック氏の苦しみようと言ったら、見ているほうが辛くなるところがあったね」そう相槌を打った。

「スタンガーソン嬢が、なんとか助かってくれるといいのですが……」

ルールタビーユがさらに誘いをかけると、ド・マルケ氏は答えた。

「本当にそうだね。博士も、『もし娘がこのまま死んでしまったら、自分ももう長くは生きてはいられない』と洩らしていたよ。『きっと、早々にあの世で娘と会うことになるでしょう』とね。万が一そんなことになったら、科学界にとっては、計りしれない損失だ」

「スタンガーソン嬢のこめかみの傷は、そんなにひどいのですか？」

「致命傷だ！　むしろ、即死しなかったのが不思議なくらいだよ。よっぽど、運がよかったのか……。なにしろ、あれだけの力で殴られたのだからね」

「つまり傷は拳銃で撃たれたものではない、ということですね」予審判事にそう問いかけながら、ルールタビーユは勝ち誇ったように私を見た。

そこで、ド・マルケ氏は、余計なことを言ってしまったと気がついたようだ。

「いや、別にそんなことは言っていない。これからも言うつもりはない。いくら訊かれようと、私は答えないからね」そうして、もはや私たちは赤の他人とばかりに、正面にいる書記のほうを向きなおってしまった。

だが、ルールタビーユは、そのぐらいでは引きさがらなかった。予審判事のほうへ体をよせると、ポケットにつっこんでいた《ル・マタン》紙を取り出して訊く。

「予審判事殿、失礼は承知で、ひとつお伺いします。今朝の《ル・マタン》紙はご覧になりましたね。あれはでたらめな記事だったと思いませんか？」

「別にそうは思わないが……。どうしてだね？」

「だって、記事のとおりだとすると、話が合わないじゃありませんか。しかもその鉄格子は壊されてもおらず、鉄格子のある窓がひとつっきりしかないんですよね。しかもその鉄格子は壊されてもおらず、〈黄色い部屋〉には、室内に入るには、扉をたたき壊すしかなかったんですよね。それなのに、実際に室内に入ったら、犯人の姿はなかった……」

「そのとおりだよ。君、まさにそのとおり。話が合わないのもそのとおりだ。だからこそ、問題なんじゃないか！」

それを聞くと、ルールタビーユは黙りこんだ。そのまま、周囲がいることも完全に忘れてしまったかのように、深い考え事に入っている。そうして十五分ほどが過ぎただろうか。不意に顔をあげて、予審判事に尋ねた。

「あの夜の、令嬢の髪型はどんなでしたか？」

「どうして、そんなことを訊くんだ？」

「謎を解くのに重要なことなのです」ルールタビーユは重ねて言った。「髪はおさげにしていましたよね？　あの夜、事件があった時、令嬢は髪を二つに分けて結んでいたにちがいないはずです。こめかみが隠れるように……」

「それは違う」予審判事は首を横に振った。「君は大きな間違いを犯しているよ。スタンガーソン嬢は、あの晩、髪を頭部の高いところでひとつにまとめていた。いや、これはいつもそうしているらしいのだ。だから、こめかみは完全にむきだしだった。間違いないよ。なにしろ、こめかみの傷は念入りに確認したからね。髪のほかの部分に血がついた形跡もなかった。つまり、頭を殴られたあとに、髪型を変えたりもしていないということだ」

「本当ですか！　令嬢は襲われた夜、確かに、髪の毛をおさげにはしていなかったのですね？」

「確かだ」ルールタビーユを混乱させたのが嬉しかったのだろうか、予審判事は笑みを浮かべながら言いきった。「なにしろ、私が傷を確かめていると、医者がこう言ったからね。『髪を、いつもひとまとめにしていたのが悔やまれます。せめて二つ分けにしていたら、こめかみに垂れた髪が、殴られた衝撃を少しは緩和させたかもしれないのに』と……。だから、謎を解くのに髪型が重要だという君の考えは、根本から間違っていることになる」

「髪をおさげにしていたのではないのか！」ルールタビーユはうめいた。「どういうことだ？　これはどういうことなんだ？　もっと調べなければならないな」

そうなりながら、頭を抱えた。だが、しばらくして顔をあげると、先程と同じことを尋ねた。

「こめかみの傷はひどいとおっしゃいましたね」

「ああ、致命傷だと……」

「凶器は何だったのですか？　素手で殴られたわけではないのでしょう？」

「それは、君、捜査上の秘密だ」

「つまり、少なくとも、凶器は見つかっているのですね？」

予審判事は答えなかった。するとルールタビーユは、質問を変えた。

「首のほうはどんな状態でしたか？　令嬢は首を絞められていたとか……」

その点については、話してもかまわないと予審判事は判断したらしい。

「もし、犯人にあと数秒長く首を絞められていたら、間違いなく絞殺されていたろう。首に残った指の跡を見た医者たちは、みなそう言っていた」

するとルールタビーユは令嬢の髪型のショックからようやく立ち直ったようで、勢いこんで尋ねた。

「いずれにせよ、《ル・マタン》紙に書いてあったことはでたらめではなく、本当のことだったわけですね。だとすると、ますます説明がつかなくなってくる。予審判事殿、離れの窓や扉について教えてください。外から入るとしたら、窓や扉を使うわけですから……」

ド・マルケ氏はその質問に答えるかどうか躊躇したようで、二、三度、咳払いをした。だが、自分が捜査している事件がどれほど奇怪なものなのか、ひけらかしたい欲求に打ち勝てなかったらしい。こう説明しはじめた。

「離れに入る口は、全部で五つある。まずは玄関。これが外から離れに入る唯一の扉だ。この扉は閉めると自動的に鍵がかかるタイプで、中からも、外からも鍵がないと開けられない。鍵は特殊なものでこの世に二つしかなく、ひとつを博士が、もうひとつをジャック爺さんが肌身離さずに持っている。スタンガーソン嬢は、必要がないので持っていないそうだ。というのも、ジャック爺さんが同じ離れで寝起きしているし、昼間は父親の博士のそばを離れることがまったくないそうだからな。

事件が起きた時、玄関の扉は閉められていて、鍵は博士とジャック爺さんのポケットに入っていた。事件時、ジャック爺さんは離れを出入りしたが、その時も自分の鍵は自分で持っていたという。その後、門番夫婦らも一緒に〈黄色い部屋〉の扉をたたき壊した時も、鍵はそれぞれのポケットに入っていた。もちろん玄関の扉は閉まっていた。

それから窓については、これは四つある。実験室に二つ、玄関脇と〈黄色い部屋〉にひとつずつ。このうち〈黄色い部屋〉の窓と実験室の二つの窓は、敷地の外に面していて、玄関脇の窓だけが敷地内にある〈コナラ庭園〉に面している」

「じゃあ、犯人はその玄関脇の窓から逃走したんだ！」ルールタビーユが叫んだ。

「なぜそう言えるんだ？」ちょっと不思議そうな顔をして、ド・マルケ氏が尋ねた。

「〈黄色い部屋〉からどうやって出たのか、という点についてはまだわかりませんが、その窓から立ち去ったのは間違いないですよ」

「だから、どうしてそう言えるんだね？」

「どうしてって、簡単なことです。玄関から逃げだすことはできない以上、窓から出ていくしかないじゃないですか。しかも、格子のない窓から……。格子があったら、通れませんからね。ところが〈黄色い部屋〉の窓には格子がありました。敷地の外に面しているのですから、これは当然です。ならば、実験室の二つの窓も同様の理由で、格子がつけられているでしょう。そうすると、残りは〈コナラ庭園〉に面している、玄関脇の窓しかありません。この窓には、おそらく格子はないでしょう。敷地の中を向いていれば、格子は必要ないですからね。なに、そんなに難しい推理じゃないですよ」

「そうだな」ド・マルケ氏は同意した。「だが、君でも見抜けていないことがある。確かに、玄関脇の窓には格子がない。だが、そのかわりに、鉄製の鎧戸があるのだ。しかもだよ、この鎧戸も、犯行時は閉められていた上、内側にある鉄製の鍵もおろしてあったのだ。それにもかかわらず、犯人は実際にこの格子のない窓から脱走していった。それもまた明らかなのだ。

どういうことかというと、まず、室内側の壁や窓には、犯人がつけた血の跡が残っていて、犯人が建物の内部にいたのは間違いないことがわかっている。その一方で、その格子のない玄関脇の窓の外に、明らかに窓から出ていったとわかる足跡があるのだ。それも〈黄色い部屋〉に残っていた足跡と同じものがね。私は〈黄色い部屋〉の足跡の写しをとって、外に残っていた足跡に当ててみたが、ぴったり一致したよ。つまり犯人は、玄関脇の窓から逃げたということなんだ。これはどういうことなのだろう？　鎧戸はすべて内側から鍵をかけられていたのに、いったい、どうやってその窓から出ていったというのか。これでは幽霊のようにすり抜けたということになる。結局のところ、この事件で一番不可解なのは、この、犯人が離れから逃げだす足跡が窓の外に残っていた点につきるのだ。〈黄色い部屋〉から犯人がどうやって脱出したのかもわからない、玄関脇まで、博士たちに気がつかれずにどうやって実験室を通ったのかもわからない。それでも、窓の外には出ていった足跡があるのだから。いや、ルールタビーユ君。この事件はまるで手品のようだ。見ているほうは、戸惑うばかりだ。その意味では、君の言ったとおり、美しい事件だ。あとはこの謎の鍵が、ずっと見つからないのを願うばかりだ」

「なぜそんなことをおっしゃるんです？」ルールタビーユが尋ねた。

おそらく、劇作家としての本音が出てしまったのだろう、それに気づくと、ド・マルケ氏はあわてて言いつくろった。

「……ああ、いや願うわけではなくて、その……そうなるんじゃないかと思われるというか」

ルールタビーユは、それ以上は追求しなかった。話を戻して尋ねる。

「そうなると、犯人が玄関脇の窓から逃走した後に、誰かが内側から鎧戸と鍵を閉めた、という可能性も出てきますね」

「今のところ、そう考えるのが一番自然だろう。だからといって、それですべてが解決するわけではないが……。たとえば、誰かが内側から鎧戸と鍵を閉めたというなら、この事件にはひとり、ないしは複数の共犯者がいたことになる。だが、それに当てはまる人物がいないのだ」

そう言うと、ド・マルケ氏はしばらく口をつぐんだ。それから、祈るような口調で続けた。

「ともかく、スタンガーソン嬢が今日にでも回復してくれれば……。少なくとも、話を聞くことができるくらいに……」

ルールタビーユは考えこんでいたが、おもむろに尋ねた。

「屋根裏部屋はどうでしたか？　そこにも窓はありますよね」

「おお、そうだった。それを数に入れるのを忘れていた。屋根裏部屋には小さな明かりとりの窓が、天井に近いところにある。つまり、離れに出入りできる口は全部で六つだということになる。ただし、その明かりとりの窓も敷地の外を向いているので、やはり鉄格子がとりつけられている。また、〈黄色い部屋〉や実験室の窓と同様に、格子が壊されたりもしてない。窓は内側に開くようになっているが、それもしっかりと室内から閉められていた。それに、屋根裏部屋を犯人が通ったとおぼしき跡は、何も発見できなかったのだ」

「つまり、予審判事殿、どうやってかはわからないけれど、犯人は玄関脇の窓から逃走したことは疑いようがない。そういうことですね？」

「あらゆる状況が、それを証明しているからね」

「僕もそのとおりだと思いますよ」ルールタビーユも自信ありげに頷いた。

コンパートメントの中は、つかのま、沈黙が支配した。やがて、ルールタビーユが口を開いた。

「屋根裏部屋には、犯人が入りこんだ痕跡がなかった……。そう、たとえば〈黄色い部屋〉の床に残っていた、黒っぽい足跡のようなものはなかった。ということは、ジャック爺さんの拳銃を盗んだのは、犯人ではないと考えざるをえませんよね」

「確かに屋根裏部屋には不審な足跡はなかった。あったのは、ジャック爺さん、本人の足跡だけだ」

そう意味ありげに言うと、予審判事は座席に座りなおした。そうして、その事実から導きだした自説を明らかにする腹をくくったらしい。

「私はジャック爺さんが事件に関わっているのではないかとにらんでいる。ただ、爺さんは犯行が起きる前後、スタンガーソン博士と一緒にいた。まあ、本人にとっては大変に運がよかったということだがね」

「そうすると、ジャック爺さんの拳銃はどうして〈黄色い部屋〉にあったのでしょう？　少なくとも、その拳銃を使って、令嬢が犯人に怪我を負わせたことは間違いないと思いますが……」

ド・マルケ氏はこれには答えなかった。ジャック爺さんを犯人と断定するには、説明のつかないことが多すぎるのだ。その代わりに、ド・マルケ氏は、〈黄色い部屋〉からは弾が二発見つかっていると教えてくれた。一発は犯人のものと思われる血の跡がついた壁の辺りに、もう一発は天井に撃ちこまれていたという。

「なんだって！　天井に！　いや、天井とは！　これは面白くなってきたぞ。天井とは！」

そう小声で繰り返すと、ルールタビーユは黙ってパイプを吹かしだした。ルールタビーユが吐きだす煙で、コンパートメントの中はすぐにいっぱいになった。それから、かなり長い間、ルールタビーユはそのまま考え事に沈みこんでいたので、目的のエピネー・シュル・オルジュ駅に着いたことも気がつかなかった。私はルールタビーユの肩を叩いて、降りるぞと合図をした。

ホームに降りると、予審判事と書記の二人は、私たちに軽く頭をさげてから、迎えに来ていた二輪馬車にさっと乗りこんでしまった。もう私たちといるのはお断りというのが、ありありとわかる態度だった。ルールタビーユが駅員に尋ねた。

「グランディエ城まで歩いてどのくらいですか」

「一時間半てところでしょうか。ゆっくり歩いたら、さらに十五分くらい余計にかかるかもしれません」

駅員の返事を聞くと、ルールタビーユは空を見あげた。そして、多分、天気は持ちそうだと見たのだろう、私の腕をつかんだ。

「歩いて行こう！　少し運動したいところだったし……」

「いいけど……。でも、謎は解けそうなのか？」

「いや！　もちろん、まだまったく何もわからないさ。むしろ、さらにもつれたぐらいだよ。まあ、ひとつだけ仮説は浮かんでいるがね」

「なんだい？」

「それはまだ言えないな。この仮説には、少なくとも二人の人間の生死が関わってくるからな」

「共犯者がいたと言うのか？」

「いや、そうは思わない」

しばらく、私たちは黙って歩きつづけた。やがて、ルールタビーユが洩らした。

「それにしても、予審判事と書記に会えたのはついていたな」それから、急に思い出したように、こう続けた。「ああ、そう言えば、拳銃は僕が言ったとおりだったろう？」

だが、私の返事は待たずに、両手をポケットに突っこむと、うつむき加減に歩きながら、軽く口笛をふきはじめた。と、その口笛を突然やめて、ルールタビーユがつぶやいた。

「かわいそうな人だ……」

「それはスタンガーソン嬢のことか？」

「ああ、本当に気の毒な人だ。誇り高くて、立派なだけにね。それに、僕が思うに、気丈な人でもある」

「ということは、令嬢と面識があるのか？」

「いや、まったく。一回見かけたことはあるが……」

「じゃあ、なぜ気丈な人だと言えるんだ」

「そりゃ、犯人に毅然と立ち向かったからさ。必死に抵抗してね。それに、令嬢が気丈だと、僕がとりわけそう思ったのは、弾が天井に撃たれていたからだ」

私はルールタビーユの顔をのぞきこんだ。なぜ天井に発砲されていたことが、そこにつながるのだろう？　ルールタビーユは私をからかっているのだろうか？　それとも、頭が突然、おかしくなってしまったのだろうか？　だが、その小さな丸い瞳からは、いつもの輝きが失われてはいなかった。本人としては、別に何か突拍子もないことを言ったつもりでもないらしい。その時、私はこれはルールタビーユのいつもの癖だと思いあたった。ルールタビーユは事件の途中で、脈絡なく思いついた言葉を口にすることがある。その言葉は、その時点ではまったく意味がわからないものなのだが、ルールタビーユは、時がくれば、それがどういうことなのか、多少の説明をくわえて、論理の筋道を教えてくれる。すると不思議なことに、それまではつながりを持たなかったルールタビーユの言葉が、突然、霧が晴れたようにはっきりしてくるのだ。それが、あまりにいとも簡単につながって道をつくるものだから、どうして自分はもっと早くわからなかったのだろう、とすら思わされてしまう。きっと今回もそうなのだろう。

第四章　荒涼とした自然のただなかで

イル・ド・フランス地方には封建時代に建てられた数多くの城が存在するが、グランディエ城は、その中でも最古のものに数えられる。建造されたのは十三世紀末――《端麗王《たんれいおう》》ともいわれるフィリップ四世の時代のことだ。城はサント・ジュヌヴィエーヴの森の真ん中に位置し、モンテリから来てサント・ジュヌヴィエーヴ・デ・ボワ村を抜ける街道を、村に入ってから数百メートルほど進むと、その行く手に見えてくる。増改築が繰り返されたため、ちぐはぐな建築になっていて、その上に天守閣が全体を見おろすようにそびえている。その古い天守閣のぐらぐらする階段を一歩一歩あがっていくと、十七世紀に、このグランディエやメゾン・ヌーヴの領主だったジョルジュ＝フィリベール・ド・セキニーがつくらせた、なんとも趣味の悪い、ロココ調の小さな採光塔に出る。そこからは、眼下に広がる谷や平原を見わたすことができた。十キロ以上離れたところには、モンテリの塔も見える。そう、モンテリの塔とグランディエ城の天守閣は、こうして何世紀もの間、静かに見つめあってきたのだ。それはまるで、緑の森や枯れ木の林を足下に従え、フランスの古史を彩る、この土地の伝説を語りあっているようにも見えた。

その伝説のひとつによると、グランディエ城の天守閣は、かたときも眠ることなく、パリの守護聖人ジュヌヴィエーヴの霊魂の番をしていると言われる。聖女ジュヌヴィエーヴには、フン族の王アッティラを退けたという逸話があり、この城の古い堀の中で最後の眠りについていると伝えられる。森にある聖女の墓の前では、夏になると恋人たちが手をつなぎ、バスケットを片手に草むらの上でピクニックをしにやってくる姿が見られる。恋人たちは〈真実の愛〉の花言葉をもつ忘れな草を手に、将来を語ったり、誓いを交わしあったりするのだ。

また、そこからほど近いところにある井戸の水は、聖ジュヌヴィエーヴの力によってこれまで何人もの子供たちの命を救った〈奇跡の水〉だと言われている。井戸のそばには、子供たちの母親たちの手によって、聖女ジュヌヴィエーヴの像がまつられ、母親たちは像の足下に聖水で救われた子供たちの小さな靴や帽子を奉納しては、感謝の祈りを捧げていた。

過去から時が止まったままの土地。それがグランディエと言えた。だが、スタンガーソン博士は、娘とともにこの地を最先端の科学実験をするための住まいと定めたのだ。その理由はおそらく、グランディエ城が森に囲まれた、静かな環境にあったからにちがいない。研究とその成果を見守っているのは、城を取り巻くコナラの森だけだ。そう言えば、この土地がグランディエと呼ばれるのは、大量《グランド》のどんぐりが森のそこかしこで拾えたからだ——土地の古名はグランディエルムと言い、それがいつしかグランディエになったのだ。事件が起きたことで、今は有名になってしまったが、博士たちがやってくるまでは、長いこと忘れられた土地だった。所有者が伐採を怠り、ほったらかしにしていたため、城のまわりの森は原生林のようだったという。

その森のなかにグランディエ城は隠れるようにして建っていた。建物に統一感がなく、ちぐはぐな印象を与えているのは、前述したように、長年にわたって増改築が繰り返されてきたからだ。それは恐怖がちりばめられた時代の変遷も伝えていた。ある建物の壁にはおぞましい出来事の爪痕がくっきりと残されている。また別の建物の壁にもどす黒い血の跡があって、そこで血なまぐさい事件があったことを示している。こうした過去の事件に思いをいたせば、この城はスタンガーソン博士の令嬢があわや殺されそうになるという恐ろしい事件の舞台にふさわしいとも言えた。

さて、おそらく読者の皆さんは前置きが長過ぎると、そろそろおっしゃられるだろう。だが、私がここまでグランディエについて、いかに寂しい土地かというのを説明したのには理由があってのことだ。別に、これから語る事件の雰囲気を盛りあげようとして、まずはその場面作りをしてからと考えたわけではまったくない。実際のところ、この事件を語るにあたって私が一番気をつけなければならないのは、脚色をせずにできるだけ簡潔にすることだ。物を書くには多少なりとも小説家の気質が必要だということだが、この事件を語るのに、私は物書き――つまり、小説家になるつもりはまったくない。また、ありがたいことに、その必要もない。なにしろ〈黄色い部屋〉の謎を語るには、わざわざフィクションの要素をつけ加えなくても、現実に起きたこと自体が十分に悲劇的なので、それを伝えるのに、文学の力を借りる必要はまったくないからだ。私はただ忠実な〈レポーター〉であればいいし、またそうであろうと心がけている。出来事をただ淡々と報告する——役割はそれだけだ。そういうわけで、グランディエという土地について長々とご説明したのも、まずはこの事件の舞台がどんなところなのか、正確にしておきたかっただけなのだ。事件の詳細を話す前に、その舞台について読者が知っておくことは当然のことだからである。

では、話をスタンガーソン博士に戻そう。

この城に住む前、博士はしばらくアメリカに滞在していたが、そこから帰国してこの土地を購入したのは、〈黄色い部屋〉の事件が起きる十五年ほど前にさかのぼる。先程も書いたように、それまでこの城は長らく誰も住んでいなかった。近くにはもうひとつ、十四世紀にジャン・ド・ベルモントが建てた古い城がひとつ残っているが、そこもまたずっと放置されていたため、この一帯そのものが住民のほとんどいない土地になっていた。それでもコルベイユに通じる街道沿いに、何軒かの田舎家があるほか、《主楼館》という宿屋が一軒あることはあった。だが、その宿屋も街道を行く荷馬車の御者たちにつかのまの休息を提供する程度のものにすぎなかった。要するに、パリから何十キロメートルと離れていないところなのに、かろうじて〈文明化〉されているのは、数軒の田舎家と一軒の宿屋だけだったのである。あとは〈未開〉の土地といってよかった。もっとも、そのように完全に見すてられた土地だからこそ、スタンガーソン博士とひとり娘のマチルド嬢は、この土地を選んだのである。博士と令嬢はアメリカから帰ってきた時、すでに研究者として名声を博していたが、アメリカで始めた研究を完成させるには、静かな環境が必要だったのだ。

ちなみに、博士がアメリカに行ったのは、亡くなった父親の遺産相続の手続きをするためである。博士の父親のウィリアム・スタンガーソンは、フィラデルフィアの出身で、フランス人女性と結婚して、妻の求めに応じてフランス国籍をとったのだが——だから、博士もフランス国籍なのだが——亡くなった時にいろいろとややこしい相続問題が起きたので、アメリカに渡って、その問題を解決する必要に迫られたのだ。ところが、行ってみると、そこでは多くの訴訟が待っていて、博士はそれをすべて片づけるために、しばらくアメリカに足止めされた。だが、結果的にはすべての訴訟に勝ち、また示談を成立させて、莫大な財産を手にすることができたのである。

その間、博士は研究も続けて、フィラデルフィアで出版した『電気作用による物質の分離』という著作によって、学会に多くの論争を巻きおこしながらも、研究者としての名声を確立した。そうして、相続に関する手続きが無事に終わったところで、莫大な財産とともに、フランスに戻ってきたのだ。

この相続財産は、博士にとって大変にありがたいものだった。というのも、博士はその気になりさえすれば、これまでにした発明や発見——たとえば新しい染色方法に関する発見を独占的に活用することで、数百万ドルという金をいつでも手にすることができた。だが、そういった〈発明の才〉を金に換えることを心から嫌悪していたからである。〈発明の才〉というのは、生まれつき神から与えられたもので、その才能が天才的であるならなおさら、自分だけのものではない。これは人類すべてのものであって、その才能によって発明されたもの、世界にもたらされたものは、すべての人類のものである。そう考えて、博士は研究によって金を儲けることに対しては、禁欲的《ストイック》な態度を貫いていたのだ。

だから、思いがけなく手に入れた財産には、さすがの博士も嬉しさを隠しきれなかった。なにしろこれで一生、好きな研究に没頭できるのだ。また、自由に使える財産があることは、もうひとつ別の理由からも、喜ばしいことであった。その理由とは、適齢期を迎えた令嬢のことである。マチルド嬢が父親と一緒にアメリカから帰国し、このグランディエに暮らしはじめたのは二十歳の時だった。令嬢はたぐいまれな美貌の持ち主で、自分を生んで亡くなったフランス人の母親からは、フランス女性らしい優美さを受けついでいた。またアメリカ人だった祖父からは輝くばかりの若々しい情熱をゆずりうけていた。まだ二十歳という若さ、見事な金髪に青い瞳、白くつややかな肌、優美な物腰にはちきれんばかりの生命力――これだけの魅力にあふれていれば、ヨーロッパでもアメリカでも、花婿候補にはことかかないはずであった。だとしたら、どれだけ父親が手もとに置いておきたいと思っても、いずれは結婚することになるだろうし、そうと決まれば、それなりの持参金がいる。したがって、かわいい娘を結婚させるにも、相続で手に入れた莫大な財産は、博士にとってはありがたかったのである。少なくとも周囲の人々はそう考えた。そして、またこう噂した。マチルド嬢は結婚相手を探すために、まもなく社交界にデビューするだろうと……。

ところが、そういった周囲の予想を尻目に、帰国した令嬢は、父親とともにグランディエにひきこもってしまった。これには友人たちも肩すかしをくらい、なかにはグランディエまでやってきて、理由を尋ねる人もいた。すると、その問いにはまず博士がこう答えた。

「娘が望んだことです。私は娘が決めたことは、何ひとつ拒めないんですよ。グランディエで暮らすのは、本人が決めたことなんです」

そこで、今度は本人に尋ねると、令嬢はあっけらかんと、こう答えた。

「だって、ここは静かだから……。研究を続けるには、ここが一番適しているんですもの」

確かにそれ以前から、マチルド嬢は父親の研究を手伝ってはいた。とはいえ、研究に情熱を傾けるあまり、まさかその後十五年にわたって、独身生活を続けるとは、誰もが予想もしなかった。十五年の間には、さまざまな男が求婚してきたが、マチルド嬢はその男たちの願いをことごとくはねつけてきたのである。博士父娘はグランディエには住んでいても、たまにはパリに出て、おおやけの場に姿を見せることがあった。おりおりの季節にはいくつかのサロンに顔を出すこともある。したがって、アメリカから帰国した最初のうちは、父娘が姿を見せると、人々はまわりに集まり、特に若い男たちは、令嬢にしきりに想いを打ち明けた。だが、マチルド嬢がつれない態度で答えていると、それから数年後には、熱心に求婚していた男たちもさすがにあきらめていくようになった。

その中で、ただひとり、マチルド嬢に想いを寄せつづけた男がいた。ロベール・ダルザック氏である。ダルザック氏はどれほど令嬢に断られても、求愛を続け、ついには〈永遠の求婚者〉と揶揄《やゆ》されるまでになった。本人にとって、それはもちろん楽しいことではなかったろうが、ダルザック氏はその称号すらも甘んじて受けいれているように見えた。確かに世間の言うとおり、令嬢ももう三十五歳になり、その年になるまで結婚に興味を示さなかった以上、この先、急に気持ちが変わることはないだろう。したがって、ダルザック氏は永遠に求婚者のままだからである。だが、ダルザック氏はそういった世間の声に耳を貸すことなく、マチルド嬢に求愛しつづけていた。といっても、ダルザック氏のしていることは、これからも結婚はしないと宣言している令嬢に、愛情と思いやりをもって接するだけで、それを〈求愛〉と呼ぶならば、ということであるが……。

ところが、世の中というのはわからないもので、事件の起きる数週間前に、パリの社交界にひとつの噂が流れた。スタンガーソン博士の令嬢が、ついに〈恋いこがれつづけたロベール・ダルザック氏の想い〉を受けいれることにしたというのである。そんなことありっこないと、最初は誰も本気にしていなかったのだが、当のダルザック氏がこの話を否定しなかったことから、この噂はだんだんと真実味を帯びていった。そしてついにスタンガーソン博士自身が、科学アカデミーの会合終了後に、娘とダルザック氏の結婚が事実だと認めたのである。「ただし、結婚式は、博士と令嬢が〈物質の分離〉、つまり物質がエーテルに還元することに関する最終的な研究報告を完成させてからで、その報告が終わり次第、すぐにグランディエの城で内輪の式を行なう」博士はそう発表したのだ。結婚後、二人はグランディエ城を新居とし、ダルザック氏は博士と令嬢の研究に協力していくことになるとのことだった。

スタンガーソン博士の令嬢が襲われるという衝撃的なニュースが飛びこんできたのは、この結婚の話題がまだ冷めきらないうちのことである。それを考えれば、人々の驚きがいかほどだったか、容易に推察できると思う。しかも、これまで説明してきたように、犯行はまったくありえない状況下で行なわれた。それがどれだけありえない状況だったのかは、これから私たちが城の中に入っていくのと合わせて、正確にお伝えしていこうと思う。

それから、これも先に申しあげておくが、今お話ししたひどくプライベートな情報は、事件を通してつきあっている間に私がダルザック氏本人から得たものである。私はそれを、読者には包み隠さず明かすことにした。なぜならば、〈黄色い部屋〉の扉を開けて、その秘密を知るには、読者にも私と同じだけ情報を持っていてほしいからである。

第五章　ルールタビーユ、ダルザック氏へ謎の言葉をかける

私たちはいつしかグランディエ城のすぐ近くまで来て、広大な敷地を囲む、城の外壁に沿って歩いていた。と、正門の鉄の扉の前で、男がひとり、地べたにしゃがみこむようにして、何か調べているのが見えた。よほど気になることがあるのか、私たちにはまったく気づいていない。ほとんど腹這いになるかのようにして、地面を観察している。いったい、何をしているのか？　そう思った瞬間、男が起きあがって、城壁を眺めはじめた。それから、自分の右の掌《てのひら》をのぞきこんだかと思うと、今度は大股で歩きだし、ついには走りだした。そして、鉄の扉のところで立ちどまると、また右手をのぞきはじめた。私は男に近寄ろうとした。すると、ルールタビーユが私を引きとめた。

「待て！　あれはフレデリック・ラルサンだ。今、捜査をしているんだ。邪魔をしないほうがいい」

私はこれまでフレデリック・ラルサンに会ったことはなかったが、その噂はよく耳にしていた。そして、ルールタビーユがこの高名な刑事を崇拝していることもよく知っていた。

フレデリック・ラルサンは、パリ警視庁きっての敏腕刑事である。迷宮入りになりかけて

いた造幣局の金塊強奪事件を解明し、さらには万国銀行の金庫破り事件の容疑者を逮捕するなど、数々の大手柄をたてて、その名前は世間にあまねく知れわたっていた。したがって、ルールタビーユがまだそのたぐいまれな才能を世間に証明していないこの時点においては、込みいった謎をときほぐして難解な事件を解決できるのは、このフレデリック・ラルサンしかいないと思われていた。その評判は世界中に広まっていて、どこの国でも、捜査が暗礁に乗りあげてにっちもさっちもいかなくなると、ラルサンに助けを求めてきたほどである。それはロンドン警視庁でもベルリン警察でも、はてはアメリカの警察でも変わらない。そして実際に、この〈黄色い部屋〉の事件が起きた時にも、ラルサンは、有価証券の事件調査のためロンドンに派遣されていたのだ。だが、フランスでこの奇怪な事件が起きると、捜査の難航を予期した警視総監に、《ただちに帰国せよ》と電報で呼びもどされたのである。それはこれまでのラルサンの実績からすれば、きわめて納得のいくことであった。一方ラルサンも、長年の経験から、ロンドンでの仕事を中断してでも、このグランディエに来る必要があると判断したにちがいない。その結果、事件から二日もたっていないこの日の朝に、早くも現場検証をしていたのである。

ラルサンは正門に着いた私たちの目の前で、あいかわらず奇妙な行動を繰り返していたが、そのうちに私たちにもその行動の意味がわかった。ラルサンは最初にいたところから城壁までの時間をはかっていたのである。右手の掌をのぞきこんでいたのは、手にした時計を見ていたのだ。ラルサンはもう一度、こちらに引き返して、鉄の扉まで走ると、時計を確認した。

だが、そこでがっかりしたように肩をさげると、時計をポケットにしまった。それから足元のステッキを拾いあげ、扉を押して敷地の中に入っていった。おそらく部外者を入れないようにするためだろう。私たちはラルサンが門の中から扉に鍵をかけるのを見た。と、その時、ラルサンが顔をあげ、扉の格子ごしに、ようやく私たちの姿に気づいた。

それを見ると、すぐにルールタビーユがラルサンに向かって走りだした。私もそれに続いた。ラルサンはその間、待っていてくれた。

「おはようございます」

ルールタビーユは帽子をとって深い敬意をみせた。それは決して形だけではなく、心からこの名刑事を崇拝しているのがわかる態度だった。

「すみませんが、ロベール・ダルザック氏は今、城にいらっしゃいますか？　こちらにいる弁護士さんがダルザック氏に会いたいとおっしゃるので……。こちらはダルザック氏のご友人なのです」

「さあどうだろう、ルールタビーユ君。私は姿を見ていないが……」

ラルサンは格子越しにルールタビーユに答えた。二人はこれまで難しい事件の現場で、幾度となく顔をあわせていたので、顔見知りだったのだ。

「では、門番夫婦なら、ダルザック氏がいるかどうか知っていますよね」

ルールタビーユは、門のすぐ近くにあるレンガ造りの小さな家を指した。扉も窓もぴったりと閉めきられているが、そこが門番の住まいであることは間違いない。

「さあ、二人が教えてくれることはないと思うよ」

「なぜですか?」

「三十分程前に、逮捕されてしまったからな」

「そんな!」ルールタビーユは叫んだ。「それでは、門番夫婦が犯人だったと言うのですか!」

フレデリック・ラルサンは肩をすくめた。皮肉な口調で続ける。

「犯人が逮捕できなければ、せめて共犯者を捕まえて、格好をつけるしかないからね」

「ということは、フレッドさん、あなたが二人を逮捕させたのですか?」ルールタビーユはラルサンを「フレッドさん」と呼んだ。

「まさか! 違うよ、とんでもない! 私はそんなことしないさ。そもそも、門番夫婦はこの事件に何の関係もないと、私は確信しているからね。というのも……」

「というのも、何です?」ルールタビーユは不安そうに尋ねた。

「それは……。いや」ラルサンは途中まで言いかけたが、今はやめておくというように頭をふった。

すると、ルールタビーユがささやくように言った。

「というのも、共犯者などいないからだ。そうではありませんか?」

その言葉に図星をさされたのか、ラルサンは一瞬、体をこわばらせた。だが、すぐに、なにげないふうを装うと、面白いことを言うものだというようにルールタビーユを見た。

「ほう、なるほど！　君は事件について何か見当があるんだな。しかし、君はまだ現場も見ていないのだろう？　それに、現場を見るために、中に入ることもできない」

「入ってみせますよ」ルールタビーユは言った。

「どうだろうね。立ち入りは厳しく制限されているよ。門にはこうして鍵をかけることになっているくらいだ」

「なに、ダルザック氏に会うことができたら、すぐにでも入れますよ。だから、力を貸してください、フレッドさん。昔からの知りあいじゃないですか。ほら、造幣局の金塊強奪事件の時には、フレッドさんのためにいい記事を書いてあげたでしょう？　友人の弁護士さんが会いにきていると、ダルザック氏にほんのひと言伝えてくれるだけでいいんです。お願いしますよ」

　この時のルールタビーユの表情ときたら、なんとも滑稽なものだった。なんとしてもこの正門を越えたい。この門の向こうに、かつてないほど不思議な謎がある。そう考えると、その場所に行きたいという願望を丸出しにしているのだ。それも口で言ったり、目で訴えるだけではなく、顔の筋肉を総動員してせがんでいた。そのあまりに滑稽な表情に、私はこらえきれずに吹きだしてしまった。ラルサンもまた、さすがに固い表情を崩した。

　しかしながら、ラルサンは「それではダルザック氏に伝言しよう」とも言わず、持っていた門の鍵をポケットにしまいこんでしまった。私はそこでようやくラルサンをじっくりと観察した。

年齢は五十代くらいだろうか。髪には白いものが混じりだしている。顔色がくすんではいるものの、額がわりと高く秀でて整った顔立ちをしており、その横顔はややきつい感じを受けた。顎や頬のひげはきれいに剃られてあり、口ひげのない唇はとても形がいい。ただ、やや小さな丸い目は、真っ正面から探るように人を見据えるので、相手はびくっとしてどこか不安にさせられてしまうところがあった。身長は普通だが、すらりとした体格をしていて、身のこなしが柔らかく好感を持てた。警官にありがちな卑俗な雰囲気がまったくないのだ。〈捜査の芸術家〉といったおもむきを呈していて、また本人もそう見えることを承知しているように感じられた。自分が優れた人間だと思っているのは明らかだ。物事に対しては疑い深く、人生を覚めた目で見つめている――口調からはそんな様子がうかがえた。また、ルールタビーユ独特の表現によれば、〈感情が硬直している〉ところがある。だが、刑事という職業のせいで、多くの犯罪や卑劣な行為を目のあたりにしてきたことを考えれば、それも当然で、反対に、そうでなければむしろ不思議と言えるだろう。

その時、城館のほうから二輪馬車がやってくるのが見えた。先程、駅から予審判事たちを乗せていった馬車だ。ラルサンがうしろを振りかえり、また私たちのほうを見て言った。

「おや！　おあつらえむきとはこのことだ。ダルザック氏だよ。御者台にいる」

馬車はすでに門の近くまで来ていた。ラルサンの姿を見ると、ダルザック氏が御者台の上から、門を開けてくれないかと頼んだ。

「急いでいるんだ！　次のパリ行きの電車に乗らないといけないんだが、ほとんど時間がない」

ラルサンは目だけで頷くと、門を開けた。その間にダルザック氏はようやく私たちがいることに気づいたようで、「こんな時に何をしにきたんだ？」と、私に向かって少し咎めるような口調で言った。おそらく事件の衝撃で、辛い思いにさいなまれているのだろう。その憔悴ぶりは、顔色にもはっきりと表れていた。

「スタンガーソン嬢の状態はよくなっていますか」私はとっさに尋ねた。

「ああ」ダルザック氏は短く答えた。「たぶん、助かるだろう。いや、そうでなければ……」

そうでなければ、自分も死ぬ――とは、口に出さなかった。だが、青ざめて震えるダルザック氏の唇を見ると、そう言ったように見えた。

と、ルールタビーユが私たちの話に割りこんできた。

「ダルザックさん、お急ぎだとは思いますが、僕はあなたに話さなければならないことがあるんです。どうしても伝えなければいけない、大事なことです」

だが、ダルザック氏がそれに答える前に、ラルサンが声をかけてきた。

「私は行ってもよろしいでしょうか？　ダルザックさん、門の鍵は持っていますか？　それとも私のをお渡ししておきましょうか？」

「あ、いえ自分のを持っています。閉めていきますからいいですよ」

それを聞くと、ラルサンは足早に立ち去っていった。その行く手、数百メートル先には、いかめしい城館の姿が見えた。

ダルザック氏はそこで、時間がないことを思い出したらしい。

「すまないが、急いでいるんだ」と眉をひそめて、私に言った。

私はあわててルールタビーユを紹介した。

「こちらは親友のルールタビーユ……」

ダルザック氏は黙って頷いたが、ルールタビーユが新聞記者だとわかると、たちまち、私に非難の眼差しを向けた。

「悪いが電車の時間まであと二十分しかない。失礼するよ」そう言って、馬に鞭《むち》を当てる。

しかし、その時、ルールタビーユがびっくりするような行動にでた。走りだしていた馬の手綱をつかみ、力ずくで馬車を止めようとしたのだ。いや、それだけではない。ダルザック氏の目を見つめながら、こんなことを言ったのだ。

「司祭館は何も魅力を失わず、庭の輝きもまた失われず」

いったい、ルールタビーユは何を言おうとしたのだろう？　私にはまったくわからなかった。だが、この言葉がルールタビーユの口から放たれるやいなや、ダルザック氏が激しく動揺した。青ざめていた顔色がさらに真っ青になり、信じられないといった態《てい》でルールタビーユを凝視した。そして、ようやく混乱から立ち戻ると、さっと御者台から降りた。

「ならば、君……。ならば、一緒に来てくれたまえ」

そう口ごもりながら、ルールタビーユを城館のほうにひっぱっていこうとする。が、その時、突然、また怒りがわきあがってきたのか、怒鳴るように言った。

「さあ、君！　一緒にくるんだ！」

そうして、ダルザック氏は、城館に向かって、今来た道を今度は歩いて戻りはじめた。だが、口は固く閉ざしたまま、何も言わない。ルールタビーユはあいかわらず馬の手綱を握りながら、黙ってそのあとについていった。私はダルザック氏に話しかけてみた。だが、返事は戻ってこなかった。そこで、ルールタビーユにどういうことかと目で尋ねてみたが、こちらは私のことなど目に入っていないようだった。

第六章　コナラの林の奥

やがて、私たちは城館がすぐ近くで見えるところまでやってきた。古い天守閣のある建物は、間に建物をひとつはさんで、ルイ十四世の時代に全面的に改修された建物とつながっている。間にあるのは、十九世紀になってからヴィオレ・ル・デュック様式に改築された伝代風の建物だ。城館の正面玄関は、この現代風の建物にあった。私は今までこんなにも独創的というか、醜いともいえる館を見たことはなかった。さまざまな様式が寄せあつめになった、なんとも奇妙な姿をしている。それはまるで怪物のようであったが、それでいてどこか心を惹かれるものがあった。

天守閣のある建物の前では、憲兵がふたり、直接上にあがれる入口の警備をしていた。天守閣はかつては牢獄として使われたということだが、あとから聞いたところによると、門番のベルニエ夫婦は、この時、この建物の一階の物置部屋に監禁されていたということだった。

城館の前まで来ると、ダルザック氏は正面玄関の大きな扉のほうに向かっていった。玄関には雨よけのための〈ガラス張りの庇〉がつけられていた。一方、ルールタビーユはそこでようやく馬の手綱を離し、引いてきた馬車の始末を使用人に頼んだ。だがその間もずっと、目はダルザック氏に注がれていた。いったい、何をそんなに真剣に見つめているのだろう？　そう思って、ルールタビーユの視線を追うと、その先には手袋をしたダルザック氏の両手があった。だが、ダルザック氏のほうは、そんなルールタビーユの態度を気にする様子もなく、玄関ホールを通りぬけると、古い家具がぎっしりと置かれた小さな応接間に入っていった。と、ダルザック氏が突然こちらを振りかえり、いきなりルールタビーユに尋ねた。

「さあ、話してくれ！　私にどんな用事があるんだ？」

するとルールタビーユがまたおかしなことを言いだした。

「握手をしてもらえますか」

ダルザック氏は面食らったようだ。

「どういうことだ？」

どうしてルールタビーユがそんなことを言ったのか、私にはその意味がわかった。ダルザック氏にも、それはわかったにちがいない。ルールタビーユは、この事件の犯人がダルザック氏ではないかと疑っているのだ。〈黄色い部屋〉の壁に残されていたという、血痕のついた手形の持ち主ではないかと……。私はダルザック氏の顔をうかがった。ダルザック氏は誇りの高い人で、日頃はまっすぐに人を見据える癖を持っている。だが、この時は、その目はどこか落ち着かなげに見えた。それでも、ダルザック氏はルールタビーユに右手を差しだした。私のほうに目をやりながら言う。

「なにしろ、こちらの弁護士の先生には裁判の時にひとかたならぬ世話になっているからね。

君がその友人だというのなら、断ることはできまい」

だが、ルールタビーユは、その手を握ろうとはせず、ぬけぬけとこう口にした。

「ダルザックさん、僕はロシアに数年いたことがありましてね。あそこでは相手がどんな人であれ、手袋をした人とは握手をしないんです。僕は今でもその流儀を通しているんです」

私はさすがにダルザック氏が怒りを爆発させると思った。しかし、そうはならなかった。ダルザック氏は必死に怒りを抑えこもうとして、気持ちを落ち着けると、手袋をとって両手を見せた。そこにはひとつの傷もなかった。

「これで満足か？」

「いいえ、まだです」ルールタビーユはそう言って、私のほうを振りむいた。「悪いが、しばらく席をはずしていてくれないか？」

私はルールタビーユの態度に唖然としていたが、それでも頷いて部屋を出た。だが、これだけ失礼な態度をとられて、ダルザック氏はどうしてルールタビーユを追い返さないのだろう？　犯人ではないかと疑って、手袋をはずすよう要求するなんて侮辱もいいところだ。そんなひどいことをダルザック氏にさせてしまったのだと思うと、私はルールタビーユを恨みたくなった。まったく、失礼きわまりないとはこのことだ。

私は憮然とした気持ちで館の外に出ると、その辺りをぶらぶらしながら考えてみた。この朝、起こったさまざまな出来事は、互いに関連があるのだろうか？　だが、私には何も思いつかなかった。いったいルールタビーユは、何を考えているのだろう？　ダルザック氏が犯人だと疑うような、何か特別なことを見つけたのだろうか？　しかし、あといくらもしないうちにマチルド嬢と結婚しようとしている男が〈黄色い部屋〉に忍びこんで婚約者を殺そうとするなんて、そんなことが考えられるだろうか？　それに何といっても、〈黄色い部屋〉からどうやって犯人が脱出したのかがさっぱりわからない。その謎が解きあかされないうちは、私は誰にも嫌疑をかけるべきではないと考えていた。いや、わからないことはまだあった。ルールタビーユが言ったあの言葉――《司祭館は何も魅力を失わず、庭の輝きもまた失われず》、あれはいったいどういうことなのか？　最初に聞いてからずっと、私にはその言葉が耳について離れなかった。これは、あとでダルザック氏のいない時に、ぜひとも説明してもらわねばなるまい。

そうこうして二十分もたった頃だろうか。ルールタビーユがダルザック氏と一緒に館の玄関から出てきた。だが、その様子を見て、私はまた驚くことになった。この短い間に、二人はかねてからの親友のように打ち解けていたのだ。ルールタビーユが私に言った。

「これから現場の〈黄色い部屋〉を見せてもらうから、一緒に来てくれよ。そうそう、今更だけど今日は一日つきあってくれるね。あとで外に食事に行こう」

すると、ダルザック氏が提案した。

「食事なら、ここで一緒にとったらどうかな」

「ありがとうございます。でも、《主楼館》に行こうと思いまして」ルールタビーユは答えた。

「でもあそこじゃあ……。ろくに食べられるものはないと思うよ」

「そうなんですか？　でも、食べられるものはあると思いますよ。いずれにせよ、食事をしたら、記事を書かなければ……。サンクレール、君はそれをうちの編集部に届けてくれないかな？」

「僕が？　君はパリには戻らないのか？」

「ああ、ここに泊まる」

私は友人を見やった。ルールタビーユは本気で言ったようだった。そして、驚いたことに、ダルザック氏もルールタビーユがこのグランディエ城に泊まることに反対をしなかった。

私たちは天守閣の前を通りすぎた。すると、中からすすり泣く声が聞こえてきた。「門番夫婦が監禁されているのだ」とダルザック氏が教えてくれた。ルールタビーユが尋ねた。

「なぜ、門番夫婦が逮捕されたのですか？」

「それは私の発言が原因でね」ダルザック氏が答えた。「実は事件のことを考えていたら、ちょっとひっかかることがあってね。それを予審判事に話したのだ。というのも、事件が起きた時、門番のベルニエ夫婦はすでに就寝していたが、銃声が聞こえたので離れに向かったと言った。その行きがけにジャック爺さんに会ったとね。ところが、銃声から爺さんに出くわすまで、時間にしてわずか二分なのに、二人はきちんとした格好をしていたという。だとすると、たった二分の間に、寝巻から着替えて離れまでくるという芸当をやってのけたことになる。夫婦の住まいから離れまでは、かなり距離があるというのにね。だが、二人は間違いなく家で寝ていたと言うんだ。それはどう考えてもおかしいんじゃないかってね」

「確かにそれはおかしいですね」ルールタビーユも同意した。「たった二分の間に、二人が着替えてたとは……」

「ああ、信じられないことにね。それも、寝巻の上に何かをひっかけてきたというわけじゃない。二人とも完全に昼間のような格好をしていたそうだよ。細君のほうこそ木靴だったが、ベルニエなんて〈編みあげ靴〉まで履いてね。それでも、銃声を聞いた時には床についていたと言っている。いつもどおりに夜九時にはベッドに入ってね。それと今日、君たちがくる直前のことなんだが、予審判事がひとつ実験をしたんだ。犯行時と同じように、離れや門番夫婦の家の窓という窓は全部閉めた状態で、〈黄色い部屋〉であがった銃声が、夫婦の家の中でも聞こえるかどうかという実験をね。現場にあった物証を使うわけにはいかないから、ジャック爺さんの拳銃と同じ型の拳銃を予審判事がわざわざパリで用意してきたんだよ。書記は二発撃ったというが、門番の家にいた私たちは何も聞こえなかった。そう銃声は聞こえなかったんだ。つまり少なくとも、自宅で銃声を聞いたという点については、嘘をついているのは間違いない。ともかくあの夜、二人は着替えをすませ、離れからそう遠くないところにいた。そして何かを待っていたんだ。まあ、確かにこれだけで、夫婦を犯人だと決めつけることはできないが、共犯者という線はあるかもしれない。それで予審判事さんはベルニエ夫婦を逮捕したというわけなんだ」

「だが、もし二人が共犯者だったら、わざと乱れた格好で来たでしょうね」ルールタビーユは言った。「もしくは離れにはまったく近寄ってはこなかったと思いますよ。警察の手が伸びるのがわかっている状況で、わざわざそんな共犯者の疑いがかかりそうなことをするわけがありませんから……。ということは、つまり共犯者ではないということです。それにこの事件に共犯者はいないと僕は考えます」

「じゃあ、二人は夜中に庭園で何をしていたんだ？　正直にそれを言えばいいじゃないか！」

「きっと何か隠したいことがあって、黙っていたほうがよかったのでしょう。何を隠しているのかは、これから探る必要がありますが……。ただ、たとえ夫婦が共犯者ではなかったとしても、事件に重大な関係を持っている可能性はあります。犯行の夜にあった出来事は、どんなことであれ、ないがしろにすることはできません」

私たちは城内にひきこんだ水路にかかる古い橋を越え、〈コナラ庭園〉と呼ばれている庭の一角へと入っていった。そこは名前のとおり、樹齢数百年になろうかというコナラの木があちらこちらに立っていた。秋も深まっているとあって、木々に残る葉も黄色くしなびてしまい、ねじれてのびた幹は黒ずみだしていた。その姿はなにやら、ギリシア神話に出てくるメドゥーサの髪の毛を思わせた。黒く四方に枝を伸ばした姿が、メドゥーサの頭部の蛇がからみあった姿に似ているのだ。老僕のジャック爺さんの話によると、マチルド嬢は「快適だから」と言って、夏の間はここに部屋を移すそうだが、この季節ともなると、なんともうら寂しく、陰気な様相だった。黒々とした地面は、最近降った雨と枯れ葉でどろどろにぬかるんでいた。上を見れば、黒い枝の上空に広がる空もまた、喪服を着こんだかのように、重苦しい雲がずっと先まで覆っていた。

こうして鬱蒼《うっそう》とした庭園を縫うように進んでいくと、やがて行く手に、離れの白い壁が見えてきた。これもまた奇妙な建物で、こちらから見えている範囲には窓がひとつも見当たらない。壁にあるのは、小さな玄関扉だけだ。この離れは、それ自体がひとつの墓——それも打ちすてられた森にひっそりとある大きな霊廟であるかのように見えた。だんだん近づいていくにつれて、私にはこの離れの造りがわかってきた。離れの窓は、そのほとんどが広大な敷地の外、平原が広がるほうを向いているのだ。おそらく昼間に必要な明かりは、そこから採っているのだろう。となると、こちら側にあるあの小さな玄関扉を閉めてしまえば、離れは完璧に隔離された場所になり、博士と令嬢は、学究の夢を追って、研究に没頭する空間を手に入れることができるわけだ。

では、ここで読者の皆さんには離れの図面をご覧いただき、残りの部分を説明していこう。玄関に行くには、何段かの石段をあがっていくことになる。建物自体は平屋だが屋根は高く、ジャック爺さんの部屋は屋根裏にあった。だが、この屋根裏部屋は事件に無関係なので、図面からははずし、読者にわかりやすいよう一階部分だけにしてある。

この図面は、ルールタビーユ自らが書いたものだ。当時、司法当局が直面していた謎を解明するのに必要な現場の状況はすべてこの図に描いてある。建物の構造や周囲の環境にいたるまで、線ひとつ、記載ひとつ漏れがないことは私も確認した。この見取り図とそれぞれの

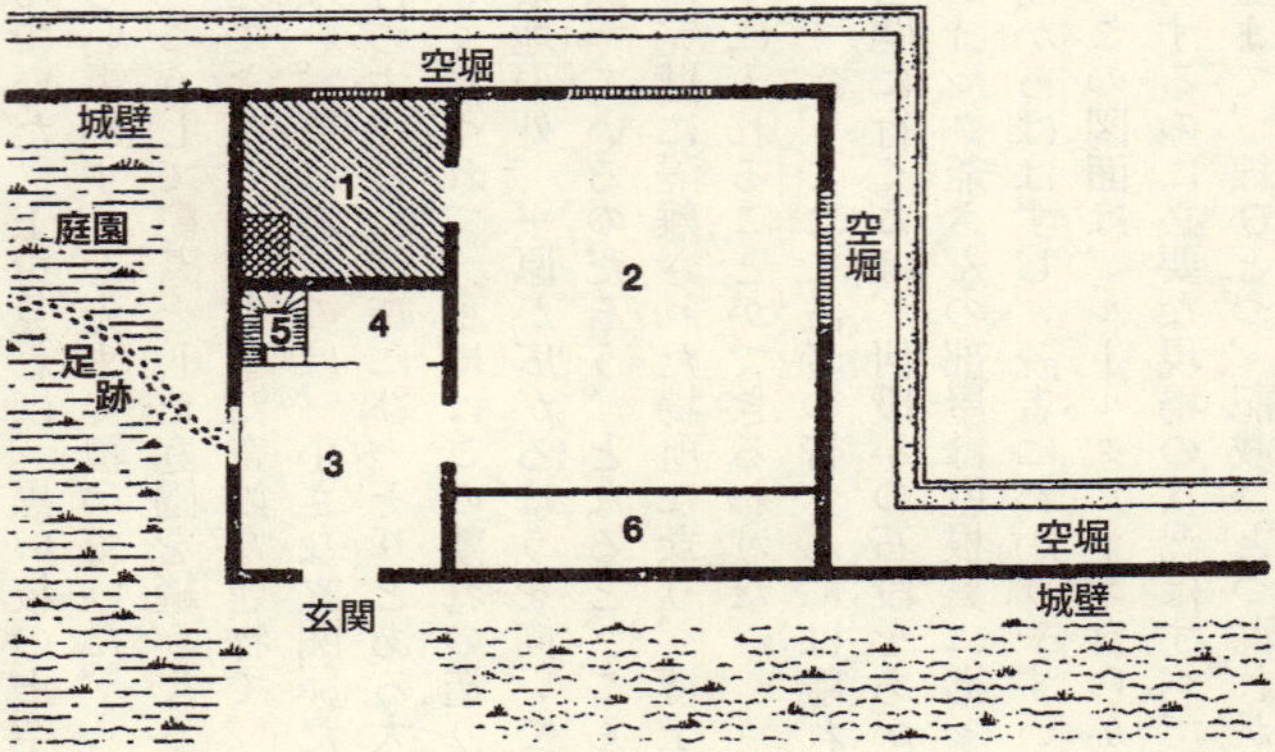

1　黄色い部屋。実験室からつながる扉と鉄格子のついた窓がひとつ
2　実験室。鉄格子のついた大きな窓が二つと扉が二つ。ひとつは玄関につながる出入りの扉、もうひとつは黄色い部屋との間の扉
3　玄関。玄関脇に格子のない窓がひとつ。玄関は城内のコナラ庭園に面している
4　化粧室
5　屋根裏部屋へあがる階段
6　離れに唯一ある大きな暖炉。実験にも使う

部屋の説明を読んでいただきたい。これはルールタビーユが真実を突きとめるために、離れに足を踏みいれた時のものとまったく変わっていない。この離れに入って、その造りを知った時、私たちは誰もが「いったいどこから犯人は逃走したのだろう」と考えた。

それはともかく、離れに着いて、いざ玄関に続く三段の石段をあがろうとしていた時、ルールタビーユがつと立ちどまり、ダルザック氏に尋ねた。

「犯人は、令嬢を殺害するつもりだったのですね？」

「そうだと思う。さまざまな状況からして、そう思わざるを得ないのだ。残念ながらね」ダルザック氏は苦しげに顔を歪め、声をしぼりだすようにして言った。「首には絞められた指の跡がくっきりと残っているし、その首や胸には、深いひっかき傷がいくつもあった。犯人の手からなんとか逃れようと抵抗した時に、息苦しさのあまり胸をひっかいたんだろう。昨夜傷をみた監察医たちは、首に残った指の跡は、壁に残った血のついた手形の持ち主によるものだと断言した。というのも、ちょっと普通じゃないくらい大きな手をしていたのだよ。私の手袋は入らないだろうというぐらいのね」ダルザック氏は、ルールタビーユにかけられた疑いを思いだしたのか、苦笑いしながら、最後にそう皮肉を言った。

「その手形がマチルド嬢のものということは、あり得ないのですか？」私は横から口をはさんだ。「頭を殴られた時、傷をさわったかしてマチルド嬢の手に血がついた。そのあと、倒れる時に壁にぶつかり、とっさに手をついたために手形がついた。出血がひどかったので、壁紙がにじみ実際の手より大きくなっている。そういった可能性はないのですか？」

「博士たちが駆けよった時、マチルドの手に血は一滴もついていなかったそうだ」ダルザック氏は答えた。

「となったら、ジャック爺さんの拳銃を使ったのはマチルド嬢、ということでもう間違いないわけですね。その拳銃で犯人の手に怪我を負わせた。となると、令嬢はしばらく前から何かが起こるのを恐れていたことになる。あるいは、誰かが来るのを……。だから、ジャック爺さんの拳銃を手元に置いていた。そして、実際に、その誰かが来たので……」

「そうだね」

「その誰かに、心当たりはないのですか？」

「ああ……」ダルザック氏はなぜかルールタビーユをちらっと見た。

するとルールタビーユが口を開いた。

「君に話しておかないといけないな。警察の検証は、今朝、僕らが列車の中で、予審判事のド・マルケ氏から聞いたことより、もう少し進んでいるんだ。ド・マルケ氏は情報を出ししぶったんだよ。警察は事件直後から、拳銃はスタンガーソン嬢が自分の身を守るために使ったものであることを知っていた。そればかりではなく、犯人が令嬢を殴打した凶器が何であるかもつかんでいたんだ。さっき、ダルザック氏から聞いたところでは、凶器は〈羊の骨〉だそうだ。ド・マルケ氏は、警察の捜査が邪魔されないために、わざとその情報は教えてくれなかったのだろう。パリのゴロツキには、この凶器を犯行に使うので有名な連中がいる。そこで、予審判事は、その中に今回の〈羊の骨〉の持ち主がいるとでも思ったのだろうな。そこで、凶器については秘密にしておきたかった。実を言うと、この〈羊の骨〉というのは、武器としてはかなり破壊力のあるものなんだ。自然界にはこれほど威力のある武器はほかに存在しない……」ルールタビーユは私にこう説明して、さらに馬鹿にしたような口調でつけ加えた。

「まあ、予審判事がどう考えたかなんて、僕には想像もつかないけどね」

私はダルザック氏に確認した。

「では、その〈羊の骨〉は黄色い部屋で見つかったのですね？」

「ああ、ベッドのすぐ足元に落ちていた。だが、頼むからこのことは人には言わないでくれるか。ド・マルケ氏から口外しないよう言われているんだ」

そう念を押されたので、私はもちろんと頷き返した。ダルザック氏が続けた。

「ひと口に〈羊の骨〉といっても、それは大きなものでね。頭の部分というか正確には関節になるのかな、そこはマチルドを殴った時の血で真っ赤になっていた。ただもう古い骨で、これまで何度も犯罪に用いられてきたにちがいないとみられた。そこでド・マルケ氏は、分析するために凶器をパリの研究所に持ちこんだというわけだ。実際この羊の骨には、マチルドの血だけでなく、昔の犯罪の動かぬ証拠とばかりに、乾いた血の赤茶けた染みも残っていたんだよ」

「羊の骨自体は別に珍しいものではないがね。ところが、〈熟練した殺人犯〉の手にかかると、たちまち恐ろしい威力をもつ武器に早変わりしてしまうんだ」ルールタビーユが言いそえた。「それこそ、重い金槌なんかとも比較にならないぐらい強力で、確実性の高い凶器になる」

「そう……。それは今回の事件でも証明されている」ダルザック氏が苦しげに答えた。「マチルドがこの凶器で殴られたのは間違いない。というのも、見たところ、羊の骨の先と、こめかみの陥没した部分の形が一致しているのだ。もし、マチルドの撃った二発目の弾丸が、犯人の手に当たっていなかったら、その一撃で撲殺されていたと思う。ちょうど手を振りおろしたところと同時だったようで、やや勢いがそがれたようなのだ。犯人は手を負傷し、思わず凶器を放りだして逃走していった。だが、逆に言うと、もう少し早くマチルドが発砲していれば、犯人の振りおろした凶器がマチルドのこめかみに届くことはなかった。不運なことに、それはほぼ同時だったのだ。そのために、マチルドは命を落とすほどの衝撃をこめかみに受けた。かわいそうに……。その前には、犯人に絞め殺されかけているというのに……。ああ、もしマチルドが最初の一発を犯人に命中させられていたらと思うと悔しいよ。そうすれば、殴られることはなかったはずだからね。残念ながら、拳銃を手にしたのが遅かった。おそらく、犯人ともみあう中で最初の一発は撃ったのだろうが、銃弾はそれて天井にいってしまった。二発目でようやく当てられはしたものの……」

説明しながらダルザック氏は、離れの玄関扉をノックした。実のところ、この時の私は早く現場に踏み入りたくてしかたがなかった。凶器の〈羊の骨〉の話にも興味はあったのだが、それ以上にかの現場に入れるというので、身震いすら起きていた。だから正直言って、建物の前で長々と話が続き、いっこうに扉を開けようとしないことに、苛立ちすら感じていたのだった。

と、扉が中から開けられた。

戸口に男がひとり出てきた。私にはそれがジャック爺さんだと、すぐにわかった。

年は六十もだいぶ過ぎたぐらいではないだろうか。長くのばした顎ひげも、髪もすでに白くなっている。ベレー帽をかぶり、着古した茶色のコーデュロイのスーツに木靴といういでたちだ。顔をのぞかせた時は、気難しそうで無愛想な顔つきをしていたが、ダルザック氏がいるのに気がつくと、ほっとした表情になった。

「友人だよ」ダルザック氏は、私たちのことを簡単に紹介した。「離れにはほかに誰かいるのかな？」

「いいえ。誰も入れるなっていう、警察の言いつけですからね。言いつけは守っていますよ、ロベールさん。もちろん、ロベールさんは入れてもかまわんでしょうが……。でも、なんだって、いまだにここを立入禁止にしなければならんのでしょう？　警察の旦那方はここにあるものは、もうくまなく見ていったというのに……。図面も調書もたっぷりとって……」

すると、そこでルールタビーユが口をはさんだ。

「ちょっと、失礼。ジャックさん、最初にひとつお訊きしたいのですが……」

「なんですか、お若い方。私が答えられることでしたら……」

「事件があった夜、令嬢は髪を真ん中から二つ分けにしていませんでしたか？　ちょうどこめかみを隠すようにして……」

「いいえ。嬢さまは、あなたがおっしゃるような髪型をしたことはありません。そんな髪型は一度もなさったことがないのです。あの日もいつもどおり、髪を全部後ろでまとめて、高いところに結いあげておいでてした。ですから、こめかみの部分も、赤ん坊のようなすべすべした肌が丸出しになってしまっていたのです」

その返事に、ルールタビーユはしばらく不満そうな顔をしていたが、ジャック爺さんの言葉があまりに確信に満ちたものだったので、反論するのはあきらめ、すぐに玄関扉を調べはじめた。そして、その扉が自動的に鍵のかかるタイプのものであることを確かめた。それはつまり、開ける時には必ず鍵がいるということだ。また、扉を開けっ放しにしておくことができないことも確認した。そのあとで、ようやく私たちは玄関に入った。玄関は小さく、床には赤いタイルが敷かれていて、脇にある小さな窓から入ってくる光のせいで、明るく照らされていた。

「ああ、この窓ですね。犯人はここから逃げたのですか?」ルールタビーユが尋ねた。

「警察の旦那たちはそう言っていました。でも、それでは話のつじつまが合わんのです。だって、ここから出ていったと言うのなら、私たちが目にしているはずですからね。私たちには、ちゃんと目があるんですから……。博士にも、私にも、門番夫婦にも! 門番夫婦はかわいそうに、逮捕されちまいましたが……。だいたい逮捕するというなら、なんで私もしないんでしょうね。私の拳銃が現場にあったというのに!」

そう言って、ジャック爺さんが憤慨している間、ルールタビーユは玄関脇の窓を開けて、鎧戸を確かめていた。

「これも犯行時には閉まっていたのですよね？」

「はい。内側から鉄の掛け金をおろしていました」ジャック爺さんは断言した。「だから、そこから出ていったというなら、幽霊のように鎧戸を通りぬけていったんでしょうよ」

「どこかに血はついていませんでしたか？」

「ああ、ついていましたよ。外の石壁のところにね」ジャック爺さんは窓の外を指した。

「だが、人の血かどうか、わかったもんじゃない」

その時、ルールタビーユが窓の下をのぞいて、声をあげた。

「これが予審判事の言っていた足跡だな。窓の下から始まって、向こうのほうに行っている。地面がぬかるんでいたから、それでついたのだろう。あとでよく調べてみることにしよう」

「馬鹿げてますよ」ジャック爺さんは吐きすてた。「犯人がここから出ていったはずがありませんって！」

「じゃあ、どこからだっていうのです？」

「そんなのこっちが知りたいですよ！」

ルールタビーユは、何か見つからないか、不審な臭いがしないかと顔を近づけながら、玄関まわりを隅々まで調べた。膝をついて四つん這いになると、汚れた床のタイル張りもひとつひとつ丹念に調べた。

「何も見つからないでしょう」ジャック爺さんは言った。「何も見つかりっこないですよ。

それに事件のあと、いろいろな人が出入りしたから、このとおり足跡なんて、どれが誰のものか、わからないくらいに汚れきってしまいましたからね。警察は、それでもまだ洗っちゃいかんと言うのですよ。でも、あの日は水を流してきれいに洗いあげたばかりだったんです。ほかならぬ私自身がね。だから、もし犯人がここを通ったのなら、残された〈足跡〉に気がついたはずなんです。だって嬢さまの部屋には、犯人の汚い足跡が、そこらじゅうに残っているんですから……」

ルールタビーユは立ちあがった。

「このタイルを最後に洗ったのはいつですか？」

そう言って、ジャック爺さんの顔を見つめる。その視線には、何も見逃すまいという強い意志が見てとれた。ジャック爺さんが答えた。

「だから、犯行があった日ですよ。夕方の五時半ごろです。嬢さまと博士が、ここで夕食される前、散歩に一緒に出てらした間です。お二人は、あの日は実験室で夕食をとられたので、戻られてからは外には出ておられません。だから翌朝、玄関の床はまだわりときれいなままで、私たちの足跡もはっきり残っていたんですね。白い紙にインクを垂らしたかのようにはっきりとね。予審判事さんもそれをご覧になったはずです。玄関だけでなく、実験室の床も新しい硬貨のようにぴかぴかで、そこに残った足跡は、事件が起きた時に出入りした私たちのものだけでした。ええ、男の足跡は確かになかったんです——それなのに〈黄色い部屋〉に残っていた泥靴と同じ足跡が、窓の外、それも窓際にあるというじゃないですか。となったら考えるのは、男が〈黄色い部屋〉の天井に穴をあけて屋根裏部屋に入り、さらにその天井を突き破っていったん屋根に出てから、玄関脇の窓際に飛びおりたってことですよね。そうでしょう？　でも〈黄色い部屋〉の天井に穴などあけられてはいませんよ。無論、屋根裏部屋の私の部屋にもです！　だから、わけがわからないんですよ。何もかもさっぱりとね。きっとこのまま、迷宮入りなんでしょうね。悪魔がかけた謎ですよ、これは」

すると、ルールタビーユがだしぬけに、玄関奥にあった扉の前に片膝をついた。化粧室の扉だ。ルールタビーユは、一分ほど丹念にその扉を調べてから、ようやく腰をあげた。

「何かあったのか？」

「血が一滴落ちている。それだけだが……」

そう言って、ルールタビーユはジャック爺さんを振り返った。

「実験室と玄関のタイルを洗っている時、この玄関脇の窓は開けていましたか？」

「ちょうどその時に開けました。博士のために、実験室にある暖炉に炭をくべて火をいれたんです。ただ、新聞を焚きつけに使ったものだから、煙があがってこもってしまいましてね。それで、実験室の窓とこの玄関脇の窓を開けて、換気をしたんです。しばらくして実験室のほうは閉めましたが、こっちのほうは開けたままにして、一回城館のほうに雑巾を取りにいきました。それで、戻ってきてタイルを洗いだしたのが、さっき言ったように五時半だというわけです。それから、掃除が終わったあと、また城館に行ったんですが、その時もまだこの窓は開けっ放しにしていました。でも、もう一度、ここに戻ってきた時には、窓は閉まっていましたよ。その時は、博士とお嬢さまはすでに実験を再開されておられました」

「となると、博士か令嬢が戻ってきた時に、窓を閉めたということですね？」

「おそらくそうでしょう」

「お二人に確認はしなかったのですか？」

「していません」

ルールタビーユは黙って頷くと、化粧室を調べ、それから屋根裏部屋にあがる階段まわりをチェックした。もう私たちのことなど目に入っていないようだ。そうして、しばらくごそごそやっていたかと思うと、そのまま実験室に入っていってしまった。私は気持ちが高揚しているのを感じながら、そのあとについていった。ダルザック氏のほうはというと、ルールタビーユの行動をじっと見守っていた。私は室内に入ってすぐに、〈黄色い部屋〉の扉を探した。扉は閉められているというか、こちら側に無理やりに戻されているという感じだった。ほとんど壊れかけていて、もはや扉の意味をなしていないのが一目瞭然だった。これを見ただけでも、犯行が起きた時、この扉を必死に突き破ろうと、みんなで格闘をしていたというのが手にとるようにわかった。

その間に、ルールタビーユは実験室を調べだしていた。自分なりの手順があるようで、何も言わずに淡々と作業を進めている。実験室は、かなり明るく広かった。鉄格子のついた二つの窓はかなり大きく、奥の壁のほぼ全面が窓と言っていいぐらいである。窓の外には広大な田園風景が広がっていた。サント・ジュヌヴィエーヴの森の中を道が一本通っており、その向こうにある谷や平原の広がりも見渡せる。これが晴れた日ならば、青空の向こうに広がるパリの街まで望めるのではないだろうか。もっとも、今のところ、ここを支配しているのは不吉な色だけだ。足元を見れば泥だらけの地面、上を見あげても広がっているのは黒い空……。それと、この離れに残った赤い血の痕……。

実験室に入って右手の壁には大きな暖炉があった。室内には、実験用のるつぼや炉、蒸留器具、それにさまざまな種類の計測器具などが、いたるところに置かれている。机の上はガラスの小瓶や、書きつけた紙の束や資料、電気器具に電池などでいっぱいだった。その中にひとつ用途のわからない装置があったので、ダルザック氏に尋ねてみると、〈太陽光が物質の解離へ及ぼす影響を証明する〉ための装置だということだった。暖炉の正面、そして左右の壁にはいくつもの戸棚やガラスケースが並べられていて、そこには顕微鏡や特殊な撮影機、多量の炭酸ナトリウムなど、いろいろなものがぎっしりとしまわれていた。

この実験室の様子を見ながら、私はしばらく窓のところでダルザック氏と雑談をしていたが、そこでふとルールタビーユが暖炉をのぞきこんでいるのに気づいた。ルールタビーユはしきりに炉床を指先で探っていたが、おもむろに体を起こすと、こちらを向いた。その指には、半分焼け落ちた小さな紙切れがつままれていた。その紙切れをルールタビーユはすぐに私たちのもとに持ってきた。

「ダルザックさん、これは取っておいてください」

私は横から、その半分焼け落ちた赤茶けた紙片をのぞきこんだ。すると、いくつか残っていた文字が、はっきりと読みとることができた。

《司祭館は何も魅力を失わず、庭の輝きもまた失われず》

日付は、十月二十三日と入っていた。

私は、またかと驚いた。これで、この意味のわからない言葉に遭遇するのは、今日二度目だ。しかも、先程と同じように、ダルザック氏は雷に打たれたように体をこわばらせている。と、ダルザック氏が横にいるジャック爺さんをちらりと見た。だが、爺さんは、もうひとつの窓が気になるらしく、こちらの動きに気がついていなかった。ダルザック氏は震える手で財布を取りだすと、紙片をしまってから深いため息をついた。

「なんてことだ」

ルールタビーユはその間に、暖炉に入って、中を調べだしていた。レンガを積んだかまどの炉床の上に立って、煙突の部分を調べようというのだ。だが、その煙突は、本人の言葉によると、頭の高さから五十センチほど上のところで狭められ、換気口として、直径十五センチほどの管が三本通ってはいるものの、鉄の板でしっかりと蓋《ふた》がされているということだった。

「ここからは出られない」暖炉の中から出てくると、ルールタビーユは断言した。「それに、もしこの鉄の蓋がはずせたとしたら、それは炉床に落ちているはずだ。だから、違う！　犯人は暖炉から出たわけではないのだ！」

そうして、またしきりに首を傾げながら、今度は家具や棚を開けて中を確認し始めた。ついで、私たちのいるそばの大きな窓を調べようとした。だが、その窓をひと目見ると、ここから外に出ていくのは不可能だと判断したらしい。また、実際に外に出ていった痕跡はないと確認すると、黙って首を横に振った。と、そこで、ジャック爺さんが窓の外をじっと見ているのに気がついたらしい。

「ジャックさん、外に何かあるのですか？」ルールタビーユは尋ねた。

「ああ、あそこにいる警察の人ですよ。さっきから池のまわりをぐるぐる歩きつづけているんですよ。そんなことをしたって、何か見つけられるわけがないっていうのに！　馬鹿な人だ」

「おや、あれはフレデリック・ラルサンじゃないですか？」窓の外を見て、ルールタビーユが言った。残念そうにつけ加える。「ジャックさんはフレデリック・ラルサンを知らないんですか！　まあ、知っていたら、そんなふうには言わないでしょうけどね。もし犯人を見つけられる人がいるとしたら、それはラルサンですよ。おそらくね」

そう言うと、ルールタビーユは深いため息をついた。だが、ジャック爺さんは、もっともなことを言い返した。

「犯人を見つける前に、そいつがどうやってここから姿を消したのか、それを突きとめなければならんでしょうが！」

そして、こんなふうなやりとりがあったあと、私たちはようやく〈黄色い部屋〉の扉の前に立った。

「さあ、この扉の向こうで何かが起きたのだ」

ルールタビーユのその口調は、やけに芝居がかっていて、もしこの状況でなかったら滑稽に感じられたかもしれないほどだった。

第七章　ルールタビーユ、ベッドの下を探検する

さあ、これからいよいよ〈黄色い部屋〉の扉が開く。そう思った時、ふとルールタビーユが扉を開ける手を止めた。そして、何を思ったのか、こうつぶやいた。

「おや！　黒い貴婦人の香りがする」

なぜ、ルールタビーユがそんなことを言ったのか？　その香りにはいかなる由来があるものなのか、その理由を私はそれから何年もあとに知ることになる。だが、それは今回の事件には関わりないので、その話をするのはまた次の機会にしよう。いずれにせよ、こうして私たちの前にあった〈黄色い部屋〉の扉は開かれた。足を踏みいれると、室内は真っ暗だった。すぐにジャック爺さんが鎧戸を開けにいこうとした。それをルールタビーユが押しとどめた。

「犯行が起きた時は真っ暗だったのですよね？」

「いいえ、違います。嬢さまはいつも机に常夜灯として豆ランプを置いておられます。毎晩、嬢さまがおやすみになられる前に、豆ランプに火を灯しておくのです。といっても、それも私の仕事ですけれど……。ええ、日が暮れたあとは、私は嬢さまの小間使いの役目をするのです。本当の小間使いは昼間だけで、夜はここには来ませんから……。まあしかたがありま

せん。嬢さまは、遅くまで、それこそ深夜まで仕事をなさいますので……」

「その豆ランプはどちらの机に置いていましたか？　ベッド脇のほう？　それとも部屋の真ん中にある机のほうですか」

「ベッドから遠い、真ん中の机のほうです」

「今、それに火を灯すことはできますか？」

「無理ですね。事件の時、机が倒れたのと一緒に床に落ちてしまい、壊れてしまいましたから……。でも、豆ランプ以外のものでしたら、事件後のままにしてあります。鎧戸を開ければ、明るくなってよくご覧になれますよ」

「ちょっと待ってください」

ルールタビーユは実験室に戻り、大きな二つの窓の鎧戸、さらには玄関との間の扉も閉めた。そうして、一気に室内が真っ暗になると、蠟《ろう》マッチに火をつけて、ジャック爺さんに渡した。

「それを持って〈黄色い部屋〉の真ん中あたり、あの夜、豆ランプが置いてあったところに行ってくれませんか？」

ジャック爺さんは言われたとおり、蠟マッチを手に歩きだした。私はそこで、ジャック爺さんがスリッパに履きかえていることに気づいた。あとで訊くと、ジャック爺さんは、実験室に入る時はいつも、玄関で木靴からスリッパに履きかえているということだった。それはともかく、ジャック爺さんがそろりと部屋を進んでいくにつれて、わずかな明かりではあったが、マッチの光でぼんやりと室内にあるものが見てとれた。床には物が散乱し、部屋の左手奥には、あまり高さのないベッドがある。そして、そのベッドの右側、ちょうど今、私たちがいる戸口の正面の壁には、姿見がかけられてあった。そこまで確認できたところで、火は消えた。

「もういいですよ。鎧戸を開けてもらえますか」

ルールタビーユが頼むと、ジャック爺さんは、

「くれぐれも、靴を履いたまま中に入らないでくださいよ」と懇願した。「余計な靴跡が残ってしまいますからね。現状はそのまま残しておかないといけないんです。予審判事にそう言われてましてね。なんででしょう。もう判事の調査は終わっているはずなのに……」

そうぼやきながら、爺さんが鎧戸を開けると、たちまち外の明るい光が室内に差しこんできた。〈黄色い部屋〉は、その名のとおり、室内の壁紙が黄色だった。また床は、玄関や実験室のようにタイル張りではなく、板張りのようだ。その床に敷かれたござもまた、黄ばんだ色をしていた。一枚物の大きなござで、ベッドの下から化粧台の下まで、床を覆っている。そして……。

明るい光のもとで、私たちは入口に突ったったまま、あらためてこの部屋で起きた無惨な犯行の爪痕を目にすることになった。あらゆるものが床に散乱しているなかで、ベッドと化粧台――この二つの家具だけが、床に倒れることなく、元の位置にとどまっているようだ。ほかの家具はと言うと、部屋の真ん中では丸い机が、そしてベッド脇ではナイト・テーブル

と二脚の椅子がひっくり返っていた。そして、恐ろしいことに、こういった家具の間から、床に敷かれたござに大量の血が染みこんでいるのが、はっきりと見てとれた。「これは嬢さまがこめかみに受けた傷のものです」ジャック爺さんが教えてくれた。

さらに室内を見まわすと、大きく黒ずんだドタ靴の跡もくっきりと判別できた。間違いない。これが犯人の足跡だ。そのことは新聞の記事にも載っていたし、予審判事もそう言っていた。足跡の近くには、点々と小さな血だまりがあって、血だまりは足跡を追いかけているように見えた。つまり、こちらの血だまりは犯人のもので、犯人は逃げる途中で、怪我をした手から血を垂らしていったのだ。おそらく、犯人は壁に手をつきながら、扉に向かっていったのだろう。壁にはいくつも、血の痕が残っていた。そのほとんどは手だとわかる形をしていなかったが、中にひとつだけ、はっきりと手の形をしたものがあった。それはまさに頑丈そうな男の手だった。

私はぞくっとして、声を抑えることができなかった。

「見ろよ……。ほら、ここの壁だ。手をしっかりと壁についているということは、暗闇の中で、きっとここが扉と勘違いしたのだろう。しかも外開きだと思ったんじゃないか？　だからこんなにも、壁紙にしっかりと手形が残るくらい力をいれて手をついているんだ。それにしても、ずいぶん変わった手だと思わないか。こんな手をしている人なんて、世間にそういないんじゃないか。ずいぶん掌が大きいし、力強い手つきをしている。それに指も普通より長くて、どの指も同じ長さをしている。おや、でも親指だけがないな。掌の付け根で途切れている……。で、この手がそのあと、どう動いたかというとだね……」私は手形の跡を追った。「ここだ。壁に手をついたあとで、扉がどこかと探っている。で、ようやく見つけ、鍵を開けようとした……」

　すると、ルールタビーユが苦笑ぎみに言った。

「そんなところかもしれないが……。でも、鍵にもかんぬきにも、血はついていないよ」

「それがどうだって言うんだ？」私は反論した。自分の推理に自信があったからだ。「鍵もかんぬきも、左手で操作したのかもしれないだろう？　右手を怪我していたら、それは自然なことだよ」

「いえ、犯人はどこも開けていません！」私の言葉に、ジャック爺さんが大声で叫んだ。「犯行があった時、この扉の前には四人もいたんですよ。私たちの頭がおかしくなったのでなければ、犯人がこの扉を開けて、外に出ることはできないんです。私たちに見つからないかぎりね」

　私はもう一度、壁についた手の跡を見て言った。

「それにしても奇妙な手だと思わないか？」

「別に、普通の手だよ。壁についた時に、指が滑ったんだろう。だからそんな形になっているんだ。壁で血まみれになった手を拭いたんだよ」ルールタビーユはそう言い切ると、さらに続けた。「男の身長は一メートル八十センチくらいだな」

「どうしてそう言えるんだ？」

「壁についた手の位置からさ」

それからルールタビーユは、壁の小さな丸い穴をのぞきこんだ。弾丸がめり込んだ箇所と思われた。

「拳銃はこの穴の正面から発砲されたんだな。それも、あまり高いところからでも、低いところからでもない。ほら……」

そう言うとルールタビーユは、手形より数センチ下にある穴を私たちに見せた。ついで〈黄色い部屋〉の戸口を振りかえり、扉の鍵とかんぬきを念入りに調べはじめた。

「この扉を、実験室側から押し開けようとしたことは間違いないな。その時に鍵がかかっていたのも、かんぬきがおろされていたことも確かなようだ。ほら、両方の鍵の受け口が、ほとんど外《はず》れかけてはいるが、まだねじひとつでぶらさがっているだろう? 力ずくでひっぱられた証拠だな」

ルールタビーユは記者らしく、扉を室内側と実験室側、両面からくまなく調べた。その結果、この扉のかんぬきは、実験室側から操作することはできないと結論づけた。また、鍵のほうも、博士たちが無理やりこの部屋に入った時、室内側の受け口にさしこまれた状態のままだったことを、今一度ジャック爺さんに確認した。その場合、外から合鍵で開けようとしても不可能なのだ。それから、さらに鍵の構造を調べて、この扉は自動的に鍵が閉まる仕掛けにはなっていないことを確かめた。おしまいに、事件発生時は、この部屋には内側から鍵がかけられ、太いかんぬきもしっかりと差しこまれたままだったと確信すると、ルールタビーユは「よし、この調子だぞ！」と大声を出した。それから、いよいよ自分も〈黄色い部屋〉の中に入ろうと、床に座りこんで、急いで靴を脱ぎだした。

こうして、靴下になると、ルールタビーユは室内に入っていった。まずはひっくり返っている家具の前にしゃがみこんでは、そのひとつひとつをじっくりとのぞきこんでいく。どうやらジャック爺さんの言葉はあまり信用していないらしい。私とダルザック氏はそれを黙って見つめていたが、ジャック爺さんのほうは、とうとうたまらず皮肉を言った。

「なんと、まあ、あなたもよくよく疑い深い方のようですね」

すると、ルールタビーユは、しゃがみこんだまま顔をあげた。

「あなたが言っていたことは、確かに真実のようです、ジャックさん。あの晩、マチルド嬢は髪を二つ分けにはしていなかった。そう考えたのは、僕の間違いだったようです。いや、僕としたことが……。とんでもない大間違いだ」

それから、ルールタビーユはベッドのそばに行くと、蛇のように体をくねらせながら、ベッドの下に潜りこんだ。

それを見ると、ジャック爺さんが不服そうな声を出した。

「もしかしたら、その下に犯人が隠れていたって言いたいのでしょうがね。あの夜、私は十時にここに入っているんです。鎧戸を閉めて豆ランプをつけて……。しかも、そのあとは、博士も嬢さまも私も、犯行が起きるまで、ずっと実験室にいたんですよ」

ルールタビーユは、ベッドの下に潜ったまま尋ねた。

「スタンガーソン博士とマチルド嬢が実験室に入ってきたのは何時ですか？」

「夕方の六時です。そのあとは一歩も外に出られていません」

「そうですか。だが、やつはこのベッドの下にまで来ている。それは間違いない……。そもそも、ここしか隠れるところはないんだ。ジャックさん、犯行が起きて、あなた方四人がこの室内に入った時、ベッドの下も見ましたか？」

「ええ、すぐにね。ベッドマットの裏もひっぺがして探しましたよ。そのあとでまた元に戻しましたがね」

「ベッドマットを重ねているということはありませんか？」

「このマットレスは一枚ものです。しかもあの時、怪我をして意識のない嬢さまを乗せて、博士と門番がマットを実験室に運んでいっているのです。下に敷くのに手頃なものが、そのマットしかなかったもんですから。そしてマットの下は、直接、ベッドの金属フレームです。とても隠れる場所なんてありません。ましてや人なんてね。それにですよ、考えてもみてください。ここには四人もいたんです。どんなものだって四人もいれば見逃すわけがありませんよ。ましてやこの部屋はこのとおり、決して広くない上、家具もたいして置いていない。さらにはこの離れの窓や扉は、ぜんぶ閉めきられていたんですよ」

そこで、私は口をはさんだ。

「じゃあ、ベッドマットの中に隠れていたというのはどうだい！　マットレスの厚みの中にね。今回のような謎を前にしたら、どんなことだってあり得るんじゃないか？　マチルド嬢を館に連れていく時、博士と門番はベッドマットごと、運んだんですよね？　ところが、あの時は二人とも気が動転していたから、マットが人間二人分の重さがあることに気がつかなかったのかもしれない。特に、もし門番が共犯だったら可能だよ。もちろん、思いつきだから根拠なんてないけど……。でも、そうすると、いくつかのことの説明がつくんだ。たとえば靴跡。犯人の靴跡は〈黄色い部屋〉には残っていたのに、実験室と玄関にはなかったろう？　その理由は、博士と門番がベッドマットごと、犯人を玄関まで運んだからじゃないかな？　そして、おそらく、玄関まで来たところで、二人はベッドマットを下におろした。その瞬間に、犯人はそっとベッドマットから抜けて……」

と、私の言葉がまだ終わらないうちに、ベッドの下からルールタビーユが茶化してきた。

「なるほど、なるほど。で、そのあとはどうした？　ほら、言ってみろよ」

私はむっとして口をとがらせた。

「そんなのわかるもんか。なんだってあり得るんじゃないか……」

すると、ジャック爺さんが秘密を打ち明けるように言った。

「実は、予審判事さんも同じことを考えられましたよ。それで、このマットレスをそれはもう隅々まで調べたのです。結果、それはあり得なかったと、まさに今のあなたのご友人のように、笑っておられました。マットレスは、もちろん二重底などではなかったんです。それに何といっても、もしマットレスの中に男が隠れていたら、私らの目についたはずです」

そこまで言われてしまったら、私もこの考えはあきらめるしかなかった。いや、正直、馬鹿げた推論を立てているというのは、自分でもわかってはいた。ただ、今回のような事件の場合、何がきっかけで、物事がどうころんでいくかなんてわからないとも思うのだ。それに、これを馬鹿げた発想だと笑えるのは、ルールタビーユだからだ。

そのルールタビーユは、まだベッド下に潜りこんだままだったが、その時になって、急に「おや？」と声をあげた。

「ジャックさん、このベッドマットの辺りは、よく調べたんですよね？」

「ええ、私たち自身の手でね」ジャック爺さんは頷いた。「犯人がどこにも見つからなかったので、私たちだって、床下に穴があるんじゃないかと考えたんです」

「でも、床に穴はないようだ」ルールタビーユは言った。「この建物に、地下室はないのですか？」

「ええ、ありません。でも、だからと言って、予審判事さんからすると、捜索しない理由にはならないのでしょう。書記の方などは、ずいぶん熱心に床板を調べていましたよ。それはもう床板一枚一枚を叩いたりして、地下室がないかどうか確かめていました」

そこで、ようやくルールタビーユが、ベッド下から這いでてきた。目はらんらんと輝き、鼻がぴくぴくと小刻みに震えている。しかも、四つん這いになったまま体をおこそうとしないものだから、なにやら奇襲をかけて、獲物を仕留めた動物のようだった。実際、その時のルールタビーユを表現するとしたら、極上の獲物を追いかけている有能な猟犬――それが一番適切のような気がした。だが、それも考えてもみれば当然だろう。つい忘れがちになってしまうが、ルールタビーユは特ダネを狙う新聞記者なのだ。雇い主の《レポック》紙の編集長に、必ずや犯人をあげてトップ記事をもたらすと誓ってきている。そういう意味では、ルールタビーユはまぎれもなく、犯人の跡を追っている猟犬そのものだった。

ベッドの下から出てきたあとも、ルールタビーユは四つん這いのまま部屋の中を四隅《よすみ》まで順繰りに巡り、あらゆるものの臭いをかぎまわって、あらゆることを検討してまわった。私たちの目にはささいな物に見えても、ルールタビーユの目には、私たちの目には映らない、何か特別なものが見えているにちがいなかった。

私も、あらためて室内の家具を見まわした。化粧台は四本足のごく簡素なもので、とてもではないが、一時的に身を潜めることのできるスペースはない。箪笥《たんす》のようなものもなかった。おそらくクローゼットは城のほうにあるのだろう。

その間、ルールタビーユは、壁の低い部分の腰壁に手と鼻を近づけて、足元から上に向かって事細かに調べていた。腰壁は厚いレンガ作りになっていた。それを調べおわると、今度はその腰壁から上の、黄色い壁紙が貼られたところへと移っていった。壁紙の上から指の腹でなぞりながら、手の感触でつぶさに見てまわる。さらには、化粧台に乗せた椅子を脚立がわりにして、それを少しずつ動かして場所を変えながら、天井も全部調べた。そうして、天井の弾丸がめりこんだ部分を丁寧に見おえると、今度は床に降りてきて、この部屋にひとつだけある窓のまわりを確かめはじめた。鉄格子や鎧戸までくまなく見て、どこも壊されていないことを確認する。それが終わると、ふうと満足げなため息をついて、こう言った。

「やれやれ、ようやく終わったよ」

するとジャック爺さんがまた皮肉をこめて、だが、同時に嘆くように言った。

「それなら、嬢さまが襲われた時、窓は閉まっていたってことを信じてもらえますね。ああ、だが、そのせいで、嬢さまが助けをもとめた時、窓の外で私らがどんなに絶望したことか！」

「ええ」ルールタビーユは額の汗をぬぐいながら頷いた。「その時、この〈黄色い部屋〉は、どこからも中に入れない――そう、まるで金庫のように固く閉ざされていたと、僕も思いますよ」

その言葉に、私は思わず口をはさんだ。

「正直に言って、これまでにこんなに不思議な謎にお目にかかったことはないね。たとえ、フィクションの世界を含めても……。だってそうだろう？　あのエドガー・ポーの『モルグ街の殺人』でだって、こんな不思議な謎は設定されていない。確かに、あの話だって、部屋の扉はしっかりと施錠されていて、人ひとり逃げだせるところはなかった。だが、まったく閉ざされた空間というわけではなかった。でも、この部屋は違う。入口だろうと出口だろうと、とにかくそういったものがひとつもない。扉は閉まっていた。鎧戸も閉まっていた。窓も閉まっていた。それこそ、ハエ一匹入りこむ隙間もないんだ」


〔原注〕ただしコナン・ドイルは「まだらの紐」という短篇小説で、いわば今回の事件

と似たような作品を書いている。密室で凶悪犯罪が起きる。いったい犯人はどこから出入りしたのか？　そして、シャーロック・ホームズはほどなく発見するのである。

「そうだ。まさにそのとおりだよ」ルールタビーユが、まだ額の汗をぬぐっていた。どうやら体を動かしたからというより、興奮からくるものらしかった。「本当にそのとおりだ。まさにこれこそがきわめて素晴らしく、この上もなく美しく、そしてとてつもなく奇妙な謎ということだ」

「まったく不思議だというのは、そのとおりだ」ジャック爺さんがぼそっとつぶやいた。「あの〈神さまのしもべ〉だって……。いや、もしあの〈神さまのしもべ〉が犯人だったとしても、ここから逃げだすことはできなかったはずだ。おや！　しっ、静かに。聞こえますか？」

そう言うと、ジャック爺さんは、私たちに黙るように合図をした。耳に手をつけると、森の方角に向かって、真剣に何かを聞こうとしている。だが、私たちには何も聞こえなかった。

「噂をすれば影ですよ。でも、行ってしまったみたいです」しばらくしてジャック爺さんが言った。「本当に殺してしまいたいくらいですよ、あの猫は……。不気味ったらありゃしない。でも、何と言っても、〈神さまのしもべ〉ですからね。なんでも毎晩かかさずに、聖女ジュヌヴィエーヴの墓にお参りにいくそうです。それに、いくら殺してやりたくても、あの猫に何かあったら、アジュヌー婆さんに呪いをかけられるんじゃないかと、誰も怖がって近寄ろうとはしないんですよ」

「〈神さまのしもべ〉の大きさはどのくらいなんですか」

「バセット犬ぐらいの大きさでしょうかね。こいつは猫の化け物かっていうぐらいです。私は今度のことはやつの仕業で、嬢さまの首の傷はやつが爪をたてたんじゃないかと、何度も考えましたよ。ただ、やっぱり猫ですからね。さすがにドタ靴は履いていませんし、拳銃を撃つことも不可能。壁に手形をつけることもできませんからね」そう興奮ぎみにまくしたてると、ジャック爺さんは、あらためて私たちに壁に残った赤い手の跡を示した。「それに、たとえ犯人が〈神さまのしもべ〉だったとしても、犯行の直後に私たちが目撃しているはずです。この部屋から出られないのも、この離れから出ていけないのも、猫だろうと人間だろうと同じですからね」

「確かにそうですね」私は頷いた。「この部屋を実際に見るまでは、僕もまた同じようにアジュヌー婆さんの猫という可能性はないかと考えましたよ」

これには、ルールタビーユはかなり驚いたらしい。

「君までがそんなことを！」

「そういう君はどうだったんだい？」

「僕は、全然。そんなことは、これっぽっちも思わなかったよ。《ル・マタン》紙の記事を読めば、動物の仕業ではないことは明らかだったからな。だが、何か恐ろしい悲劇がこの事件の裏にあるのは間違いないと思う」と、そこで、突然、ルールタビーユは話を変えて、ジャック爺さんに尋ねた。「さて、そう言えば、現場に落ちていたというベレー帽とハンカチがないようですが……」

「それなら、もちろん、予審判事が持っていかれましたよ」ためらいがちにジャック爺さんが答えた。

するとルールタビーユが真面目くさった口調で言った。

「僕はそのハンカチも、ベレー帽も見ていません。でもどんなものだったか当てることはできそうですよ」

「まさか！」ジャック爺さんはびっくりしたようにむせかえった。

それを見ると、ルールタビーユは落ち着きはらって言った。

「ハンカチのほうは、青地で赤いストライプが入った厚地のもの。ベレー帽はバスク風の使いふるしたものでしょう。まさしく今、かぶっておられるような……」

「ええ、そのとおりです。でも、見てもないのにわかるなんて、あんたはまるで魔法使いだ！」

ジャック爺さんはなんとか平静を装うとしていたが、その顔はひきつったままだった。

「でも、どうして青地に赤のストライプだってわかったのですか？」ようやく気をとりなおして、ジャック爺さんが尋ねた。

「なぜなら、青地に赤のストライプのものでなければ、ハンカチなどは一枚も出てくることはないのですから……」

ルールタビーユの返事はまったく意味をなさないものだった。だが、ルールタビーユはそれ以上、説明する気はないようで、別の作業を始めてしまった。ポケットから白い紙と鋏《はさみ》を取りだすと、床にかがみ込み、その紙を床に残っている足跡の上に重ねて、鋏で足形に切り取りはじめたのだ。そうして、この足跡の型紙を、なくさないよう持っていてくれと私に差しだした。

と、ルールタビーユがまた窓のほうを向いた。見ると、城の近くにある池のまわりでは、フレデリック・ラルサン刑事が、まだ何かを調べている。ルールタビーユがジャック爺さんに尋ねた。

「あそこにいる人も、この〈黄色い部屋〉で捜査はしましたか？」

だが、その質問に答えたのはダルザック氏だった。ダルザック氏は、先程実験室で焼けこげた紙をルールタビーユに渡されてから、ひと言も発していなかったが、ルールタビーユのほうを見ると、こう言った。

「あの男は現場の部屋を見る必要はないと言ってね。犯人はごく当たり前の方法で〈黄色い部屋〉から出ていったのだと、そう言うんだ。しかも、その方法を今夜にでも説明してくれるそうだよ」

それを聞くと、ルールタビーユは顔色を変えた。

「僕はまだ調査を始めたばかりなのに、フレデリック・ラルサンはもう真実をつかんだというのか！」思いなしか、声もかすれている。「手強い。やっぱりラルサンは底力が違う……。

いや、だからこそ僕は憧れるんだ。だが、これからは、僕は警察の捜査以上のことをしなければならない。それには論理が立たなければならない。自分がこれまでに経験してきた以上のことをするのだ。それには論理が立たなければならない。そう、論理が大切なのだ。二たす二は四と、神が論理を立てたように、僕は、明白な論理を立てなければならない。我を失って、間違った方向に突っ走らないようにしなければならないのだ!」

そう言うと、ルールタビーユは、ここはどうしてもあのフレデリック・ラルサンよりも先に、〈黄色い部屋〉の謎を解決しなければという思いに、激しくかき立てられたように、大股で部屋を出ていった。

私はすぐにそのあとを追って、ようやく玄関のところでルールタビーユを捕まえた。

「待てよ。落ち着けって! ということは、君はこの部屋では、満足のいく調査結果が得られなかったということか?」

「いや」ルールタビーユはひとつ息をつくと、こう断言した。「ここの調査には、十分満足したよ。いろいろ発見したしね」

「それは犯人の性格とか心理とか、精神的な意味でか? それとも物理的な意味でか?」

「精神的なことのほうがいくつか。それと物理的なほうがひとつだな。それは、ほら」

ルールタビーユは、チョッキのポケットに手を入れ、一枚の紙を取りだした。

「ベッドの下で拾ったんだ」

紙に包まれていたのは、女性のものと思われる金色の髪の毛だった。

第八章　スタンガーソン嬢の証言

離れを出ると、ルールタビーユは、玄関脇の窓の下から〈コナラ庭園〉の中に続く、男の足跡を調べはじめた。するとそこへ、おそらく城の使用人だろう、男がひとりやってきた。男は離れの玄関にダルザック氏がいるのを見ると、大股で駆けよりながら、声をかけた。

「ダルザックさま、予審判事殿がお嬢さまとお話をされておりますが……」

その言葉を聞くなりダルザック氏は、「失礼する」と言いすてて、城のほうへ走っていった。呼びにきた男も、あわててそのあとからついていった。

「まさか死体がしゃべるというわけではないだろうな」私は悪い冗談を言った。「それならそれで面白いが……」

「そいつは行ってみないとね。我々も城に行こう」

そう言うと、ルールタビーユは私をひっぱるようにして城に向かった。だが、玄関を入ったところでひとりの憲兵に立ちはだかられ、令嬢の部屋がある二階へあがることはできなかった。しかたなく、私たちはそこでダルザック氏が降りてくるのを待つことにした。

あとから聞いたところによると、最初、お抱えの医師は、「令嬢の容態はかなりよくなったものの、まだ予断を許さないので審問は許可できない」と言ったらしい。だが、捜査を進めなければならない予審判事の立場も慮《おもんぱか》ったらしく、「今から短い時間ならば」と認めたのだという。審問に立ちあったのは、ド・マルケ氏、書記のマレーヌ氏、そしてスタンガーソン博士と医師の四人。全員がスタンガーソン嬢の部屋に集まった。ダルザック氏は隣の部屋で、このやりとりを聞いていたという。後に裁判が行なわれた段階で、私はこの時の調書を手に入れた。そこで、読者の皆さんにはそれをそのまま読んでいただくことにする。質問と答えが書かれているだけで、文章がそっけないのはそのせいである。

判事――マチルドさん、あまりお疲れにならない程度でかまいませんので、あなたが襲われた時のことについてお話しいただけますでしょうか？
令嬢――はい。だいぶ体も楽になってきたようなので、私が知っていることはお話しします。あの夜、私が部屋に入った時、室内には何も変わったことはなかったと思います。
判事――失礼。もしよろしければ、こちらからご質問いたしますので、それにお答えいただく形にしてください。そのほうが必要な事柄だけ伺うことができて、お疲れにもならないと思います。
令嬢――はい、ではそのようにお願いします。

判事――あの日は、どのようにお過ごしでしたか？　正確に、そしてできるだけ詳細にお伺いできるでしょうか？　もしご迷惑でなければ、朝からどのように行動したのか、順を追ってお話しいただくと助かります。

令嬢――あの日は、いつもより遅く、朝十時に起きました。前の晩、大統領官邸で、フィラデルフィア科学アカデミーの会員を招いた晩餐会とパーティが開かれ、父と一緒に出席していたのです。帰ってきた時は、ずいぶんと遅い時間になっていました。そこで、つい起きるのが遅くなったのですが、身支度をして部屋を出たのは十時半でした。父はその時にはもう実験室で仕事に入っておりました。私も一緒に仕事を始めて、十二時にいったん手を休めました。それから離れを出て、父と二人で三十分ほど昼食前の散歩をしました。そのまま館のほうで昼食をとって、食後にまた三十分の散歩を終えたのが、午後一時半でした。これがいつもの日課です。それから二人で実験室に戻ってきました。この時、小間使いが私の部屋の掃除に来ていましたので、私は自分の部屋に入って、掃除のついでにいくつか用事をしてくれるよう小間使いに頼みました。といっても、それはあまりたいしたものではなかったので、小間使いはすぐに用事をすませて、離れを出ていきました。それから、また私は父と一緒に仕事を再開し、午後五時まで続けておりました。そして、五時になったところで、夕方の散歩とお茶をするために、離れからまた父と出かけました。

判事――夕方五時に離れを出られる時、ご自分の部屋――つまり、〈黄色い部屋〉には入られましたか？
令嬢――いいえ、私は入っておりません。でも父が入っています。帽子を取ってきて欲しいと、私が頼んだものですから……。
判事――博士はその時、何か気になることとかありませんでしたか？
博士――いいえ、何もありません。
判事――もっとも、その時点ですでにベッドの下に犯人が潜んでいた可能性はほとんどありませんが……。では、散歩に出られた時、〈黄色い部屋〉の鍵は閉められましたか？
令嬢――いいえ。その必要もありませんので……。
判事――どのくらいの時間、離れを留守にしていらっしゃいましたか？
令嬢――一時間ほどです。
判事――その一時間の間に、おそらく犯人は離れに忍びこんだと思われます。ただその方法については、わかりません。離れにつながる〈コナラ庭園〉には、玄関脇の窓から立ち去る足跡は残っているのですが、入っていった跡はまったく残っていないのです。夕方の散歩に出られる時、玄関脇の窓は開いていましたか？
令嬢――覚えていません。
博士――閉まっていました。
判事――では、散歩から戻られた時は？

令嬢――さあ、気にしなかったので……。
博士――やはり閉まっていました。はっきりと覚えています。というのも戻ってきた時に、「まったく、ジャック爺さんも私たちがいない間ぐらい、窓を開けておいてくれればいいのに」と声をあげてしまったものですから……。
判事――それは変ですね。非常におかしい。博士、思い出してみてください。ジャック爺さんはこう言っていましたよね。自分は博士とお嬢さまが散歩に出られている間に離れにやってきて、玄関脇の窓を開けて城館に戻ったと……。でも、あなた方が戻られた時には、窓は閉まっていたんですね。これはおかしい。まあ、それはともかく、話を続けますと、マチルドさん、それで実験室に戻られたのが六時で、そのまま仕事を再開されたのですか？
令嬢――はい、そうです。
判事――そのあとは、就寝のため〈黄色い部屋〉にお入りになるまで、実験室は一歩も出なかったのですね？
博士――はい、娘も私も実験室を出ませんでした。論文の要約の締め切りが迫っていたので、時間を無駄にしたくなかったのです。研究以外のことは、ほとんどしていませんでした。
判事――では、夕食も実験室でとられた？
令嬢――そうです。時間を節約できますから……。

判事――日頃から、そうなさっていたのですか？
令嬢――いえ、めったにはしません。
判事――あの夜、実験室で夕食にすることを犯人に知れるような機会はありましたか？
博士――まさか、そんなことは無理だと思いますよ、判事さん。だって、そうすることに決めたのは六時頃ですから……。ええ、散歩から離れに戻ってくる時です。今夜は実験室に食事を持ってきてもらおうと……。で、この時、私は森番に声をかけられて、ちょっと立ち話をしました。私が以前に伐採するのを決めた木の辺りで、ちょっと気になることがあるから、一緒に来てくれないかと言うのです。ただ私は、今は行けないので、明日にしてくれないかと頼みました。それで森番がこのあと館のほうに行くというので、悪いけれど、今夜は実験室に夕食を運んでくれるよう、館の者に伝えてくれと頼んだのです。森番はそのまま館のほうに行き、私は娘のあとを追いました。鍵を渡しておいたので、娘は一歩先に離れに入っていましたが、鍵はそのまま外側に差しこんでありました。私が入ると、娘は仕事を再開していました。
判事――〈黄色い部屋〉にお入りになったのは何時ですか？
令嬢――深夜零時です。
判事――ジャック爺さんは、あの夜、〈黄色い部屋〉に入りましたか？
令嬢――ええ、いつものように鎧戸を閉めて、豆ランプをつけておいてくれました。
判事――何か変わったことがあった様子はありませんでしたか？

令嬢――何かあれば、私たちに言ったと思います。ジャック爺は、私のことをかわいがってくれる、とてもいい人ですから……。

判事――博士にお伺いします。ジャック爺さんは、あの夜、実験室を離れることはなかったのですか？

博士――ありません。はっきりとそう言えます。

判事――では、マチルドさん。あなたが就寝するためにお部屋に入られた時、すぐさま扉の鍵とかんぬきをおろしていますね。用心にしてもずいぶん念入りのように思いますが。隣には父親と老僕がいるというのに。何か恐れていることでもあったのですか？

令嬢――父は、夜中は城に戻ってしまいますし、ジャック爺も上に寝にいってしまいます。でも、そうですね、確かに私は怖がっていたと思います。

判事――つまり、あなたは何かを恐れていた。それで、ジャック爺さんの拳銃を借りておいたというのですね。しかも、勝手に持ちだした。

令嬢――はい、そのとおりです。私はしばらく前から強い不安を抱いていたのですが、その不安を口にして、まわりを心配させたくなかったのです。それに、私が抱いていた不安もどこか子供じみたものだったので、なおさらそう考えました。これについては、自分ひとりでなんとかしようと……。

判事――具体的には、何に不安を感じていらしたのですか？

令嬢――はっきりとは私にも言えないのです。この数日、夜になるとこの離れのまわり、それも庭園からだけでなく、敷地の外から音が聞こえてくるのです。何の音かわからない奇妙な音だったり、足音だったり、枝が折れるような音だったり……。特に事件の前の晩は、大統領官邸から戻ってきた晩ですけれど、遅く帰ってきたこともあって、あの日は夜中の三時頃まで起きていました。それで、ちょっと空気を変えようかと鎧戸を開けて、なにげなく窓から外を眺めていたら、ぼうっと人影のようなものが見えたのです。

判事――人影はひとりですか？　それとも、何人かいるようでしたか？

令嬢――二人です。連れだって、池のまわりを歩いていました。そのあとは、月が隠れてしまったので、姿が見えなくなってしまいました。それで、とっても怖くなって……。でも、その不安を父やジャック爺に話すわけにはいきませんでした。そんなことをしたら、お城のほうの部屋に戻れと言われますので……。というのも、本来でしたら、この季節には私も城のほうに戻って、そちらで過ごすのですが、今年は父が研究を終えて、科学アカデミーに提出する《物質の解離》の論文の要約を仕上げるまでは、こちらにいると決めたのです。これはとっても重要な研究で、それがあと数日で終わるというのに、そんな時に毎日の決まったサイクルを崩したくはありませんでしたので……。だから、いくら不安でも、自分から部屋を移すことはしませんでしたし、父やジャック爺にも、その不安を打ち明けなかったのです。たとえ私の不安が子供っぽいものだとしても、ジャック爺は一度、聞いてしまったら最後、黙っていられない人ですから……。その代わりに、私はジャック爺が拳銃をナイト・テーブルの引出しに入れているのを知っていたものですから、護身用に借りておこうと思ったのです。拳銃は、昼間、ジャック爺が部屋にいない間に、そっと入って取ってきました。そうして、〈黄色い部屋〉のナイト・テーブルの引出しに入れておいたのです。

判事――あなたに敵はいますか？

令嬢――いいえ。

判事――それなのに、拳銃とは！　マチルドさん、よろしいですか？　あなたは不安だったので念のために拳銃を拝借したとおっしゃいますが、それにしてもこれはいささか度が過ぎているように思えますが……。

博士――本当だよ、マチルド。そこまでするなんて……。ちょっと驚きだよ。

令嬢――そんなことはないの、お父さま。その前の二日間は、本当に気持ちが落ち着かなくて、まったく安心できなかったんだから……。

博士――それなら、私に言ってくれればよかったのに……。いいかい、マチルド、お前は取り返しのつかないことをしたんだよ。私に話してくれていたら、事件は起きなかったかもしれないじゃないか！

判事――マチルドさんに、お伺いします。事件の夜は、〈黄色い部屋〉の扉を閉めて、そのままおやすみになったのですか？

令嬢——はい。とても疲れていたものですから、すぐに眠ってしまいました。
判事——ランプはつけたままで？
令嬢——そうです。ただ小さな明かりですので、本当に気休め程度の明かりですが……。
判事——それで、そのあと何が起きたのですか？
令嬢——どのくらい眠っていたかわかりませんが、不意に目が覚めたのです……。そして大声をあげました……。
博士——ええ、それはぞっとするような悲鳴でしたよ。「人殺し！」って……。まだこの耳に残っていますよ。
判事——大きな声をあげたのはなぜですか？
令嬢——男が部屋にいたんです。その男は寝ていた私に飛びかかってきて、喉をつかんで絞め殺そうとしました。私はもう苦しくて死にものぐるいで逃れようとしました。その時、手がナイト・テーブルの引出しに届いたので、必死に拳銃をつかみました。すぐさま撃てるように撃鉄は起こして引出しにいれておいたのです。もみあううちに男の手を首からふりはらえたものの、男は私をベッドから床に引きずりおろしました。そして今度は、何か塊のようなものを私の頭に振りおろそうとしていたのがわかりましたので、とにかく引き金をひきました。その直後、ものすごい力で、頭にすさまじい衝撃を感じました。それでですべてです、予審判事さま。今お話ししたことも、あっというまの出来事です。これ以上のことは何もわかりません。

判事――何もわからないですか？　たとえば犯人が、あなたの部屋からどうやって逃げだしたのかということも？　この点で何か思い出すことはありませんか？

令嬢――いいえ、まったく……わかりません。気を失っていた時に何が起きていたかなんて、誰にもわからないと思います。

判事――男の体格は覚えていますか？　大柄な男だったか、小男だったか……。

令嬢――暗闇で影のようにしか見えていませんでしたので、大きくは感じましたが……。

判事――何か特徴のようなものには気づきませんでしたか？

令嬢――いいえ、これ以上は何もわかりません。男が私に襲いかかってきた。だから発砲した、それだけです。あとは何もわかりません。

マチルド嬢の聴取はここで終わっている。さっきも言ったとおり、この間、私たちは館の玄関ホールの階段の下で、ダルザック氏が降りてくるのを待っていた。

ダルザック氏は、マチルド嬢がいる隣の部屋で聴取の内容を聞いていたというのだが、下に降りてくると、その時の聴取のやりとりを一言一句、きわめて正確にルールタビーユに話した。もちろん、聞いている間に、大急ぎでメモはとっていたということだが、いくらメモがあると言っても、予審判事の問いかけと、その答えをほとんどそのままに再現したのだから、ダルザック氏の記憶力たるや、並はずれたものがあった。私はまずそれに驚嘆した。それから、私はダルザック氏がこのようにすべての情報を包み隠さず提供してくれたことにもびっくりした。

実際のところ、ダルザック氏の振舞いは、さながらルールタビーユの秘書のごとくだった。ルールタビーユの要求を何ひとつ断れないようだったし、もっと言うなら、ルールタビーユのために働いているとすら私には見えた。

マチルド嬢の聞き取りの内容に関していうと、ルールタビーユは、予審判事と同様に、「事件当夜、〈黄色い部屋〉の窓は間違いなく閉まっていた」という証言に、大きな意味があると考えていた。また、あの日の父娘《おやこ》の行動をことさら重視していたようで、博士やマチルド嬢が証言した内容をその言葉どおりにもう一度、教えてほしいとダルザック氏に頼んでいた。その際、二人が実験室で夕食をとったことに関するくだりは、かなり興味を引いたようで、二人が実験室で夕食をとることは森番だけが知っていたこと、そしてどうして森番がそのことを知ったかという点については、「聞きまちがいはないですか？」と、博士の証言を二度も繰り返させたほどだった。

ダルザック氏の話が終わると、私は思わずぼやいた。

「この聴取だけでは、謎の解明はまったく進展しませんね」

「むしろ、後退したぐらいだ」ダルザック氏も同意した。

だが、ルールタビーユだけはそう思っていないようで、しばらく考えこむと、こう言った。

「いや、そうでもない。僕には少し見えてきたよ」

第九章　記者と刑事

そのあと、私たち三人は再び城館を出て、もう一度、離れのほうに向かった。と、離れまであと百メートルというところまできた時、ルールタビーユが立ちどまった。右手の向こうにある、ちょっとした植込みを指さして言う。

「犯人はあそこの植込みに隠れていて、そこから離れに行ったんだと思うよ」

「でも、この手の植込みはコナラの林の中にいくらでもあるよ。どうしてあそこの植込みに犯人が隠れていたと言うんだい？」

するとルールタビーユは、植込みのそばにある小道を指した。その道は離れのほうに向かっていた。

「見てのとおり、あれは砂利道だろう？　あれを行けば、雨で道が濡れても、足跡は残らない。ほかの道はみんなぬかるんでいたからね。そこに足跡がなかった以上、あそこを通ったとしか考えられないんだ。まさか犯人に羽がはえていたとは思えないから、犯人は絶対に歩いていったはずだ。とすると、あの砂利道を選んで、靴の跡が残らないようにしたと考えるのが普通だろう。それに、あの砂利道は、城と離れを行き来するには一番近い。おそらくたくさんの人が通っているから、たとえ歩いた痕跡が残っていたとしても、誰のものかはわからないんだ。

一方、植込みのほうは、この季節だというのに、葉が枯れることもなく、あんなに茂っている。だから、隠れるには格好の場所だよ。犯人はたぶん、あそこに隠れて、博士とマチルド嬢が散歩に出かけ、ジャック爺さんが城に向かったのを確認したんだな。そこで、離れに近づき、ジャック爺さんが開けっ放しにしていた玄関脇の窓から中に忍びこんだ。さっき、僕たちは犯人の足跡が、窓の下についているのを見たね。あの時に確かめたんだが、窓の下にはすぐ近くまで砂利道が敷いてあった。そう、あの砂利道だよ。つまり、あの砂利道を行けば、足跡を残さずに、玄関脇の窓のすぐ下にまで行けるんだ。そうなったら、窓から入るのも簡単だったろう。その時はまだ手を怪我していないんだからね。犯人は砂利道から窓枠に飛びつき、窓の取っ手につかまって、中に入ったのだ」

「まあ、可能性としては、それも考えられるけれど……」私はなにげなく言った。

だが、ルールタビーユは私の言葉に激高した。

「可能性としては、それも考えられる？　『それも考えられる』とはどういうことだ？　どうしてそんなふうに言うんだ？　『可能性としては、それも考えられる』だと！」

私は必死になだめた。だが、ルールタビーユのほうは、もう私の言うことを聞くのもごめんだという態度で、ぶちまけつづけた。

「まったく感心するね。ある種の人間は（それが私を指しているのは明らかだ）、なんにでも懐疑的で、しごく簡単な問題にまで結論を出すことを恐れるんだ。『それは正しい』とか、『それは間違っている』と断定するリスクを決して負わない。それじゃあ、いったい何のために知性というものがあるのかと思うね。こういった人たちが、たとえ知性を持っていたとしても、論理にしたがって結論を出せないようじゃ、生まれつき頭が足りない人と同じということになるじゃないか！」

これにはさすがに私もむっとした。すると、ルールタビーユも、それに気がついたらしい。私の腕をとりながら「べつに君に言ったわけじゃないんだ。僕は君のことを高く評価しているからね。そのことはわかっているだろう？」と言いわけをした。それから、こう続けた。

「とにかくだね！　物事を論理的に推量できる時に、そうしないようなら、それは罪深いことだよ。もし僕がだよ、たとえば、この砂利道についてさっき言ったような論理を立てられなかったら、あとは犯人は気球に乗って空からやってきました、とでも説明しなくてはならなくなる。だけどいいかい。気球だとか飛行船だとかいったものの技術は、〈犯人は空からやってきたのかもしれない〉なんて、可能性にいれられるほどまだ完成されていないんだ。したがって、あることが絶対にその方法でしか考えられない時には、『可能性としては、それも考えられる』なんて曖昧なことを言ってはいけない！

いいかい、今となっては、我々は犯人がどうやって窓から入ったか、ちゃんと知っているんだ。また、いつ侵入したかもわかっている。それは、午後五時に博士と令嬢が散歩に出た時だ。その時であることは間違いない。というのも、それ以外の時間となると、博士と令嬢が十二時に昼の散歩と昼食を終えて、午後一時半に実験室に戻ってくるまでの間だが、それはまず無理だ。ちょうどその時、小間使いが〈黄色い部屋〉を掃除しおえているからね。つまり、午後一時半には、犯人は〈黄色い部屋〉にいなかったと断言できる。もしその時間に部屋に入りこみ、ベッドの下に隠れているとしたら、少なくとも小間使いが共犯者でなければならない。ダルザックさん、普段から小間使いをご覧になっていて、その可能性があると思われますか？」

私たちは後ろを歩いていたダルザック氏のほうを振りむいた。ダルザック氏は首を横にふった。

「いや、あの子はマチルドに忠実な子だ。とても素直で、献身的に尽くしている。それに、五時に博士がマチルドの帽子を取りに〈黄色い部屋〉に入っていることからしても、その時間はあり得ない」

「そうでした、それもありますね」

「ルールタビーユ君。君が言ったとおり、犯人はおそらく五時に博士たちが散歩に出て行ったあとに窓から侵入したのだろう。それは僕も納得できる。だがそうなると、どうしてやつはその玄関脇の窓を閉めたんだろうか？　そんなことをしたら当然、ジャック爺さんが不審に思うだろうに」

「窓はただちに閉められたのではないのかもしれない」ルールタビーユが答えた。「でも、もし窓を閉めたのが犯人なら、おそらくこの砂利の小道のせいでしょう。離れからかなり行ったところで、この小道は曲がっているんです。ちょうどコナラの木が三本並んでいるところでね。そのせいだと思います」

「どういうことなんだ？」ルールタビーユをせかすように、ダルザック氏が尋ねた。

「いずれご説明しますよ。その時が来たと僕が判断した時ですが……。というのも、もしその推測が正しかったら、この事件の最も核心を突くことになりますからね」

「どういう推測をしているんだ？」

「事実であることがはっきりとしないかぎり、決してお話しすることはできませんよ。それはあまりにも深刻な事態を引きおこす推測です。とてもじゃないけれど、今の段階では打ち明けられません」

「では、少なくとも、犯人については目星がついているのですか？」

「いいえ、犯人が誰かはわかりません。でも、心配しなくて大丈夫ですよ。ダルザックさん。僕は突きとめますから……」

だがこの時、なぜかダルザック氏が動揺したように見えた。それはまるで、ルールタビーユが犯人を突きとめることは、ダルザック氏にとって好ましいことではないかのように見えた。だが、もし犯人が突きとめられるのをダルザック氏が恐れているとしたら、それはなぜなのか？　それに、恐れているのなら、どうして犯人を突きとめようとしているルールタビーユの手助けをしているのか？　私は不思議に思った。ふと隣を見ると、ルールタビーユも私と同じことを感じたようだった。

「気に入りませんか、ダルザックさん。僕が犯人を見つけたら」不満げに尋ねる。

「いや、その時は、私がこの手で殺してやる」ダルザック氏は、こちらがびっくりするぐらいの勢いで叫んだ。

「そうでしょうね」ルールタビーユはさも当然といった調子で返事をした。「でも、今の言葉は、僕の質問の答えにはなっていないですよ」

だが、ダルザック氏は何も答えなかった。

その時、そこで、私たちはルールタビーユがさっき指さした植込みの辺りにさしかかった。私は試しにその植込みの裏に行ってみた。すると、そこには誰かが隠れていたとおぼしき足跡が残されているではないか！　またもやルールタビーユの言うことは正しかったのだ。

「当然だ！」ルールタビーユは胸を張った。「僕たちは生きている人間を相手にしているんだ。犯人は幽霊や、ましてや悪魔なんかじゃない。僕らが持たない、特別な手段を持っているわけでもないんだ。だから、この謎は最後には、すべてうまく説明がつくはずだよ」

そう言いながら、ルールタビーユは私に向かって、「さっき、〈黄色い部屋〉でとった靴跡の型紙をくれないか？」と頼んだ。私はすぐにポケットから型紙を出して、ルールタビーユに渡してやった。ルールタビーユはそれを持って、植込みの後ろにまわりこんだ。そして、地面にくっきりと残っている靴跡の上にあてると、型紙と靴跡はぴったりと重なった。

「ほらね！」ルールタビーユは得意そうに立ちあがった。

私はこのあと、ルールタビーユが玄関脇の窓の下に残っていた足跡を追跡していくのだとばかり思っていた。だが、ルールタビーユは私たちを連れて、離れの左手に向かっていった。かなり左だ。

「ぬかるみに鼻を突っこんで、足跡を追跡したって無駄だよ。だって、犯人がどのルートを通って逃走したのかなんて、もうはっきりとしているんだから……」ルールタビーユは言った。「ほら、見てごらん。離れから五十メートルほど行ったところで、城壁が終わっているだろう？　その先は垣根だから、そこを乗り越え、空堀を渡ったんだ。その向こうは小道になっているはずだ。それを行くと、敷地の外にある池に通じているんだ。池に行くには、これが一番早い」

「犯人が池を目指したと、どうしてわかるんだ」私は尋ねた。

「そりゃ、フレデリック・ラルサンがさっきからずっと、池のふちを捜査しているからだよ。きっと、かなり興味深いものが残っているんだと思うよ」

数分後、私たちはその池を望める小道に出た。

それは池というより、小さな沼地のようだった。周囲を取り囲むように葦《あし》が自生し、睡蓮の枯れ葉が水面に揺れていた。たぶん、ラルサンは私たちの姿に気づいていたと思う。だが、私たちにはまったく興味を示さなかった。少なくとも、そのように見えた。私たちが近づいていく間、こちらに顔を向けることはなく、手にしたステッキの先で、地面を叩きつづけていた。

「ほら見ろよ」ルールタビーユが足元を指した。「ここにも犯人が逃げてきた足跡が残っている。ああ、でも、足跡はこんなふうにして池の周囲をまわってきて、ここまで来たところで、途切れている。池のほとりで……。そうか、ここからは一本、小道が延びていて、そこを行くと、エピネーとコルベイユを結ぶコルベイユ街道に出るんだ。犯人はここから街道に抜け、パリに向かって逃げていったんだろう」

「どうして、その小道を抜けていったと思うんだ？」私は首を傾げた。というのもそこには、足跡が残っていなかったからだ。犯人の足跡は池のほとりで消えていたのだ。

「どうしてかって？　そりゃ、そっちに別の足跡が残っているからさ。いや、僕はきっとこの足跡があるって、最初から思っていたんだよ！　ほらそこだよ」

そう言うと、ルールタビーユはこれまで見てきた足跡に比べて、細身の足跡を示した。そうして、少し離れたところにいたラルサンに大声で尋ねた。

「フレッドさん、この〈細身の足跡〉は、犯行が起きたあとに、ここについたのですよね？」

「そうだと思うよ、ルールタビーユ君」ラルサンはあいかわらずステッキの先で地面を叩きながら、こちらを見ることなく答えた。「そいつも型取りしてあるよ。よく見てごらん。ここまでやってきた時のものと、ここから去っていった時のものと両方あるから……」

と、その時、ルールタビーユがいきなり叫んだ。

「そうか！　犯人は自転車を使ったんだ！」

見ると、確かに〈細身の足跡〉の近くには、その足跡に付きそうように、自転車の車輪の跡が残っていた。こちらも、来る時と去っていく時の跡が両方残っている。私は控えめに言葉をはさんだ。

「犯人がここで自転車に乗ったとしたら、そこから先にドタ靴の跡が残っていないのは説明がつくな。犯人が犯行に及んでいる間、共犯者である〈細身の足跡〉の持ち主が、この池のほとりで自転車とともに犯人が戻るのを待っていたんだ。もしかしたら、犯人は共犯者である〈細身の足跡〉のために犯行に及んだと推測できないか？」

「いいや、そうじゃない！」ルールタビーユは奇妙な笑顔を浮かべて否定した。「僕は事件が起きた時から、この足跡が残っているのを予測していたよ。この足跡についてはわかっている。それを捨てる気はないよ。この〈細身の足跡〉は犯人の足跡なんだ」

「でも、そっちが犯人のものだとしたら、こっちの大きなドタ靴の足跡のほうは、どうなるんだい」私は尋ねた。

「それもまた犯人のものさ」

「つまり、犯人は二人いたということか？」

「いや、違う。犯人はひとりだ。共犯者などいない」

すると、遠くのほうから、フレデリック・ラルサンが叫ぶ声が聞こえた。

「素晴らしい！　実に素晴らしい！」

だが、ルールタビーユはこれには答えずに、「ほら」とドタ靴のあとで踏みあらされた地面を指さした。

「男はここでいったん腰をおろしている。そして、ドタ靴をぬいで裸足になったんだ。警察の目をあざむくためにね。脱いだ靴は手に持ったんだろう。だから立ちあがった時は裸足だったんだ。そのあとは平然と——いたって普通に、コルベイユ街道まで自転車を押していったんだと思うよ。この小道はかなり足場が悪いから、自転車を走らすのはちょっと危ないからね。それにぬかるみを走るのもむずかしい。その証拠に、これだけ地面が柔らかくなっていたわりに、自転車のタイヤの跡が浅すぎる。もし、自転車に男が乗っていたら、重みでこのタイヤの跡はもっと地面にめりこんだと思うよ。そう、だからここにいたのはひとりだけ。自転車を押して歩いてきた犯人だけだよ！」

「素晴《ブラヴォ》らしい！　いや実に素晴《ブラヴォ》らしい！」ラルサンがまた賞賛の声をあげた。

だが、今度はいきなりこちらにやってくると、ダルザック氏の前で足を止めた。

「ダルザックさん、ここに自転車があったら、今のルールタビーユ君の推論を確認できるんですがね。城に自転車はありますか？」

「いいえ、ありません」ダルザック氏は答えた。「私が持ってきたものが一台あったのですが、ちょうど四日前でしょうか。事件前に最後にここに来た日に、パリに持ってかえってしまったのです」

「それは残念ですな」ラルサンはひときわ冷ややかな声で言った。それから、ルールタビーユに話しかけた。

「もしこのまま調査を続けていったら、我々は二人とも同じ結論にいたるだろうな。君の調査では、〈黄色い部屋〉から犯人がどうやって脱出したか、その目星はついたのか？」

「ええ、可能性をひとつ……」

「私もだよ。それはきっと同じなんだろうね。この事件には、推論が二つ成りたつことはない。あとはうちの上司が到着次第、予審判事に説明するだけだ」

「上司と言うと、これから警視総監がおいでになるのですか？」

「ああ、午後に。この事件に関係している人、または関係していると思われる人を全員実験室に集めて、そこで対決させるんだ。きっと面白いことになるだろうね。それに君が立ち会えないのは残念だよ」

「いや、僕は立ち会ってみせますよ」ルールタビーユはきっぱりと言った。

「そうかねえ……。それにしても、君ときたら、その年からしたら考えられないぐらい、卓抜した能力を持っている」ラルサンの口調には皮肉がこもっていた。「いや、君なら素晴らしい刑事になりそうだ。もう少し体系的な手順を踏むことができたら、だけどな。直感と頭脳だけに従うのを、もう少し減らしたならばという意味でね。これまでに何度か見て感じてきたことだが、ルールタビーユ君、君は推理に頼りすぎているよ。真実にたどりつくには、もう少し観察力が必要だ。たとえば、血まみれのハンカチとか、壁に残された手形などは、どう考えているんだい。君は見たんだろう？　壁に残っていたものを……。私はハンカチしか見ていないがね。あそこについた血の痕はどう説明するんだ？」

「なんだ、そのことですか」ルールタビーユは平然と答えた。だが、思いがけない質問に虚をつかれたのか、いくぶん動揺しているようなところも見受けられた。「犯人はマチルド嬢に撃たれて、手を怪我したのです」

「おやおや、ずいぶん粗雑な観察だね。それこそ、直感だけに頼った結論だ。覚えておきたまえ。君はあまりにも推理が〈直接的〉すぎる。君のように乱暴な推理を展開させていたら、悪い方向に行ってしまうよ。確かに、スタンガーソン嬢が拳銃を撃ったという点については正しい。〈被害者〉の令嬢は、間違いなく発砲した。だが、犯人の手に傷を負わせたというのは間違っているんだよ」

「いえ、確かですよ！」ルールタビーユは叫んだ。

だが、そのあとを続けようとするのを、ラルサンが押しとどめた。冷静な口調で、ルールタビーユを切ってすてる。

「観察が甘いね。そうだ。まだまだ観察が足りないよ。私はハンカチを調べたが、そこには小さくて丸い血痕が点々と散らばっているだけだった。そう、止まりかけの鼻血を押さえたように……。つまり、こういうことだ。いいかね？　犯人は怪我などしていない。ルールタビーユ君。犯人は鼻血を垂らしたんだ」

ラルサンは大真面目にそう言った。この思いがけない推理に、私は思わず「おお！」と感嘆の声をあげてしまった。

ルールタビーユは何も言わず、ただ自分を見つめるラルサンを見つめかえしていた。その間に、ラルサンは話をつづけた。

「犯人は鼻血の出た鼻をまず手を押さえ、それから、取りだしたハンカチで押さえた。そして、最初に手についた大量の血を壁で拭いたんだよ。それと、これは絶対に見逃せないことだがね、殺人犯が手を怪我するわけがない。だって、それじゃあ、殺人ができないじゃないか！」

それを聞くと、ルールタビーユは顔を曇らせた。

「フレッドさん。僕は推理を軽んじるのは、まだ許せます。でも、それよりも許せないのは、まあ、これはある種の刑事さんによく見られることですが、絶対に許せないのは、〈自分たちの見解に沿うように、論理を巧みに曲げてしまう〉ことなんです。それも間違ったことをしているという自覚はなく、これが正しい推理だと考えて……。フレッドさん、あなたはすでに犯人が誰か、目星をつけていらっしゃるのでしょう。いえ、否定なさらなくてもいいですよ。あなたは結論を出している。ところが、そのあなたの結論のためには、犯人が手を怪我していては都合が悪いのです。そこで、あなたは血痕を説明できるほかの理由を探し、そして見つけた。でもそれは非常に危険な方法ですよ。ええ、とんでもなく危ない方法です。まず初めに自分勝手な推理を組み立てて、最初から結論ありきで必要な証拠だけを採用していくなんて。そんなことをしていくと、逆に真実が遠ざかりますよ。司法の間違いがそのままかりとおってしまう。フレッドさん、それこそ犯人の思うつぼです」

ルールタビーユはポケットに両手を突っこんだまま、ラルサンを見くだすように言った。その顔には相手を憐れむような色が浮かび、口調からは蔑《さげす》むような雰囲気が伝わってきた。

一方、ラルサンは黙ってルールタビーユを見ていたが、やがて、ひょいと肩をすくめて、私たちのほうに軽く頭をさげると、手にしている長いステッキで道ばたの石を叩きながら、大股で立ち去っていった。

ルールタビーユは、その背中をじっと見つめていたが、しばらくして私たちのほうを向きなおると、声をはずませて、勝利を予告する宣言をした。

「僕はあいつを負かしてやる！　そうだ、あの大フレッドに勝ってやるんだ！　いや、あいつだけじゃない。僕はみんなを打ち負かしてやる。この僕が——ルールタビーユが最強なんだと知らせてやるんだ！　確かにラルサンは大フレッドと呼ばれ、数々の手柄をたてているさ。だが、みんなに才能を謳《うた》われた、あのラルサンも、もはや履きふるしたぼろ靴同然だ！そうさ、ぼろ靴だよ。捨てるのを待つだけのぼろ靴だ！」

そう大声で叫ぶと、ルールタビーユは興奮したように、その辺りを飛びはねていたが、突然ぴたっとその動きをとめた。私は不審に思い、ルールタビーユの視線の先を追った。すると、そこにはダルザック氏がいた。ダルザック氏は地面を見つめ、なぜか、見た目にも明らかなほど、表情をひきつらせていた。私はダルザック氏の足元に目を落とした。そこには〈細身の足跡〉と、ダルザック氏が今、残したばかりの足跡があった。そして、ああ、なんということだろう！　その二つの足跡はそっくりだったのだ！

私はダルザック氏がその場で気を失って、倒れるのではないかと思った。ルールタビーユもそう思ったようだ。ダルザック氏のほうは、私たちに見られているのに気づいて、一瞬、目をそらせたが、その目が驚きのあまりに、飛びださんばかりになっているのが見てとれた。普段の誠実で穏やかな顔とはうってかわって、今やその顔には絶望の色が浮かび、動揺を隠そうとしてか、震える右手でしきりに顎ひげをしごいている。だが、そのうちに、なんとか気持ちを落ち着けることに成功したのか、ダルザック氏は、「用事を思い出したので」と、ぼそっと言うと、立ち去っていった。

「なんということだ！」

ダルザック氏の姿を見送りながら、ルールタビーユが声をあげた。あまりのショックに、さすがにがっくりとうなだれている。

それでも、ルールタビーユは紙挟みから白い紙を一枚とりだすと、地面に残る〈細身の足跡〉の上にあてて型紙をとった。そして、この型紙をダルザック氏の足跡にあててみた。すると、二つの足跡は完全に一致してしまった。ルールタビーユはまたもや「なんということだ！」と声をあげた。その言葉を繰り返しながら、地面から腰をあげる。

私はうかつに声をかけられなかった。それほど、ルールタビーユがこの出来事を深刻に捉えているのがわかったからだ。だが、ルールタビーユは力強く言った。

「それでも、僕はダルザックさんは誠実な人だと信じている」

それから、ルールタビーユは「昼食をとろう」と言って、宿屋と食堂を兼ねている《主楼館》のほうに私をひっぱっていった。その宿屋は、城から少し離れた、コルベイユ街道沿いの小さな林のかたわらにあった。

第十章　ルールタビーユ、またもや謎の言葉をかける

《主楼館》はこう言ってはなんだが、お粗末な宿屋だった。だが私はこの手の建物が嫌いではない。梁《はり》は長い年月と暖炉の煙でいぶされて黒ずみ、その梁が支えている建物も、ぐらぐらしそうな、ある意味立派なあばらやである。こうした乗合馬車の時代の宿屋というのも、やがてそう遠くないうちに、姿を消して記憶の中だけに残るものになってしまうことだろう。だが古い建物というのは、流れてきた時間の積み重ねをその姿にとどめ、歴史と結びついているものだ。この建物からも古い歴史が感じられて、それを見ているだけで、この街道にまつわる冒険やロマンなど、さまざまな物語を想像できた。

建物はおそらく、少なく見積もっても二百年、もしかしたらそれ以上の年月をへていることだろう。それはひと目で見てとれた。木造の骨組みのまわりは、砂利と漆喰で固められているが、それもところどころ、はがれ落ちてしまっている。それでも、XやYの字の形に組まれた木組みの部分は、老朽化の目立つ屋根をしっかりと支えていた。もっとも、その屋根のほうは、酔っぱらいがかぶっている帽子のように、少し傾いていた。入口の扉の上には、鉄製の看板がぶらさがっていて、秋の風に吹かれてからからと音をたてていた。その看板に

は、尖った屋根の上にのった塔のようなものが描かれ、その塔の先はグランディエの城の天守閣に見られるような採光塔になっていた。

この看板の下、開け放ったままの扉の戸口のところに、私たちはひとりの男が座っているのに気づいた。なんだかとっつきにくい顔をしていて、深刻な問題でも抱えているのか、深い物思いに沈みこんでいる。額にはしわがより、濃い眉がくっつきそうなくらい寄せられていた。

私たちがそばまで行くと、男はようやく顔をあげて、ぶっきらぼうに「何かご用ですか？」と言った。つまり、この愛想のない男がこの宿屋のあるじなのだ。まったく、宿屋も魅力的なら、あるじも魅力にあふれている。私たちは「何か昼食をとらせてもらえるか？」と頼んだ。すると、あるじはそっけなく答えた。

「あいにくと食材の買いおきがなくてね。ご満足するようなものは何もお出しできませんよ」

その口調には明らかに警戒する響きがあった。目つきもこちらを探るようだ。私は、この男はどうしてこんな態度をとるのだろう、と首をひねった。

「そんなに警戒することはありませんよ。僕たちは警察じゃありませんから」ルールタビーユが声をかけた。

すると、あるじはこう答えた。

「別に警察なんざ怖くないさ。俺は誰も怖がってなんかいない」

私はここで昼食をとるのはやめようと、ルールタビーユに目で合図を送った。だが、ルールタビーユはむしろ、どうしても最初の決心を貫くことにしたようで、あるじの脇を抜けると、宿屋の中に入っていってしまった。

「サンクレール、君も来いよ。なかなかいいところだよ」

そう言われて、私はしかたなくルールタビーユのあとに続いた。中に入ると、そこは食堂になっていて、暖炉ではくべられた薪《まき》が大きな炎をあげていた。今朝は、冬がきたかのような寒さだったものだから、私たちはその暖炉のもとに行って、手をかざした。食堂はそこそこ広かった。真ん中にはぶあつい木のテーブルが二つあり、そのまわりに何脚もの椅子が置かれている。備えつけのカウンターには、さまざまなシロップやアルコールの瓶が並べられていた。窓は三つで、そのすべてが街道に面している。壁に以前、ヴェルモットが新発売になった頃の色刷りポスターが貼られており、《これを飲んで食欲増進!》という宣伝文句とともに、若いパリジェンヌが恥じらいもなくグラスを掲げた絵が描かれていた。暖炉の上のマントルピースには、たぶんあるじが置いたのだろう、陶器や素焼きの壺や水差しといったものが、ぎっしりと置かれていた。

「おお、これは鶏《とり》を丸焼きにするには、うってつけの暖炉だ」ルールタビーユが言った。

だが、あるじは、あいかわらずそっけない口調で答えた。

「鶏なんてありやしないよ。やせたウサギもない」

しかし、ルールタビーユはその言葉にもいっこうに動ずることなく、冷ややかな口調でこう言った。

「わかっているよ。〈これからは、ステーキのレアでも食わなくちゃならんだろう〉ってね」

いったいルールタビーユが何を言いだしたのか、私にはまたもや理解できなかった。なぜ宿屋のあるじに向かって《これからは、ステーキのレアでも食わなくちゃならんだろう》などと言ったのだろうか？ しかも、あるじのほうも、この言葉を耳にするやいなや、たちまち態度をあらためたのだ。「くそったれ！」と悪態を放ったものの、文句を言ったのはそれだけだった。私は不思議でしかたがなかった。これはダルザック氏が《司祭館は何も魅力を失わず、庭の輝きもまた失われず》という言葉を聞いた時と同じ反応だ。つまり、ルールタビーユには、相手にどんな言葉をかければ自分の要求をのんでくれるのかわかる才能があるのだろうか？ しかも、私にはまったく理解できないような内容の言葉をかけて……。私はルールタビーユの顔を見やった。だが、ルールタビーユはにやっと笑っただけで、何も答えようとしない。そこで、説明を求めて、口を開きかけると、しっと指を口に当てて制止された。今は黙っていろという合図だ。

その間に、あるじは暖炉の横にある小さな扉を開けて、奥に向かって「おい、卵を半ダースと牛のサーロイン肉をひと塊、持ってこい」と叫んだ。

しばらくすると、その扉の向こうから、若くぴちぴちした女が卵と肉を手に入ってきた。女は見事な金髪に大きく優しげな目をしていた。その美しい瞳で、私たちをもの珍しそうに見ている。

するとあるじが乱暴な口調で言った。

「向こうに行ってろ！　もし緑の男がやってきても、お前、出てくるんじゃないぞ」

女が奥に戻っていくと、ルールタビーユは卵の入っているボウルと肉の皿を手にして、暖炉のそばまで慎重に運んだ。ついで、暖炉の中にかけてあったフライパンとステーキ用の焼き網をとりだして、火の上に吊るすと、まず網の上に肉をのせた。そうして、肉が焼けるのを待つ間に、オムレツ用の卵を溶きはじめた。それから、あるじにシードルを二本頼んだ。その間、あるじのほうは、ルールタビーユが勝手に料理を始めるのに任せていたが、それでもこちらが気になるようで、ちらちらとルールタビーユのほうを見ていたかと思うと、私のほうに不安げな眼差しを送ってきたりしていた。そうして、私たちのために、ナイフやフォークを窓際の席に用意した。

と、その時、あるじが「くそっ、来やがった」とつぶやいた。見ると、顔つきがまたけわしくなって、憎悪の色をあらわにしている。あるじは、窓にはりついたまま、街道をじっと見つめていた。私はルールタビーユに知らせようと、暖炉のほうを見た。だが、その時にはもう、ルールタビーユは卵のボウルをそばに置いて、窓際に向かっていた。あるじと一緒に外を見ている。私はその横に立った。

すると、街道の向こうから、全身、緑の服をきた男がひとり、こちらにやってくるのが目に入った。男は丸いベレー帽をかぶっていたが、ご丁寧にそのベレー帽までもが緑色をしている。年齢は四十代半ばぐらいだろうか。鼻眼鏡をかけ、髪とひげには白いものが混じりはじめている。目をみはるくらい、男ぶりのいい人物だ。男はゆっくりとした足取りで、歩きながらパイプをふかしていた。鉄砲を肩から斜めがけしていて、その物腰はまるで貴族のように鷹揚としたところがあった。

この宿屋の近くまで来ると、男は窓際にいる我々の姿を目に留めて、入ろうかどうか、ためらっているように見えた。扉の近くで立ちどまると、何回かパイプを吹かしている。だが、結局、先に行くことにしたらしい。またゆっくりとした足取りで通りすぎていった。

ルールタビーユと私は、あるじの顔をうかがった。その目はまだぎらぎらとし、両手は固くこぶしを握っていた。口元はぶるぶる震えていて、怒りに駆られているのは聞かなくても明らかだった。

やがて、男が完全に立ち去ったのを見届けると、あるじはそこでようやく表情をゆるめ、ピューと満足げに口笛を吹いた。

「今日は入ってこなかったな！」

「あれは誰なんですか？」暖炉に戻ったルールタビーユが、卵をかき混ぜながら尋ねた。

「〈緑の男〉だよ」あるじはうなるように言った。「あいつを知らないのかい？　まあ、そいつはよかったな。知りあいなんぞになることはないからな。スタンガーソン博士のとこの森番だよ」

「ずいぶん、あの男を嫌っているようですね」そう言いながらルールタビーユは、たっぷりの溶き卵を熱したフライパンにあけた。

「あいつを好きなやつなんて、この辺りじゃひとりもいないよ。威張りくさっていてね。たぶん、昔はお坊ちゃんだったんだろうよ。だから、人に雇われる立場になって、頭をさげなきゃならんのが、我慢ならないんだろう。たとえ、生きていくためとはいえね。森番とはいったって、下男みたいなものなんだから……。そうだろう？　それなのに、やつの態度ときたら……。まったく、びっくりするよ。なにしろ、まるでやつがこのグランディエのあるじのような顔をしているんだから……。『ここの土地も森も、全部俺のもんだ！』とばかりにね。あいつは、もし浮浪者がこの土地の草むらに座りこんで、持っていた小さなパンをかじろうとしていても、文句をつけて追いだすだろうね。『ここは俺の草むらだ！』とか言って……」

「ここにはよく来るのですか」

「来すぎるくらいだよ。まあ、そのうちに嫌というほど、わからせてやるがね。その汚い面《つら》をここに見せにくるなって……。もっとも、つい一ヵ月程前までは、こんなにやつにうんざりさせられることはなかったんだが……。こんな田舎の宿屋なんて、やつは鼻もひっかけなかったからね。というのも、あの野郎は、パリのサン・ミッシェルにある《三本の百合亭》のおかみにぞっこんで、ご機嫌とりに忙しかったんだから……。俺たちみたいな田舎者にかまう暇なんてなかったんだ。でも、最近、そのおかみと喧嘩別れしちまったものだから、ほかに通える場所を探しまくっているってわけだ。まったく、女たらしで、我慢ならねえ男だ。城の門番夫婦なんて、〈緑の男〉の話なんか聞くのも嫌だって言っているよ」

「というと、ご主人。あなたからすると、門番夫婦は真面目で信用できるというわけですね？」ルールタビーユが尋ねた。

「俺のことは、マチュー親父って、名前で呼んでくれていいよ。あの二人が真面目で正直者なのは間違いない。俺の名前がマチューだっていうのと同じくらいにな。そうさ、実直な夫婦だよ」

「でも、逮捕されてしまいましたが……」

「それじゃあ、訊くがね。何か証拠はあるのかい？　あの夫婦が悪いことをしたっていう証拠が？　まあ、どっちにしても、俺は面倒なことに巻きこまれるのはごめんだが……」

「今回の事件で、何か思いあたることはないですか？」

「事件って、博士のお嬢さまが殺されかけたってことかね？　まったく気の毒なことだよ。お嬢さまはいい人でね。この辺りじゃ、誰からも好かれていたよ。で、何か思いあたることがないかって？」

「ええ、何か考えついたことでも」

「別に何も。……そりゃ、あれこれ考えはするがね。……ただ、この目で誰かを目撃したわけじゃないから……」

「僕にも言えませんか？」ルールタビーユが食いさがった。

するとマチュー親父は低くうなるように言った。

「旦那でもね……」

オムレツはとうに焼きあがっていたので、私たちはテーブルについて黙って食事を始めた。すると、そこで入口の扉が開かれ、戸口にひとりのみすぼらしい老女が現れた。着ているものはぼろ着で、杖はついているものの、体がぐらぐらと揺れつづけている。頭はぼさぼさで、ほつれた白髪がうす汚れた額に垂れさがっていた。

「おや！ いらっしゃい、アジュヌー婆さん。ずいぶん長いこと姿を見なかったねえ」マチュー親父が声をかけた。

「具合が悪くてね。あやうく棺桶に足を突っこむところだった」そう返事をすると、アジュヌー婆さんはこうつけ加えた。「ところで、〈神さまのしもべ〉にやれるものは何か残っていないかい？」

そう言いながら、中に入ってくる。見ると、その後ろから信じられないくらい巨大な猫がついてきた。こんなに大きな猫が存在するとは、私は想像もしたことがなかった。猫は我々をちらっと見ると、鳴き声をあげた。その声は空気を切り裂くような、まるで絶望の淵に立たされたような恐ろしい響きを持っていたので、私は知らずにぶるっと体が震えた。《ル・マタン》紙の記事でジャック爺さんが話していたとおりだ。それは私がかつて耳にしたことがないほど、陰鬱《いんうつ》な鳴き声だった。

その猫にあまりに気をとられていたので、私はしばらくして、ようやくその後ろから男がひとり入ってきたことに気づいた。さっきの森番だ。森番は帽子に手を触れて、私たちに軽くお辞儀をすると、近くの椅子に腰をおろした。

「マチュー親父さん、シードルを一杯もらえないか？」

森番が入ってくるのを見ると、マチュー親父は全身で拒むような態度を見せた。それは今にも殴りかかろうとするのを必死に抑えているように見えた。

「ないよ。こちらの方たちに最後のを出してしまったからな」

「じゃあ、白ワインでいい」森番のほうは、まったく動じなかった。

「それもないよ。もう何もない！」マチュー親父はくぐもった声で何度も繰り返した。

「もう何もないんだよ！」

すると、森番は別のことを口にした。

「奥さんは元気かね」

それを聞くと、マチュー親父はまた怒りに駆られたらしい。こぶしを握りしめて、森番のほうを見つめている。その顔があまりに歪んでいたので、今度こそ殴りかかるんじゃないかと思ったくらいだ。だが、マチュー親父はかろうじて踏みとどまったようで、どうにか言った。

「元気だよ」

その答えを聞いて、私たちはようやく、さっき顔を出した大きく優しげな目をした女がマチュー親父の女房であることに気づいた。マチュー親父は怒りっぽく、乱暴で、苦虫を嚙みつぶしたような陰気な顔つきをしているが、さっきの女がマチュー親父の女房であるなら、その原因は明らかだった。マチュー親父は〈緑の男〉に嫉妬して、その嫉妬に苦しんでいるのだ。

と、マチュー親父が奥に続く小さな扉を開けて、猫にやる残飯を探しに食堂を出ていった。あとには、マチュー親父が乱暴に閉めた扉の音が残った。その間、アジュヌー婆さんは、杖を支えにしたまま、あいかわらず戸口から少し入ったところに立っていた。その足元では、猫がスカートにまとわりついていた。

森番は、今度はアジュヌー婆さんに声をかけた。

「婆さん、病気だったのかい？　一週間は姿を見なかった気がするが……」

「そうなんだよ。三度だけ、聖ジュヌヴィエーヴさまのもとへお祈りに行ったほかは、ずっと寝たきりだったよ。〈神さまのしもべ〉に看病されてね。あたしを看てくれるのは、〈神さまのしもべ〉しかいないからね」

「じゃあ、〈神さまのしもべ〉はずっと婆さんのそばにいたんだね」

「ああ、かたときも離れずにいたよ」

「それは確かなのか？」

「もちろん。天国があるのと同じくらいにね」

「じゃあ、例の犯行があった時、どうしてひと晩中、〈神さまのしもべ〉の鳴き声が聞こえたんだい？」

それを聞くと、アジュヌー婆さんは森番の目の前まで歩いていき、やはり突ったったまま手にした杖で床をドンと叩いた。

「あたしゃまったく知らないよ。だいたい、あたしに何を言わせたいんだい。これみたいな声で鳴く猫なんて、ほかにいるわけがない。それはあたしも認めるよ。ただね、あの晩は、あたしも外から〈神さまのしもべ〉の鳴き声がするのを聞いたんだよ。でも、その時、この子はあたしの膝の上にいたんだ。しかも、その間、一回たりとも鳴き声をあげることはなかった。あたしゃ、はっきりと誓えるよ。確かにそんなふうな鳴き声は耳にした。でも、それはこの子じゃないのも間違いないんだ。あたしに言わせりゃ、あれは悪魔の叫び声だね」

二人がこのやりとりをしている間、私はずっと森番から目を離さなかった。だから、その時、森番の唇に意地の悪い、人を嘲《あざけ》るような笑みが浮かんでいるのを見逃さなかった。

その時、食堂の奥の部屋から、激しく言い争う声が聞こえてきた。がたごとともみあっているような音も聞こえる。そのうちに、どちらかが手を出したのか、殴ったような音がして急に静かになった。森番は殴った音がすると、いきなり立ちあがって、奥の部屋の入口に駆けよった。だが、その瞬間、扉が開いて、マチュー親父が現れた。

「別になんでもありませんよ、森番殿。妻が歯が痛いと言いだしてね」

そう言って、せせら笑うと、マチュー親父は今度はアジュヌー婆さんのほうを向いて、包みを差しだした。

「ほら、〈神さまのしもべ〉にやる臓物だよ」

婆さんは待ちかまえていたかのように、その包みを奪いとると、猫を従えて出ていった。その様子を見届けると、マチュー親父に森番が尋ねた。

「こっちには何も出してくれないのか？」

マチュー親父は、その言葉に、ついに堪忍袋の緒が切れたらしい。森番に向かって、憎々しげに叫んだ。

「お前に出すものなんて、何もない！　何もあるものか！　とっとと出ていけ！」

森番は何も言わず、パイプに煙草を詰めて、火をつけると、私たちに頭をさげて出ていった。マチュー親父は、森番が戸口を出ていくなり、バタンと入口の扉を閉めた。その目は血走り、口元には泡が浮かんでいた。やがて、マチュー親父は私たちのほうを向くと、今、森番が出ていったばかりの扉を指さして、こう吐きすてた。

「旦那方がどなたかは知らんがね。また、どうして俺に向かって、《これからは、ステーキのレアでも食わなくちゃならんだろう》なんて言うのかも知らないが、もし旦那方があの事件に首を突っこんでいるなら、教えてやる。犯人はあの男だよ！」

そうして、食堂から外に出ていってしまった。だが、それを見ても、ルールタビーユは何事もなかったかのような顔をしていた。立ちあがって、暖炉のほうに行くと、網の様子を確かめる。

「肉が焼けたようだよ。シードルはどうだい？　辛口だけど、そこが好きだな」

結局、それから食事が終わるまでの間、マチュー親父は食堂に二度と顔を出さなかった。ほかの部屋からも、物音ひとつ聞こえてこなかった。しかたがないので、私たちは代金として、テーブルに五フランを置いて外に出た。

そのあとは、ルールタビーユが、スタンガーソン博士の敷地の外周を調べたいと言うので、私はそれにつきあった。途中、サント・ジュヌヴィエーヴの森の中にある炭焼き小屋まで来た時、ルールタビーユはすぐそばの小道が煤《すす》で真っ黒になっているのに気づいて、十分ほど立ちどまって考えていた。その小道を行くと、その先にはエピネーとコルベイユをつなぐ街道が走っている。それに思いあたると、ルールタビーユは、「きっと犯人はここを通ってきたにちがいない」と私に断言した。

「ほら、〈黄色い部屋〉に残っていたドタ靴の跡は黒っぽかったろう。あれは離れに侵入する前に、ここを通った証拠だよ」

「じゃあ、あの森番は事件には関係ないのか?」

「それはそのうちわかるさ。今のところ、マチュー親父が森番について言ったことは脇に置いておこう。嫉妬のあまり、ただ憎たらしくて言っているだけのようだからな。それに、僕がわざわざ君にお供してもらって《主楼館》に行ったのは、森番のことを知りたかったからじゃない」

そうやって、二人で話をしながら、敷地のまわりをぐるりと一周していると、正門のほど近くに一軒の家が見えてきた。今朝、逮捕されたという門番夫婦の家だ。ルールタビーユは、そっと近くに忍んでいった。私もそのあとについていった。近くまで来て、見ると、天窓が一カ所、そこだけ開けっ放しになっている。それに気づくと、ルールタビーユは惚れぼれするような身のこなしで、屋根の上に飛びのり、家の中に入っていった。私はもちろん、一緒には行かず、その場で待っていた。すると、それから十分ほどして、ルールタビーユが姿を見せた。「やっぱりな」とつぶやきながらこちら側に飛びおりてくる。この言葉がルールタビーユの口から発せられると、そこには実に多くの意味が含まれている。そのことを私はよく知っていた。

門番の家を離れると、私たちは城の正門に近づいていった。と、その時、門の前から騒々しい声が聞こえてきた。昼前に見た馬車が、また誰かを乗せて到着したところのようだ。ルールタビーユが降りてきた男を指さして言った。

「見ろよ、警視総監だ。僕たちもフレデリック・ラルサンの推理とやらを聞きにいこう。あの男がほかの刑事よりも有能かどうか、確かめるためにね」

警視総監を乗せた馬車の後ろには、記者たちをぎゅうぎゅうに乗せた馬車が三台、続いていた。正門の前で馬車を降りると、記者たちは敷地内に入りたいと申し出たが、門のところに詰めていた二人の憲兵に立ち入りを拒否された。不満の声をあげる記者たちに、警視総監は「捜査に支障をきたさない範囲で情報を開示するから、取材は夕方まで我慢してくれ」となだめていた。

第十一章　二人の探偵

この原稿を書くにあたって、私の手元には〈黄色い部屋〉の事件に関する、大量の資料がそろえられている。その資料は、さまざまな関係書類や書きつけ、新聞の切り抜きに裁判記録など、ありとあらゆるものにわたっている。その中にひとつ非常に興味深いものがある。それがこの日の午後、つまり私とルールタビーユがグランディエ城に着いた日の午後に、スタンガーソン博士の実験室で警視総監立会いのもと行なわれた、かの有名な尋問の調書である。この調書は、予審判事ド・マルケ氏の書記、マレーヌ氏の手によるもので、マレーヌ氏は上役のド・マルケ氏同様、文学に身を捧げている人である。したがって、この時の調書も、いずれマレーヌ氏が『私が立会った尋問、その記録』として出版するつもりでまとめていたもののひとつであった。しかし、それは結局、出版にはいたらなかった。そのため、数ある裁判の中でも、この事件がまったく前例のない、まさに〈前代未聞の決着〉を見たあと、しばらく時間がたってから、私はマレーヌ氏から直接、この調書を譲りうけたのである。

その調書をこれからご披露しよう。マレーヌ氏が書物にまとめようとしていただけあって、単なる質疑応答だけではなく、その場に立ち会っていたマレーヌ氏の感慨も含められているのは、読者にとっても、大変に興味深いだろうと思われる。

マレーヌ氏の調書記録

その日、一時間前から、予審判事と私は〈黄色い部屋〉にいた。そこには、この離れの建設を請負った業者が職人をひとり連れてやってきていた。この建物の設計図そのものは、スタンガーソン博士が自ら引いていた。予審判事のド・マルケ氏は、まずは壁全面を調べることにし、壁紙をすべてはがすよう指示を出した。職人が壁紙をはぎとると、職人が種類の違うつるはしを使いわけて、壁のあちらこちらを突っついて、中の状態を確かめるのである。その結果、壁にはいかなる出入口になるものも存在しないということが明らかになった。続いて、天井と床に対しても、それまで以上に念入りに調査がされた。だが、結果は同じだった。〈黄色い部屋〉には、どこにも抜け道や抜け穴といったものはなかったのだ。ド・マルケ氏はしごく満足げに、業者に向かって「なんという事件だ！　そう思わんかね、君。まったくなんという事件だ！　犯人がこの部屋をどうやって出ていったのか、さっぱりわからないだろう！」と繰り返していた。

だが、しばらく、そんなことを言ったあとで、ド・マルケ氏の表情が急に変わった。ド・マルケ氏は最初、事件の謎が深まるほど芝居にする脚本にはうってつけだと顔を輝かせていたのだが、ふと、その謎を解明しなければいけないのが自分の職務だということを思い出したのだ。

やがて、調査に来た業者が帰っていくと、ド・マルケ氏が憲兵隊の班長に声をかけた。

「班長、城に行って、スタンガーソン博士とロベール・ダルザック氏を呼んできてくれ。それから、ジャック爺さんもだ。あとは部下に言って、監禁している門番夫婦も連れてこさせるように……」

それから五分ほどして、実験室に関係者がすべて顔をそろえた。ちょうど警視総監もグランディエに到着し、私たちと合流したところだった。私はスタンガーソン博士の仕事机に向かい、記録をとる準備をして待っていた。すると、これは私も予期していなかったのだが、ド・マルケ氏がこうした場面としては一風変わった短い演説で尋問を始めたのだった。

「皆さん、もし皆さんの同意をいただけるのなら、私は今回にかぎっては、これまで行なってきた古いタイプの尋問をやめようと思っています。というのも、これまでの尋問の方法では、事件に関して、まったく手がかりを得られなかったからです。ですから、今回はこれまでのように、皆さんをひとりひとり、私の前に呼びだして、個別に尋問をすることはいたしません。そうです、その代わりに、今回はここで皆さんと一緒に起こったことを検証していくのです。ですから、スタンガーソン博士、ロベール・ダルザック氏、ジャック爺さん、門番のベルニエ夫婦。そして警視総監殿に私と書記のマレーヌ君。全員が〈平等な立場〉でこの場にいることにしましょう。門番のご夫婦もどうか今の間は、ご自身たちが逮捕されたということはお忘れいただきたい。ということで、ともかく、みんなで〈話しあいましょう!〉。そうです。私は皆さんと〈話しあい〉をするために集まってもらったのです。今、私たちは犯行が行なわれた現場におります。もしそうなら、当然、その〈話しあい〉というのは、犯行のことになります。だいたい、犯行の話をしないのであれば、ここで何を話せばいいのか、わかりませんからね。さあ、皆さん、話しあいましょう。心に浮かんだことを率直に打ち明けましょう。何も、きちんと話せなくてもいいのですよ。思いついたことをそのまま口にしてくだされぱいいのです。論理的に話してくださっても、けっこう。軽口をきいてくださってもけっこう。ともかく、頭の中をよぎったことをすべて、洗いざらい出してください。手順なども一切無視してくださってかまいません。これまでは、その手順を踏んできて、成功しなかったのですから……。私は今、事件の解決を、偶然の神の手にゆだねようと思います。神による導きで真相が解明されるよう祈るのです。さあ今こそ開始の時です！」

演説を終えるとド・マルケ氏は、私の前を通りながら、嬉しそうにささやいた。

「どうだい、今のは！　素晴らしい場面《シーン》だと思わないかい？　こんな場面が生まれるなんて君、想像できたかね。ここだけで、ボードヴィル座用の一場面《ワンシーン》が書けそうだよ」

私はスタンガーソン博士に目をやった。医師たちが「マチルド嬢はだいぶ持ちなおしたので、最悪の事態は免れるだろう」と言っていたので、博士も少しは元気になっているのではないかと思ったのだが、その顔を見ると、深い苦しみの跡はいまだに消えていなかった。だが、無理もない。今回の事件で博士は「もはや娘は助からない」と思い、憔悴しきってしまったのだ。急に元気になれるはずもない。そのせいで、明るく、澄んだ青い瞳も深い悲しみに打ちひしがれたままだった。私は事件の前に、何度も博士の姿をおおやけの式典などで見かけていたが、初めて間近でその目を見た時、まるで子供のような純粋な眼差しをしていることに驚かされたものだった。それはいつまでも夢を追いかけている人の眼差しであり、発明に人生を捧げる人か、常人には理解できない世界を追い求める人だけが持ちうるようなものだった。気高く、また俗世間の物は何も映っていないかのような眼差し――博士の目はそんな目だった。

そう言えば、こうした式典において、博士のかたわらには、必ずマチルド嬢の姿があった。というのも、博士のひとり娘であるマチルド嬢は、長いこと父親の研究に一緒に取り組んでおり、決して互いに離れることはなかったからである。令嬢はすでに三十代半ばになっていたが、いつまでも若々しさを保っていて、とうていその年齢には見えなかった。父親同様に科学へ身をすべて捧げ、時の流れに負けることも、恋愛にうつつを抜かすこともなく、いまだしわひとつない若い頃の美しさを保持して、人々の賞賛を受けている。ああ、その令嬢の枕元に、調書の書類を手に私が立つ日が来るなどと、いったい誰が想像しえただろうか？しかも、私のキャリアにおいても前例がないほど凶暴で、謎に満ちた事件の被害者として、今にも消え入りそうなか細い声で必死に打ち明ける姿を見ることになろうとは……。それだけではない。秋も深まったこの日の午後に、博士が絶望のただ中にいて、娘を襲った犯人がどうやって目と鼻の先にいた自分から逃れたのか、父親としてむなしく答えを追いもとめる姿を私の前にさらそうなどと、誰が思おうか。本当なら、こうした生死に関わる犯罪事件というのは、情熱的な人間関係の中で生きる、都会の人たちの間でしか起きようもない事件なのだ。それがこうして、静かに研究に没頭している人にまで及んでしまうとしたら、研究のために深い森の奥にひっこんでいる意味がないではないか！

〔原注〕今一度読者には言っておくが、これは書記のマレーヌ氏の書いたものを書き写しているだけだ。よってその表現の豊かさも重々しさもそのままにしてある。

「では、スタンガーソン博士。まずは博士にお願いしましょう」ややもったいぶった口調で、ド・マルケ氏が切りだした。「あの晩、マチルド嬢が寝室に入る前に、ご自分がいらした正確な場所に行っていただけますか？」

スタンガーソン博士は立ちあがって、〈黄色い部屋〉の扉から五十センチほどしか離れていない場所に立った。そして説明を始めたが、その声には抑揚も感情もなく、死者の声と言いたくなるようなものだった。

「私はここにおりました。その夜は実験用の炉を使って、ちょっとした化学実験をしていたのですが、それが終わってからは、十一時頃でしょうか、作業机を今、私が立っている位置まで動かしました。というのも、あの晩は、ジャック爺が私の実験に使った道具をずっと洗浄してくれていたものですから、それを棚に片づけるのに、私の後ろのこの空間を開ける必要があったのです。そのため作業机を前にずらしたのです。それが十一時頃でした。そのあとは、娘と一緒にずっと同じ机で作業をしておりました。やがて、娘はもう寝ると言って、私におやすみのキスをし、ジャック爺にも挨拶をして寝室に入っていきました。その時、机と壁の間の隙間が狭かったので、娘はすり抜けるようにしていったのを覚えています。つまり、事件が起きた時、私は本当にその現場のすぐそばにいたわけです」

「その机は、そのあと、どうされたのですか？」博士の話をさえぎって、私は尋ねた。上司である予審判事が〈話しあい〉のメンバーに私も入れていたので、書記に徹するのはやめにしたのだ。「博士、あなたが〈人殺し！〉というお嬢さんの叫びを耳にし、拳銃が発砲される音を聞いた時、この机はどうされたのですか？」

その問いには、ジャック爺さんが答えた。

「すぐさま壁のほうに寄せましたよ。ちょうどその辺り、今、その机が置いてある辺りへ……。今、博士がいるところにあったら、扉の前に行くのに邪魔ですから……」

そこで、私は自分の推理を述べた。あまり説得力のない仮説だとは思ったが、思いついたことは何でも言うことにしたのである。

「それでも、机は〈黄色い部屋〉の扉のすぐそばにあったわけですよね。だとしたら、犯人の男がこっそり身をかがめて出てきて、あなた方に気がつかれないうちに机の下に潜りこんだということは考えられませんか」

「マレーヌさん、あなたは大切なことを忘れておられます」博士がうんざりしたような声で言った。「娘は扉に鍵とかんぬきをかけていたと言ったでしょう。扉は施錠されたままだったんです。一方、娘の悲鳴を聞くやいなや、私とジャック爺はこの扉の前に駆けつけました。そうして、娘が犯人と格闘しはじめた時には、とっくにこの前にいて、なんとか扉を開けようと私たちも扉と格闘していたんです。室内の激しい乱闘の音も、首を絞められて娘があえいでいる声も、扉ごしに聞いておりました。かわいそうに、娘の首にはこの時、手をかけられてうっ血した跡が今でも残っていますよ……。ともかく、娘はいきなり犯人に襲いかかられたわけですが、私たちも娘の悲鳴を聞くなり、この扉の前に来ていたのです。犯人と扉一枚でしか隔たれていない場所まで……」

私は立ちあがって〈黄色い部屋〉の扉に向かい、しゃがみこんで、扉を調べた。だが、予想した結果は得られず、「やっぱり、無理でしたか」と言って、腰をあげた。

「実は、この扉が内側は羽目板になっていて、扉を開けなくても、その羽目板の部分を取りはずせば部屋の外に出られるのではないかと予想を立てたのです。もしそうなら、謎をとく手がかりになるのではないかと思って……。でも、今、あらためてこの扉を検証しましたが、その仮説は成りたちませんでした。この扉は樫の木の一枚板です。それに大変にがっしりとして、厚みもあります。今はこのとおり、破壊されておりますが、板をつなぎ合わせたものではなかったのは、明らかです」

「そうですよ！」ジャック爺さんが声をあげた。「その扉は城からわざわざ運んだんですよ。古くても頑丈だったんでね。なにしろ近頃じゃ、こんな立派な扉にはお目にかかれませんから……。おかげでこじあけるのに、鉄の棒を使わなきゃならなかったくらいです。それも四人掛かりでやっとのことでした。ええ、門番のベルニエ夫婦も一緒になってね。室内には凶悪犯がいるというのに、細君までも一緒に扉に体当たりしていたのですから、勇敢なもんですよ。そう思いませんか、予審判事殿！　ああ、こんな事件が起こっただけでも辛いというのに、この二人が逮捕されるのを見るだなんて、私らがどれだけ辛い思いをしているか、わかってもらえますかね！」

すると、ジャック爺さんが夫婦に同情して、まだ抗議を続けているうちに、その門番夫婦がめそめそと泣きだした。これまで数々の調書を取ってきた私でも、この夫婦ほど泣きべそをかくのも珍しかった。本気でうんざりした〔原注：原文ママ〕。たとえ、この二人が本当に無実だとしても、このような不幸を前にして、ただ嘆いているだけでいられるというのは不思議だった。こういった時には、むしろ毅然とした態度をとったほうがよいのだ。絶望のあまり、泣いたり、繰り言を言ったりしても、同情をひかない。それに泣いたりするのはほとんどがうわべだけで、本心からではないことが多いものなのだ。

「まったく！　いつまでもそんなふうにぴいぴい泣くんじゃない！」夫婦の様子を見て、ド・マルケ氏が声を荒らげた。「そうやってめそめそされるのはもう十分だ。それよりも、あんな時間に、しかも令嬢が襲われていた時に、離れの近くで何をしていたのか、我々に正直に話しなさい！　そのほうが自分たちにとっても、身のためだ。ジャック爺さんが離れを飛びでていった時、すでにお前たちは服を着替えて、離れのそばまで来ていた。これはどう考えても、おかしいだろう？」

「銃声がしたから、何かあったんだと思ったんです！　それでお嬢さまを助けにいっただけです」夫婦は口々に言った。

そうして、細君のほうはしゃくりあげながら甲高い声で訴えた。

「ああ、犯人をこの手で捕まえたら、くびり殺してやるのに！」

こうして、またもやこの二人から、意味のある言葉を引きだすことはできなかった。二人はこれまでと同じように、神やありとあらゆる聖人の名を出しては、自分たちはベッドに入って寝ていたところ、銃声が聞こえたのだと繰り返して誓った。だが、ド・マルケ氏はさらに問いつめた。

「お前たちが聞いたのは一発だというじゃないか。でも、発砲されたのは、一発じゃない。二発なんだ。つまりお前たちは嘘をついているということだ。もし最初の発砲音が聞こえたのなら、二度目のも聞こえたはずだろうが！」

「そんな！　では予審判事殿、私たちが聞いたのは二発目のほうなんでしょう。眠っていたから、最初のは聞こえなかったんだと思います」

すると、ジャック爺さんが口をはさんだ。

「そうですね。二発発砲されたのは間違いがないんです。それは確かです。弾丸はフルに装塡してあったのは間違いありません。事件後、空薬莢が二つ、それに弾も二発見つかっています。くわえて、私たちも扉のこちら側で、確かに発砲音を二度聞いているのです。そうですよね、博士」

「ええ」スタンガーソン博士は大きく頷いた。「二度聞こえました。最初のは鈍い音で、二発目は響きわたる感じでした」

それを聞くと、ド・マルケ氏が門番夫婦を怒鳴りつけた。

「まったくいつまで嘘をつきつづけるんだ。お前たちは、警察の目が節穴だとでも思っているのか？　犯行が起きた時、お前たちがベッドにはおらず、庭の――それも離れのそばにいたことはもうとっくにわかっているんだ。それはあらゆることが証明している。あの時、お前たちは離れのそばで何をしていたんだ？　なぜ、自分たちのしていたことを言いたくないんだ？　黙っているということは、お前たちが共犯だったということを裏づけてしまうんだぞ。だいたい、私としては……」

そこまで言うと、ド・マルケ氏はスタンガーソン博士のほうを向いた。そのまま、話を続ける。

「私としては、この二人が共犯者で、犯人の逃走を手助けしたとするのが、一番説明がつくのです。〈黄色い部屋〉の扉が押し破られるやいなや、博士、あなたが倒れている令嬢に駆けよって、あわてふためいている間に、この二人が犯人を逃がしたというのがね。すなわち、犯人はベルニエ夫婦の後ろに隠れて、玄関脇の窓のところまで行くと、窓と鎧戸を開けてそこから外に脱出したのです。そうして、窓と鎧戸はそのあとでベルニエが閉めた。窓や鎧戸が自動的に閉まるわけがありませんからね。誰かが内側から閉めなければいけないんです。ほら、これならつじつまが合うでしょう。犯人は門番夫婦の助けを借りて逃げた。どなたか、ほかのご意見がある方はいらっしゃいませんか。どうぞおっしゃってください！」

すると、スタンガーソン博士が反論した。

「それはあり得ませんよ！　ベルニエ夫婦が犯罪に手を染めるなんて。犯人の片棒を担ぐなんて、とうてい考えられません。もちろん、二人があんな夜更けに庭で何をしていたのかという点については、腑《ふ》に落ちない点もありますが……。でも、夫婦が犯人の逃走に手を貸したとなると、それは無茶な話です。だって、いいですか？　ベルニエの細君のほうは、戸口から動かずにランプをずっと掲げてくれていたんですよ。それにです。娘が倒れていたのは、戸口にほど近いところです。私は扉を破ると、目の前に倒れている娘のそばに駆けよりましたから、もしあの部屋から出ていこうとしたら、その娘の体を乗りこえ、私を突きとばしていかなければいけないのです。それに、ジャック爺とベルニエは室内に飛びこむと、すぐさま部屋の中から、ベッド下まで犯人を探したんですから……。だから、そんなことはあり得ません。私だって、犯人がいると思って室内に入りましたから、娘の姿と同時に、真っ先にその姿を探したんです。でも、室内にいたのは倒れていた娘だけだったんです」

ド・マルケ氏は、博士の言葉に黙って頷いた。それから、今度はダルザック氏のほうを向くと、尋ねた。

「何かおっしゃられたいことはありませんか？　まだひと言もありませんが……」

ダルザック氏は何もないと首を横にふった。

「では、警視総監から何かありませんか？」

警視総監のダックス氏は、それまで皆の話に耳を傾けたり、実験室の中を見まわしたりしていたが、水を向けられて、ようやく口を開く気になったらしい。丁寧な口調で、こう言った。

「犯人を見つけることもさることながら、犯行の動機を知る必要がありますな。そうすれば、捜査も少しは進展をみるでしょう」

「そういうことでしたら、警視総監。犯行理由は愛憎のもつれですよ」ド・マルケ氏がきっぱりと言った。「現場には、犯人が落としていった証拠物件があります。大きな安物のハンカチ、薄汚れたベレー帽。いずれも上流階級の者が持つものではありません。この点については、きっと共犯者である門番夫婦が知っていることでしょうな」

すると、警視総監はスタンガーソン博士のほうを向いた。いささか冷淡ではあるが、知性に裏打ちされた揺るぎのない口調で尋ねる。

「マチルド嬢は近々、ご結婚されるはずでしたね？」

その言葉に、スタンガーソン博士は、いたわしげにダルザック氏を見やった。

「ここにいる、私の友人でもあるロベール・ダルザック氏とです。私はダルザック氏を息子と呼べる日が来るのが、待ちどおしくて、しかたがなかったのですが……」

そう言う博士の口調はどことなく歯切れが悪かった。それに気づいたのか、警視総監はいぶかしげな顔になった。

「マチルド嬢は、当初よりだいぶ持ちなおされたのでしょう？ 傷もすぐによくなると思いますよ。少しお式が遅れるだけじゃないですか」

「そうだといいのですが……」

「というと、ほかに式ができない理由があるのですか？」

警視総監が尋ねると、スタンガーソン博士は黙ってしまった。一方ダルザック氏は、動揺を隠せないようだった。懐中時計の鎖をつかんだ手が震えているのに、私は気づいた。警視総監は、ド・マルケ氏が困った時にやるように、こほん、と咳払いをした。

「よろしいですか、博士。今回のような入りくんだ事件においては、我々としては何ひとつとしてなおざりにするわけにはいかないのです。あらゆる点について承知しておかねばなりません。どんな小さなことも、つまらないと思えることでも、被害者に関わることはおろそかにはできないのです。それこそ、取るにたらないと思われる情報もです。マチルド嬢がやっと命の危険を脱したというのに、結婚式が遅れるだけではなく、行なわれないかもしれないのですか？　いま、『そうだといいのですが』とおっしゃいましたよね。これは、結婚式が行なわれないかもしれない、と心配なさっているように聞こえます。なぜ、行なわれる、と確信を持って言えないのですか？」

それを聞くと、スタンガーソン博士はしばらく葛藤しているようだったが、ようやく腹が決まったのか、「そうですね」と切りだした。

「おっしゃられるとおり、あまり隠していると、もっと重大なことを隠蔽しているように思われてしまいますね。お話ししておいたほうがよろしいでしょう。おそらく、ダルザック氏もそう考えていると思いますが……」

博士の言葉に、ダルザック氏は同意するように頷いた。だが、その顔は青ざめていて、明らかに動揺していた。先程から身振りでしか返事をしないのは、心がかき乱されて、言葉が出てこないのだろうと思われた。スタンガーソン博士が続けた。

「警視総監殿、私はこれまで幾度となく、娘に結婚するよう言いつづけてきました。それが父親としての義務だと思っていました。ところが、いくら私が頼んでも、娘は逆に、決して私のそばを離れないと誓ってきたのです。私たち父娘がロベール・ダルザック氏と知りあったのは、もうだいぶ昔のことです。ダルザック氏は娘のことを愛してくれました。娘のほうもまた同じ気持ちだと、私はそう信じていました。ですから、娘の口から最近になってようやく、結婚を承諾したと聞かされたときは、まさに天に昇るような気持ちでした。それこそが私の願いだったからです。私もこのとおりもういい年です。ですから、私がいなくなったとしても、ダルザック氏が娘のそばにいて、娘を愛し、私たちの共同研究を受け継いでくれるだろう——そう思うと、この成り行きを心から喜びました。私自身もダルザック氏の広い心と、科学への造詣の深さに敬愛の念を抱いていたのですから、この結婚を知って心から二人を祝福していたのです。ところがです。事件が起きる二日前のことでした。どういう心境の変化なのか私にはさっぱりわからないのですが、娘が突然、やはり結婚はしないと言いだしたのです」

この言葉に、部屋はたちまち重苦しい沈黙に包まれた。これは聞きずてならない事実だった。博士の顔を見つめると、警視総監がその先をうながした。

「どうして、そんなことを突然、言いだしたのか、マチルド嬢は理由をおっしゃらなかったのですか？」

「いろいろ言っていましたよ。結婚するにはもう年齢がいきすぎているとか、あまりに長いこと延ばしすぎたとか……。よくよく考えてみたのだけれど、確かにダルザック氏は素晴らしい人だし、愛してはいるが、今の状態のままでいたほうがいいのではないかとか……。そうして、やっぱりこれまでどおりでいたほうがいいと言って、最後にこう懇願するのです。私たち父娘とダルザック氏とは、純粋な友情で結ばれているし、それがさらに親密なものになるのはとても幸せなことだろうけれど、でも、ともかく結婚の二文字だけは、もう口にしないで欲しいと……」

「おかしな話ですな」そう警視総監が洩らすと、ド・マルケ氏も「おかしな話です」と同じ言葉を繰り返した。

その様子を冷ややかな笑顔で見つめると、スタンガーソン博士は静かに言葉を続けた。

「そういう娘ですからね。恋愛沙汰の方向では、犯罪の動機は見つからないと思いますよ」

「だが、窃盗が理由でないのもまた明らかだ！」警視総監が苛々したように叫んだ。

「そうですとも！　窃盗などでないのは確かです」総監の言葉に、今度もまたド・マルケ氏が追随した。

その時、実験室に入る扉が開かれ、憲兵隊の班長が予審判事に一枚の名刺を渡した。ド・

マルケ氏はちらっとそれに目をやると、くぐもった声をあげた。

「おや、またタイミングのいいことだ」

「どうしたんだ」予審判事」警視総監が尋ねた。

「《レポック》紙の、ジョゼフ・ルールタビーユとかいう記者からです。〈犯行のひとつは窃盗です〉と書いてあります」

「ははあ、そいつは確か、まだ年若いという記者だろう。噂を聞いたことがあるよ。ずいぶん頭の切れる記者だそうだな。いいだろう、ド・マルケ君、その男を中に入れたまえ」

やがて、ジョゼフ・ルールタビーユが離れに入ってきた音が聞こえた。私は今朝ここに来る列車の中で、すでにこの記者とは知りあっていた。私がミスしたせいでもあるのだが、予審判事のいる私たちの車室《コンパートメント》へ、ずうずうしく入りこんできたのだ。ここで言っておいたほうがいいだろう。正直言って、私は好きになれそうにない人物だった。無理やり車室に乗りこんできたやり方といい、無遠慮なところといい、捜査側がまだ何もつかんでいないこの事件について、自分だけが何もかもわかっているようなうぬぼれた態度といい、反感しか抱けなかったと言ってもいい。そもそも私は、記者という連中が好きではない。捜査は妨害するわ、態度は厚かましいわと、何もいいことがない。新聞記者たちに出くわしたら、それこそペストの襲来のように逃げだすべきだと思う。この手の連中は、記者ならばなんでも許されると思いこみ、何に対しても、尊重しようとする気がかけらもないのだ。連中の行動を何かひとつでも認めてしまったり、不幸にも近づいてくるのを容認してしまったら、しつこく追いまわされつづけて、心配ごとが絶えなくなるにちがいない。それに、ルールタビーユと名乗ったこの記者は、まだ二十歳前ぐらいの青二才のくせに、ずうずうしくも、年上で司法官である私たちを問いつめたり、議論をふっかけてきたりするのだ。そういったこともあって、私にはことさら、この男が鼻についた。話し方がどうもこちらのことをひどく見下しているようなのも気に入らなかった。だが、そうは言っても、この男の属する《レポック》紙が世間へ持つ影響力は大きいので、ここはうまくやり過ごさなければいけないことも理解していた。だが、《レポック》紙ともあろうものが、どうしてこんな若造を正式な記者として雇ったりしたのだろう？　《レポック》紙はそんなことをするべきではなかったのだ！

私がそんなことを考えていた時、実験室の扉を開けて、ジョゼフ・ルールタビーユが中に入ってきた。私たちに軽く頭をさげて挨拶をすると、ルールタビーユはド・マルケ氏の言葉を待ちうけた。と、ド・マルケ氏が質問した。

「私によこした名刺に、犯行の動機が書いてあったね。その動機は窃盗だと……。だが、あらゆる状況からして、今度の事件の動機が窃盗だとは考えられない。それでも、君はそう言いはるのかね？」

「いいえ、予審判事殿。僕はそんなことは言っていません。犯行の動機が窃盗だったとは書いていませんし、そんなふうにも書いていません」

「じゃあ、ここに書いてあるのはどういう意味だ？」

「犯行のひとつが窃盗だったということです。つまり、この事件ではさまざまな犯行のひとつとして、窃盗も行なわれたと……」

「どこからそう思ったのかな」

「こちらです。一緒に来ていただけますか？」

そう言うと、ルールタビーユは玄関までついてくるようにと促したので、私たちはそのあとについていった。玄関に出ると、ルールタビーユは奥にある化粧室に向かい、自分の横にド・マルケ氏を呼んで、床に膝をつくように頼んだ。この化粧室の扉には擦《す》りガラスがはまっていて、扉が閉まっている時には、そこから採光するようになっている。そして、この扉を開けると、玄関からの光で、化粧室の中は隅々まで明るくなった。ルールタビーユはド・マルケ氏の隣で、自分も敷居のところに膝をつくと、化粧室の中のタイル張りの一角を指さした。

「ジャック爺さんは、ここしばらく、この化粧室のタイルを洗っていません。そのことは、埃がうっすらと積もっていることからも明らかです。さて、そこでここをご覧ください。大きな二つの足跡、それも〈黄色い部屋〉に残されたものと同じ、黒い煤《すす》をつけた犯人の足跡があります。この黒い煤は、炭を焼いた時にとんだものであることに間違いありません。この城の近くには、炭焼き小屋が集まっているところがあります。そこでは大量の炭を焼いていますので、エピネーからグランディエに抜ける森の小道には、その黒い煤がいたるところに積もっています。犯人がその経路をたどってこのお邸に入りこんだのは間違いないでしょう。犯人はあの日の午後、離れから人がいなくなった時を見はからって離れの中に入りこみ、まず盗みをしたのです」

「盗みだと？　いったい何を？　何かが盗まれたという証拠はあるのか？」私たちは口々に叫んだ。

「盗みが行なわれたという証拠は……」

ルールタビーユがそう言いかけると、床に膝をついたまま、ド・マルケ氏が大声を出した。

「これだ！」

「そのとおりです」

ルールタビーユが頷いたのを見て、後ろにいる我々にド・マルケ氏が説明してくれた。それによると、二つの靴跡のかたわらに、何かを置いたような跡があるというのだ。それは長方形の包みのようなもので、重さもあったのか、くくっていたらしき紐の跡もくっきりと見わけられるとのことだった。

「だが、ルールタビーユ君、君はなぜここにこれがあるのを知っていたのかね。ジャック爺さんには、誰もこの離れに入れてはならないと命令していたはずだ。ジャック爺さんはその命令をきちんと守っていたと思うのだがね」ド・マルケ氏が言った。

それを聞くと、ルールタビーユはただちに答えた。

「ジャック爺さんを叱らないでいただけますか。僕はダルザック氏に連れてきてもらったのですから……」

「ああ、そういうことか」ド・マルケ氏は不満そうにダルザック氏に目をやった。だが、ダルザック氏は何も言わなかった。

「靴跡の横に包みを置いた形跡があるのを見つけた時、僕は窃盗が行なわれたことを確信しました。泥棒が手荷物を持ってくるわけがありませんからね。おそらく、ここで盗んだものを紐でまとめたんだと思います。そしてこの離れから逃げる時に持っていくつもりで、この隅に置いたんでしょう。犯人はこの包みを、脱いだ靴の脇に置いています。なぜ靴を脱いだと言えるのか。それは見ていただければおわかりのように、化粧室の中に、ほかに靴跡がまったくないからです。それにこの靴跡を見ると、両足をぴったりとくっつけて立った跡だというよりは、脱いだ靴をそろえて置いた跡だと考えるほうが自然です。そうなると、犯人が〈黄色い部屋〉から脱出していく時に、実験室にも玄関にも、足跡を一切、残していない理由も納得できます。

つまり、こういうことです。犯人は最初、靴を履いたまま〈黄色い部屋〉に忍びこみ、そこで靴を脱いだ。靴が邪魔になったのか、音を少しでもたてたくなかったのでしょう。一方、〈黄色い部屋〉に忍びこんだ時に、実験室や玄関についた靴跡は、そのあとでジャック爺さんがタイルを水洗いした時に流されてしまったのだと思います。したがって、このことから、犯人はジャック爺さんが開け放った玄関脇の窓から侵入したこと、それも五時に博士たちが散歩に出かけ、ジャック爺さんがタイルを洗いだす五時半より前、城に戻っていたわずかな時間に、〈黄色い部屋〉に忍びこんだことが明らかなのです。

さて、犯人は靴を脱いだはいいものの、今度はそれが邪魔になってしまったはずです。そこで手に持って化粧室に行き、中には入らずに敷居からそこに置いた。なぜかと言えば、化粧室の中には、ほかの靴跡だけでなく、裸足や靴下で歩いた跡もないからです。したがって、敷居から、手を伸ばして置いたのは間違いないでしょう。その時、実験室から盗んだものを、合わせて靴の横に置いた。つまりこの時にはすでに盗みは行なわれてしまっていたのです。それから犯人は〈黄色い部屋〉に戻り、ベッドの下に潜りこんだ。ベッドの下のござには、人が明らかに潜りこんでいたとわかる痕跡がありました。ござがめくれあがっていたり、強くひっぱられて藁《わら》がくちゃくちゃになっているのです。たぶん、洋服でこすれて切れたんでしょう、藁くずもずいぶん落ちていました。しかも、これは最近、その状態になったとわかるものでした。こうした状況からも、犯人がベッドの下に隠れていたのは間違いがありません」

「そうだ。それは我々の捜査でも判明している」ド・マルケ氏が頷いた。

「さて、盗みを終えたにもかかわらず、犯人が〈黄色い部屋〉に戻ってベッドの下に潜ったということは、犯人の目的は盗みだけではなかったということです。ただし、犯人が玄関脇の窓から、ジャック爺さんか、スタンガーソン父娘が離れに戻ってくる姿を目にして、あわてて隠れたのではないか——そう考えることもできなくはありません。ですが、これはあり得ないのです。もし犯人にとって、あとに残された仕事が逃げることだけならば、玄関脇にある階段から屋根裏部屋にあがって、そこで脱出する機会をうかがっているほうが、よっぽど危険もなく簡単なことです。だから、そうじゃない。そうではないのです！　犯人は〈黄色い部屋〉にいなければならなかったのです」

ここで警視総監が感嘆の声をあげた。

「君、やるじゃないか、ええ？　たいしたもんだよ、若いのに……。となると、犯人がどうやって〈黄色い部屋〉から出たかというのはまだわからないにしても、少なくとも、この離れに入りこんでからの足取りはつかめたことになるな。そして、犯人がしたことも、盗みだとわかった。だが、何を盗んだのだ」

「このうえもなく貴重なものですよ」ルールタビーユが答えた
その時、私たちの耳に「ああ！」と叫ぶような声が聞こえてきた。実験室からだ。一同があわてて実験室に戻ると、スタンガーソン博士が目を血走らせ、全身をわなわな震わせながら、頑丈そうな書類戸棚を指さしていた。事件後、今、初めて開けて気がついたらしい。中をのぞくと、そこには何も入っていなかった。

次の瞬間、スタンガーソン博士は机の前にあった大きな肘掛け椅子にくずおれ、うめき声をあげた。

「まただ！　また盗まれてしまった！」

博士の目がみるみる潤みはじめ、それはやがて大粒の涙となって頬を流れおちた。

「どうか、くれぐれも、娘にはこのことは知らせないでください。私以上にショックを受けることになりますから……」

そう言って大きく息を吐きだすと、博士は聞いた者がずっと忘れられないような、痛ましい口調で言った。

「何よりも大事なのは……娘が命をとりとめてくれることですから……」

それを聞くと、ダルザック氏が叫んだ。

「大丈夫、助かりますよ！」

ダルザック氏はこれまで固く口を閉ざしていた。それもあって、この言葉は心に響いた。

警視総監も博士を慰めた。

「盗まれたものは、必ず犯人から取り返してみせます。その前にお伺いしますが、この戸棚には何が入っていたのですか？」

「私の二十年に及ぶ人生そのものです」博士の声はかすれていた。「私の、いえ私たちのと言ったほうがいいでしょう。娘と私が人生を懸けてきたものです。そうです、大切な研究に関する記録です。この二十年に行なってきた実験や研究に関する、核となる部分の資料です。私たちはこの部屋が埋まるくらいの資料の中から、一番重要なものを選りすぐって、ここに一括してしまっていたのです。私たちにとってはかけがえのないものです。あれがなくなってしまったら、もう取り返しがつきません。いえ、私たちにとってだけではなく、おそらくは科学界にとっても……。その資料の中では、〈物質の消滅〉に関して新しい理論を証明するために、私がどのような行程をたどったのか、段階ごとに詳しくまとめてあります。大切なところには付箋を貼り、注釈もつけ、写真や図も添えてありました。その資料がすべてここにしまってあったのです。その中にはこの研究を進めるための三つの新しい装置の設計図もありました。ひとつはあらかじめ帯電させておいた物体に紫外線をあてると、どの程度、電気が失われるかを見る装置。もうひとつもあらかじめ帯電させておいた物体の電気がどの程度、失われるかを見る装置で、こちらはガスの炎を使います。ガスの炎はわずかに電離しているのですが、そこに含まれる荷電粒子の影響で、どの程度、電気的な損失がもたらされるのか、それを見られるようにするのです。三つ目の装置は大変に独創的なもので、差動蓄電器のための新型の検電器です。このほかにも〈重量を持つ物質〉と〈重量を持たない物質であるエーテル〉を仲介する物質の基本的な特性をさまざまな曲線で示した図表も入っていました。それから、原子化学、そして物質のまだ知られていない平衡についての、二十年に及ぶ実験記録も入れてありました。長い間、書きためて、そのうちに『金属の苦しみ』という題で出版しようと思っていた原稿もあります。ああ、いったいこのあとどうなるのでしょう。私はどうしたらいいのでしょう。犯人は私から何もかも奪っていってしまった……。大事な娘、人生を懸けた研究……。私の心と魂までも！」

そう言うと、スタンガーソン博士は、幼子のように声をあげて泣きだしてしまった。

私たちは博士の絶望に心を動かされ、ただその場に立ちつくしていた。誰も言葉を発しなかった。ダルザック氏は、うなだれている博士の椅子に寄りそい、一緒に涙を流していた。その姿に私はついほろりとさせられ、「もしかしたら、思ったよりいい人ではないのか」と考えそうになった。というのも、それまでダルザック氏は、急に動揺を見せたりするなど、態度に不自然なところがあったので、何かを隠しているのではないかと、あまりよい印象を持っていなかったのだ。

一方、こうした間にもジョゼフ・ルールタビーユのほうは、情にひきずられて、捜査にかける貴重な時間を無駄にしたくなかったのか、平然とした足取りで書類戸棚に近づいていった。そして、私たちがスタンガーソン博士の気持ちを慮《おもんぱか》って発言を控えていたというのに、あっさりと沈黙を破って、空っぽになった戸棚を指さしながらこう言ったのだ。

「警視総監、ご覧ください」

それから、別に求められたわけでもないのに、どうして盗みがあったとわかったのか、くどくどと説明しはじめた。

「今朝、この離れに入った時、僕はまず化粧室に残った二つの埃の跡に気がつきました。先程見ていただいた靴跡と包みのようなものを置いた跡です。ところが、そのあとでこの実験室に入ってみると、この戸棚が空《から》になっていることがわかりました。そこで、この二つの状況から何かが盗まれたことに確信を持ったのです。

では、どうしてこの扉の中が空っぽだとわかったのか？　最初にここに足を踏みいれた時、ぼくはこの実験室の中をざっと見まわしただけですが、それでもこの書類戸棚には何かおかしなところがあると思いました。というのも、ご覧のとおり、この戸棚は書類を入れるものとしては、造りが変わっています。ちょっとやそっとでは壊せそうにないぐらい頑丈ですし、鉄製であることからして、おそらく万一の時を考えて耐火仕様になっているのでしょう。このような家具が実験室にあるということから、博士にとって特に貴重なものをしまってあるというのは一目瞭然です。ところが——ところがですよ、今朝、僕がここに入った時、この書類戸棚の扉には鍵が差しこまれたままになっていたのです！ これは明らかに異常です！ 普通なら、貴重品をしまっておく戸棚の扉に鍵を差しっぱなしにしておくことはありませんから……」

そう言うと、ルールタビーユは、鍵を抜いて私たちに見せた。頭が銅でできていて、鍵山が複雑に切られた小さな鍵だ。私はその時、なるほどと思った。この小さな鍵の存在に、この記者はひっかかったのだ。同じように目にしていながら私たちはまったく見逃していたというのに……。私たちは決して子供ではないが、それでも戸棚に鍵が差さっているのを見て、それなら安全だと思ってしまったのだ。だが、この記者にとっては、それは逆に違和感を覚えることであった。ジョゼ・ドピュイが出演したボードヴィル『グラディエータ氏の三千万ドル』（原文は「五億ドル」。作者の勘違いだと思われる）の中に、〈天才的じゃないか！ なんという歯科医だ！〉というセリフがあったが、このルールタビーユという記者も、その手の天才なのだと思わざるをえなかった。なにしろ、扉に鍵が差さっているのを見て、窃盗だと考えたのだから……。いや、ルールタビーユがそう考えたのには、もうひとつ別の理由もあったのだが、それを明かす前に、まずはこの時の私たちの状況から説明しよう。

ルールタビーユの指摘を前に、予審判事であるド・マルケ氏は困惑を隠せないでいた。たぶん、この小生意気な記者のおかげで捜査があらたに一歩進んだことを喜ぶべきなのか、それともそれが自分の手でなされなかったことにがっかりするべきなのか、判断に苦しんでいたのだろう。私たちのような職務についていると、こうした状況に置かれることは珍しくない。といって、私たちが委縮することは許されないし、一方で、職務を完遂しなければいけないという点からすれば、プライドを捨てることもしなければならない。ド・マルケ氏もまた、自分自身の葛藤に打ち勝ったようだ。警視総監が惜しみなく賞賛の言葉を記者に贈っているのに追随することにしたのだ。ところが、このかわいげのない記者は、〈別にたいしたことじゃありませんよ〉と肩をすくめただけだった。この横柄な態度に我慢ならず、私は内心、この男をひっぱたいてやれたらどんなに気分がいいことかと思った。

と、さらに生意気な口調で、ルールタビーユがこう言った。

「予審判事さん、スタンガーソン博士に、この鍵の管理はいつもどうされていたのかお訊きになられたらどうでしょう？」

「娘です。娘が肌身離さず持っていました」博士が直接、答えた。

すると、ド・マルケ氏が大声をあげた。ルールタビーユに向かって言う。

「おや！　それではやや事情が変わってきますな。君が今言った見解が合致しなくなりますぞ。マチルド嬢がこの鍵を常に携帯していたというのなら、犯人はあの夜、この鍵を奪うために、マチルド嬢が〈黄色い部屋〉に入ってくるのを待ち伏せしていたことになる。そうなると盗みは令嬢を襲った犯行のあとにしか行なえない。だが、それが犯行後だとすると、この実験室には博士ら四人がいたんですからな。とうてい、無理だということになる。いやはや、またもやさっぱりわけがわからなくなりましたよ」

そう口にすると、ド・マルケ氏は絶望した仕草をして、さっぱりわからないと繰り返した。もっとも、内心ではこの状況を喜んでいたことだろう。私にはそれがよくわかっていた。というのも、これまでにもご説明したかと思うが、ド・マルケ氏という人は、謎が謎めいているほど喜びを感じる人なのだ。

一方、この指摘を受けても、ルールタビーユは動じなかった。

「窃盗が行なわれたのは、犯行の前です。それでしかあり得ません。それはまず、今、ご指摘があったように犯行後には不可能だという理由、そして、もうひとつ別の理由からも疑う余地はありません。というのは、離れに侵入した時、犯人はこの書類戸棚の鍵をすでに持っていたのです」

「そんなことはあり得ません」スタンガーソン博士がゆっくりと首を振った。

「それがあり得るのです、博士。その証拠がこれです」

そう言うと、ルールタビーユはポケットから新聞を取りだした。見ると、十月二十一日付の《レポック》紙だった。犯罪が起きたのは二十四日から二十五日にかけての深夜だから、事件より三日前の新聞だ。記者はその中からひとつの広告を示した。そこにはこうあった。

〈昨日、黒のサテンのバッグをルーヴ百貨店にて紛失しました。バッグには、さまざまな小物のほか、頭の部分が銅でできた小さな鍵が入っています。見つけてくださった方には、多額のお礼をいたします。お心当たりのある方は、第四十郵便局留めで、M・A・T・H・S・N宛までご連絡ください〉

「この頭文字はマチルド嬢のことではないでしょうか？」ルールタビーユが続けた。「もしそうなら、頭の部分が銅でできた鍵というのは、この書類戸棚の鍵だろうと思われます。僕はいつも新聞の広告はチェックしておくんです。僕のような職にあると、私的な三行広告というのは必ず目を通しておくものなんですよ。それは予審判事、あなた方、警察もそうでしょう。あそこにはさまざまな〈企み〉が隠されていますよ。あるいは、その〈企み〉を暴きだす鍵が書かれていると言ってもよい。その鍵は必ずしも、〈頭の部分が銅でできた鍵〉ではありませんがね。でも、この裏には誰のどんな企みが隠されているんだろう、どんな企みに関わっているんだろうと思って読むと、面白いわけです。

さて、この広告を読んで、僕が最初に気になったのは、バッグをなくした女性が、身元をぼかしていることでした。普通にハンドバッグをなくしたのなら、そこまで謎めいた方法をとらなくてもいいはずです。しかも、バッグの中身として、わざわざ鍵のことに触れている。これは、よほどこの鍵を取り戻したがっているということにほかなりません。それも、多額の謝礼まで約束しているんです。僕はこの宛名の六文字を見た時、なんの略かと考えました。最初の四文字は、すぐに名前を指していると思いつきました。〈このMATHは、明らかにマチルドの略だ。頭の部分が銅でできた鍵が入ったハンドバッグの持ち主はマチルドというのだ〉とね。ですが、その後の二文字はまったく思いつきませんでした。僕もあきらめてしまって、そのまま忘れていました。ところがです、それから四日後の夕刊に、マチルド・スタンガーソン嬢が殺人未遂事件に巻きこまれたという一面記事が出ました。僕はこの時、数日前の広告にあったマチルドという名前を無意識のうちに、ふと思い出しました。そこで、なんとなくひっかかりを覚えたので、社の古い新聞を保存している管理部門に行って、その日の新聞を見せてもらったのです。実を言うと、その時は、最後の二文字が何だったのか、すっかり忘れていたのですが、広告を見てそれがSとNだとわかると、『そうか、スタンガーソンか！』と思わず声をあげてしまいました。

そうなったら、あとは行動あるのみです。僕はすぐさま辻馬車に飛びのって第四十局に駆けこみました。ところが、窓口で『M・A・T・H・S・N宛の手紙はありませんか』と尋ねると、係員は『ありません』と答えます。それでも、僕がしつこくもう一度探してくれるよう頼むと、『まったくもう！　ふざけるのもいい加減にしてくださいよ……』と言うではありませんか。しかも、憤懣《ふんまん》やるかたなしという調子で、こう続けるのです。『ええ、確かにその人宛の手紙が一通ありましたよ。でも、もう三日も前に、取りにこられた女性に渡しましたよ。で、今日になって今度はあなたが取りにきたということです。それだけじゃありません。もっと言えば、おととい にも別の男性が来たんです。しかも、やはりあなたのようにしつこく探せと言ってね。まったく、人をからかうのもいい加減にしてください！』と……。そこで、僕はその係員に、その手紙を取りにきた二人の人相を聞きました。でも、職業上の秘密だと言って、教えてくれません。すでにしゃべりすぎたと思ったのか、もしくはいたずらだとしたら、度が過ぎていると考えたのかもしれません。ともかく、そのあとは返事もしてくれませんでした」

ルールタビーユはそこで口をつぐんだ。私たちもまた黙りこんだ。いったい、この手紙の話は、どういうふうに事件につながっているのだろう？ 誰もがそう考えているように思えた。しかし、いずれにせよ、これまでまったくつかみどころのなかった事件に、「これをたどっていけば、真相の近くまで行けるかもしれない」という、捜査の糸口が見えたような気がした。

やがて、スタンガーソン博士が口を開いた。

「振りかえって考えてみると、娘が鍵をなくしたことはほぼ間違いがないような気がします。私に黙っていたのは、不安な気持ちにさせたくなかったからでしょう。だから、見つけた人には局留めで手紙を出してくれるよう頼んだのです。ここの住所を載せてしまうと、鍵を紛失したことが私にわかってしまうからです。娘はそれを恐れたのでしょう。いかにも、娘らしい心配の仕方です。ええ、きっと娘が鍵をなくしたにちがいありません。実際に資料が盗まれているのですから、そう考えるのが一番合理的です。資料が盗まれるというのも、不思議なことではありません。私は前にも大事な研究を盗まれたことがあるのですから……」

「え？ それはいつのことですか？ 場所はどこで？」警視総監が驚いて尋ねた。

「もう何年も前のことです。アメリカのフィラデルフィアにいた時のことです。当時、私は莫大な財産を生みだす発明をなしとげたところでしたが、その発明の核心にあたる部分が二つ盗まれたのです。盗んだのが誰だったのか、いまだに判明しておりませんし、盗まれた内容がそのあとどこかに持ちこまれたといった話も伝わってきておりません。もっとも、そちらのほうは私が先に手を打ったからとも言えるでしょう。私はその核心の部分にあたる内容を自ら公開して、盗んだ人間の目論見《もくろみ》を無にしてやったのです。このことがあってから、私はとても疑い深くなりました。仕事をする時は、部屋は固く閉めきってこもりました。孤立したようなこの離れを作り、窓という窓に鉄格子をつけました。この金庫のような書類戸棚も自分で設計しました。鍵は世界にひとつしかない、特殊なものを作りました。すべて、アメリカで窃盗にあったことで、また起きるのではないかという恐怖からしたことです」

「大変興味深いお話ですね」警視総監が重々しく言った。

と、ルールタビーユが、「お嬢さまは黒いサテンのバッグをお持ちですか？　もしそうなら、最近見かけたことはありますか？」と尋ねた。すると、スタンガーソン博士も、ジャック爺さんも、「確かにそういったバッグは持っているが、ここ数日見かけた気がしない」と証言した。

これについてはその数時間後、令嬢に直接確かめて判明したのだが、やはり二十日にパリに行った時に紛失したか、あるいは盗まれたか、それはわからないが、ともかくなくなってしまったとのことだった。その後、新聞に広告を出し、手紙の受け取りを局留めにしたが、局留めにした理由は博士が推測したとおりだった。そうして、二十一日に広告を出したあと、二十三日に第四十局に出向き、一通の手紙を受け取った。だが、それはバッグを見つけたという手紙ではなく、悪質ないたずらで、なにやらおかしなことが書いてあったので、すぐに焼きすててしまったとのことだった。

それはともかく、話を尋問——というか、予審判事がいうところの〈話しあい〉の場面に戻すと、スタンガーソン博士に、マチルド嬢が十月二十日にパリに出かけた時のことを尋ねた。それにより、ハンドバッグをなくしたその日の外出は、ロベール・ダルザック氏と一緒だったこと。そしてそのあとダルザック氏とは、事件の翌日、城にダルザック氏が来るまでは会っていないということが判明した。つまり、マチルド嬢がルーヴ百貨店で鍵の入ったバッグをなくした時、そのそばにはダルザック氏がいたということだった。この事実に我々は当然ひっかかりを覚えた。いや、もっとはっきり言えば、強い関心を持った。しかし、そこで、ダルザック氏を追及することはなかった。

こうして、私たちはその後も〈話しあい〉を続けたが、それが終盤にさしかかったところで、思いがけない出来事が起こった。芝居で言えば、話が急展開したのである。私は〈ド・マルケ氏は、この展開を内心、おおいに喜んでいるにちがいない〉と思った。その思いがけない出来事とは、フレデリック・ラルサンが憲兵隊の班長を通じて、「皆さんを実験室に集めて、事件についてお話ししたい」と言ってきたことである。もともとド・マルケ氏の発案で、一同は実験室に集まっていたこともあって、すぐにラルサンは招きいれられた。

ラルサンが部屋に入ってくると、その姿を見て、私たちはびっくりした。ラルサンは大きくて泥だらけの靴をその手にぶらさげていたのだ。実験室の床にその靴を放りだすと、ラルサンは開口一番に言った。

「犯人のドタ靴です。ジャック爺さん、見覚えがあるんじゃないですか」

ジャック爺さんは、革がぼろぼろになった、そのドタ靴をのぞきこんだが、すぐさまそれが何かわかったようで、驚きのあまり息を飲みこんだ。

「いや、これは……。この靴はしばらく前に、もう捨てようと思って屋根裏部屋のゴミ箱にいれたものです」

そうしどろもどろに言うと、ジャック爺さんはなんとか動揺を隠そうと、鼻をかもうとした。ところが、ポケットからハンカチを取りだしたところで、またラルサンが指摘した。

「おや、そのハンカチは〈黄色い部屋〉に落ちていたものと似ていますね。そっくりだと言っていい」

「あ、ええ、そうかもしれません」ジャック爺さんの声は震えていた。「そうですね。確かにそっくりかもしれません」

「そう言えば、やはり現場に落ちていた薄汚れたベレー帽。これも、ジャック爺さんが前にかぶっていたものだと推測できるのですが、どうでしょう？ ジャック爺さん、そうですね？ そうだとすると、警視総監、それに予審判事、こういった点から、さらに推測を進めると……」

ラルサンが何を言おうとしているかを察して、ジャック爺さんは今にも失神しそうだった。だが、ラルサンは「気を確かに持て！」とまず爺さんを叱りつけ、それから話を続けた。

「おそらく、犯人は自分に警察の手が伸びないように、爺さんを犯人だと思わせようとしたのです。それもこんな粗雑なやり方で……。ええ、少なくとも、捜査のプロである我々からすれば、これは粗雑だとしか言いようがありません。なぜなら、犯人がジャック爺さんでないことは明らかだからです。事件が起こった時、爺さんはスタンガーソン博士のそばから離れていなかったのですから……。ただ考えてみてください。もしあの夜、博士が深夜まで仕事をしていなかったとしたら。マチルド嬢が寝室に入ったあと、博士も城のほうに戻っていたとしたらどうなっていたか？　令嬢が襲われた時、実験室は無人で、離れにいたのは上で寝ているはずのジャック爺さんだけとなったら、誰の目からみてもジャック爺さんが犯人だと映ったはずです。

本当の犯人はおそらく、隣の部屋が静まり返っていたことから、実験室にはもう誰もいないと勘違いをした。そして、いよいよ時が来たと思って、令嬢が寝室に入ってからそう時間がたっていないにもかかわらず、早めに決行したのでしょう。ジャック爺さんのハンカチや帽子はあらかじめ屋根裏部屋から盗んでおいて、犯行の時に〈黄色い部屋〉に持ちこみました。だから、逃げる時に置いていけばいいだけの話です。また、靴もあらかじめ盗んでおいて、犯行の時に使用した。つまり、犯人はジャック爺さんに疑いがかかるように、犯行前に離れに侵入していて、屋根裏部屋にあった爺さんの靴や帽子を手に入れていたのです。これは博士たちと非常に近い関係の人にしかできないことです。いったい、いつこの離れに侵入したのか。犯行当日の午後か、あるいは夜になってからか……。それはわかりません。ただ言えるのは、この家の人たちと親しく、そしてこの建物の中をすでによく知っている人ならば、離れにも〈黄色い部屋〉にもいつでも入りこめたということです」

「だが、そうは言っても、実験室に人がいる間は、さすがに入りこめないだろう」ド・マルケ氏が指摘した。

「さあ、それはどうでしょうかね」ラルサンは反論した。「実験室で夕食をとったということは、運んできた者が出入りしているということです。それに夜の十時から一時間ほどかけて、博士ら三人は皆、そこの暖炉の隅にある、実験用の炉のまわりに集まって化学実験をしていたそうじゃないですか。それに、どのみち犯人は博士らに近い人です。それもかなり親しい人でしょう。そういう人なら、そんなちょっとした時間に、化粧室で靴を脱いで、〈黄色い部屋〉に忍びこむ隙をうかがうこともできたのではないでしょうか？」

「それはあり得ませんよ」スタンガーソン博士が否定した。

「そうかもしれません。ですが、不可能ではないでしょう。まあ、私には断定はできませんが……。もっとも事件の時、犯人がどうやって〈黄色い部屋〉から出ていったのか、それについてははっきりわかっています。そんなことは簡単ですよ。犯人はごく自然な方法で、部屋から出ていったのです」

ラルサンはそこで一瞬、口をつぐんだ。だが、聞いていた私たちには、その一瞬が非常に長い沈黙に感じられた。私たちは、ラルサンがその続きを話してくれるのを、息を呑んで待った。

「私は〈黄色い部屋〉には入ったことはありません。ですが、事件当時の状況からすると、犯人は扉からしか出られなかったということも承知しています。その点については、皆さんもそうお考えですね。犯人は扉から出ていった。なにしろ、ほかのところからは出ていくことが不可能なのですから……。すると、問題は〈いつ犯人が扉から出たか?〉ということになります。それは換言すれば、〈犯人にとって、いつだったら、扉から出ることが可能か?〉ということです。そういった観点から、事件直後のいくつかの状況を考えてみれば、犯人が一番脱出しやすいのはどの状況の時だったのかが見えてきます。ということで、事件が起こったあとの〈黄色い部屋〉の扉の前の状況をひとつひとつ検証していきましょう。

まずは第一の状況――その時、犯人がいる扉の向こう側には、スタンガーソン博士とジャック爺さんがいました。次に第二の状況――この時は、ジャック爺さんがしばらくの間、実験室を離れていました。つまり扉の前にいたのは、博士ひとりです。ついで三番目の状況――ここでは、博士のもとに門番が合流しました。それから、四番目の状況――この時は、博士、門番夫婦、そしてジャック爺さんの四人が扉の前にいました。そして、最後に五番目の状況――この時にはついに扉が破られ、博士ら四人が〈黄色い部屋〉に入りこむのに成功しています。さて、以上の五つの状況の中で、犯人が一番脱出しやすい状況はどれか? それは言い換えれば、〈扉の前にいる人が一番少なかったのはいつか?〉ということです。そうです。それは第二の状況です。扉の前に人がひとりしかいなくなった状況――スタンガーソン博士がただひとりで扉の前にいた状況です。それはつまり、犯人が〈黄色い部屋〉から出て、逃げていくのを博士が手助けしたということを意味します。いや、もちろん、第一の状況でも、ジャック爺さんがこの博士の行動を見て見ぬふりをしたのなら、犯人は〈黄色い部屋〉から脱出することができます。でも、私はその可能性はないと思います。もし扉が開かれて犯人が出てきていたのなら、ジャック爺さんはわざわざ離れから出て、〈黄色い部屋〉の窓が閉まっていることを確認しにいく必要はないのですから……。やはり、扉は、博士がひとりになった状況で開かれ、犯人はこの時に逃走したのです。

では、博士はどうして犯人が逃げる手助けをしたのでしょう？ どうして犯人を取りおさえることができなかったのでしょう？ それはそうできない強い理由があったとしか思えません。なにしろ、博士は犯人が玄関脇の窓を開けて出ていくのを黙認したばかりか、その窓を閉めることまでしているのですから……。ジャック爺さんが戻ってくれば、窓が開いていることに気づいてしまうので、そうやって元の状態に戻しておく必要があったのです。これはマチルド嬢も同様です。マチルド嬢は手ひどい傷を受けていながらも、最後の気力をふりしぼって、〈黄色い部屋〉の扉をもう一度閉め、鍵とかんぬきをかけたのです。おそらく父親にその男を犯罪者として差しだす気か、とても責められたのでしょう。力尽きて倒れる前に、瀕死の状態で必死にそこまでやったわけです。

この犯人が誰か、私たちは知りません。博士父娘がどんな悲劇的な出来事に巻きこまれて、そのようなことをしたのかもわかりません。ただ、お二人が犯人をご存じなことは間違いないと思います。おそらく、犯人に何か恐ろしい秘密を握られているのでしょう。扉の向こうで娘が襲われて、瀕死の重傷を負っているのを知りながらも、何も手出しをせず、あまつさえ、犯人の逃走を手助けしてしまうほどの恐ろしい秘密を……。ですが、いずれにせよ、これ以外に犯人が〈黄色い部屋〉から脱出した方法を説明できる仮説はありません」

ラルサンの説明は劇的で、だが、同時に明解だった。その場に重い沈黙が流れた。私は思わず背筋が凍るのを感じた。いったい、博士はどうするのだろう？　この場にいた者は誰もが博士の決断に注目し、また博士がそのような決断を迫られたことに胸を痛めた。フレデリック・ラルサンの論理は冷徹で、揺るぎない真実を示しているように思われた。その論理に屈して、博士はついに脱出の謎の真相を私たちに明かすのだろうか？　それとも、このまま黙秘を貫き、さらに恐ろしい罪を重ねるのか？　博士は追いつめられたのだ。

やがて、博士が立ちあがった。その顔には苦悩が刻まれ、おごそかに両手を広げた様子は、悲しみと威厳に満ちていた。それを見ると、私たちはさながらキリストのごとく聖なる存在に接したかのように、思わずこうべを垂れた。と、博士が心の底から叫ぶように、悲痛な調子で言った。

「私は死に瀕している娘に誓って申しあげます。あの夜、娘が悲鳴をあげたのを聞いた時から、私は扉の前を決して離れてはいません。私が実験室でひとりになった時にも、扉は開いておりません。そして、私が門番やジャック爺たち三人とともに〈黄色い部屋〉に入った時、そこに犯人はいませんでした！　私は犯人が誰なのかまったく知りません！」

だが、この宣誓にもかかわらず、その場にいたほとんどの者は博士の言葉が真実だとは考えなかった。なにしろ、あのフレデリック・ラルサンが、真相を暴いて、私たちに教えたのだ。これがそうやすやすと打ち消されるはずがなかった。

ド・マルケ氏が提案した〈話しあい〉は、これで終わった。だが、私たちが実験室から出ていこうとしている時、あの若い記者、ジョゼフ・ルールタビーユがスタンガーソン博士に近寄り、その手を優しく取りながらこう言っているのが聞こえた。

「博士、僕はあなたを信じます」

コルベイユ裁判所の書記、マレーヌ氏の調書はこのあとも続くが、この事件を語る上で読者の皆さんに知っておいていただきたいのは、ここまでである。なお、私はこの〈話しあい〉の模様を、その直後にルールタビーユの口から直接聞いている。今さら、言うまでもないとは思ったが、ひと言、お断りしておく。

第十二章　ラルサンのステッキ

その日、ルールタビーユのまとめた記事を手に、私が城を出たのは、夕方も六時になっていた。記事は実験室での〈話しあい〉のあと、城館の応接間――午前中にダルザック氏が通してくれた小さな応接間で書かれた。ルールタビーユが急いでいたので、ダルザック氏がまたもや便宜をはかってくれたのだ。しかも、ルールタビーユは、ダルザック氏のこの奇妙な好意をあたりまえのように受け入れ、それどころか、ダルザック氏の勧めに従って、城館に泊まりこむことにしたらしい。この城のあるじであるスタンガーソン博士のほうは、この辛く悲しい状況ではほかのことを考える気力がないようで、あらゆることをダルザック氏に任せているようだった。

私がパリに届ける記事をポケットにしまうと、ルールタビーユはエピネーの駅まで送っていくと言った。私たちは裏口から出ると、散歩がてら、城館をぐるっとまわって、正門に出ることにした。その途中で、ルールタビーユがこんなことを言った。

「やっぱりフレデリック・ラルサンは手強いな。評判どおりだよ。あの男がどこでジャック爺さんのドタ靴を見つけたかわかるかい？　僕たちが池のそばで〈細身の足跡〉を見つけたあのすぐそばだよ。あそこには〈細身の足跡〉が残っていて、それまであったドタ靴の跡がなくなっていただろう？　僕はあとから思い出したんだけど、あの近くには地面に大きな石を取りのけたような長方形のくぼみがあったんだ。今、まさに石をのけたといったようなくぼみがね。おそらくラルサンはその石がどこに動かされたのか探していたんだ。でも、その辺りからは見つからなかったので、きっと犯人があのドタ靴を池に沈めて始末するのに使ったのだろうと閃いた。そして、今度は池の中を捜索して、靴を発見することに成功したんだ。地面のくぼみには気づいたのに、僕はそこまで思いいたらなかったんだ。

でもね、言わせてもらうと、あの時点で僕の考えはもっと別のところにあった。つまり、犯人は〈黄色い部屋〉に、あまりにも多くの証拠を残しすぎていた。もちろん、偽の証拠をね。それでちょっと気になったものだから、ジャック爺さんの足の大きさをそれとなく計っておいたんだが、例の黒い煤のついた足跡と大きさが一致したんだ。このことから、犯人がジャック爺さんに疑いをかけさせようとしている、というのが、僕の目には明らかだった。僕がジャック爺さんに、ベレー帽について言ったのを覚えているかい？　現場に落ちていたベレー帽が、ジャック爺さんがかぶっていたものと似ているはずだと言えたのは、そういう理由からなんだ。ハンカチについても同じさ。爺さんが使っていたのが目に入っていたから、それと同じようなストライプのハンカチじゃないか、とわかったわけだ。すなわち、ドタ靴の足跡も含めて、現場に残されていた物証は、ジャック爺さんに疑いをかけさせるために犯人が偽装したものだということになる。ここまではラルサンも僕も同じ意見というわけだ。

だが、そこから先が違う。いいかい、サンクレール。捜査は今、非常に厄介な状況に陥っている。ラルサンは明らかに間違った方向に進んでいるんだ。それも、自分が間違っているとは疑いもせずに……。そうだ！　ラルサンはダルザック氏が犯人だと思っているんだ。だが、それが間違いだとわかっていても、その仮説をつきくずすのに、僕はまだ何の確証も持っていない。いわば手ぶらの状態で、ラルサンの論理を破らなければならないんだ！」

この言葉をルールタビーユは力をこめて言った。その口調がこれまでに聞いたことがないほど深刻なものだったので、私はびっくりしてしまった。と、私の返事を待つこともなく、ルールタビーユが繰り返した。

「本当に厄介な状況だ。どうしたらいいのだろう？　何の確証もない状態で、自分の考えだけを信じて、ラルサンを打ち負かすことができるのだろうか？」

すでに日は落ちて、辺りはもう暗くなっていた。私たちはあいかわらず、城館の裏手の庭園を抜けているところだったが、ふと上を見ると、二階の窓が一カ所だけ、わずかに開いていた。かすかな光がそこから洩れ、なにやら物音もする。なんとなく気になったので、私とルールタビーユは窓のすぐ下にある小さな扉の脇に身を寄せた。すると、ルールタビーユが小声で、あの部屋は確かマチルド嬢の寝室だと言った。

やがて、室内から聞こえてきた物音がやんだ。と思ったら、すぐにまた聞こえてきた。どうやらマチルド嬢が声を押し殺しながら泣いているようだ。その合間に何か言っているのだが、はっきりと聞きとれたのは「かわいそうなロベール！」という言葉だけだった。ルールタビーユが私の肩を引きよせた。

「この部屋で何が話されているかわかったら、僕の調査もすぐに終わるのだろうけどね」

そう小さな声で私の耳にささやくと、ルールタビーユはすばやく辺りを見まわした。暗いせいであまりよくは見えなかったが、城館の近くに敷きつめられた芝生のまわりを何本かの木が取り囲んでいるのがわかった。その先は見えない。室内の声が再びやんだ。

「声が聞こえなくても、どんな様子かだけ、のぞけないものだろうか……」

そう言うと、ルールタビーユは、足音をたてないようについてこい、と私に合図をしながら、芝生の向こうにある、太い白樺の木の辺りに向かった。暗闇のなかに、白い線のように青白い枝が浮きでている。この白樺はちょうどマチルド嬢の部屋の窓の正面にあり、さらにうまいことには、一番下の枝が建物の二階くらいの高さに伸びていた。おそらく、そこまで登れば、マチルド嬢の室内がどんな様子なのか、窓ごしにのぞきみることができるにちがいない。すると、まさしくルールタビーユもそう考えたようで、私に木の根元で待っているよう言うと、若くたくましい腕の力で、するすると幹を登っていった。やがて、その姿が枝に邪魔をされて見えなくなった。辺りにはまた静寂が戻った。

見ると、マチルド嬢の部屋の窓からは、まだ明かりが洩れている。だが、部屋の中で影が動くような気配はなかった。ルールタビーユもまた、枝の上でじっとしているようだった。

私は息を殺して待った。すると、突然、頭の上からこんな声が聞こえてきた。

「先にどうぞ！」

「いや、そちらから先に！」

声はしばらく頭上で譲りあっていたかと思うと、急にやんだ。そして、まもなく枝のつけ根に二つの影が現れた。私は驚きのあまり、目を見はった。やがて、白樺のつるっとした幹を伝って、その二つの影が降りてきた。ルールタビーユはひとりであがったのに、二人になって戻ってきたのだ。

「やあ、サンクレール君！」

それはフレデリック・ラルサンだった。ルールタビーユが自分ひとりだと思って、樹上に登っていった時には、すでにラルサンがマチルド嬢の部屋の窓を監視できる場所にいたというわけだ。だが、枝から降りてくると、二人はもはや呆然としている私のことは眼中にない様子だった。おそらく、今、見てきたことを頭の中でもう一度、思い浮かべて、そこからなんらかの結論を引き出そうとしているのだろう。部屋の中ではたぶん、ベッドに横たわったマチルド嬢の枕元にダルザック氏がひざまずき、それぞれ相手のことを思いながら、悲しみにくれていたのだろう。とはいえ、この光景を見て、二人が引き出そうとしている結論は、すでに違っているように思えた。ルールタビーユのほうは、このように二人が一緒に涙にくれて、マチルド嬢の口からああいった言葉が出てくるのは、ダルザック氏が無実である証拠だと考えているはずだった。反対にラルサンのほうは、ダルザック氏がマチルド嬢を殺そうとしながら、卓抜した演技力でまだ優しい婚約者のふりをしている——そう考えているにちがいなかった。

私たちは三人で正門のところまで来た。その時、不意にラルサンが声をあげた。

「ああ、いけない、ステッキを！」

「ステッキをどこかに忘れたのですか？」

「ああ。木に登る時に、根元に置いたんだった。すぐに追いつくから、先に行っていてくれたまえ」

そう言って、ラルサンは城館のほうに引き返した。その後ろ姿を見送ると、ルールタビーユがいぶかしげに口にした。

「ラルサンのステッキに気がついたか？　まだ真新しいんだ。これまでラルサンがステッキを持っているのは見たことがないんだが、ずいぶん気に入っているようだ。なにしろ、今日一日、ずっと手放そうとしないんだから……。まるで、ほかの人の手に渡るのを恐れているかのような様子でね。そうだよ、間違いない。今日までラルサンがステッキを持っているのを、僕は一度も見たことがない。いったいどこであのステッキを手に入れたのだ？　これまでステッキなんて持っていなかった人間が、よりによってグランディエの事件があったあとから、ステッキに執着しているのはおかしいと思わないか？　そう、もはやステッキなしには歩けないというくらいに……。それに、今朝、僕たちが城に着いた時に、ラルサンは時計をポケットにしまい、足元のステッキを拾って、門の内側に入った。だとすると、あれはラルサンのステッキではなく、そこに落ちていたものかもしれない。あの行動にこれまで何の疑問も抱かなかったのは、僕としたことが間違っていたのかもしれないぞ！」

門を出ると、私たちは駅までの長い道のりを歩きはじめた。その間、ルールタビーユはすっかり黙りこんで、何かを考えていた。きっと、頭の中からラルサンのステッキのことが離れなくなってしまったのにちがいない。その証拠に、駅に向かって坂を下りはじめた時、またもやそのことを持ちだした。

「ラルサンは、今朝僕らより先にここに到着していた。そして、すでに捜査を開始していた。となると、僕が知らない何かを発見する時間もあったわけだ。もしそうなら……。うん、やっぱり、あのステッキが気になるな。ステッキは今朝、僕らが到着する前に、どこかで見つけたのだろうか？

いや、あれだけ明白にダルザック氏が犯人だと思っているところを見ると、ラルサンはどうやら、それだけの確固たる証拠をつかんでいるのだろう。なにしろ、あれは疑っているなんてものじゃない。犯人だと断定してしまっているくらいなんだから……。では、その証拠とは何だ？　ラルサンが持っていて、僕は持っていない証拠とは……。あのステッキか？　だとしたら、あのステッキはどこで見つけたのだ？」

駅に着くと、次の電車が来るまでにはまだ二十分あった。そこで、私たちは駅のそばの、ちょっとしたバーに入った。すると、すぐにそのバーの扉がまた開いた。例のステッキを振りかざしながら、ラルサンがやってきたのだ。

「あったよ！」そう言うと、ラルサンは私たちに笑顔を向けた。

私たちはひとつのテーブルに一緒についた。ルールタビーユはあいかわらずステッキが気になるようで、そこから視線を離さなかった。そのせいで、たぶん見逃したのではないかと思うが、私はこの時、ラルサンが店にいた若い男に軽く合図を送ったのに気がついた。見るからに手入れのされていない、ブロンドの山羊ひげを顎に生やした男だ。どうやらこの駅の駅員らしい。男はラルサンの合図を受けると、立ちあがって支払いをすまし、軽く挨拶をしてから出ていった。実はこの時のやりとりには深い意味があったのだが、それは数日後に、この男が事件にまつわる一番悲劇的な場面でもう一度出てくるまで、まったく気がつかなかった。その時になって、ああ、そう言えばと思い出したのである。したがって、その時になってようやくわかるのだが、この男はラルサンの息のかかった者で、この駅で往来する人々を監視していたのだ。ラルサンは、自分が利用できるものは、何でも利用する人物だった。

と、ルールタビーユがラルサンに質問した。

「フレッドさん、いつからステッキを持つようになったのです？　これまではいつも両手をポケットに入れていたと思いますけど……」

「ああ、このステッキ？　これは貰いものなんだよ」

「まだ新しそうですよね」ルールタビーユは確認するように言った。

「ああ、ロンドンで貰ったんだ」

「そう言えば、ここに来る前はロンドンにいらしたんですよね。ちょっと見せてもらってもいいですか？」

「どうぞ」

ラルサンはステッキをルールタビーユに渡した。立派な黄色い竹のステッキで、持ち手のところは鉤型、杖の部分に金の環が巻かれていた。

ルールタビーユはしばらくの間、食い入るように、そのステッキを見ていたが、やがてからかうように言った。

「フランス製のステッキを、ロンドンで貰ったのですか」

「そういうことになるね」ラルサンはまったく動じなかった。

「ここに店の刻印がありますよ。〈カセット商会　オペラ街　六番地の二〉」

「我々がロンドンで下着を洗うことがあるように、イギリス紳士がパリでステッキを買うこともあるでしょうな」

ルールタビーユは何も言わず、ステッキをラルサンに返した。

私が列車に乗りこむと、ルールタビーユはわずかな停車時間の間に、車室まで入ってきて確認した。

「さっきの住所覚えているな？」

「ああ、〈カセット商会　オペラ街　六番地の二〉。わかっているよ、任せろ。明日の朝までには連絡する」

その夜、パリに戻った私はその足で、そのままステッキと傘を扱っているカセット商会に向かった。そして、すぐさまルールタビーユに手紙を書いた。

《ラルサンが所持していたのと同じステッキを最近購入した人物がひとりいる。その特徴は、ダルザック氏に酷似している。背丈は同じくらいで軽い猫背、顎ひげを生やし、明るいベージュ色の外套をはおり山高帽姿だったそうだ。購入日時は、犯行のあった日の夜八時だ。カセット氏によれば、このステッキはこの二年売れていないという。ラルサンのものが新しかったことからすると、この日の夜に売れたものとみていいだろう。だが、その時、ラルサンはロンドンにいたのだから、買ったのはラルサンではない。つまり、君が考えたとおり、あれはダルザック氏のもので、ラルサンは今朝、城の周辺を捜索中に、どこかで見つけたのではないだろうか？　ただ、そこであのステッキが犯行に使われ、またダルザック氏が犯人だとすると、君の推理とは矛盾することになる。君の推理では、犯人はすでに夕方五時から六時の間に〈黄色い部屋〉に入っていて、犯行の行なわれた真夜中すぎまでそこに潜んでいた。それなのに、ダルザック氏がパリであのステッキを買ったのは――いや、買ったとしたらだが、それは犯行のあった日の夜、八時なのだから……。このことは逆に、ダルザック氏にとっては確実なアリバイになるのではないだろうか？》

第十三章　事件前夜

ルールタビーユが次に連絡をよこしてきたのは、私がグランディエからパリに戻って一週間後となる十一月二日のことだった。その日、自宅にこんな電報が届いた。《拳銃を二挺持って、ただちにグランディエに来てほしい　ルールタビーユ》

前に説明したかもしれないが、この頃の私は弁護士としては、まだ駆けだしの身だったので、裁判を依頼してくる客などそういるはずもなく、時間をもてあましていた。裁判所に通うのも、弁護をするためではなく、仕事上必要なコネをつくるためということが多かった。ルールタビーユもそのことを知っているはずなので、こんなふうにいきなり呼ばれても、別に驚きはなかった。それに、私は日頃からルールタビーユの関わる事件に興味を持っていて、その話を聞きたがっている。だから、当然、〈黄色い部屋〉の事件にも興味を引かれて、現場に来たがっているはずだと、ルールタビーユのほうも、とっくにお見通しなのだ。

また、この一週間、私は事件に関して、ほとんど情報が得られず、物足りない思いをしていた。というのも、たぶん捜査が難航しているのだろう。警察からの公式な発表はなく、多くの新聞は噂話に過ぎないものを垂れながすだけだったのだ。かろうじて、《レポック》紙にルールタビーユが載せた、ごく短い報告記事だけが読むに値するものだった。その記事にはこうあった。
《現場に落ちていた〈羊の骨〉を分析した結果、これに付着していた真新しい血は、人間の血であることが判明した。おそらく、スタンガーソン嬢が殴られた時の出血と見ていいだろう。ちなみに、この〈羊の骨〉には、かなり以前につけられた、古い血痕が残っていた。これはこの〈羊の骨〉が、かつてなんらかの犯罪で凶器として使われた証拠と思われる》
〈黄色い部屋〉の事件は、その不思議な謎から、それこそ世界中の新聞が興味を持って、取りあげている。数々の大事件でも、ここまで世間を震撼させ、人々の関心を引いたものはなかった。しかも、捜査が難航して、いまだにその謎は解けていない。そういった中で、ルールタビーユに呼ばれてグランディエ城に行くのは、本来なら心躍ることのはずであった。もし電報の中に、《拳銃を二挺持って》という言葉がなければの話であるが……。
実際、私はこの言葉が気がかりでならなかった。ルールタビーユがわざわざ電報の中で触れているということは、拳銃を使う場面が想定されている、ということにほかならない。ところが恥をしのんで言うが、私はどちらかと言うと、臆病な人間なのだ。できれば、そう言った場面に遭遇するのはごめんである。だから、一瞬、ためらったのではあるが、よく考えるとそんなことは言っていられなかった。こうやって連絡してきたということは、ルールタビーユは今、困った状態に陥っていて、私の助けを必要としているのだろう。そうなれば悩んでいる場合ではなかった。私は自分の拳銃を取りだし、弾が入っているのを確認すると、グランディエに向かうためにオルレアン駅を目指した。だが、その途中で大切なことに気づいた。ルールタビーユの電報には、《拳銃を二挺》と書いてあったではないか！　といっても、私が所持している拳銃は一挺しかない。そこで、銃砲店に立ちより、小ぶりで装飾の美しい拳銃を一挺、贈り物をかねてルールタビーユ用に選んだ。

私はエピネーの駅でルールタビーユが待っているのではないかと思っていたが、駅に着くと、その期待は見事に裏切られた。だが、その代わりに二輪馬車が迎えにきていて、それに乗ると、まもなくグランディエ城についた。門のところにもルールタビーユの姿はなかった。憲兵や警官の姿もない。城館の玄関まで来たところで、私はようやくルールタビーユの姿を認めた。私たちは手を振って互いに近寄ると、元気かいと言いながら肩を抱きあって挨拶を交わした。

玄関を入ると、ルールタビーユは私を小さな応接間に案内した。一週間前にダルザック氏が提供してくれて、記事を書いた部屋だ。私に椅子を勧めると、ルールタビーユはいきなり切りだした。

「困ったことになったよ！」

「何がだ？」

「何もかもがだ」

そう言って、私のそばに来ると、ルールタビーユは耳元で打ち明けた。

「ラルサンがあいかわらず、ダルザック氏を犯人だとして、追及しようとしているんだ」

しかし、私はダルザック氏が犯人である可能性も否定できないと思っていた。池のそばでダルザック氏が、自分の靴の形とそっくりの足跡を目にして、青ざめていたからだ。だが、そこで、私はまた別のことを思い出した。

「ステッキは？　ステッキのことがあるじゃないか！　あの事件にステッキが関わっているなら、ダルザック氏にはアリバイがあることになる」

すると、ルールタビーユは考えこむような顔をした。

「ステッキね。あのステッキなら、ラルサンがまだ持っている……」

「じゃあ、ステッキはダルザック氏のアリバイにならなかったのか？」

「まったくね。だいたい、ダルザック氏に尋ねたら、その夜はおろか、今までカセット商会でステッキを買ったことはないと言うんだ。普段と変わらない口調でね。つまり、君の言うアリバイを本人が否定していることになる。だが、今のところは何も断言はできない。ダルザック氏は大事なところで沈黙することがあるからね。ダルザック氏の言葉を無条件で信頼するわけにはいかないんだ」

「でも、君の直観からすれば、ラルサンはあのステッキを重要な証拠だと考えているのは間違いないんだろう？　事件にどういう関わりがあるのかは、まだ自分だけの秘密にしているが……。もしそうなら、あのステッキが購入された時刻からして、ダルザック氏が犯人でないことは、ラルサンにだってわかるはずじゃないか！　犯人は夕方の五時から六時の間に、〈黄色い部屋〉に入って、真夜中までそこに身を潜めていたのだから……」

「いや、ステッキを買った時刻なんて、ラルサンは問題にしてないよ。〈黄色い部屋〉に侵入したのが夕方五時から六時だというのは僕の推論で、ラルサンはそう思っていないからね。つまり、ラルサンの考えでは、犯人は夜の十時から十一時に忍びこんだことになっているんだ。というのも、その時間はちょうど、博士と令嬢は化学実験に夢中になっていた。ジャック爺さんは実験に使った器具を洗うのに忙しかった。だから、犯人はその時間帯に、三人に気づかれることなく、三人の後ろを通って、〈黄色い部屋〉に入っていったのだとね。僕からすれば、まったくありそうにないことだと思うのだが……。でも、ラルサンは、この推測をすでに予審判事にも話したようだ。だけどねえ、よくよく考えれば、これは理屈にあわない考えなんだよ。だってさ、ダルザック氏のように父娘にごく親しい間柄の人だったら、博士がまもなく離れから立ち去ることを知っていたはずじゃないか。だったら、それまで犯行を待ったほうがずっと安全なんだ。どうして博士が実験室にいる時に、その後ろから忍びこむなんて危険を冒さなければならないんだ？　それに、離れにはいつ入りこんだというのだ？　ラルサンの考えはただの空想だよ。この空想がきちんとした仮説になるためには、解きあかさなければいけない疑問点がいくつもあるんだ。

でも、僕にはそんなことにかかずりあっている時間はない。僕はまったく反論の余地がないように、自分の推理を組み立てているところだから、ラルサンの空想なんかを気にかけてはいられないんだ。ただ、困るのは僕の推理が停滞している間にも、ラルサンがその論理とは言えない論理を強引に押しすすめてくることだ。まあ、幸い、僕がこの館にいるからそうはならないだろうけれど（そう言って、ルールタビーユは少し胸を張った）、もし僕がここにいなかったら、ラルサンの考えているとおり、犯人はダルザック氏に間違いないということになってしまうだろうね。あらゆる状況がダルザック氏が犯人であることを示唆していると言って……。というのも、ステッキのほかにも、ダルザック氏の〈犯行をうかがわせる状況証拠〉はたくさんあるんだ。それに比べたら、ステッキのことなど、たいした問題じゃないと言っていい。もっとも、あのステッキが事件にどう関わっているのか、僕にはまださっぱりわからないけれどね。だいたい、それほど大事な証拠なら、どうしてラルサンは証拠として予審判事に提出しないのだろう？　裁判の時の切り札としてとっているのか？　でも、それならどうして、その証拠になるステッキをいつも平然と持ちあるいているのだろう？　あの男はダルザック氏の前でも、あのステッキを使っているんだよ！　ラルサンの捜査方法についてはよく知っているつもりだが、このステッキの件だけはよくわからない。からっきし、わからないんだ」

「ラルサンはまだ城にいるのか」

「ああ、城に張りついているよ。僕同様に、城で寝起きしている。それも博士に頼まれてね。僕がダルザック氏からしてもらっているのと同じように、ラルサンは博士から便宜をはかってもらっているんだ。博士のほうは、例の〈話しあい〉で、〈犯人は博士らが見知った人物で、逃走を見逃してやった〉と糾弾されたものだから、その糾弾した本人に真犯人を見つけてもらって、犯人は自分の知りあいではないことをわからせるために、わざとラルサンに協力しているようなんだ」

「で、君は？　君のほうはダルザック氏が犯人ではないと確信しているのか？」

「正直に言うと、確かに犯人である可能性を疑ったこともあった。僕たちが最初にここに来た時だ。そうだ、ちょうどいいタイミングだから、あの時、僕とダルザック氏がここで何を話したか説明しよう」

だが、そこで、ルールタビーユはいったんその話を中断して、拳銃を持ってきたかどうか尋ねた。私は持ってきた拳銃を二挺とも見せた。それを手に取って調べると、ルールタビーユは「これはいいね！」と満足そうに言って、両方とも私に返した。

「拳銃が必要になりそうなのか？」私は尋ねた。

「ああ、今夜にもね。今日はここで君も夜を過ごすんだ。別に嫌じゃないだろう？」

「困ったことにな」私がしかめっ面をしたので、ルールタビーユは笑いだした。それから、すぐに真面目な顔でつけ加えた。

「さあさあ、笑っている場合じゃなかった。さっきの話に戻ろう。一週間前に城に着いた時に、僕がダルザック氏に言った、あの魔法の言葉を覚えているかい？　あの言葉のおかげで、僕たちは門の中に入ることができた……」

「もちろんだよ。それもはっきりとね。《司祭館は何も魅力を失わず、庭の輝きもまた失われず》。この言葉は、君が実験室の暖炉から見つけた、焼けのこった紙にも書かれていたね」

「そうだ。あの紙の下の方には、〈十月二十三日〉と日付も入っていて、その部分も焼けのこっていた。この日付は、非常に大事だから覚えていておいてくれ。じゃあ、あの魔法の言葉のことを話そうか。〈黄色い部屋〉の事件が起きる前日、つまり十月の二十三日のことだが、その日の晩、スタンガーソン博士とマチルド嬢は大統領官邸で開かれたパーティに出席していた。確か、その前の晩餐会にも出席していたのだと思うが、僕はパーティのほうから行っていたので、そこで二人の姿を見かけたんだ。いや、僕の場合は仕事だよ。その日の会合はフィラデルフィア科学アカデミーの会員を歓迎するためのものだったんだが、僕はそのうちのひとりにインタビューをしなければならなかったんだ。ついでに言っておくと、僕はあの晩まで、スタンガーソン博士にもマチルド嬢にも会ったことがなかった。あの晩、姿を見たのが初めてだったというわけだ。

それでなんだが、そのパーティで上流階級の人たちにもまれて、僕はすっかり疲れてしまった。そこで、〈大使の広間〉につながる客間に座りこんで、ぼんやりと夢想にふけっていたら、〈黒い貴婦人の香り〉が前をすっと通ったのだ。そう言うと、君は『〈黒い貴婦人の香り〉ってなんだ?』と尋ねるだろうが、ここでは『僕が大好きな香りだ』とだけ言っておくよ。僕が幼い頃に、母親のように優しくしてくれた女性の香りなんだ。その人はいつも黒い服を着ていたから、僕はそう呼んでいる。さて、その〈黒い貴婦人の香り〉をつけた人は、黒い服ではなく白い服を着ていた。言葉が出ないくらい美しい人だったよ。僕は思わず立ちあがって、そのあとを追ってしまった。その女性とあの香りを求めてね。女性のかたわらには年配の男性がいて、女性に腕を貸していた。そうやって会場を移動しているのだが、二人が通りすぎると、みんながそちらのほうを向いた。そして、誰からということもなく、『スタンガーソン博士とマチルド嬢よ』とささやくのだ。それでようやく、二人が誰なのか、僕にもわかったんだ。

その時、ダルザック氏が二人に合流した。僕もダルザック氏の顔だけは知っていたからね、すぐにわかったんだ。そのあと、スタンガーソン博士は、アメリカ人の科学者、アーサー・ウィリアム・ランス氏に呼びとめられて、広間の肘掛け椅子で話しこみはじめた。一方マチルド嬢は、ダルザック氏の腕をとって温室に入っていった。僕は二人のあとをつけた。心地よい晩で、温室の扉はその先の庭園に出られるよう、開け放たれていた。そこで、マチルド嬢が肩にスカーフをかけながらダルザック氏に何かささやいたので、マチルド嬢が庭園に出たいとダルザック氏に言ったのだと、僕は見当をつけた。ただ、ダルザック氏がその時、動揺したように見えたものだから、気になってあとをつけていくことにした。

庭に出て、一番奥の塀のところまで行くと——その塀はマリニー大通りに沿っているんだがね——まあ、それはともかく、そこまで行くと、二人は塀際をゆっくりと歩きはじめた。そこで、僕はその塀際の道と芝生をはさんで並行に走っている小道を行くことにして、少し離れたところからついていった。それから、途中で芝生を横ぎって、こっそり二人に近づいていったんだ。あの晩は闇夜だったし、芝生が足音をかき消してくれた。だから、二人は僕に気がつかなかったと思う。その時、二人が立ちどまったので、僕も立ちどまった。そうして、息をひそめて、二人のしていることを観察したんだが、二人は何をしていたと思う？

マチルド嬢が手にした紙を一緒にのぞきこんでいたんだ。よっぽど関心を引くことが書かれているのか、まわりの様子には注意も払わない。と、その時、マチルド嬢が僕にまではっきりと聞こえる声で、紙に書かれた言葉を読みあげたんだ。それがあの《司祭館は何も魅力を失わず、庭の輝きもまた失われず》という言葉だったんだよ。それを読みあげる時のマチルド嬢の声は、自分を嘲《あざけ》っているようだった。つまり、それほど絶望している感じだったのだ。その声があまりに印象的だったので、僕の頭にはその言葉が焼きついてしまったくらいだ。それから、マチルド嬢は、もうどうとでもなれといった笑い声をあげた。すると、今度はダルザック氏が、こう言ったんだ。『つまり、私はあなたを手に入れるためには、犯罪に手を染めなければならないということですね？』と……。ダルザック氏はひどく動揺していた。そうして、マチルド嬢の手を取り、ずっとその手に唇をあてていた。肩が震えていたから、きっと泣いていたのだと思う。しばらくして、二人はその場を離れていった。

そこまで話すと、ルールタビーユはひと息入れた。それから、また話を続けた。

「僕は頃合いを見はからって、広間に戻った。すると、ダルザック氏の姿はもうなかった。次にその姿を見たのは、事件のあとだ。そう、君と一緒にこの城の正門で会った時だ。一方、マチルド嬢はスタンガーソン博士やフィラデルフィア科学アカデミーの科学者たちと一緒に、まだ会場にいた。僕が戻った時には、先程博士と話していたアーサー・ウィリアム・ランス氏のそばにいた。ランス氏はマチルド嬢に惹かれているのか、目をぎらぎらさせながら、なにやら熱心に話しかけていたが、マチルド嬢のほうは上の空だったと思う。その顔にはなんの感情も浮かんでいなかったんだ。ランス氏は赤ら顔をしていて、鼻まで真っ赤だった。あの顔からすると、ジンが好きなタイプだと思うよ。

それはともかく、その後、スタンガーソン父娘がその場を立ち去ると、ランス氏はビュッフェに向かっていった。そこで僕はランス氏に声をかけ、人でごったがえす中、皿に料理を取りわけてやったりした。フィラデルフィアと言えば、博士とマチルド嬢が一時期暮らしていた場所だ。だから、何かその頃の話が聞けないかと思ったんだ。皿に料理を取りわけてやったことに、ランス氏がお礼を言ったので、それに乗じて、僕は雑談を始めた。ランス氏は三日後の二十六日にアメリカへ帰国する予定だと言った。僕はさりげなく、フィラデルフィアのことに話の水を向けた。するとランス氏はもう二十五年前からそこに住んでいて、スタンガーソン父娘とはそこで知りあったという。だが、それ以上、詳しい話は聞けなかった。この間、ランス氏は何杯もシャンパンをお代わりしていた。僕は〈これはずっと飲みつづけそうだな〉と思った。実際、僕がそばを離れた時には、ランス氏はかなり酔いつぶれていたよ。

と、まあ、そういうようなことがあったので、その日の夜はひと晩中、何の虫の知らせかわからないが、ダルザック氏とマチルド嬢の顔が頭の中から離れなかった。だから、マチルド嬢が襲われたという記事を読んで、僕がどんなに衝撃を受けたかわかってもらえると思う。僕は、あの時耳にした『つまり、私はあなたを手に入れるためには、犯罪に手を染めなければならないということですね？』というダルザック氏の言葉を思い出した。だが、僕がグランディエの門でダルザック氏に告げたのは、知ってのとおりこの言葉ではない。例の、《司祭館》だの《輝き》がどうだのという、マチルド嬢が手にしていた紙に書かれていた言葉のほうだ。そっちの言葉だけで、この城館に入る扉が開かれたというわけだ。あの時に、僕がダルザック氏が犯人だと考えていたかって？　いや、それはない。だが、完全に信用できると思っていたわけでもない。あの時点では、僕は本当に何か考えがあったわけではないんだ。そうするには、あまりにも情報を持っていなかった。だから、ダルザック氏が手に怪我をしていないことを、何はともあれ最初に確認する必要があったんだ。

あのあとダルザック氏とこの城の応接間で二人っきりになった時に、僕は大統領官邸の庭園で、ダルザック氏がマチルド嬢と話していたことが偶然、耳に入ったと打ち明けた。そして、その時に『つまり、私はあなたを手に入れるためには、犯罪に手を染めなければならないということですね？』という言葉も聞いたと話すと、ダルザック氏はうろたえた。しかし、それは明らかに、最初に《司祭館》という言葉を聞いた時ほどではなかった。それよりも、ダルザック氏が激しい動揺を見せたのは、僕がこう告げた時だった。すなわち、僕はダルザック氏が大統領官邸でマチルド嬢に会った日、その数時間前にマチルド嬢が第四十郵便局で手紙を受け取っていたこと、そして、その手紙には《司祭館は何も魅力を失わず、庭の輝きもまた失われず》という例の言葉が書かれていて、その手紙はあの時、ダルザック氏とマチルド嬢が大統領官邸の庭園で、食い入るように見つめていたものではないかということを指摘したんだ。いや、その時はまだマチルド嬢が受け取った手紙にその言葉が書かれていたかどうかは確信がなかった。でも、そのあとで実験室の暖炉から発見された焼けのこりの手紙に、十月二十三日という日付が入っているのを見た時、きちんとした裏づけがとれたというわけだ。手紙はこの日に書かれ、そしてその日のうちに、マチルド嬢によって郵便局から引きだされた。マチルド嬢は、この手紙が人目に触れたらまずいと思い、大統領官邸から戻ってきたその夜のうちに、焼きすてたにちがいない。ダルザック氏は、この手紙が犯行に関わりがあることを必死になって否定しているけどね。でも、それは無駄な抗弁というものだ。僕はダルザック氏に言ったんだよ。『今回のような謎の多い事件においては、手紙の件は関係ないと自分で判断して、警察に隠しておくことをしてはいけない』ってね。『この手紙の件をこのまま放っておくわけにはいかない。僕は絶対に調べてみせますよ』と告げて……。実際、いくつかのことを考えると、この手紙が事件に関係しているのは疑いようがないんだ。たとえば、この手紙にある《司祭館は何も魅力を失わず、庭の輝きもまた失われず》という言葉を読みながら、マチルド嬢が絶望的な声を出していたこと。それから、その時、ダルザック氏が泣いていたこと。また、そのあとで、ダルザック氏が『つまり、私はあなたを手に入れるためには、犯罪に手を染めなければならないということですね？』と、犯罪をほのめかすようなことを口にしたこと。そして、僕の話を聞きながら、ダルザック氏がどんどん落ち着きをなくしていったこと――そういったことをすべて考えあわせるとね。ダルザック氏が激しく動揺しているようなので、僕は一気に攻めこむことにした。そして、わざとダルザック氏の顔を見ないようにしながら、できるだけそっけない口調で言った。

『ダルザックさんは、マチルド嬢とご結婚されるおつもりなのですよね？　でも、突然舞いこんだこの手紙の送り主のせいで、それが不可能になってしまった。だって、この手紙を読むなり、あなたは、マチルド嬢を得るためには、犯罪に手を染めなければいけない、と言っているくらいなのですから……。それはつまり、あなたとマチルド嬢の間に、誰かが入りこんできたということです。しかも、その誰かはマチルド嬢が結婚することを妨害し、そのためには令嬢を殺すことも厭わないときているんです！』

それから、あいかわらずダルザック氏の顔を見ないようにしながら、僕は最後にこう言った。

『ダルザックさん、僕を信用して、犯人の名前を言ってください。そうすれば……』

だがこの言葉は、ダルザック氏にとっては、絶対に受け入れられないもののようだった。僕が顔をあげると、ダルザック氏の顔はひきつり、目は怯えていた。額には冷や汗さえ浮かべていたんだ。やがて、ダルザック氏が言った。

『ひとつだけ君に頼みたいことがある。もちろん、君は〝どうしてそんなことを？〟と言うだろうが、そのことと引き換えにできるなら、私は命を差しだしてもかまわない。だから、どうかお願いだ。君が大統領官邸で見聞きしたことはすべて、警察には話さないでくれないか。警察にも、ほかの誰かにも、絶対に！　私は誓って潔白だ。君もそう考えてくれているようだし、それを証明しようとしてくれているように思う。それでも、あの《司祭館は何も魅力を失わず、庭の輝きもまた失われず》という手紙に警察の関心が向くぐらいなら、私は自分が犯人とされたほうがましだ。何があっても、あの手紙を警察には知られないようにしなければならない。ルールタビーユ君、この事件に関わることは、すべて君に任せるし、必要な便宜はすべてはかろう。だが、どうか、大統領官邸での出来事は忘れてほしい。犯人をあげるのに、君ならほかにいくらでも方法を見つけることができるだろう。この館で調べたい場所があるのなら、私が扉を開こう。手助けできることはなんでもする。なんなら、ここに滞在してくれてかまわない。ここで、好きなように活動してくれていいんだ。食事も、寝室も用意しよう。私を監視しようと、城のほかの者たちを見張ろうとかまわない。このグランディエの城の中で、思うがままに振舞ってくれていい。だから、お願いだ。あの大統領官邸の夜のことだけは忘れて欲しい』。ダルザック氏はそう言ったんだよ」

そこまで話すと、ルールタビーユは息をついた。一週間前にこの城に来た時、ダルザック氏の態度が急に変わったことを私はずっと不思議に思っていたが、今、その理由がやっとわかった。ルールタビーユがこの城館に泊まることができるようになったのも、そういうことだったのだ。だが、事件の裏にこういった事情があったことを知ると、私はなおのこと好奇心をかきたてられた。そこで、ほかにもわかっていることがないかと、ルールタビーユに質問を浴びせかけた。

「この一週間、この城では何が起きていたんだい？　さっき君はラルサンが持っているステッキのほかにも、ダルザック氏の〈犯行をうかがわせる状況証拠〉はたくさんあると言ったが、それはどういうことなんだ？」

「見ているとあらゆることがダルザック氏の疑いが濃くなる方向に進んでいくんだよ」ルールタビーユは答えた。「状況は、ことのほか深刻だよ。ダルザック氏自身はそうは考えていないようだが、このまま放っておけば大変なことになる。ただ、ダルザック氏は、今はマチルド嬢の容態のことしか頭にないようでね。まあ、具合は日に日によくなってはいるんだが……。ところが、そんな中で、〈黄色い部屋の謎〉以上に謎の事件が、起きてしまったんだよ！」

「そんな馬鹿な！」私は大声で叫んでしまった。「あの〈黄色い部屋の謎〉以上に謎の事件なんて、考えられない！　いったい、何が起きたんだ？」

「それを説明するには、まずダルザック氏のことに話を戻さなければならない」ルールタビーユは、はやる私をなだめるように言った。「そう、ダルザック氏の〈犯行をうかがわせる状況証拠〉についてだ。さっきも言ったとおり、それはたくさんあるんだ。たとえば、ラルサンが池のふちで見つけた〈細身の足跡〉。君も知ってのとおり、あれはダルザック氏のものだと思われている。それから、ちょっと調べてみたところ、〈細身の足跡〉のそばについていた自転車の車輪の跡も、ダルザック氏の自転車のものである可能性が高い。だいたい、ダルザック氏はその自転車を購入してからずっとこの城に置いていたのに、どうしてこのタイミングでパリに持ってかえってしまったのだろう？　そう、事件の直後に……。君は事件の二日前に、マチルド嬢が突然、結婚を取りやめると言いだしたということを覚えているね？　だから、ダルザック氏が自転車をパリに持ってかえってしまったのは、もうこの城に戻ってくるつもりがなかったからだとも考えられる。結婚が取りやめになったことで、博士父娘とのつきあいもすべて終わりにしようと思ったからだと……。だが、父娘やダルザック氏をよく知る人たちは、たとえそんなことになっても、つきあいは続いたはずだと、口をそろえて言っている。では、どうして自転車を持ってかえったのか？

その一方で、ラルサンは、マチルド嬢とダルザック氏の関係については、もう完全に破局したと考えている。なぜなら、ダルザック氏は、事件の四日前にパリのルーヴ百貨店にマチルド嬢と行ってから、事件の翌日までグランディエ城にはやってきていないからだ。この間、マチルド嬢と顔を合わせたのは、事件前夜の大統領官邸のパーティの時だけだ。まあ、その間、手紙で連絡をとっていたかもしれないが……。ともかく、ラルサンに言わせると、二人の仲は冷えていたということだ。

ラルサンはマチルド嬢がルーヴ百貨店に行って、頭の部分が銅でできた鍵をバッグごと紛失した時に、ダルザック氏が一緒だったという事実も重視している。つまり、バッグを盗んだのはダルザック氏だと推測しているんだ。そのあと二十三日に、マチルド嬢は新聞広告に対する返事が来ているかどうか、確認しに第四十郵便局に行って、手紙を一通受け取るが、ラルサンはその手紙もダルザック氏が書いたと考えている。まあ、それはラルサンが大統領官邸の庭園であったことを知らないせいもあるんだが……。要するに、ラルサンは、ダルザック氏がバッグに入っていた鍵を使って、まず博士の大切な資料を盗み、そのあとでマチルド嬢に手紙を書いて、《最初の予定どおりに結婚すれば、資料を返却する》と脅迫した——

そう考えているんだ。まったく馬鹿げた仮説で、とうていありそうにない。これでもうひとつ奇妙な事実がなければ、ラルサンだって、こんな馬鹿なことは思いつかなかったことだろう。それはラルサン自身も認めたよ。もうひとつの事実さえなければ、自分だってこんな仮説は信じないと……。まあ、僕はその事実があっても、この仮説は信じないがね。そのもうひとつの奇妙な事実とは、事件当日の二十四日の昼間に、第四十局に手紙を取りにきた男がダルザック氏にそっくりだということなんだ。僕は前に、マチルド嬢が手紙を受け取った翌日に、男がひとり手紙を取りにきたと言ったろう？ 郵便局員に話を聞くと、その男の見かけがダルザック氏の特徴と一致しているんだ。予審判事が一応ダルザック氏に確認したところ、ダルザック氏は郵便局に行っていないと答えた。僕もそう思うよ。だって、ラルサンの言うように、もし手紙を書いたのがダルザック氏だとしたら、郵便局に手紙を取りにいくはずなんかない。だって、ダルザック氏は二十三日に大統領官邸の庭園で、当の手紙がマチルド嬢の手にあることを知っている。つまり、その手紙はすでにマチルド嬢が受け取って、郵便局にはないことを知っているんだから……。

だから、二十四日に第四十局の窓口に現れて、手紙が来ているはずだと言ったのは、ダルザック氏ではないということになる。では、誰か？ 僕はダルザック氏によく似た別の人物だと思う。その人物が鍵の入ったバッグを盗み、そして例の《司祭館》の手紙を書いて、マチルド嬢に何かを要求したんだ。この点はラルサンと同じような考えだ。だが、何かを要求したものの、その要求は受け入れられなかった。それはきっとその人物にとっては予想外の宛に送った手紙を受け取ってないのかもしれないと考え、確認しにいったわけだ。その人物が郵便局員にしつこく確かめたというのも、そういうことだろう。だが、手紙は受け取られていた。それを知った時、その人物はおそらくはらわたが煮えくりかえったことだろう。マチルド嬢は手紙を読んだのに、自分の要求を拒否したのだ。だが、その人物はいったいマチルド嬢に何を要求したのか？　手紙がほとんど燃やされてしまった以上、それを知るのはその人物とマチルド嬢だけだ。僕はダルザック氏も知っていると思うがね。

さて、こういったことを踏まえて、もう一度、問題を整理すると、まずその当日の二十四日から二十五日にかけての深夜にマチルド嬢が襲われた。それから、二日後の二十六日には、マチルド嬢から盗まれた鍵を使って、博士の研究書類が盗まれていたことが発見された。発見したのは僕だけどね。この二つからすると、郵便局に現れた人物は、犯人と同一人物だと思って間違いないだろう。そう考えるのが一番理にかなっているからね。二十四日に郵便局に手紙を取りにきた人物がこの事件の犯人なんだ。ラルサンもこの点では意見が一致している。だが、さっきも言ったように、ラルサンは二十三日の夜に大統領官邸の庭園であったことを知らない。そこで、手紙を取りにきた人物の特徴がダルザック氏に一致するという事実から、この人物はダルザック氏だというんだ。そして、この点について、僕はダルザック氏との約束があるので、大統領官邸の庭園のことを持ちだして、反論することができない。

もちろん、予審判事も、ラルサンも僕も、二十四日に第四十局に現れた人物について、詳細を調べたよ。だが、その人物がどちらの方面からやってきて、どちらの方面へ立ち去ったのかもわからなかった。わかったのは、ただその人物がダルザック氏に似ているということだけなんだ。

そこで、僕はおもな新聞に三行広告を出した。《十月二十四日の午前十時頃、第四十郵便局まで客をのせた御者を探している。心当たりの方、〈レポック〉紙編集部、Rまで連絡されたし。謝礼あり》とね。その人物は急いでいたはずだから、たぶん馬車で駆けつけたにちがいない。そう思って、僕はその可能性に賭けたんだ。心当たりのある御者全員から話を聞きたかったから、わざとその人物の特徴は載せなかった。だがこの時間帯に、第四十局まで客を乗せた御者は現れなかった。ひとりもいなかったんだよ。その人物はおそらく歩いてきたのだろう。そう思うしかなかった。

僕は日がな考えつづけたよ。〈ダルザック氏にこれほど似ているという人物は誰だろう?〉と……。そのうちに、またダルザック氏にとって、不利な事実が判明した。その人物が郵便局に手紙を取りにきた時刻のアリバイがダルザック氏にはないんだ。本来ならその時刻は、ソルボンヌ大学で講義をしているはずなのだが、なぜかその日、ダルザック氏は教壇に立っておらず、同僚が代行授業をしているんだ。では、その時間、何をしていたのかと尋ねられ、ダルザック氏はブローニュの森へ散歩に行っていたと答えた。でも、考えてみてくれ。大学教授ともあろう者が、ブローニュの森で散歩がしたいがために、授業を他人にまかせるなんてあり得るかい？　それにだ。ダルザック氏はその時間帯にしていたことには申しひらきをしたものの、そのあとの時間帯、つまり二十四日の午後から二十五日にかけては、どこで何をしていたのか、一切口を割らないんだよ。『何をしていたのか？』とラルサンに問いつめられても、ダルザック氏は動揺した様子も見せずに、『他人には関係のないことだ』と言い張るのだ。ラルサンは、『ダルザック氏がその間、何をしていたのか、自分ひとりで突きとめてみせる』と、その場で高らかに宣言していたよ。つまり、こうしてダルザック氏に不利な状況がたくさん出てくることによって、本来あり得ないはずのラルサンの考えに信憑性が出てきてしまっているんだ。また、もしダルザック氏がこの事件の犯人であれば、スタンガーソン博士が醜聞を避けたくて、〈黄色い部屋〉からダルザック氏を逃がしたというラルサンの仮説も正しいと思われてくる。つまり、〈黄色い部屋の謎〉は解決してしまうんだ。

もっとも、僕は〈博士が犯人を逃がした〉という仮説は間違っていると思うし、その間違った仮説を強引に押しとおそうとしたところで、ラルサンは正しい捜査の道すじから外《はず》れ、迷い道に入りこんでしまったのだと思う。いや、僕はラルサンが迷い道に入りこむこと自体はいっこうにかまわない。それは逆に気持ちのよいことだ。ラルサンが間違った仮説を押しすすめた結果、無実の人が犯人にされるようなことがないならね。だが、ラルサンは本当に間違った仮説を押しとおそうとして、迷い道に入りこんでしまったのだろうか？　そこなんだよ。僕が考えなければならないのは……。そこなんだ！」

「つまり、ラルサンが正しいという可能性もあるわけか」私は口をはさんだ。「確かにダルザック氏が無実だと言いきれる証拠はひとつもない。偶然で片づけるには、不利な証拠がそろいすぎているからね」

「まさにそうだよ。今の僕にとって本当に厄介なのは、その不利な証拠とどう戦うかということなんだ」

「予審判事はどう考えているんだ」

「ド・マルケ氏は、はっきりとした証拠もないのにダルザック氏を断罪するのは、躊躇しているところなんだ。博士父娘やソルボンヌ大学を敵にまわすだけではなく、世間から非難を浴びる可能性もあるからね。マチルド嬢は、心からダルザック氏のことを敬愛している。犯人に襲われた時、いくらその姿をほとんど見ていないとは言っても、それがダルザック氏かどうかわかるはずだ。いや、確かに〈黄色い部屋〉は暗かったし、豆ランプもすぐに消えてしまったが、自分の婚約者かどうかもわからなかっただなんて、世間の人は信じないだろうからな。というわけで、君、ここまではそんな状況だったんだ。そこでだ。三日前――より正確に言えば三日前の晩に、さっき言った〈黄色い部屋の謎〉以上に謎の事件が起きたんだよ」

第十四章　今宵、やつが来る

「まずは、現場となった場所に案内したほうがよさそうだ」ルールタビーユは言った。「そのほうが、何が起きたのか理解しやすいだろう。というか、何が起きたのか理解できない、ということがはっきりとわかってもらえると思う。そうそう、〈黄色い部屋〉から犯人がどうやって外に出たかについては、その謎が解けたように思うよ。もちろん、ラルサンの仮説のように、〈スタンガーソン博士が犯人を逃がした〉というものではない。まあ、犯人が誰か確信を持てないうちは、僕はその謎を明かすことはできないがね。でも、それはきわめて論理的で、説明されてみれば『なあんだ』というくらい単純なものだ。

ところが、三日前の晩にこの城で起きた出来事は、そんなに単純なものではない。僕はそのあと、丸一日、考えつづけたよ。こんなことはあるはずがない、これは僕の想像をはるかに超えていると思いながらね。それでも、もしそういうことなら、つじつまが合うなと思う考えもあるのだが……。ただねえ、それはあまりにも突拍子もない考えなので、〈引き算〉としては成りたっても、〈人情〉としては成りたたない考えなんだ。いや、とても恐ろしい考えでね。それなら、いっそ謎が解けないほうがいいとまで思ってしまうぐらいなんだ」

そう話しながら、ルールタビーユは私を外に連れだして、城館のまわりをめぐりはじめた。しんと静まり返った中に、ただカサコソと枯葉を踏みつける音だけが響く。もし初めてここを訪れる人がいたら、この城はもはや廃墟になって、ここには誰も住んでいないと思うだろう。石造りの城館は年月にさらされて古ぼけたものになり、天守閣を囲む堀の水もよどんでいる。庭はまるで夏の抜け殻のように生気を失っていた。地面は茶色い落ち葉で覆われ、すっかり葉を落としたあとの木々は、骸骨のような黒い枝をむきだしにしている。奇怪な謎にとりつかれた不吉な城――それがまさに、このグランディエ城のイメージだった。

さて、私たちが天守閣の近くまで来た時、向こうから緑の服を着た男が歩いてきた。〈緑の男〉――森番だ。マチュー親父の宿屋で初めて見た時と同じように、肩から猟銃をぶらさげ、パイプをくわえ鼻眼鏡をかけている。森番は私たちを見ても、まるで関心がないというように、挨拶もしないでそばを通りすぎてしまった。

「妙なやつだよ！」ルールタビーユがぼそっと言った。

「あの男と話したのか？」

「ああ、何度かね。だが、何も訊きだせなかったよ。ぶつぶつ言うだけで、そのまま肩をすくめて、どこかに行ってしまうんだ。住んでいるのは天守閣の二階だ。なんでも、昔は祈禱室として使われていた広い部屋があるようで、そこにひとりで暮らしているんだ。今は天守閣の修理のため、ほかの部屋に移っているということだがね。人づきあいが嫌いで、出かける時は、いつも猟銃を持ちあるいている。愛想がいいのは、若い娘に対してだけだ。密猟者を摘発するためだといって、時々、夜中に出かけていくが、それは逢引きするためじゃないかとにらんでいる。今のところ、相手はマチルド嬢の小間使いのシルヴィーのようだ。本当はマチュー親父の女房をねらっているようだが、マチュー親父がしっかりと見張っているもんだから、さすがに手を出せないらしい。そんなわけだから、最近じゃ、普段にも輪をかけて、むっつりした顔をしているのさ。それでも、あのとおり、見た目はいいからね。身ぎれいにしているし、品がいいところもあるから、女どもはあの男に夢中になって、きゃあきゃあ言っているよ」

その間に、私たちは天守閣をぐるっとまわって、城館の裏手に入っていた。そして、建物の左翼から右翼に向かってまっすぐに行ったところで、見覚えのある場所に来た。マチルド嬢の寝室の窓の下だ。ルールタビーユが窓を指して言った。

「三日前の夜中の一時に、僕はこの壁にはしごをかけて、あの窓から中に忍びこんだんだ。その時の姿を見せられなくて、ちょっと残念だよ」

そんなことがあったのかと、私はちょっとびっくりした。だが、そんな私にはおかまいなしに、ルールタビーユは、「城館の外側の造りがどうなっているかよく見ておいてくれ」と言った。そうして、最後に建物の右翼の端まで来ると、そこには高い城壁があって行きどまりなので、結局、また左翼の天守閣をぐるっとまわって城館に戻った。

「さて今度は、二階にあがろう。建物の右翼の側に……。それは僕が部屋を借りているほうの側だ」

ここで読者には、この建物がどういう配置になっているのか簡単に理解できるように、城館の右翼の側の二階の平面図を示しておこう。これは三日前の晩に起きた不思議な事件の翌日に、ルールタビーユが手帳に描いた図を書きうつしたものだ。これを見れば、このあとで説明するその出来事の状況が——そして、またそれがどんなに奇妙なことかがわかっていただけると思う。

玄関を入ると、ルールタビーユは、自分のあとをついて正面の大階段をのぼってくるように言った。この階段は踊り場で折り返す時に二つに分かれていて、二階にあがると、その部分も小さな踊り場になっていた。この踊り場の前は左右に走る廊下になっていて、右に行くと建物の右翼側、左に行くと建物の左翼側に行くことができた。廊下は城館を真横に貫くように通っているので、これによって建物の端から端に行くこともできた（ただし、厳密に言うと、左翼側の突きあたりは部屋になっているので、ほぼ端から端である）。廊下の天井は高く、幅もかなり広い。また、窓は建物の正面の側にあって、光はそこから採りこんでいた。方角的に言うと、これは建物の北側にあたる。廊下の南側には部屋が並んでいて、その部屋はいずれも南側に窓がついている。つまり、部屋に入るにはこの廊下に面した扉から入る必要があるのだ。

階段をあがってこの廊下に出ると、そのすぐ左手がスタンガーソン博士の部屋、そして、すぐ右手がマチルド嬢の部屋になっている。私たちはその廊下を右に行き、建物の右翼側に

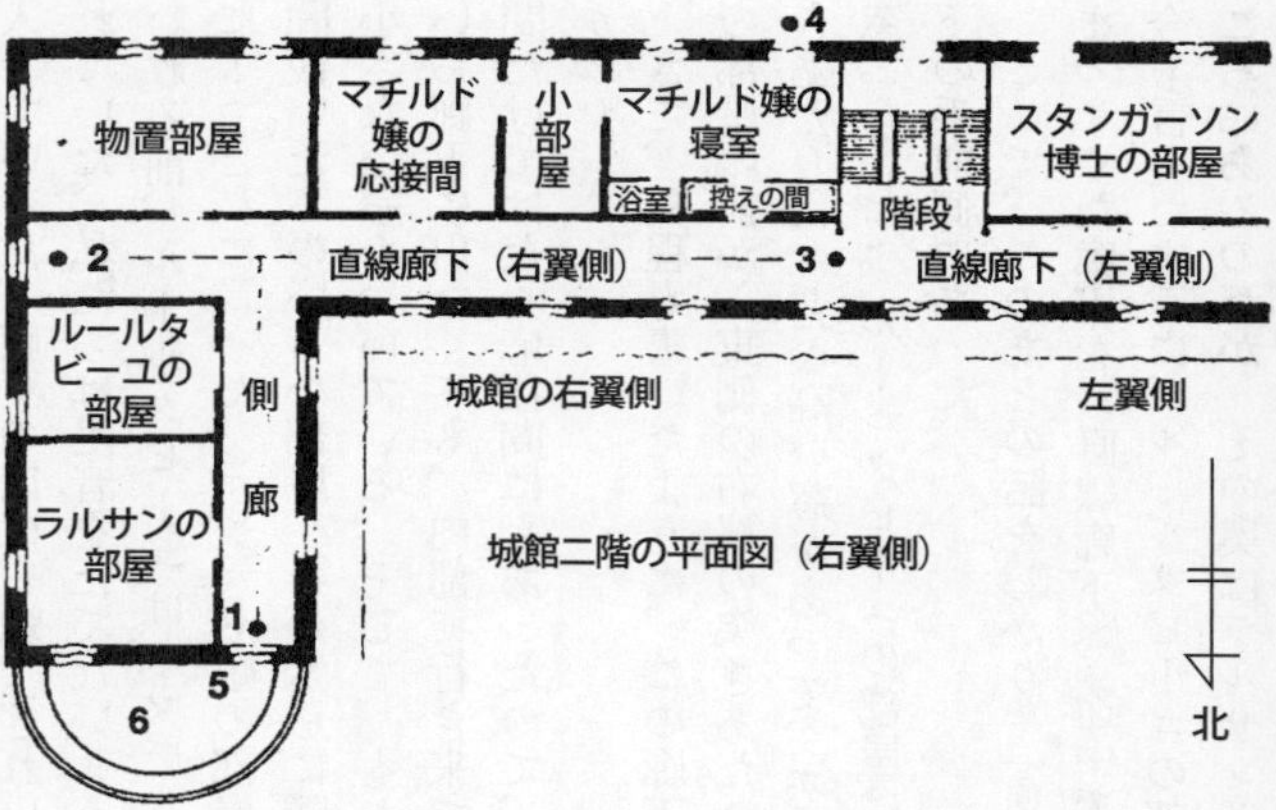

1：ルールタビーユが、フレデリック・ラルサンを立たせておいた場所
2：ルールタビーユが、ジャック爺さんを立たせておいた場所
3：ルールタビーユが、スタンガーソン博士を立たせておいた場所
4：ルールタビーユが入った窓
5：自室からルールタビーユが飛びでた時に、この窓は開いていた。それに気がついてルールタビーユは閉めた。またこの時、ほかの窓や扉は全部閉まっていた
6：一階部分だけが半円形に張りだした部屋で、屋上がテラスになっている

入っていった。廊下の床は、蠟《ろう》できれいに磨きあげられ、その真ん中に幅の狭い絨毯《じゅうたん》が敷かれていた。私たちは足音をたてないように、その絨毯の上を歩いていった。廊下に足を踏みいれる前、ルールタビーユは「マチルド嬢の部屋の前を通る時は、特に静かに歩くように！」と私に言った。マチルド嬢の部屋は、寝室とその手前に控えの間があり、その隣が小間使いたちのいる小部屋、そのさらに隣に応接間があるという造りになっていた。寝室には小さな浴室もついている。そして、もちろん、寝室と小間使いのいる小部屋、応接間はいちいち廊下に出なくても、内部で行き来できるようになっていた。ただし、入口の扉は控えの間だけではなく応接間にもあったので、廊下に出入りするにはそのどちらかの扉を使えばよかった。

さて、先程も書いたように、この廊下は城館のほぼ端から端まで——つまり、西側の左翼の部屋の前から東側の右翼の突きあたりまでまっすぐに建物を貫いているのだが、東側の突きあたりには背の高い窓があって、そこからも外の光が入るようになっていた（図面2の窓）。そして、ルールタビーユの部屋はこのまっすぐな廊下から、途中で左に折れた短い廊下の手前側にあった。

ここで、このあとの話をわかりやすくするために、階段をあがった踊り場から左右に続くまっすぐな廊下を〈直線廊下〉、途中で直角に左に折れた廊下を〈側廊〉と呼ぶことにする。今も言ったように、ルールタビーユの部屋は〈直線廊下〉から〈側廊〉に曲がったすぐのところにあるのだが、その奥はラルサンが使っている部屋になっていた。つまり、この二つの部屋の出入口の扉だけが〈側廊〉に面していて、マチルド嬢やスタンガーソン博士の部屋の扉は〈直線廊下〉に面していることになる。

自分の部屋の扉の前まで来ると、ルールタビーユは鍵を開けて、私を中に招じいれた。それから、すぐに扉を閉めて、鍵もかけた。私は室内を眺めた。だが、部屋の様子をじっくりと確かめる前に、ルールタビーユが声をあげた。見ると、ベッドのそばにあった小さな円卓を指さしている。その上には、鼻眼鏡がひとつ置かれていた。

「いったい、これはなんだ？」ルールタビーユは不思議そうな声を出した。「この鼻眼鏡は僕の部屋に何をしにきたんだ？」

そう言われても、私には答えようがなかった。

「いや、あるいは……。そうか、もしかしたら、この鼻眼鏡が〈僕が探していたもの〉なのか。だとすると……。ちょっと待て！　こいつは老眼鏡になっているのか？」

その言葉とともに、ルールタビーユは文字どおり、その鼻眼鏡に飛びかかった。指でレンズの凹凸を確かめる。それから、ちょっと狼狽したように、私を見つめた。

「まさか、本当にそんなことがあるなんて！」

そう言うと、ルールタビーユは鼻眼鏡を手にしたまま、黙りこんだ。まるで、自分の頭に浮かんだ考えに打ちのめされてしまったかのようだ。そうして、「まさか、本当にそんなことがあるなんて！」と繰り返していた。

やがて、ルールタビーユは私の肩に手を置いて、奇妙な笑い声をたてると、もうどうにでもなれというように言った。

「この鼻眼鏡のせいで、僕は頭がおかしくなりそうだよ。これは〈引き算〉としては成りたっても、〈人情〉としては成りたたないことなんだから……。けれども……」

その時、扉が小さく叩かれた。ルールタビーユが細めに扉を開けると、そこにはひとりの女がいた。その女が誰だかわかった時、私は驚きを隠すことができなかった。それは門番の細君だったのだ。以前、私はこの細君が実験室での尋問——つまり、例の〈話しあい〉に連れていかれるのを見たことがある。そのあとは、パリに戻ってきてしまったので、まだ監禁されたままだと思いこんでいたのだ。門番の細君は、低い声でルールタビーユにささやいた。

「お嬢さまの寝室の床の羽目板の隙間にはさまるようにしてありました。掃除をした時に見つけたんです」

その言葉に、ルールタビーユが「ありがとう」と答えると、細君はすぐに立ち去った。ルールタビーユのほうは、扉をしっかり閉めると、興奮した顔つきで、私を振りかえった。そして、また意味のわからない言葉を繰り返した。

「〈引き算〉として成りたつのなら、〈人情〉として成りたたなくても、可能性がないわけではないということだ。だが、もしそうだとすると、これは身の毛のよだつ事件だぞ！　いずれにせよ、その答えはこの鼻眼鏡にあることになる」

私はルールタビーユに質問した。

「門番夫婦は、監禁を解かれたんだね？」

「ああ。僕がそうなるように、取りはからったんだよ。手足になって働いてくれる人が欲しかったんでね。その目論見はうまくいったよ。今、見たとおり、細君のほうは僕にできないことをなんでもやってくれるし、旦那のほうは僕のためなら命だって投げだしかねない。門番夫婦を釈放させておいてよかったよ、この鼻眼鏡が老眼鏡になっているなら、この館で僕のために命を投げだして働いてくれる人が必要だということだからね」

「なかなか大事《おおごと》だね。で、旦那のほうには、いつ命を投げだしてもらうんだい？」

「今夜だよ！　実は犯人は今夜、この城館に姿を現すはずなんだ」

「なんだって！　犯人が今夜、この城館に姿を現すだって？　犯人が姿を現す？　ということは、君は犯人が誰か知っているのか？」

「ああ。だけど、『犯人が誰か知っている』だなんて、口にするだけで頭がおかしくなりそうだよ。〈引き算〉からすれば、犯人はその人物しかいない。でも、それは身の毛のよだつことなんだよ。僕は、どうかその答えが間違っていてほしいと本気で願うよ。本当に、心の底から切実にね」

「それにしても、さっきまで犯人は誰か確信を持てないと言っていたのに、どうして今夜やってくるはずだと言えるんだい？」

「犯人が誰かにかかわらず、現れるなら今夜だからさ」

そう言うと、ルールタビーユはやおらパイプに煙草を詰めだした。まだるっこしいくらい、ゆっくりとした仕草だ。そうして、マッチを取りだすと、煙草に火をつけた。

ルールタビーユがこうしてパイプに火をつける時は、そのあとに必ず興味深い話が切りだされる。私はそれを待った。だが、その時、誰かが廊下を歩いてくる音がした。その足音は私たちのいる部屋の前を通った。ルールタビーユは耳をそばだてていた。やがて足音は遠ざかっていった。

「ラルサンは今、この館にいるのか？」私は隣の部屋を顎で示した。

「いや、いないよ。今朝、パリに行ったはずだ。ダルザック氏が今朝、パリに戻ったからね。そのあとを追っていったはずだ。ラルサンはあいかわらず、ダルザック氏を犯人だと決めつけているんだ。さっきも言ったように、状況はますます悪い方向にいっている。このままだと、あと一週間もしないうちに、ダルザック氏は逮捕されてしまうだろう。なにしろ、ダルザック氏が犯人だとあらゆることが示唆しているように見えるからね。それこそ一時間ごとに、ダルザック氏に不利な証拠がもたらされたり、都合の悪い事実が出てくるんだ。捜査関係者の心証もだんだん悪くなってきている。予審判事もすっかりまいってしまってね。ダルザック氏に関する悪い情報をすべて鵜呑《うの》みにしている。まあ、それもわかるけどね。そうならないためには……」

「でも、ラルサンがダルザック氏を犯人だと考えているなら……。ラルサンだって、昨日や今日、刑事になったわけじゃないんだから……。むしろ名刑事として知られているくらいだろう？」

「僕だって、そう思っていたさ」ルールタビーユは口をとがらせて言った。「僕はあの人を尊敬していたよ。なにしろ、ほかの刑事が投げだした難しい事件を次々と解決していくんだからね。でも、それはあの人の捜査方法を知らなかったからだ。それが今度の捜査の仕方を見ると……。まったく、あんなのは捜査だなんて言えたものじゃない。最悪だよ。名刑事だって？　そんな評判がたったのは、単に場数を踏んで、たまたま難しい事件を解決することができたっていう、それだけの理由からだ。そう、哲学がないんだ。あの人のやり方には哲学がない。あの人は数学のように体系的に物を考えることができないんだ。それなのに……」

私はびっくりしてルールタビーユを見つめた。なにしろ、わずか十八歳の少年が五十歳にもなる老練な刑事をつかまえて、無能扱いしているのだ。だが、ラルサンと言えば、その手腕によって、ヨーロッパ中に名を知られた刑事ではないか！　そう思うと、私は思わず苦笑した。すると、さっそくそれを見とがめて、ルールタビーユが言った。

「笑っているな。だが、僕の言うことは間違っていない。僕は誓うよ。僕はあの人を負かしてやるんだ。それも世間がびっくりするような形で……。だが、そのためにはのんびりしている暇はない。あの人はもう自分のやりたい方向でしっかり手を打っているからね。ダルザック氏を逮捕する方向で……。それに対して、僕はかなり遅れをとっている。それも、当のダルザック氏のせいでね。今夜もまたダルザック氏のせいで、あの人に差をつけられるかもしれない。ねえ、考えてみてくれないか？　犯人がこの城に現れるたびに、ダルザック氏は城にいないんだ。そして、どこで何をしていたか答えられない……」

「犯人がこの城に現れるたびにって、〈黄色い部屋〉の事件のあと、犯人はまたこの城に来たっていうのか?」私は叫んだ。

「ああ、三日前の夜にね。それがさっき言った、〈黄色い部屋の謎〉以上に謎の事件なんだ」ルールタビーユは言った。

そこで、私はその三日前の晩に起きたという、〈黄色い部屋の謎〉以上に謎の事件について、ようやく知ることができるようになった。なにしろ、ルールタビーユときたら、その事件のことはほのめかすばかりで、私が到着してから三十分は話してくれていなかったのだ。だが、私はこれまで急かさなかった。ルールタビーユが話をするのは、本当に必要な時か、そうじゃなければ自分が話したいと思った時だと、今までの経験でよく知っていたからだ。ルールタビーユは話したい時に話す。それも、私の聞きたいことを話すのではなく、事件の概要を自分が興味を持っていることを中心にまとめなおす形で——いわば自分のために話すのだ。

この時も、ルールタビーユはそういったやり方で、その奇妙な出来事について、手短に話してくれた。それを聞いて、あまりの不思議さに、私はぽかんと口をあけてしまった。というのも、なんとその晩、ルールタビーユたちが四人で現場を見張っていたにもかかわらず、犯人の体が〈物質的〉に消えてしまったというのだ。これはかの〈催眠術〉より不思議な現象だった。いや、ここでわざわざ〈催眠術〉を持ちだしたのは、〈電気〉と同じく、催眠術がまだ科学的には十分解明されておらず、自然の法則からは外《はず》れているように思えたからだ。

つまり、犯人が〈物質的〉――つまり、〈肉体的〉に消滅してしまったということは、自然の法則から外れた、いわば〈説明できないもの〉としてしか説明できないような気がしたのだ。

だが、それでも私にルールタビーユのような頭脳があったら、〈説明できないもの〉の後ろに、〈説明できるもの〉の存在を感じることができたかもしれない。今、振りかえってみると、このグランディエの城で起きた一連の出来事の中で、一番興味深かったのは、この〈説明できないもの〉をルールタビーユが自然の法則に合うように、理性をもってきわめて論理的に説明してしまったということだ。

しかし、ルールタビーユのような頭脳を持っている人間はあとにも先にもひとりもいない。自分がそうだなどと言える人間は決して存在しないだろう。それは額《ひたい》を見ればわかる。だいたい、私はルールタビーユほど額の張りだしている人間を見たことがない。あえて言えば、フレデリック・ラルサンがそうだと言えたが、ラルサンの場合はある程度、注意をして見なければわからない。だが、ルールタビーユの場合は、誰が見ても不自然なほど張りだしているのだ。

さて、それではこれから、第二の事件とも言える、その奇妙な出来事を紹介しよう。そのためには、事件の翌日に、ルールタビーユが手帳に記した文章をそのままお読みいただくのがいいと思う。この手帳は、事件が終わったあとに、ほかのさまざまな書類とともに、ルールタビーユが私にくれたものだ。そこには、〈犯人の肉体が物質的に消滅する〉までの経緯が、こと細かに書かれていた。このような話を語るのに、私は余計なことを加えず、ただ真実だけを伝えたい。だから、私の文章でルールタビーユから聞いた話をまとめるより、ルールタビーユの手帳に直接語ってもらったほうがよいように思われるのだ。

第十五章　罠

ルールタビーユの手帳から引用

昨夜、つまり十月二十九日から三十日にかけての深夜、僕はふと目が覚めた。時計を見ると夜中の一時ぐらいだった。眠りが浅かったのか、それとも外で物音がしたのか……。実際、庭園の奥から、〈神さまのしもべ〉の鳴き声が聞こえてきた。不吉な鳴き声だ。僕はベッドから起きあがって、窓を開けた。風は冷たく、雨も降っていた。真っ暗で何も見えず、辺りはしんと静まり返っていた。僕は窓を閉めた。だが、そこでまた猫の鳴き声が聞こえてきたので、僕は手早くズボンを穿いて、上着をはおった。こんなに雨が降っているというのに、猫を外に出したままにしておくはずがない。ということは、誰かが城のすぐそばで、アジュヌー婆さんの猫の鳴き真似をしているのではないだろうか？　そう思ったのだ。僕は部屋に用意しておいた太い棍棒だけを手に、音をたてないようそっと部屋の扉を開けた。

廊下に出ると、そこには反射鏡のついたガス・ランプがあって、廊下全体を照らしている。だが、その炎はまるで風に吹かれているように、ゆらゆらと揺れていた。その瞬間、首筋に冷たい空気があたるのを感じたので、後ろを見ると、背後にある窓が開いていた。僕とラルサンの部屋がある〈側廊〉の突きあたりにある窓だ。ちなみに、この窓を背にして、〈側廊〉を少し行くと、城館を東西に走る長い〈直線廊下〉に出る。マチルド嬢の部屋はこの〈直線廊下〉沿いにある。

それにしても、なぜ窓が開けっ放しなのだろう？　僕は思った。誰かがここから出ていったのか？　僕はあと戻りして、窓に近寄った。窓から顔を出すと、すぐに真下の様子が目に入った。窓の下には一階部分だけが半円形に張りだした部屋があって、その部屋の屋根にあたる部分は屋上テラスになっている。窓からそのテラスまでは一メートルほどだ。このぐらいの高さならば、窓からテラスに飛びおりることも難しくない。さらにはそのテラスから城館前の広場に降りることもできる。もし、そうやってここから出て行った人間がいたとしたら、その人は玄関の鍵を持っていなかったことになる。僕は考えた。だが、どうして窓が開いていただけで、誰かがここから出ていったなどと想像してしまったのだろう？　窓が開いていたのは、ただ使用人が閉めわすれただけだと考えるほうが普通だろうに……。閉めわすれた窓を見ただけで、そんなドラマチックな出来事を想像してしまった自分に苦笑しながら、僕は窓を閉めた。と、そこでもう一度〈神さまのしもべ〉の鳴き声が聞こえ、すぐにまた静かになった。さっきまで窓を叩くように降っていた雨はいつのまにかやみ、月が出ていた。

城館は寝静まっていた。

僕は足音を忍ばせて、〈側廊〉の絨毯を〈直線廊下〉の近くまで歩いた。だが、すぐには〈直線廊下〉に足を踏みいれず、顔だけそっと前に出して、〈直線廊下〉の様子をうかがった。反射鏡のついたガス・ランプはこの〈直線廊下〉にも設置されている。そのランプの明かりで、肘掛け椅子が三脚、壁際に置かれているのと、絵画が数点、壁にかかっているのがぼんやりと見えた。

僕はなぜこんなことをしているのか、自分でもよくわからなくなった。確かに猫の鳴き声はしたが、だからと言って、僕が様子を見に、外に出るまでのこともない。おそらく城館の住人はもうとっくにやすんでいるのだろう。中は静まり返っていた。怪しいことはひとつもなかったのだ。それなのに、どんな本能が働いたのか、僕はマチルド嬢の寝室に意識が向かっていた。何かがしきりに、「マチルド嬢の寝室に行くんだ」と叫んでいたのだ。そこで、ふと足元の絨毯を見た時、その理由の一端がわかった。そこにはすでに誰かの足跡があって、その足跡がマチルド嬢の部屋まで続いていたのだ。僕は無意識のうちに、その足跡を追っていたのだ。が、その時、僕は恐ろしいことに気づいた。絨毯に残っていた足跡は、あの〈細身の足跡〉だったのだ。そう、〈犯人の足跡〉だ！　僕は背中に冷たいものが走るのを感じた。そして、思った。あの開けっ放しになっていた窓から屋上テラスに入れるのであれば、その逆も可能だろう。つまり、犯人が外から侵入したのだと……。

いや、侵入しただけではなく、犯人はまだ城館の中にいる。僕は確信した。なぜなら、足跡は窓のほうに戻ってきていなかったからだ。犯人はおそらく、〈側廊〉の突きあたりにある窓からこの城館の二階に入ってきて、ラルサンの部屋の前、そして僕の部屋の前を通りすぎた。それから、〈直線廊下〉を右に曲がり、マチルド嬢の部屋に入ったのだ。足跡を追って、僕はマチルド嬢の応接間の扉の前は通りすぎ、控えの間の扉の前まで行った。扉はわずかに開いていた。僕は音をたてないようにそっと扉を押して、控えの間に体をすべりこませた。すると、その先の寝室に続くドアの下の隙間から、明かりが漏れているのに気づいた。僕は耳をそばだてた。だが、何も聞こえなかった。それこそ、息をする音もしない。この扉の向こうでは、いったい何が起きているのだろう？ 僕は知りたくてたまらなくなった。鍵穴をのぞきこむと、鍵はかけられた上で、向こう側の鍵穴に差しこまれているのがわかった。僕は自問した。〈犯人はおそらく、今、この向こうの寝室にいるのだろう。このままそこにいてくれるか、それとも逃げだしてしまうかは、僕次第だ。絶対に判断を誤ってはならない。だが、この寝室の様子を確かめるにはどうすればいいのだろう？ このドアには鍵がかかっているので入れない。ならば、いったん廊下に出て、応接間の扉から入り、小間使いたちが使っている小部屋を通って、寝室に入りこもうか？ いや、だめだ。それだと犯人は、今僕がいる、この扉から廊下に逃げていってしまうだろう〉

僕はさらに考えた。

〈今夜はまだ犯行は行なわれていないはずだ。そうでなければ、小間使いのいる部屋が静かなことが説明できない。そこには、小間使いのシルヴィーと、その母親でやはり小間使いをしている女性が、マチルド嬢が回復するまで、看護のために、常時詰めている。どうしよう？ 犯人は間違いなく、マチルド嬢の寝室にいる。応接間からまわって、僕がこの寝室に飛びこんだら、犯人には逃走されてしまうだろうが、少なくとも、マチルド嬢に危害が及ぶのは防ぐことができる。だが、もしかしたら、犯人の狙いは、マチルド嬢に危害を加えることではないかもしれない。だいたい、マチルド嬢の寝室のドアは誰が開けたのか？　そして、控えの間の扉は？　犯人がマチルド嬢の寝室にいる以上、誰かが鍵を開けたにちがいない。マチルド嬢は、毎晩、しっかりと内側から鍵をかけて、小間使いたちとともに、部屋に閉じこもってしまうというのだから……。では、誰が？　小間使いのうちのひとりか？　それは考えられない。二人はマチルド嬢に対して忠実だというし、そもそも、小部屋でやすんでいるので、控えの間の扉を開けるには、一度寝室に入り、それから寝室のドアの鍵を開けなければならないのだ。マチルド嬢に無断で、そんなことができるはずがない。

ダルザック氏によると、マチルド嬢は事件のあとから、体は快方に向かっているものの、心のほうが不安定だという。強い不安が消えなくて、ものすごく警戒心が高まっているらしい。部屋からは一歩も外に出ていないようだし、部屋のなかにいて、寝室や応接間を行ったり来たりする時も、身のまわりの安全にはことのほか気を使っていて、その警戒ぶりはダルザック氏でさえ驚いたということだ。したがって、たとえ小間使いでも、そう簡単に他人を中に入れられるはずがない〉

そこまで考えた時、僕はまたあることを思いついた。

〈《黄色い部屋》の事件が起こった時、マチルド嬢はいつか犯人が来ると予想していて、待ちうけていたと思われる。だからこそ、ジャック爺さんの拳銃を借用して、ナイト・テーブルの引出しにしまっていたのだ。すると、今夜もまたそうなのだろうか？　犯人が来るのを待ちうけて――いや、まさか犯人のために控えの間の鍵を開け、そして寝室のドアを開けたのは、マチルド嬢なのか？　もちろん、マチルド嬢は犯人を恐れて、犯人など来ないほうがいいと思っているにちがいない。だが、もし犯人が来てしまった場合は、扉を開けてやる理由――もっと言えば、開けざるを得ない理由があるのかもしれない。だとしたら、これはなんという恐ろしい《逢引き》だろうか？　いや、もちろん、《逢引き》などとは言えない。《逢引き》とは愛しあっている者同士ですることだからだ。そして、僕はマチルド嬢が、ダルザック氏のことを心から愛していることをよく知っている……〉

僕はほんのわずかな間に、これだけのことを考えた。考えは暗闇の中の稲妻のように、一瞬にして僕の脳裏をよぎったのだ。そして、また僕は考えを続けた。

〈ああ、このドアの向こうで、何が起きているのか知りたい！　だが、今、このドアの向こうが静かだということは、このままにしておいたほうがいいにちがいない。下手に僕が介入したら、むしろ状況が悪くなることだって、あり得るのだから……。確かに、今、この寝室に飛びこんだら、中で何が起きているか知れるだろう。だが、それによって、本来は起こらなかったはずの犯罪が引きおこされるかもしれないのだ。だから、中の様子を知るためには、犯人に見つからない方法を考えるしかない。なんとか、その方法が見つけられないだろうか？〉

そう心の中でつぶやきながら、僕はいったん控えの間を出た。それから、中央の階段に向かい、そこを降りていった。その先は玄関ホールだ。僕はなるべく音をたてないようにしながら、それでも急ぎ足で、〈黄色い部屋〉の事件のあと、ジャック爺さんが寝室にしている、一階の小さな部屋に向かった。すると驚いたことに、そこにはちゃんと着替えをしたジャック爺さんがいた。爺さんは興奮したように、ぎょろりと目をむきだしていて、僕がやってきたことにもまったく驚いていなかった。自分が見かけたものを僕も見て、それでやってきたと思ったというのだ。話を聞くと、ジャック爺さんはこう説明した。

「実は〈神さまのしもべ〉の鳴き声で目が覚めまして……。そしたら、庭園のほうで足音がして、そいつがこの部屋の前を通っていくのがわかったんです。そこで、起きあがって、窓の外をのぞいてみたら、黒い影が通りすぎるのが見えまして……。ええ、つい今しがたのことですよ」

僕は爺さんに、武器を持っているかどうか尋ねた。すると、予審判事に例の拳銃を持っていかれたので、今は何も持っていないという答えが返ってきた。僕たちは城館の裏口から庭園に出ると、館の壁に沿うようにして、マチルド嬢の寝室の真下まで行った。僕はジャック爺さんには、その壁のところでじっとしているようにと言って、僕自身は城館から少し離れたところから、窓の様子をうかがうことにした。幸い、月は雲で隠れていたが、窓からは細く明かりが洩れていたので、その明かりの中に入らないよう注意した。

〈だが、どうして窓が開いているのだろう?〉僕は考えた。〈誰かが部屋に入ってきた時のために、犯人が用心して開けておいたのだろうか? 窓からすばやく逃げだせるように……。ああ、まったく! 犯人がこの窓から飛びだしてきてくれたら、その首をとっつかまえる、絶好の機会になるだろうに！　だが、この高さでは、ロープでも使わないかぎり、窓から出ることはできないだろう。いや、犯人はロープを持ってきているかもしれない。向こうは周到に準備をしてきているはずなのだから……。ああ、せめて室内の様子だけでも知ることができないものか！　あの中ではいったい何が話されているのだろう？　この間とはちがって、窓の外までは聞こえてこない。そうだ！〉

僕はジャック爺さんのもとに戻ると、耳元で「はしご」とささやいた。もちろん、最初はこの間のように、白樺の木に登ることも考えたのだが、今回は窓が細めに開かれていただけだったので、中がよく見えない恐れがあった。それに、僕はなるべく近くに行って、できれば犯人とマチルド嬢が話をしていることも耳にしたかった。

ジャック爺さんは興奮のあまり体をぶるぶる震わせていたが、すぐにはしごを取りにいった。だが、まもなく、天守閣のある左翼の端に現れると、こっちに来てくれと手を振って、合図をした。はしごは持っていなかった。そこで、僕は呼ばれたほうに向かった。

僕が左翼の端まで行くと、ジャック爺さんは天守閣をまわって、建物の正面側に出た。そうして、天守閣の入口まで来ると言った。

「はしごは天守閣の地下にしまってあるんです。庭師と相談して、そこに置くことに決めているもんですから……。ところが、ここまで来てみると、扉が開いていて、地下を探しても、はしごがないんです。おかしいなと思って、一度、外に出て、辺りを見まわしていたら、ちょうど月が出てきまして……。その月明かりで、はしごが見えたんですよ。ほら、あそこに！」

そう言うと、ジャック爺さんは城館の反対側の端を指さした。館の右翼が前にせりだしているところだ。そこには一階部分だけが半円形に張りだした部屋がある。例の開けっ放しになっていた、〈側廊〉の突きあたりの窓の下の部屋――屋上がテラスになっている部屋だ。はしごはその屋上テラスの軒下にかけてあった。窓から見た時には、テラスが邪魔して、はしごは見えなかったのだ。だが、いずれにせよ、そこにはしごをかけてしまえば、二階の廊下に入るのは簡単だった。犯人はその経路をとったにちがいなかった。

僕とジャック爺さんは、はしごのところに駆けよった。その時、爺さんがはしごをたてかけてある部屋の扉が小さく開いているのに気づいた。その扉を少し押して、隙間から中をのぞきこむと、爺さんは声をひそめて言った。

「あの男がいません！」

「誰です？」

「森番ですよ」ジャック爺さんは僕の耳に口を寄せた。「ご存じなかったですか。今は天守閣を修繕しているので、あの男はここを寝室にしているんですよ」

それから、ちょっと意味ありげに、部屋の扉とはしご、それから屋上テラスとそのうえの窓を指さした。僕がマチルド嬢の部屋に行く前に、閉めた窓だ。

ジャック爺さんの言葉を聞いて、それから意味ありげな仕草を見た時、僕はおそらく何も考えていなかった。考えるというよりは、一瞬のうちに何かを感じとったと言ったほうがいい。それほど、短い間のことだったのだ。

僕が感じとったのは、まずマチルド嬢の部屋にいるのが森番だとしたら、森番はここにはしごをかけて、〈側廊〉の窓から入るしかないということだ。というのも、今、森番が寝泊まりしているこの小さな部屋の奥は給仕頭と料理女をつとめる夫婦の住まいとなっており、その先には厨房もあるので、この小さな部屋から直接、城館に入ることはできないのだ。中央の大階段にも行くことができない。それはまたこういうことも意味する。もしこのはしごを登っていったのが森番だとしたら、昼間のうちになんらかの口実をもうけて城館に入り、二階に登って〈側廊〉の突きあたりの窓を内側から開けておく必要がある。それも、その両開きの窓が、中からは閉まっているように見えて、外から押せば簡単に開くような細工をして……。もっとも、僕が森番を疑う理由は屋上テラスにはしごがかかっていたことと、この時、森番が部屋にいなかったことだけだから、〈森番だとしたら〉という考えがちらっと横切っただけだった。次に感じとったことは、いずれにせよ、夜の間に誰にも知られず、城館に入りこむのに、あらかじめ窓に細工をしておく必要があるなら、容疑者はこの城で働いている者だということになる。この城に住んでいない者には、あらかじめそのような細工をすることができないからだ。これは容疑者の範囲を絞るのに役立つ。そんなふうな考えが通りすぎた時、第三の〈感じ〉が訪れた。もし、犯人がこの城で働く者でないなら、共犯者がいなければならない。だが、僕は共犯者がいるとは考えていない。そう思った時、最後の〈感じ〉がやってきた。共犯者がいるとしたら、マチルド嬢だけだ。犯人があの窓から入れるように、あらかじめ窓に細工をしておいたとしたら、それはマチルド嬢でしかない。だが、もしそうなら、マチルド嬢は犯人にどれほど恐ろしい秘密を握られているというのだ？　犯人がわざわざ自分のもとにやってこられるように、前もって障害を取りのぞいてやるなんて！

そういったことを一瞬の間《ま》に感じとると、僕はジャック爺さんと一緒にはしごをはずし、それをかついでまた城館の裏側にまわった。本当なら、この半円形の部屋をぐるっとまわって、建物の裏側に行けたら一番よいのだが、あいにく右翼の側は高い城壁によって行きどまりになっているので、直接裏手にまわることができない。しかたなく、僕とジャック爺さんは今、来た道を引き返し、左翼にある天守閣をぐるっとまわって、ようやくマチルド嬢の部屋の下に戻った。

マチルド嬢の部屋の窓は、開けられたままになっていた。カーテンは引かれていたが、しっかりと閉められていなかったので、その隙間から一筋の光がこちら側へ差しこんでいて、芝生の上にいる僕たちの足元を照らしていた。その窓の下に、僕ははしごを立てかけた。音はたてなかったと思う。ジャック爺さんにはしごの下にいてもらうように頼むと、僕は棍棒を手に、はしごをそっとのぼっていった。息をひそめながら慎重に……。片足を注意深くあげては、静かに次の段におろして……。その時、急にまた大きな黒雲が流れてきて、にわか雨が降りはじめてきたので、僕は〈ついているぞ！〉と思った。だが、そこで、あの〈神さまのしもべ〉の不吉な鳴き声が聞こえたので、はしごの中程でどきっとして、思わず足を止めた。いや、〈神さまのしもべ〉が怖かったのではなく、その鳴き声が、なんだか僕の後方、数メートルの辺りからあがったような感じがしたのだ。

〈もしこれが、中にいる犯人への合図だったとしたら？〉

　僕は思った。そして、あせる気持ちの中で、こんなことを考えた。

〈外で見張っていた犯人の共犯者がはしごをあがっていく僕の姿に気づいたのかもしれない。この合図を聞いて、犯人が窓際にくるかもしれない！　いや、そのようだ！　なんてこった。犯人は本当に窓際に来たようだぞ。頭上に誰かがいる気配がする。息づかいも聞こえる。だが、ここで顔をあげるわけにはいかない。頭をちょっとでも動かしただけでも、気づかれてしまうからだ。でも、雨も降りだしたこんな夜に、わざわざ窓のところまで来て、下をのぞくだろうか？　犯人は窓際まで来ているのか？　いるなら、僕に気づいたろうか？〉

と、その時、足音が遠ざかっていくのが聞こえた。いや、聞こえたというより、遠ざかっていく気配を感じたと言ったほうが正しいかもしれない。いずれにせよ、犯人は窓際まで来ていた。だが、僕には気がつかなかったのだ。僕はほっとして、またはしごをのぼりはじめた。そうして、頭がようやく窓の框《かまち》のところまで来ると、そろそろと首を伸ばして、カーテンの隙間から中をのぞきこんだ。そして、僕は犯人の姿を見たのだ。

　犯人はマチルド嬢の小さな机に向かって座っていた。こちらに背を向けていたので、顔はわからなかったが、何かを書いていたように見えた。すぐ近くにはろうそくがあり、その明かりが壁に犯人の影を映していた。その影を見て、僕は犯人の目鼻立ちを類推できないかと思ったが無駄だった。犯人はろうそくのほうに身をかがめていたので、影はかなり歪んでいたからだ。だから、僕にわかったのは、犯人が背中を丸めて、何か書いているということだけだった。その後ろ姿からして、犯人は男だった。

この時、僕はあることに気づいて、あっと驚いた。部屋の中にはマチルド嬢がいなかったのだ。ベッドに寝ていた形跡もなかった。

〈じゃあ、マチルド嬢はどこにいるのだろう？〉僕は思った。〈隣の小部屋で小間使いたちと一緒にやすんでいるのか？　おそらくそうなのだろう。どういう理由でそうなっているのかは知らないが、犯人がひとりでいるのはもっけの幸いだ。こちらはマチルド嬢の身の安全を心配することなく、事にあたることができる〉

そこまで考えて、僕はあらためて疑問に思った。

〈それにしても、今、目の前にいるこの男は誰なんだ？　まるで自分の家にいるかのように、机にむかって書きものをしているではないか！　もし僕がたまたま廊下に《犯人の足跡》を見つけていなかったら——あの窓が開けっ放しになっていなかったら——その窓の下に立てかけたはしごを見つけていなかったら、そうしたら僕はきっと、男がこの部屋でこうしているのは別にあたりまえのことであり、僕がまだ知らないだけで、男がここにいる当然の理由が普通にあるのかもしれない、そう思わされたことだろう。そのぐらい男の態度は堂々としていた。それでも、この男が《黄色い部屋》の事件の犯人にちがいないのだ。マチルド嬢がその名前を知っているにもかかわらず告発することができず、犯人の言うままになっている——マチルド嬢をそんなふうにさせている卑劣な男なのだ。ああ！　顔さえ見えたら……。

この窓から飛びこみ、不意をついて襲うというのはどうだろう？　この場でひっとらえるというのは……〉

僕は考えた。だが、結局、すぐに行動に移すことはしなかった。

〈もしここで、窓から飛びこんだとしても、その間に男は控えの間の扉から廊下に逃げてしまうだろう。いや、すぐ右手にある小部屋を通って、応接間に入ってしまうかもしれない。そこからだって、廊下に出ることができるのだから……。そうなったら、いずれの場合も、男を見失うことになる。だが、男をこのまま部屋に置いておけば……。そうしたら、あと五分もすれば、僕は男を捕まえることができる。まるで、籠の鳥を捕まえるように……。だが、それにしても、男はマチルド嬢の寝室で、いったい何をしているのだ？　何を書いているのか？　手紙か？　それだったら、誰に宛てて書いているのだ？〉

そう考えながら、僕は男を寝室に残して、はしごから降りていった。それから、はしごをはずして、地面に置いた。そうして、ジャック爺さんについてくるよう合図をして、二人で城館の玄関に戻ると、中央の大階段をあがり、ジャック爺さんには博士を起こしてもらうことにした。ただし、詳しいことは僕が説明するので、それまでは何も言わず、ただ博士の部屋で待っていてほしいと言って……。はしごの上にいる間に、僕には男を捕まえる計画ができあがっていたのだ。ジャック爺さんが博士の部屋に入ったのを見届けると、僕は〈直線廊下〉から〈側廊〉に入って、ラルサンを起こしにいった。正直に言って、あまり愉快な気分ではなかった。本当なら、眠っているラルサンの鼻先で犯人を捕まえて、手柄を独り占めしたかったからだ。だが、博士とジャック爺さんは年をとっている。僕は体が大きくないし、腕力もあるほうではない。だから、三人では心もとなかったのだ。それにひきかえ、ラルサンは刑事だ。犯人を叩きのめし、投げとばしたうえで、手錠をかけることもできる。そう考えたのだ。

僕がノックをすると、ラルサンはびっくりしたように、扉を開けた。だが、僕の話をまったく聞こうとせずに、寝ぼけ顔で追いはらおうとした。そこで、僕は「この館に、犯人の男がいるんです」と、はっきりと言わなくてはならなくなった。それを聞くと、ラルサンはダルザック氏のことをほのめかしながら、こう返事をした。

「それは変だな。犯人なら、今日の午後、パリで別れてきたんだが……」

だが、それでも手早く着替えをすませ、拳銃を手にした。僕たちは廊下に出た。

「では、犯人はどこにいるんだ？」ラルサンが尋ねた。

「マチルド嬢の寝室です」

「で、令嬢は？」

「それが寝室にはいないようなんです！　たぶん、隣の小部屋にいるのか……」

「そうか。では、さっそくその寝室に乗りこもう」

「待ってください！　そんなことをしたら、すぐに犯人に気づかれて、逃げられてしまいますよ。あそこからは、三カ所も逃げ場があるんです。控えの間から廊下に出る扉。応接間から廊下に出る扉。そして、窓……。窓は犯人がロープを用意してきていたらですが……」

「犯人が逃げようとしたら、その時は拳銃で撃ってやるさ」

「当たらなかったら？　かすっただけだったら？　そしたら、やっぱり逃げられてしまいますよ。それに向こうだって、なんらかの武器は持っているはずです。だめです。僕がやりたい方法でやらせてもらえませんか。責任はとります」

するとラルサンはゆっくりと頷いて、鷹揚《おうよう》に言った。

「そうか。じゃあ、まあ、好きにしたまえ」

そこで、僕は二つの廊下にある窓がすべてしっかりと閉められているのを確認してから、ラルサンを〈側廊〉の一番突きあたり、しばらく前に僕が開いているのに気がついた窓の前に立ってもらった。そして、言った。

「僕が呼ぶまで、決してここを離れないでください。男は追いかけられたら、百パーセントこの窓から逃げようとするはずです。なにしろ、ここから入ってきたわけですから、逃げるのにだって、この窓を使おうとするでしょう。その意味では、ここが一番危険な場所になります」

「で、君はどうするんだ？」

「僕はまたはしごを使って、男のいる寝室に飛びこみます。そうして、廊下に追いだして、なんとかあなたのほうに追いたてますよ」

「では、この拳銃を使いなさい。私にはその棍棒を……」

「ご親切に、ありがとうございます」

そう礼を言うと、僕はラルサンの拳銃を握った。このあと、たったひとりで、犯人と対決しにいかなければならないのだ。マチルド嬢の部屋にいたあの男と……。そう思うと、ラルサンが拳銃を貸してくれたのは本当にありがたかった。

ラルサンに〈側廊〉の突きあたりの窓のところ（図面の5の位置）に立ってもらうと、僕は音をたてないように、マチルド嬢の部屋の前を通りぬけ、左翼側に入ったすぐのところにあるスタンガーソン博士の部屋に入った。部屋では、博士がジャック爺さんと一緒に待っていた。ジャック爺さんは、僕が指示しておいたとおり、博士に着替えてもらっただけで、詳しいことは何も話していなかった。僕は博士に何が起きているのか、手短に説明した。すると、博士は拳銃を取りだし、しっかりとその手に握った。ちなみに、ここまでは非常に短い時間のことで、僕が机に向かう犯人の姿を見てから、十分ほどしかたっていない。スタンガーソン博士は、このまま直接、マチルド嬢の部屋に行き、犯人に飛びかかって、殺してしまいたいと言った。また、そのほうが簡単にすむと……。それに対して、僕は犯人を殺すのに失敗したら、逃がしてしまうことにもなりかねない。それだけは、避けなければならないと言った。

だが、その言葉を聞いても、博士はマチルド嬢が心配なので、すぐにでも部屋に乗りこみたいと言った。そこで、僕がマチルド嬢は寝室にいないので、危害が加わることはないと告げると、博士はいきりたつ気持ちを静め、指揮を僕に任せてくれた。僕は二人に、僕が呼びよせるか、銃声がするまで来てはいけないと念を押した。それから、まずジャック爺さんに、

〈直線廊下〉の右翼側の突きあたりにある窓の前（図面の2の位置）に立ってもらった。どうしてジャック爺さんをこの位置に配したかと言うと、おそらく犯人は、僕に追いたてられてマチルド嬢の部屋から〈直線廊下〉に出ると、右翼側に進路をとり、〈側廊〉の突きあたりの窓に向かうと考えたのだ。だが、〈直線廊下〉から〈側廊〉に曲がるところで、〈側廊〉のほうを見ると、例の開け放しておいたはずの窓の前には、ラルサンがいることに気づく。そこで、しかたなく〈側廊〉のほうに行くのをあきらめ、〈直線廊下〉をまっすぐに進んで、右翼側の突きあたりに行くと踏んだのだ。そこまで来れば、犯人は窓を開けて、下に飛びおりることができる。というのも、犯人がこの城館の造りをよく知っているなら――僕はそれに間違いはないと思っているが――この窓の下には控え壁があって、いったんそこに降りれば、そのあとで庭園に飛びおりることが可能なのだ。だから、ここにジャック爺さんを配しておけば、犯人の逃走を防げることになる――僕はそう考えたのだ。廊下のほかの窓は、下が空堀になっているので（城館の正面には空堀がはりめぐらされている）、そこから逃走するのは不可能だ。そんなところから飛びおりたら、たちまち首の骨を折ってしまうからだ。ほかの部屋の扉や窓もしっかりと施錠されていた。右翼側の一番端にある物置部屋についても、しっかりと鍵がかけられていた。

ジャック爺さんが持ち場に向かったのを見ると、僕は今度はスタンガーソン博士に、階段前の踊り場のところにいてくれるよう頼んだ。この場所はマチルド嬢の控えの間の扉から出てきたすぐ左にあたる。これまでに説明したとおり、犯人は僕に追いたてられて廊下に出るはずだが、その時は応接間の扉ではなく、控えの間の扉を使う可能性が高い。というのも、はしごを降りてから思いついたのだが、寝室にマチルド嬢がいなかったのは、犯人に会うのを避けるために、マチルド嬢が小間使いたちのいる小部屋に鍵をかけて閉じこもったせいではないだろうか？　マチルド嬢は犯人が来るのを知って、控えの間の扉と寝室のドアの鍵だけを開けて、自分は小部屋にいることにしたのだ。そうなったら、犯人が出てくるのは、控えの間の扉しかないことになる。だが、仮に応接間の扉を使ったとしても、逃げるためにはともかく〈直線廊下〉に出るしかない。そして、そこには僕の仲間たちが待っているというわけだ。僕の計画はこうだった。

犯人はまず〈直線廊下〉に出たところで、左手の踊り場にスタンガーソン博士がいることに気づく。したがって、〈直線廊下〉を右に行き、途中から〈側廊〉に入ることを考える。もともと犯人はそのつもりで、〈側廊〉の突きあたりの窓を開けておいたはずだ。だが、その曲がり角で、すでに説明したように、〈側廊〉の突きあたりにはラルサンがいることに気づく。一方、そのまま〈直線廊下〉をまっすぐに行けば、そこにはジャック爺さんがいる。そして、後ろを振りかえれば、僕とスタンガーソン博士がすぐそばまで迫ってきている。こうなったら、犯人はもう逃げられない。罠にかかったキツネのようなものだ。

ということで、この計画が、僕には一番賢明で、確実、それでいてもっとも簡単なものに思えた。あるいは、こういう考えもないわけでもない。たとえば、控えの間と小部屋の内側の扉、つまり男がいる部屋に入れる二つの扉それぞれに人をおけば、もっと簡単に捕まえられるのではないかと……。だが、この方法は現実には不可能だ。これは僕も途中で気がついたことだが、応接間から廊下に出る扉はマチルド嬢がしっかり鍵をかけているはずなので、小部屋に入ることはできないのだ。そんな方法を考えるのは田舎の巡査くらいだろう。それに、たとえ応接間の扉が開いていて、小部屋に入ることができたとしても、僕はやはり自分の計画どおりに事を進めていたろう。それ以外の方法は、犯人がいるマチルド嬢の寝室を、控えの間の側と小部屋の側の両面から攻めることになるが、これだと犯人と戦う時に戦力が分散されてしまうのだ。犯人は目の前の相手とだけ戦えばよく、その相手を倒したら、逃げる時間をかなり稼げるのだ。しかし、僕の計画なら、きちんとした計算のもとに、犯人を一定の場所、〈直線廊下〉と〈側廊〉がぶつかる辺りのところに追いこむことができる。しかも、その時は全員でいっせいに襲いかかることができるのだ。

ここまで読んで、僕が慎重すぎると笑う人がいたら、〈黄色い部屋〉の事件の時、犯人が謎を深めるのに、どれだけ狡猾に立ちまわったかということを思い出してほしい。この犯人はひと筋縄ではいかないのだ。また、これを読んだ人の中には、僕が迅速に行動しなければならない時に、考えてばかりいる、まわりの様子を綿密に観察してばかりいる、と思う人がいるかもしれない。だが、それは正しくない。それぞれの状況で、さまざまなことを僕は瞬時に考え、瞬時に行動に移しているのだ。前に書いたとおり、考えたというより、感じとったこともある。だから、現実に起こったことは、もっとすばやく展開したのだ。

それなのに、こんなふうに長々と詳細に書いたのは、夜中に目覚めてから犯人を捕まえる計画をたてるまでに僕が考えたことをできるだけ精密に記録しておきたかったからだ。僕はたとえ、話の展開が遅くなっても、精密に記述することのほうをとる。というのも、これから起こる奇妙な現象について考えるためには、何ひとつ見落としがあってはならないからだ。現在のところ、この奇妙な現象は自然の法則から外れているように見える。したがって、それを説明するのは、僕にとってはスタンガーソン博士が〈物質の消滅〉の理論を証明するよりさらに難しいと思う。しかも、博士の場合はただの〈物質の消滅〉なのに、僕の場合は〈物質の瞬時の消滅〉だ。つまり、犯人の体が〈物質的〉に〈一瞬〉にして消えてしまったのだ。

第十六章　物質が消滅する奇妙な現象

ルールタビーユの手帳から引用（続き）

さて、こうして全員を配置につけると、僕は再びはしごをのぼり、頭が窓の框《かまち》に届くところまで来た。カーテンの位置は変わっていなかった。室内の様子をのぞく前、僕は不安でならなかった。

〈犯人はまだこちらに背中を向けているだろうか？　さっきの机に向かって、書き物を続けているだろうか？　もしかしたら、もうこの寝室にはいないかもしれない。だが、もしそうなら、どうやって逃げたというのか？　さっきはしごから降りた時、僕は犯人が使えないように、はしごをはずしておいたはずだ。だとしたら……。おい、もっと冷静になれ！〉

そう自分に言いきかせると、僕は最初に来た時と同じように、おそるおそる首を伸ばして、カーテンの隙間から室内を見た。犯人は書き物は終えたようで、ろうそくを床におろし、その前でしゃがみこんでいた。明かりの中に、丸い背中が黒く浮きあがって見えた。〈あんな格好で何をしているのだろう？　でも、こっちに背中を向けてくれていてよかった〉

僕はひとつ深呼吸をすると、もう一段、はしごをあがった。そうして、窓の框に手をかけながら、最後の数段をあがった。あとは部屋の中に飛びこむだけだ。そう思ったら、急に心臓の鼓動が激しくなった。僕は拳銃を口にくわえると、両腕に力をこめて、一気に体を持ちあげ、窓の框に足をかけて、部屋の中に飛びこむことにした。ただ、その時に、はしごを蹴りとばして、地面に倒してしまうのではないかと、それが心配だった。心配は的中した。はしごは壁をこするようにして、地面に倒れていった。だが、その時には、僕の膝は窓の框にかかっていた。僕はもうひとつの足を窓の框にのせて、その上に立とうとした。しかし、犯人の動きのほうがさらに早かった。はしごが地面に倒れる音が聞こえたのだろう。僕が体を持ちあげ、框に足をかけている間に、犯人はしゃがんでいる姿勢から立ちあがり、こちらを振りかえった。そうして、またこちらに背中を向けると、寝室と控えの間をつなぐドアのほうに突進したのだ。

犯人が振りかえった時、僕はその顔を見た。いや、見たと言いたいが、実際のところ、暗がりの中で顔の輪郭がわかっただけだ。床に置かれたろうそくの明かりだけでは、足のほうしかよく見えなかったのだ。机の高さより上は薄暗がりで、目鼻立ちまではとうていわからなかった。ただ、その薄暗がりの中で、男にしては髪が長く、ひげを生やしているのが一瞬、見えた。ひげは赤毛だった――ような気がした。また、これも一瞬のことだが、やはり薄暗がりの中で、男の目が狂気にとらわれたかのようにきらっと光ったように見えた。僕はその時、「これは知らない顔だ」と思った。もちろん、これはあくまでも印象だ。男がこちらを振りかえった瞬間、とっさにそう判断しただけだ。〈この顔は知らない。少なくともどこかで見かけた覚えもない！〉と……。

僕が窓框の上に立ちあがった時、男はもう控えの間につながるドアに飛びついていた。僕は口にくわえていた拳銃を手に持ちかえると、窓框から飛びおり、男のあとを追いかけた。「行ったぞ！」と叫びながら……。

男は控えの間に入っていった。僕はすばやく寝室を駆けぬけた。その時、机の上に一通の手紙があるのを目の端でとらえたが、男を追うほうを優先して、立ちどまらなかった。控えの間につながるドアを開けると、男は廊下に出る扉を開けるのに手間どっていた。僕は手を伸ばして男を捕まえようとした。だが、あと一歩のところで逃してしまった。鼻先でばたんと扉が閉まった。

すぐにその扉を開けると、僕は右手を見て、予想どおり男が右翼側に逃げているのを確かめた。スタンガーソン博士はすでにそのあとを追っていた。この時の僕には翼が生えていた。すぐに博士の横に並ぶと、僕たちは一緒に男を追いかけた。その距離はもう三メートルもなかった。

「ジャック爺さん！　フレッドさん！　こっちに来てください！」

もう男に逃げ道はない！　僕は歓喜の声をあげ、勝利の雄叫びをあげた。男は〈直線廊下〉と〈側廊〉が分かれるところまで来ていた。その二秒後、僕たちもまたその地点に達していた。僕もスタンガーソン博士も、ジャック爺さんも、ラルサンも……。僕たちは三つの方向からその地点を目指してきた。**そして、そこで衝突した！**　衝突の反動で、僕たちは床にころがった。

「やつがいない！」誰かが言った。

僕は辺りを見まわした。男はどこにもいなかった。それこそ、一瞬にして消えてしまったのだ。目の前で起きたことが信じられなかった。僕らは目を丸くして、互いの顔を見つめた。そして、言った。

「やつがいない！　いったいどこに消えたんだ？　どこだ？」

「そんな馬鹿な！　逃げ道はふさいでいたんだ。逃げだせるはずがないのに！」

「私はやつの体に触れたぞ！」ラルサンが言った。

「ええ、やつはすぐ手の届くところにいましたよ。私の目と鼻の先に……」ジャック爺さんも言った。

「こちらももう少しで背中に手がかかるところだった」僕とスタンガーソン博士は一緒になって叫んだ。

「どこだ？　やつはどこにいる？　いや、どこに消えたのだ？」

僕たちは何かにとりつかれたように廊下を探した。そうして、窓という窓、扉という扉をすべて確認した。だが、開いているところはひとつもなかった。どれもしっかりと施錠されていた。僕は思った。〈今、こうして窓や扉に鍵がかかっているなら、男が逃げている時にもかかっていたのだろう。それに、男が窓や扉を開けようとしていたなら、その姿が僕たちにも見えたはずだ。そんなこともないのに、男が窓や扉の向こう側に行くことができたとしたら、それこそ説明がつかないことになる。どこだ？　どこに消えたんだ？　男は扉からほかの部屋に行ったわけでも、窓から出ていったわけでもない。幽霊のように僕たちの体を通りぬけていったわけでもない〔原注〕〉
僕は途方にくれていた。なぜなら、この廊下はそれなりに明るく、人が隠れるような暗がりはなかったからだ。もちろん、古い城によくあるように、壁に秘密の扉があるということもない。それでも、僕たちは廊下にあった肘掛け椅子を動かしたり、壁にかけられた絵の裏側をのぞいたりした。左翼の隅にある道具入れも見た。だが、誰もいなかった。男は消えてしまっていた。もし廊下に大きな壺でもあったら、僕たちは確実にその中でものぞいていたことだろう。

〔原注〕ルールタビーユは結局、論理の力だけを使って、この奇妙な現象が自然の法則から外れたものではないことを証明するが、その結果、犯人は窓も扉も階段も通らなかったことが明らかになった。それは警察が考えていたものとはまったくちがっていた。

第十七章　不思議な廊下

ルールタビーユの手帳から引用（続き）

やがて、騒ぎを聞きつけたのだろう、マチルド嬢が控えの間の扉の前に姿を見せた。僕たちはまだ目の前で起きたことのショックから覚めやらず、消えた男の姿を探して、廊下を行ったり来たりしていたところだった。あまりのショックで、脳が何も考えられなくなってしまう時というものがある。この時の僕がそうだった。頭に銃弾を食らって、頭蓋骨が砕け、論理が破壊され、理性がばらばらになった状態――まさにそんな感覚だった。自分の中からいろいろなものが流れでていって、頭が空っぽになり、考える自分というものがなくなっていた。僕は人間として考えることができなくなっていた。理性の塔が崩れて、精神がバランスを失ったばかりではなく、目ははっきりと見えているというのに、自分の目が現実に機能しているとは信じられない。そんな衝撃を脳天に食らったみたいだった。

だが、この時、控えの間の扉の前にマチルド嬢がいてくれたおかげで――その姿を見ることができたおかげで、僕は混乱した状態から抜けだすことができた。僕は彼女の香りを吸いこんだ。黒い貴婦人の香りを……。もう永遠に会うことのできなくなった黒い貴婦人の香りを……。ああ、僕はこの十年──僕の人生の半分をもう一度、黒い貴婦人に会いたいという思いですごしてきたのだ。だが、残念なことに、僕はもうその香りにしか出会うことがなかった。それも、この時のように時たま、ほんのかすかに──僕がまだ若い頃、あの面会室でかいだ、僕にだけははっきりとわかる、あの香りのおぼろげな記憶をほんのかすかに感じることができるだけなのだ〔原注〕。控えの間の扉のところに、マチルド嬢の姿を見た時、僕はあなたの──黒い貴婦人の強い香りの、そのおぼろげな記憶に導かれて、マチルド嬢のほうに進んでいった。

〔原注〕この文章を書いている時、ルールタビーユはまだ十八歳である。それにもかかわらず、「僕が若い頃」と書いている。だが、ここは本人の気持ちを尊重して、そのまま記載しておく。なお〈黒い貴婦人の香り〉にまつわる話は、〈黄色い部屋〉の事件の解決に、必ずしも必要なことではない。いずれにしても、私が引用をしている記録のなかで、ルールタビーユが時おり「僕が若い頃」と言っても、それは私の書きまちがいではない。それだけは言っておこう。

マチルド嬢は白い服を身に着けていて、蒼白な顔で──美しく、陶器のように蒼白な顔で、男が消えたばかりの〈不思議な廊下〉に立っていた。金色の髪はうなじでまとめられ、こめかみには恐ろしい傷が残っていた。それを見て、僕は〈黄色い部屋〉の事件を知った当初は、マチルド嬢は髪を二つ分けにしていたのではと考えていたことを思い出した。といっても、実際に〈黄色い部屋〉に入って中の様子を確かめるまでは、そう考えなければ論理的につじつまが合わなかったというのも事実なのだが……。

だから、〈黄色い部屋〉の時は理性が働いていたのだが、昨日の事件——〈不思議な廊下〉の事件のあとでは、僕の理性はまったく働いていなかった。僕は美しく、蒼白な顔をしたマチルド嬢の前まで行くと、ただそこでぼんやりと突ったっていた。令嬢の真っ白な部屋着は、色のない夢の世界にいるように思わせた。その姿はまるで幻か、幽霊のようだった。マチルド嬢がいることに気づくと、スタンガーソン博士は、心から安堵したように娘を抱きしめた。たぶん、娘を失ってしまうのではないかと心配していたので、無事な姿を見て、安心したのだろう。ただ、何があったのか尋ねる勇気はないらしく、「ともかく、部屋に行こう」と言って、マチルド嬢の寝室に入っていった。そこで、僕たちもそのあとについていった。犯人はついさっきまで、マチルド嬢の寝室にいたのだ。何があったのか、どうしても突きとめなければならなかった。寝室に入ると、隣の小部屋に続くドアが開いていた。その隙間から小間使いの母娘がこわばった顔で、こちらをのぞいていた。

「お父さま、いったい何の騒ぎだったのですか?」マチルド嬢が尋ねた。

そこで、博士がこちら側で起きたことを簡単に説明した。ところが、それを聞くと、マチルド嬢はこう答えた。

「そう。何事もなくてよかったわ」

僕たちは唖然とした。「何事もなくてよかった」だって？　いや、実際、僕たちは唖然とした。だって、そうではないか？　それは今、昨日の出来事を手帳に書いている最中でも思う。マチルド嬢は、まるで自分の寝室に犯人がいたことを知らない口ぶりだった。では、どうして、昨夜にかぎって、いつものベッドでやすまずに、小間使い二人と小部屋のほうで寝ることにしたのだろう？　それも、三人で固くドアを閉ざして、閉じこもるようにして……〈黄色い部屋〉の事件があってから、急な不安にとりつかれることがあるからだと言うのか？　それはわからないではない。でも、普段、マチルド嬢は隣の小部屋で小間使いたちと一緒に眠ったことはない。だとしたら、どうして、昨夜はそうしたのだろう？　犯人が再びこの城にやってきた夜に？　偶然か？　もしそうなら、大変、運がよかったことになるが、そんな偶然を誰が信じるだろう？　これはまたあとで書くが、昨夜、スタンガーソン博士は娘を心配して、「今夜からは、私が小部屋の隣の応接間に寝ることにする」と宣言した。だが、マチルド嬢は結局は受け入れたものの、最初のうちはそれを断っていた。これはいったい、どういうことなのだろう？　それに、これについてもまたあとで触れるが、博士たちと一緒にマチルド嬢の寝室に入った時、机の上にあったはずの手紙はなくなっていた。その手紙は誰がどうしてしまったと言うのだろう？

こういったことに対する答えは、ただひとつ……。それは、〈昨夜、犯人がやってくることをマチルド嬢が知っていた〉ということだ。間違いない。マチルド嬢は犯人が来るのを知っていた。だが、それを防ぐ手だてはなかった。また、犯人の正体を知られたくないので、父親に相談することもできなかった。父親にも、僕たちにも……。ただひとり、ロベール・ダルザック氏を除いては……。ダルザック氏は、犯人が誰か知っているにちがいない。それもきっと、事件が起きる前から……。大統領官邸の庭園で、マチルド嬢から例の《司祭館》の手紙を見せられた時、ダルザック氏はこう言っていた。

「つまり、私はあなたを手に入れるためには、犯罪に手を染めなければならないということですね？」

犯罪に手を染めるとは、手紙を書いた人間をどうにかするということだろう。その人間が《黄色い部屋》の事件の犯人なのだから、ダルザック氏は犯人を知っていて、犯人相手に犯罪に手を染めようとしていることになる。また、初めて城を訪れた日に、

「気に入りませんか、ダルザックさん。僕が犯人を見つけたら」と言ったら、ダルザック氏はこう答えた。

「その時は、私がこの手で殺してやる」と……。

だが、僕の質問には答えることはなかった。つまり、ダルザック氏は犯人について知っているにもかかわらず、また「見つけたら、この手で殺してやる」と言っているにもかかわらず、その犯人を、僕に突きとめられることを恐れているのだ。だから、犯人に関する重大な秘密を僕が公言しないようにするため、僕に便宜をはかってくれたのだ。この城で、僕が自由に調査できるように……。それはまた、僕が城に滞在することで、マチルド嬢の身の安全を計れるのではないかという理由もあったろう。

それはともかく、昨夜のことに話を戻そう。博士たちと一緒に、マチルド嬢の寝室に入った時、僕はまず机の上を見た。すると、そこにあったはずの手紙はもうなくなっていた。控えの間の扉のところに出てくる前に、マチルド嬢が見つけて、どこかに隠したのだろう。いや、それにちがいない。犯人のあとを追いかけながら、僕は確かに机の上に手紙がのっているのを目の端で捉えたのだし、それがあとで寝室に入った時にはなくなっていたのだから……。

マチルド嬢があくまで「自分は小間使いたちの部屋で寝ていて何も知らない」と言うので、博士はあらためて、昨夜、起こったことを詳しく説明した。寝室に犯人がいたこと、だから、犯人の狙いはマチルド嬢にあったと思われること、犯人を捕まえようとして、博士とラルサン、ジャック爺さんと僕が廊下で大捕り物を演じたこと、だが、いざ捕まえたと思った瞬間、犯人はまるで魔法を使ったように消えてしまったこと……。その話をマチルド嬢は不安そうな顔で聞いていたが、最後に〈犯人が消えてしまって、捕まらなかった〉ことを知ると、明らかにほっとした様子を見せた。

それから、しばらくの間、沈黙が流れた。誰もがマチルド嬢を見つめていた。もしかしたら、マチルド嬢が本当のことを打ち明けてくれるのではないかと期待したのだ。博士もラルサンもジャック爺さんも僕も、誰ひとりとして口をきくものはいなかった。なにしろ、つい三十分ほど前には、この寝室に犯人がいたのだ。そして、その犯人は廊下で煙のように消えてしまったのだ。その謎の答えは、おそらくマチルド嬢だけが知っている。少なくとも、その謎を解く手がかりになるものは……。マチルド嬢の口元を見つめながら、僕たちはきっと同じことを考えていたにちがいない。「何か知っているなら、教えてくれないか。そうすれば、きっと助けてやれるから……」ああ、僕はマチルド嬢を助けてやりたい。そう思うと、涙が出てきた。僕は彼女を助けてやりたい。犯人の手から……。そして、彼女自身から……。マチルド嬢は犯人に秘密を握られ、その秘密を守るために、犯人の名前を隠さなければならないのだ。それがどんなに苦しいことか！　それがどんなに恐ろしいことか！　そう思うと、涙があふれて止まらなくなった。

彼女は僕の目の前にいた。〈黒い貴婦人〉の香りを漂わせて……。僕はついに彼女に会うことができたのだ。〈黄色い部屋〉の事件のあと、これまではいくら面会を申し込んでも断られていた。その彼女の部屋に入ることができたのだ。だが、彼女は〈真実を打ち明ける〉ことは拒んでいた。昨夜だけではない。〈黄色い部屋〉の事件が起きて以来、人前には姿を見せず、無言を貫いている。彼女はいったい何を隠しているのだろう？　いや、事件の謎とか、犯人の名前とかいうことではなく、その裏にある秘密のことだ。彼女はどんな秘密を隠しているのだろう？　僕たちは事件の真相――犯人がどうやって〈黄色い部屋〉を出たかとか、犯人の名前とか、そういったものを知ろうと、彼女のまわりをうろうろしている。だが、それを知って、真実が明かされてしまったら、彼女は今よりも、さらに苦しむことになるにちがいない。もし僕たちが事件の真相を明らかにして、彼女がひた隠しにしている〈秘密〉を暴いてしまったら、今よりさらなる悲劇が起こらないと、誰が言えようか？　マチルド嬢が命を落とすことがないと……。マチルド嬢はすでに一度、殺されかかっているのだ。その〈秘密〉に関係する誰かに……。

僕たちには何もわかっていないのだ。犯人が誰かも、事件の謎も……。いや、僕たち全員が何もわかっていないわけではない。少なくとも、僕にはわかっていることがある。僕にわからないのは、〈犯人が誰か?〉ということだけだ。事件の謎については、すでにかなりのことがわかっている。だから、犯人の名前さえわかれば、すべてが明らかになるのだ。誰だ? 犯人は誰なのだ? その犯人がわからない以上、僕はすでにわかっていることも黙っていなければならない。犯人が誰なのか知らないうちに、真相の一部を明かしてしまったら、マチルド嬢にどんな危害が加えられるか、どんな困難な状況がもたらされるか、まったく想像できないからだ。マチルド嬢は犯人が誰か知っている。どうやって〈黄色い部屋〉から逃走したのかも知っている。知っていて、なお隠しているのだ。おそらくは〈秘密〉を守るために……。いや、もしそうだとしたら、僕はたとえわかったとしても、犯人の名前も明らかにしてはいけないのかもしれない。マチルド嬢の〈秘密〉を守るために……。犯人の名前がわかったら、僕がその名前を明かす相手はひとりだけだ。そう、犯人自身だ。あとは状況を見定めるしかない。

さて、僕たちが黙って見つめていると、マチルド嬢は僕たちの顔を見まわした。だが、その目はどこか遠くのほうを見つめるようで、何も見ていないかのようだった。僕たちが部屋の中にいることにも気づいていないような、そんな目だった。部屋の中はあいかわらず、重苦しい沈黙に包まれていた。

その沈黙を破ったのは、スタンガーソン博士だった。博士は「今後はお前の部屋から離れない」と娘に宣言した。マチルド嬢は父親に、そこまでしなくていいと断っていたが、博士のほうは頑として聞きいれなかった。それどころか、「今夜から小部屋の隣の応接間に寝ることにする」と言った。それから、娘の体を心配して、「いつまでも起きていちゃだめだ」と、まるで子供を叱るように言った。そのあとは急に感情がたかぶったのか、自分でもなんだかわからなくなったようだった。にっこりと娘に笑いかけたかと思うと、意味の通じない言葉を何度も繰り返していた。夜の間の出来事に、さすがの博士も精神が混乱してしまったのだ。もっとも、精神が混乱したということで言えば、その場にいた者は誰もがそうだったが……。マチルド嬢は「お父さま、お父さま」と苦しげに、ただその言葉だけを繰り返していた。すると、博士が急に泣きだした。それを見ると、ジャック爺さんも貰い泣きをして鼻をすすり、ラルサンまでが涙を見せないように、横を向いていた。ただ、僕だけは違った。僕は最初の状態に戻ったように、何も考えることができなかった。何も感じることができなかった。そうして、そこに生えている草のように、ただ突っ立っていた。自分が嫌になっていた。

僕は〈黄色い部屋〉の事件の前に一度、大統領官邸でマチルド嬢に会っているが、事件後に会うのは昨夜が初めてだった。それまで、何回か面会を求めていたのだが、そのたびに断られていたのだ。面会を断られたというのは、ラルサンも同じだ。断りの言葉はいつも同じで、「マチルド嬢さまは、お疲れのため面会はおできになりません。予審判事の尋問ですっかり気力を使いはたされてしまったのです」ということだった。だが、マチルド嬢はただ疲れていただけではなく、それにもまして、捜査に協力したくなかったのだ。その理由は、僕にとっては明らかだった。しかし、ラルサンのほうはしきりに首を傾げていた。こういうところからしても、僕とラルサンでは、事件に対する見方が根本的に違っていた。

僕はみんなが泣いている間、しばらくぼんやりしていたのだが、そのうちに少し前に感じた〈マチルド嬢を助けてあげたい〉という気持ちが急によみがえってきた。僕は考えた。〈そうだ。彼女を助けるんだ。だが、そのためには慎重にやらなければならない。というのも、マチルド嬢は犯人を捕まえてほしくないと考えているからだ。犯人の名前さえ知られるのが嫌だと……。だから、仮に犯人を突きとめたとしても、うかつに捕まえるわけにはいかない。真実を明らかにする中で、犯人がマチルド嬢の〈秘密〉を話してしまったら、彼女は困った事態に追いこまれるからだ。したがって、マチルド嬢を助けるには、やつにしゃべらせないようにしなければならない。やつ——つまり、犯人にしゃべらせないように……。犯人を突きとめて、その口を封じるのだ。そうか、それでダルザック氏はあんなことを言っていたのか。口を封じるためには、殺すのが一番だから……。「犯人を見つけたら、この手で殺してやる」というのは、そういうことなのだ。しかし、僕に犯人を殺すことができるのか？　殺人を犯すことが……。普通に考えたら、それは無理だ。だが、犯人がうまくその機会を与えてくれたら……。ああ、そうなったら、いいのに！　そうしたら、僕は犯人の死体を見て、やつが忽然《こつぜん》と姿を消す幽霊ではなく、血と肉を備えた人間であると確認できる。生きて犯人を捕まえることができない以上、死体で確認するしかないのだ〉

そう心の中でつぶやきながら、僕はあらためてマチルド嬢を見た。彼女はまわりにいる人たちのことなど、見てもいなかった。ただ、必死で自分の恐怖と戦いながら、「お父さま、お父さま」と父親の苦しみをなだめていた。それを見ているうちに、僕はどうしても彼女に、「僕なら、あなたを助けることができる」と伝えてやりたくなった。そうだ。その時の僕は、〈すぐにまた理性を取り戻して、この不思議な事件を解決してやる〉という積極的な気分になっていたのだ。

僕はゆっくりとマチルド嬢に歩みよった。彼女と話したかった。どうか、僕を信じてくださいと言いたかった。彼女と僕だけがわかる言葉で、彼女に伝えたかった。〈黄色い部屋〉の事件の時、犯人がどうやってその部屋を出たのか、僕は知っていると……。それからまた、彼女の秘密の一端を知って、心から気の毒に思っていると……。だが、その時にはもう彼女は疲れたような仕草をして、すぐにやすみたいので、ひとりにしてほしいという合図を送っていた。それに気づくと、スタンガーソン博士が僕たちに礼を言って、「今夜はもうどうぞ、お部屋におひきとりください」と告げた。そこで、僕とラルサンは博士と令嬢に挨拶をして、部屋を出ていった。ジャック爺さんも僕たちのあとについてきた。

廊下に出ると、ラルサンがつぶやいた。

「奇妙だ、なんて奇妙な事件だ」

それから、「私の部屋に寄っていくように」と僕に言うと、ジャック爺さんに尋ねた。

「お前さんは、見たのか？」

「何をです？」

「犯人をだよ！」

「ええ、見ましたとも！　赤くて長いひげを生やしていました。髪も真っ赤でしたよ！」

「それは僕も見ました」僕はきっぱりと言った。

すると、ラルサンも同意した。

「私もだよ」

そこで、ジャック爺さんと別れを告げると、僕はラルサンの部屋に行って、廊下で何が起きたのか二人だけで話しあった。僕たちはあらゆる方向から、ひとつひとつ検証した。その時に、僕は、ラルサンのした質問や説明から、犯人が煙のように消えうせた現象について、ラルサンがすでに結論を出していることに気づいた。ラルサンは犯人が自分だけが知っている秘密の抜け道から姿を消したと確信を持っているのだ。あの時は、博士と僕、ジャック爺さんとラルサンが犯人の姿をすぐ近くで見ていたというのにである。

「やつは、この城館のことはよく知っているんだよ。そう隅々まで知っている」ラルサンは言った。

「背は高めでしたね。すらりとして……」

「すると、身長はあの男と同じくらいか……」

「あの男というのが誰かは、おっしゃらなくてもわかりますが……。でも、赤いひげと髪は、どう説明するのです？」

「ひげも髪も、やけに量が多かっただろう。そんなものは、つけひげとカツラに決まっているさ」

「そう言ってしまうのは簡単ですが……。フレッドさんはあいかわらず、ダルザック氏が犯人だと考えているんですね？　その考えは変わりませんか？　僕は絶対に無実だと確信しているんですけど……」

「そうなのかね。まあ、私としても、そうあってほしいと願うよ。だが、あらゆることがダルザック氏を犯人だと示唆しているんだ。さっき、廊下の絨毯にあった足跡は見たかね？　なんなら今、見にいってもよいが……」

「いえ、その必要はありません。あの足跡なら、僕も気がつきましたから……。池のふちにあった〈細身の足跡〉と同じでした」

「そのとおりだ。そして、あの池のふちにあったのは、ダルザック氏の足跡だ。君はそれも認めないというのかい？」

「でも、似ているだけで、同じものではない可能性だってあります」

「そう言えば、廊下の足跡はマチルド嬢の部屋の中に入ったきりで、出た時のものは残っていなかったな。それは君も気づいただろう？　君と博士に追いかけられながら、廊下を走って逃げた時のものは、まったくついていなかった……」

「おそらく、犯人はかなり長い間、マチルド嬢の寝室にいたのでしょう。だから、入っていった時は靴にくっついていた泥が、出る時には乾いてとれてしまっていた。それに、犯人は爪先に力を入れて、軽やかに走っていましたからね。足音もしませんでしたし……。床にくっきりと足跡が残るような走り方ではありませんでした」

そこまで言って、僕は話をやめた。憶測だらけで、そんな話を続けても、しかたがないと思ったのだ。と、その時、外から音が聞こえてきた。僕はラルサンに合図をした。

「下です。誰かが扉を閉めましたね」

そう言って、部屋を出ると、ラルサンもついてきた。僕たちは階段を降りて、玄関から外に出た。僕は音がしたほうにラルサンを連れていった。〈側廊〉の突きあたりの窓の下にある、屋上テラスがある部屋だ。さっきはわずかに開いていた扉が、今はしっかり閉まっていて、下の隙間から明かりが洩れていた。僕はあそこだと指さした。

「森番の部屋だな」ラルサンが声をあげた。

「行ってみましょう」

僕はこの時、決心した。だが、何を決心したのだろう？　森番が犯人だと考える決心をしたのか？　そんなような気もするし、そうじゃないような気もする。でも、ともかく何かを決心したのだ。扉に近づくと、僕はノックをした。

ところで、あとからこの手帳を読む人がいたら、森番の部屋を見にくるのがどうしてこんなに遅くなったのかと、疑問を持つ人がいるかもしれない。本来なら、犯人が廊下で消えた、そのすぐあとに、廊下だけではなく、庭園も含めて、城館の内外《うちそと》を徹底的に探すべきではなかったのかと……。

その疑問にはこう答えるしかない。犯人があまりにも不思議な形で消えたので、僕たちは〈犯人がもう、この城そのものから消えてしまった〉と考えたのだと……。なにしろ、いざ捕まえようと思った瞬間に、犯人は煙のように消えてしまったのだ。ショックのあまり、僕たちの頭には暗闇の中、庭園を探してみるとか、ほかのところを探すという考えが浮かんでこなかった。僕自身、この手帳のどこかに書いたように、頭に銃撃を食らったようで、何も考えることができない状態だったのだ。

さて、ノックの音を聞くと、すぐさま扉が開いて、森番が顔を出した。下着姿で、ちょうどベッドに入ろうとしていたところのようだった。ベッドはまだ整ったままだった。「何かご用ですか？」という森番の言葉を無視して、僕たちは強引に中に入っていった。そして、わざとらしく尋ねた。

「あれ？　まだおやすみではなかったんですね？」

「ああ」森番はぞんざいに答えた。「森のほうへ見まわりに行っていたんでね。今、戻ったところだ。だから、眠いんだ。寝かしてくれ！」

「ちょっと待ってください」僕はかまわず尋ねた。「さっき、この部屋の窓の近くに、はしごがかけられていたのですが……」

「はしご？　そんなもの知らないよ。さあ、もう出ていってくれ」

そう言って森番は、僕たちを部屋から追いだした。僕はラルサンを見た。表情からは何を考えているのか、よくわからなかった。

「どうでしょう？」僕は訊いてみた。

「どうだろうかね」ラルサンの答えはそっけなかった。

だが、森番は事件に関係しているんでしょうか？」僕は再び尋ねた。

だが、今度は返事もなかった。どうやら、この状況が気に入らないようで、見るからに不機嫌になっていた。僕たちは玄関に戻った。と、ラルサンが言った。

「まったく、奇妙な事件だ。あまりにも奇妙なので、この私が思いちがいをしていたほどだ」

だが、それは僕に向かって言ったのではなく、独り言のようだった。ラルサンが続けた。

「いずれにしろ、もうすぐ解決する。朝になれば、光が見えてくるさ」

第十八章　ルールタビーユの〈論理の輪〉

ルールタビーユの手帳から引用（続き）

そのまま階段をあがって、僕の部屋の前まで来ると、僕たちは握手をして別れた。なぜだかわからないが、ラルサンはかなり気落ちしているらしく、握手には力がこもっていなかった。僕は嬉しくなった。あのラルサンが〈自分は思いちがいをしていた〉と認めたのだ。でも、ラルサンが間違うのは当たり前だ。ラルサンは頭の回転が速く、考えも独創的だ。けれども、その思考には〈体系〉というものがないのだ。

さて、ラルサンと別れたあと、僕は朝まで一睡もしなかった。外が明るくなったら、館のまわりの足跡を調べたくて、うずうずしていたのだ。そうして、夜明けになるや、玄関から飛びだして、地面に残っている足跡をひとつひとつじっくり見ながら、館のまわりを見てまわった。だが、足跡はどれも入り乱れ、ぐちゃぐちゃになってしまっていたので、手がかりを見つけることはできなかった。いや、もちろん、僕はもともと〈具体的な証拠〉には執着していない。足跡をもとに犯人を割りだすなどというのは、まったく原始的な方法だと考えている。だって、そうだろう。同一の足型など、世の中にいくらでもあふれているではないか！　だから、足跡などはせいぜい最初のとっかかりにするくらいで、本格的な〈証拠〉として採用してはいけないのだ。

だが、今朝の僕はともかく、その最初のとっかかりが欲しかった。目の前で犯人が消失してしまうという奇妙な現象を目のあたりにして、僕はなんとかそれを論理的に説明するための手がかりを手に入れたかった。だから、館のまわりに役に立つような足跡が見つからないとわかると、かなりがっかりした。そうして、城館前の広場の一隅に腰をおろし、なおもその辺りに入り乱れている足跡を眺めていた。なんとか、あの〈不思議な廊下〉で起こった出来事を論理的に説明する手がかりが見つけられないかと……。その一方で、あれを論理的に説明するのは、不可能だとも考えていた。いったい、あの現象をどうやって〈論理的〉に説明したらよいのだと……。

〈論理的に説明するために、とっかかりとして足跡を見つけるだって？〉広場の石に腰かけながら、僕はひとりごちた。なんだか、自分のしていることが急に無意味なものに思えてきた。〈いったい、僕は朝から一時間以上も使って、何をしていたんだろう？　足跡を探すなんて、まるでそこらの凡庸《ぼんよう》な刑事がやる、くだらない仕事じゃないか！　ラルサンはこの城にやってくるなり、そんなくだらない仕事に熱中していたが……。ということは、僕もまたラルサンと同じように、足跡が見せかけようとしているものに騙されようとしていたのだ。そうだ、僕はラルサンと同じあやまちを犯そうとしていたのだ〉

そう考えると、僕は自分が本当に愚かなことをしているという気がしてきた。〈そうだ。

僕は最近の小説に出てくる刑事たちよりも愚かだ。馬鹿で、低能だ。おそらくエドガー・ポーやコナン・ドイルの小説から影響を受けたんだろうが、そういった小説に出てくる刑事ときたら、砂の上に残されたたったひとつの足跡だとか、壁に一ヵ所ついた手形とか、そんなものを頼りにして、推理とも言えない、馬鹿げた仮説を組み立てていくんだ！ そうだよ。ラルサン、あなたのように……

こうして、いつのまにか、僕はラルサンに対して、毒づいていた。

〈ラルサン、あなたはお話の中の刑事そのものだよ！ コナン・ドイルの読みすぎなんだよ。シャーロック・ホームズがあんたを馬鹿にしちまったのさ！ そのせいで、本の中より、もっとひどい仮説を立ててしまったんだ。だが、その結果はどうなると思う？ そうだ。無実の人間が捕まることになるんだ。でも、あなたはそんなことには頓着しない。コナン・ドイル式のやり方で予審判事を丸めこみ、警視総監さえ、納得させてしまった。そして、今は最後の証拠があがるのを待っているというわけだ。

だが、僕が思うに、それが証拠になるとしたら、最後の証拠ではなく、最初の証拠だろう。つまり、あなたはこれまでにひとつも証拠になるようなものを持っていないんだ。あなたがしたのは、目の前にあるものを見て、感覚的に証拠だと決めつけただけだ。でも、そんなものは証拠でもなんでもないんだ。そりゃあ、僕だって、《目に見えるもの》を推理の根拠にすることがあるよ。だからこそ、あの《細身の足跡》を熱心に観察したんだ。だが、それを証拠と考えるのは、その《目に見えるもの》が僕の理性が範囲として示した《論理の輪》の中に入ってきた時だけだ。この《論理の輪》の中に入ってこないうちは、僕はそれを証拠として認めない。僕が《細身の足跡》を観察したのは、それが僕の理性の許容できる《論理の輪》の中に入るかどうかを確認するためだったんだ。

ああ、その《論理の輪》は時として、確かに狭いこともある。それも、ものすごく、とっても狭いことが……。しかし、いくら狭くても、《論理の輪》は広大なのだ。なぜなら、その輪の中には真実しか含まれないからだ。そうだ。僕は今、誓って言える。僕はこれまで、《目に見えるもの》の奴隷になってきたことはない。《目に見えるもの》の言いなりになって、まちがった推理を組み立てたことはないのだ。調査をするうえで、《目に見えるもの》が僕をラルサンのような恐ろしい怪物に仕立て上げることはなかった。真実を見ることができない、目の見えない怪物には……。《目に見えるもの》によって、僕の目が見えなくなることはなかったのだ。そうだ、だからこそ、ラルサン、僕はあなたに勝てるのだ。フレデリック・ラルサン、間違った結論を引きだす、あなたの動物的な思考に負けるはずがないのだ。だが、それにしても……〉

あいかわらず広場の石に腰かけながら、僕は思った。

〈いったい、どうしたことだろう？　昨夜の《不思議な廊下》の現象は、僕の理性が許容できる《論理の輪》の中に、まったく入らないのだ。そのために、僕は推理のとっかかりを探して、そこいらの凡庸なつまらない刑事がやるように、地面をのぞきこんで、足跡を探しているんだ。豚が餌を求めて、泥の中に鼻を突っこむようにして……。でも、そんなことをしていてはいけない！　いくら足跡を探しても、それが《論理》の中に入ってこなければ、いくら目に見えたとしても、無意味だからだ。顔をあげて、もっと別のとっかかりを探そう。昨夜の《不思議な廊下》の出来事が、いくら不思議だからと言って、自然の法則から外れているわけがない。とすれば、必ず《論理の輪》の中で説明することができるはずだ。そして、もしそうなら、僕はこの事件の謎を解くための《論理の輪》の中に入ってくる事実を探せばよい。事実でも、《目に見える具体的なもの》でも……。それが推理のとっかかりとなるのだ。さあ、両手を額に当てて、そういった事実を思い出してみよう。地面を見つめるのではなく、毅然《きぜん》と顔をあげて……。そのためには、まず頭の中に《論理の輪》を描いてみよう。真っ白な紙に円を描くように……。その《論理の輪》は理性の許容するものでなくてはならない。また、《論理の輪》の中で、矛盾が生じるものであってはならない。そのうえで、とっかかりになるような事実や《目に見える証拠》を探すのだ。

そうだ、さあ歩きだせ……。《不思議な廊下》へ向かうのだ。フレデリック・ラルサンがステッキを支えにしているように、お前は《論理の輪》の中に入る、何か具体的なとっかかりを支えにするんだ。そうすれば、あのラルサンが――偉大なフレッドが、ただの愚か者にすぎないことを証明できるはずだ〉

そこまで考えると、僕は立ちあがって、いったん自分の部屋に戻った。そうして、昨夜のことをこの手帳に書きはじめたのだ。

十月三十日　正午

昼間書いたとっかかりを探すことにして、僕はもう一度、昨夜の廊下に行ってみた。どうしても、そのとっかかりを見つけてやるという思いに、熱く胸をたぎらせて……。

廊下は昨夜と変わっていなかった。だが、僕はそこで、ついにとっかかりとなるような事実に気づいたのだ。昨夜は見逃していた事実に……。だが、それがあまりにも思いがけないものだったので、僕は驚愕のあまりその場で卒倒しないように、その事実にしがみつくしかなかった。

ああ、だが、まだその事実はそれだけでは証拠にはならない。僕はこれから僕の理性が見つけた、この〈論理の輪〉に入ってきて、その論理を支えてくれる〈目に見える証拠〉を探す必要がある。この事件を自然な形で説明する〈論理の輪〉に入ってきて、その論理を支えてくれる証拠を……。なんとしてでも、その証拠を見つけなければ……。僕はそのための力が欲しい。だが、いずれにしろ、この事件の〈論理の輪〉は、僕が最初にこの張りだした額の内側に描いた〈輪〉より、はるかに大きいものだったようだ。

十月三十日　午後十二時

第十九章　思いがけない来訪者

以上が〈不思議な廊下〉の事件の翌日に、ルールタビーユが手帳に書きつけていた記録の引用である。もっとも、ルールタビーユが私にその手帳を見せてくれたのは、事件からかなりたってのことで、私自身はこの事件の詳細をルールタビーユから電報をもらって、グランディエ城に到着した日に、本人から直接、聞いたのである。その時にはまた、ルールタビーユが〈不思議な廊下〉の事件のあと、パリに数時間戻っていたことも聞いた。だが、ルールタビーユによると、この短いパリ滞在の間には、目に見える証拠となるものは、何も手に入れられなかったという。

ここであらためて確認しておくと、〈不思議な廊下〉の事件が起こったのは、十月二十九日から三十日にかけての深夜のことである。そして、私がルールタビーユから、《拳銃を二挺持って、ただちにグランディエに来てほしい》という電報をもらって、グランディエに向かったのが、その三日後となる十一月二日の朝のことになる。というわけで、話を私がグランディエに着いた時に戻そう。〈不思議な廊下〉の事件の現場を見たあとルールタビーユの部屋に行き、本人の口から直接、事件の詳細を聞いた時のことだ。

話をしている間、ルールタビーユはずっと鼻眼鏡のレンズを触っていた。そう、この部屋に入ってきた時に、ベッドのそばの円卓の上に置かれていたものだ。門番の細君は、この鼻眼鏡を〈お嬢さまの寝室の床の羽目板の隙間にはさまっているところ〉を見つけたと言っていた。ルールタビーユはこの鼻眼鏡が老眼鏡であったのが、よほど嬉しいらしい。どうやら、これが事件を説明する〈論理の輪〉に入る〈目に見える証拠〉だと思っているようだ。ルールタビーユが何かを説明する時は、きまって自分の思考にぴったりと合う言いまわしをしてくる。ルールタビーユならではの、独特の言いまわしだ。そのこと自体にはもう驚きはしないが、ただ、理解するにはひと苦労させられるのだ。なにしろ、その表現を具体的に理解するためには、まずはルールタビーユの考え方を理解していなければならない。だが、ルールタビーユの考え方を理解するのは、まったくもって難しいことだからだ。私はこれまで、この若者ほど独創的な考え方をする人間を見たことがない。だが、ルールタビーユのほうは自分の考え方が独創的だということに気づかず、出会った人々が自分の考え方に驚き、いわば面喰っているとは思いもせずに、これまでの人生を歩んできたのだ。その人生の道すじで、ルールタビーユとすれちがった人々は、この独創的な考え方に驚き、思わず振りかえって、その考え方が通りすぎ、遠ざかっていくのを見つめる。ちょうど散歩をしている時に、おかしな服装をしている人とすれちがった時と同じことだ。そうして、散歩をしている人が、「何だろう？　今の人は……。どこから来て、どこに行くのだろう？」と自問するように、人生の道すじでルールタビーユの考え方とすれちがった人は、「何だろう？　今の考え方は……。どこから来て、どこに行くのだろう？」と、心の中でつぶやくのだ。

私は今、ルールタビーユが自分の考え方が独創的だということに気づいていないと言った。だから、そのことにはまったく頓着《とんちゃく》せずに、普通の人と同じように、人生を歩んできたと……。そう、おかしな服装をしている人が自分がおかしいことに気づかず、どこでも平気で歩いてしまうように、ルールタビーユも自分の考え方が独創的だということに気づかず、平気で人生を送ってきた。だからこそ、その独創的な考え方から出てきた表現をいとも簡単に使ってしまうのだ。その独創的な考えが自分の超人的な頭脳から生まれたということは考えもせず、ただ自分の考えていることを独自の表現で伝える。だが、その表現は独創的な考え方から導かれているうえに、ルールタビーユにだけわかるやり方で途中の論理が省略されているので、私たちのような普通の人間にはわからないのだ。私たちはルールタビーユが言葉を補足して、それを正面から見せてくれる気になった時だけ、その独自の表現がどんなに素晴らしいことを言っていたか、初めて理解できるのである。

事件の説明を終えると、ルールタビーユは私に尋ねた。

「君はこの事件をどう思う？」

「どう思うかと訊かれたって……。僕には答えられないよ」

すると、ルールタビーユは質問を変えた。

「あの事件の次の日の午後、もう一度、あの廊下に戻った時、僕は〈論理の輪〉に入る、とっかかりになるような事実に気づいた。そのとっかかりになるような事実が何だかわかるかい？　ちょっと考えてみろよ」

「いいだろう。そういうことなら、僕の論理の出発点はひとつしかない。犯人は君たちが追いかけていた時は、マチルド嬢の部屋の前の廊下にいた。それは間違いない」私は答えた。

だが、それ以上のことは、どう論理を展開していいかわからなかったので、すぐに口をつぐんだ。と、ルールタビーユが励ますように言った。

「始まりはいいじゃないか。せっかくだから、そこであきらめないで、もうちょっと先まで、がんばってみようじゃないか」

「わかったよ、やってみよう」私はその気になった。「だが、追いかけている途中で、犯人が突然、姿を消した。その時、どこかの部屋に入ったわけでも、窓から出ていったのでもないとなると、ほかの出入口から出ていったとしか考えられない」

それを聞くと、ルールタビーユは私を憐れむような目で見た。それから、苦笑を浮かべて言った。

「あいかわらず、ぼろ靴のような考えをするんだな。ぼろ靴のように穴のあいた考えだということだ。それじゃあ、ラルサンの発想と一緒じゃないか！　まったく、どうしようもない！」

私は少し不思議に思った。ここに着いてからの話を聞いていると、一週間前に比べると、このグランディエの城に来て以来、ルールタビーユの口から、ラルサンに対する軽蔑の言葉が聞かれるようになったのだ。かと思うと、手放しで賞賛することもある。「やっぱりラルサンはすごい！」と褒めたたえたかと思うと、「なんたる愚か者か」と悪しざまに言うのだ。これはラルサンの発見したことが、ルールタビーユの推理を裏づけるかどうかに関係しているらしい。つまり、ラルサンの発見がルールタビーユの推理に合致すれば賞賛し、そうでなければ軽蔑の言葉を吐きすてる。別の言い方をすると、ラルサンの発見と自分の考えが合っていたかどうかで、自尊心が高まったり、揺らいだりするのだ。私はルールタビーユの性格の新しい面を発見した思いだった。

それはともかく、結局、とっかかりの話はそれ以上は続かなくなってしまったので、私たちは部屋を出て、城内を散歩することにした。そうして、城館前の広場から正門のほうに向かっていった時のことだ。背後から、鎧戸を開ける音が聞こえたので私たちは振りかえった。すると、左翼側の二階の窓に、短髪で赤ら顔の見知らぬ男の姿が見えた。

「おや？　アーサー・ウィリアム・ランスじゃないか」ルールタビーユが言った。

だが、その人物に挨拶をするわけでなく、すぐに正門のほうに向きなおった。それから、うつむき加減になって歩く速度を速めながら低い声でつぶやいた。

「つまり、あの男は昨夜のうちに城に来ていたのか？　でも、いったい何をしに？」

私たちは黙って歩いた。そして、城館から十分に離れたところまで来た時、私は尋ねた。

「さっきの男は誰だい？　君とはどういう知りあいなんだ？」

すると、ルールタビーユはあきれたような顔で言った。

「君はさっきしたばかりの話をもう忘れてしまったのかい？　大統領官邸で開かれたパーティで、博士やマチルド嬢と話していたフィラデルフィア科学アカデミーの会員だよ。僕はビュッフェであの男のために料理をとってやって、少し飲むのにつきあった。何かアメリカ時代の博士父娘の話が聞けないかと思ってね。それはさっき話したろう？」

私は思い出した。だが、ひとつ気になったことがあったので尋ねた。

「でも、さっきの話では、そのパーティのあとで、すぐにアメリカに帰国したんじゃなかったかい？」

「そう、十月の二十六日にね。だから、僕も驚いたのさ。いや、まだフランスにいたということだけじゃない。それ以上に、この館に来ていたことにね。だが、今朝、着いたわけではないし、夕べ着いたようでもない。僕が姿を見なかったということは、昨日の夕食前に来たんだな。それにしても、なんで門番は僕に報告に来ないんだ！」

その言葉を聞いて、私は突然、ルールタビーユがどうやって門番夫婦を釈放させたのか、まだ聞いていないことを思い出した。だが、ちょうどその時、私たちはまさにその門番の詰め所に来たので、それについては訊きそびれてしまった。

門番のベルニエ夫婦は、おそらく私たちが歩いてくるのに気づいていたのだろう。にこにこと顔に笑みを浮かべて、出迎えてくれた。拘禁されていた嫌な思い出はもう忘れてしまったようだ。夫婦の顔を見ると、ルールタビーユはさっそく、「ランス氏はいつ来たのか？」と尋ねた。だが、二人は、ランス氏が城に来ていることすら知らなかった。

「きっと昨夜のうちに着いたのでしょう。もともと、あの方のために、私らが門を開けてさしあげることはないんです。あの方は歩くのがお好きで、駅に迎えを出すこともありませんから……。いつもサン・ミッシェルという小さな町の駅で下車されて、そこから森を抜けていらっしゃるのです。サント・ジュヌヴィエーヴの洞窟の前を通って……。そうすると、敷地の一角の城壁が切れたところに、あまり高さのない垣根があるので、そこを乗りこえて、お城に入っていらっしゃるんです」

門番の説明を聞きながら、私はルールタビーユが苛立ち、表情がどんどんけわしくなっていくことに気づいた。だが、その苛立ちが門番夫婦やランス氏に対して向かっているのでないことは明らかだった。ルールタビーユはおそらく自分に苛立っていたのだ。この一週間、この場所で調査を進め、この城に関係する人物や物事についてはすべて把握していたはずなのに、まだ自分の知らない事実があったことに……。ランス氏がこの城に出入りしていた事実を自力で調べられなかったことが、それほどショックだったのだ。

「そうか。これまでにも何度か来ているんだな？　では、最後に来たのはいつだ？」憮然とした顔で、ルールタビーユは尋ねた。

「さあ、それは正確には……」旦那のほうが答えた。「私らが捕まっていた間のことは、知るよしがありませんから……。それに、さっきも申しあげたように、あの方は門をお通りになりませんので、いついらして、いつお帰りになったのか、さっぱりわからないんです」

「でも、最初にこの館に来たのがいつかぐらいは知っているだろう？」

「はい。それなら知っています。確か、九年前です」

「つまり、九年前にもフランスに来ているというわけか？　じゃあ、それ以降、何回くらい来たかわかるかな？　知っている範囲でいいから、教えてくれ」

「三回です」

「では、もう一度、訊くが、知っているかぎりで、最後にやってきたのはいつだ？」

「私の知っているかぎりでしたら、〈黄色い部屋〉の事件が起きる一週間前です」

すると、ルールタビーユは、今度は細君に向かって尋ねた。

「あれはマチルド嬢の寝室の床の羽目板の隙間にはさまっていたんだね？」

「はい、そのとおりです」

「わかった。いろいろありがとう。じゃあ、今晩のことはよろしくな」

そう言うと、ルールタビーユはこれについては誰にも口外しないようにと、口に人さし指を当てた。

私たちはそのまま門を出て、例の宿屋《主楼閣》へ向かった。

「あのあとも、あそこで飯を食っていたのか？」私は尋ねた。

「たまにね」

「城館でとることもあるんだろう？」

「ああ。ラルサンと一緒にな。僕の部屋でとったり、向こうの部屋でとったりしてたよ」

「スタンガーソン博士と一緒に食卓につくことはないのか？」

「一度もないよ」

「君たちが城にいるので、うんざりしているとか？　まあ、ラルサンには便宜をはかっているわけだけど、本心では……」

「さあ、どうだろうね。ひとまず迷惑がっている様子はないけどな……」

「たとえば、捜査状況なんかを訊いてくることはないのか？」

「まったくない！　博士ときたら、令嬢が犯人に襲われて、〈黄色い部屋〉の扉を開けたところで、まだ時が止まってしまっているんだよ。扉をぶち壊して、室内に犯人が見つからなかったところでね。そして、あの時に自分が何も発見できなかったのだから、僕たちもまた何も発見できないはずだと考えているんだ。だが、ラルサンが持ちだした、あの〈仮説〉のことがあるから、僕たちがどんな仮説を立てても、それにはもう口をはさむまいと心に決めているようなんだ」

そう言うと、ルールタビーユは考え事に入ってしまった。だが、しばらくすると、それを中断して、《主楼館》に着くまでの間に、どうやって門番夫婦を自由にしたのか教えてくれた。

「そうだ。僕がどうやって、門番夫婦を解放してやったか、まだ話していなかったね。僕はスタンガーソン博士のところに、白紙を一枚もっていき、この紙にこう書いて、署名をしてくれないかと頼んだんだ。《今後ベルニエとその妻が、どんなことを告白しようとも、この忠実な門番の二人を解雇しないことを私は約束する》とね。そうしたら、門番夫婦は〈黄色い部屋〉の事件の晩に起こったことについて、自分たちがしていたことを正直に話すだろうし、その結果、二人は〈黄色い部屋〉の事件にはまったく関係がないことがわかると言ってね。で、その紙を持って予審判事のところに行き、これを二人に見せてくれと頼んだ。予審判事はそうしてくれた。すると、どうだい？　二人はたちまち、あの晩に自分たちが何をしていたのか、ぺらぺらとしゃべりだしたよ。僕がまさに予想していたとおりのことをね。解雇される不安がなくなったとたんに……。二人は、以前から博士の敷地内で密猟をしていたのさ。あの夜も猟に出ていたから、事件が起きた時にたまたま、離れに近いところにいたというわけだ。つまり、〈黄色い部屋〉の事件には関係がない。僕には最初からそれがわかっていたんだ。

それで、博士の敷地で密猟した野ウサギなんかを、あの夫婦は《主楼館》のマチュー親父に売っていた。一方、マチュー親父はそれを店の客に出したり、パリで売り払ったりしていた。正直言って、ここについた最初の日に、そんなことだろうと僕には目星がついていたんだ。君も覚えているだろう？　あの日、僕がマチュー親父にこう言ったのを……。『これからは、ステーキのレアでも食わなくちゃならんだろう』と……。これは、あの日の朝、僕たちが城の正門の近くに着いた時に聞こえてきたんだよ。君にも聞こえていたと思うんだが、たぶん気にとめなかったんだろう。そう、ちょうどその時、門の前ではラルサンが捜査をしていて、走っては時計をのぞきこんでいたから、きっとそちらのほうが気になったのだろう。ほら、それを見るために、門の前でちょっと立ちどまった時だよ。あの時、マチュー親父は宿屋の戸口にいて、中にいた誰かにあの言葉を口にした。まるで、言葉を投げつけるようにね。それを後ろにいた僕が、耳ざとく聞いていたというわけだ。

その言葉を耳にした瞬間、僕は〈どうして、『これからは』なんだろう？〉と不思議に思った。謎だらけの事件の真相を突きとめる時には、どんなことでも見逃してはならないんだ。目にしたことも、耳にしたこともすべておろそかにしてはいけない。あらゆることに対して、それが持つ意味をひとつずつ見つけなければいけないんだ。なにしろ、グランディエの村は〈黄色い部屋〉の事件によって、いろいろな影響を受けただろうからね。誰かが発した言葉というのは、どんなものでも、事件に関係するかもしれない。そう考えたほうがいいんだ。したがって、マチュー親父の言葉を聞いた時、『これからは』という言葉は、『犯行が起きた以上、これからは』の意味ではないかと、僕は思った。そうして、事件とあの言葉の意味のつながりを探ることにしたんだ。あの日、ダルザック氏の誘いを断って、《主楼館》に昼食をとりにいったのは、そのためだ。だから、中に入ると、さっそくあの言葉をマチュー親父にぶつけたんだ。そしたら、君も見ていたとおり、マチュー親父はびっくりした顔をして、たちまち不安をあらわにしたろう？　そこで、この言葉が少なくともマチュー親父には重要な意味を持っているのだと、確かめられたんだ。

もうひとつ。そのあとで、マチュー親父と話をした時、マチュー親父はやけに門番夫婦に肩入れしていたろう？　二人のことを親しい友人のように話し、逮捕されたことを残念がっているように見えた。そこで、マチュー親父の言葉をこう言い換えてみたんだ。〈門番夫婦が逮捕されてしまった。これからは、ステーキのレアでも食わなくちゃならんだろう〉と……。門番夫婦が監禁されたら、密猟の獲物が手に入らないからね。牛ステーキのレアでも食べるしかないわけだ。

いや、そもそも門番夫婦が密猟をしているのではないかと思いついたのは、マチュー親父がやたらと森番に敵意を示していたからだ。しかも、門番夫婦も森番を嫌っていると言ってね。そこで、森番に敵意を抱く人間——密猟者という考えが、いつからともなく浮かんできたのさ。そこで、門番夫婦の行動を考えてみると、事件が起こった時、二人が部屋で寝ていたわけではないことは明らかだ。あの時、ベルニエ夫婦は間違いなく外にいた。では、なぜ外にいたのか？　共犯だからか？　だが、その考えをとる気は、僕にはまったくなかった。その理由は簡単に言うと、三つある。ひとつは、この事件には共犯者はいないこと。もうひとつは、犯人とマチルド嬢の間には何かの〈秘密〉があって、それがこの事件の裏に隠されているということ。そして、残りのひとつは、その〈秘密〉に門番夫婦は関係してないということだ。これはいずれ君にも説明するがね、僕は最初からこの三つは間違いないと考えていたんだ。したがって、門番は共犯者ではない。では、事件があった時に、なぜ外にいたのか？　それは夫婦が密猟をしていたと考えると、すべて説明がつく。

君と一緒に最初に《主楼館》に来た時、そのことが店を出るまでにわかったので、あとはその論理を裏づける〈目に見える証拠〉を見つければいいだけになった。そこで、《主楼館》からの帰りに門番の家を通りかかった時に、屋根に飛びのり、家の中に入っていったんだ。そうして、ベッドの下から、ウサギなんかをとる罠と真鍮《しんちゅう》の針金を見つけた。その時には〈やっぱりな〉と思ったよ。

ということだから、二人が予審判事の前でもだんまりを通していたのも、別に驚くことじゃない。共犯者と疑われて、刑務所にぶちこむぞとおどかされても、密猟していたことを明かすわけにはいかなかったんだ。そんなことを告白すれば、刑務所行きは逃れられるかもしれないが、この城からは追われてしまうからね。自分たちは別に〈黄色い部屋〉の事件に関わっているわけではないから、そのうちに犯人が捕まれば、自分たちは関係ないとわかって解放されるだろう。そちらの可能性に賭けたんだ。そうすれば、事件のほとぼりがさめれば、また密猟が続けられるからね。だから、事件が今のように膠着《こうちゃく》していれば、いずれは明かすことになったろうが、それは本当に最後の最後、ぎりぎりになってからでいいと考えていたんだ。

ところが、そこに僕がスタンガーソン博士の誓約書を持っていったので、夫婦にとっては渡りに船だったわけだ。解雇されて、城を追い出される心配がないならば、隠している必要はない。二人は密猟していたことを告白して、必要な証拠をすべて出した。その結果、拘禁状態から解放されたというわけだ。つまり、僕は二人が早く告白できるようにしてやっただけなのだが、解放されたことで僕に恩義を感じていてね。いろいろと協力してくれることになったんだ。

もちろん、僕はもっと早い段階で二人を解放させてやることもできたよ。でも、そのためには、あの夫婦が何か密猟以外にも隠していることがないかと確かめる必要があった。そこで、しばらく様子を見ながら、この城の調査を続けていたのだが、時間がたつにつれて、二人が関わっているのは密猟だけだと確信が持てた。それに、〈不思議な廊下〉の事件のあと、僕は自分のために手足となって働いてくれる人間も欲しかったので、その翌日に博士に誓約書をもらって、二人の拘束を解いてやったというわけさ」

これを聞くと、私は驚きを隠せなかった。ルールタビーユは、ただ〈論理〉を用いただけで、門番夫婦が〈黄色い部屋〉の事件の共犯ではなく、密猟をしていたという真実を突きとめてしまったのだ。いや、これは確かに小さな真実だ。ルールタビーユはまだ小さな謎を解いたにすぎない。それでも、私はルールタビーユが近いうちに、〈黄色い部屋〉と〈不思議な廊下〉の事件の謎を解き、どちらについても簡潔に説明をしてくれるように思えてならなかった。

ちょうどその時、《主楼館》に着いたので、私たちは中に入った。

だが、そこにマチュー親父の姿はなく、代わって女房のほうが私たちを出迎えてくれた。金髪で優しい大きな目をしていることはあいかわらずだが、この前と比べると、びっくりするほど明るい顔をしている。私たちはテーブルに腰をすえた。それを見ると、金髪の女房はすぐさまテーブルの支度を始めた。

「マチュー親父さんの具合はどうだい？」ルールタビーユが声をかけた。

「それが全然なんですよ。よくならなくて。床についたままです」

「リューマチが治らないのか」

「ええ。昨晩も、モルヒネを打ってあげなければならなかったぐらい。もう、それしか痛みをやわらげてくれるものがないんです」

女房の声には愛がこもっていた。その言葉にも、その態度にも、いかにも女らしい愛が感じられた。この前からすると、今日は少しけだるそうで、優しい大きな目の下には隈《くま》ができていたが、それでもやはり美しかった。どことなく女らしい分、ますます美しく見える。マチュー親父はリューマチで苦しんでいるということだが、そうなる前は、こんな美しい女を女房に持って、さぞかし幸せだっただろう。だが、女房のほうはどうだろうか？　マチュー親父はリューマチ持ちのせいもあって、かなり気難しいと思われる。それは一週間前にここに来た時の様子からでも明らかだ。そうだとすると、マチュー親父と暮らしてこの女房が幸せであるとは、とうてい思えなかった。

私たちのテーブルに上等のシードルを用意してから、女房は料理の支度をしに、厨房に入っていった。その姿が扉の奥に消えるのを見届けると、ルールタビーユが陶器の碗《ボウル》にシードルをついでくれた。それから、パイプに煙草を詰めて火をつけ、落ち着いた声で言った。

「グランディエまで君に来てもらうのに、どうして拳銃が必要なのか、まだ話していなかったね。今からそれを話そう」

私はルールタビーユの顔を見つめた。ルールタビーユは口から吐きだしたパイプの煙が渦を巻いてのぼっていくのをじっと目で追うと、言葉を続けた。

「僕は、犯人がやってくるのを待っているんだ」

そこで、また沈黙があった。私は続きを待った。

「昨晩、ベッドに入ろうとしていたところノックの音がしたんだ。扉を開けると、ダルザック氏だった。そんな時間に来たことを詫びると、ダルザック氏は、『明日の朝、どうしてもパリに戻らなくてはいけなくなった』と言う……。なんでも、非常に大事な用事があって、絶対にその用事をしなくてはいけないそうなんだ。でも、『どうしてもそうしなければならない』と言う一方で、ダルザック氏はその用事が何なのか、僕に教えてくれようとはしなかった。つまり、パリに戻るという意志は固いんだが、どうして戻らなければならないのか、事情を打ち明けてくれないんだ。そして、ただこう言うんだ。

『私は行かなければならない。こんな時だから、本当はマチルドのそばを離れたくはないんだ。だから、そうしないですむなら、残りの人生の半分を犠牲にしたってかまわない。でも、それでも行かなくてはならないのだ』と……。

それから、またダルザック氏は真剣な顔でこう続けた。

『私がこの城を留守にすると、マチルドはまたもや危険にさらされることになるだろう。だから、明日は恐ろしいことが起こるかもしれない。でも、私はここにいられないのだ。あさっての朝まで……。あさっての朝まで、ここにはいられないんだ』

『でも、どうして、あなたがいないと、マチルド嬢が危険にさらされるのです?』驚いて、僕は尋ねた。

『それはマチルドが襲われる時と、私がこの城を留守にする時が一致しているからだ。おとといい、あなたたちが言う〈不思議な廊下〉の事件があった時も、〈黄色い部屋〉の事件があった時も、私はグランディエにはいなかった。というよりも、いることができなかったのだよ』

確かにそのとおりだった。僕たちはそれを知っている。少なくとも、正式な調書では、そうなっているからね。つまり、事件はダルザック氏のいない時に起きるんだ。でも、そうだとしたら、事件が起きる可能性があるのに、この城を離れるというのは、よほどのことじゃないだろうか？　ダルザック氏はどうしてもしなければならない用事があると言ったが、そうではなく、これにはダルザック氏の意志より大きな意志が働いているのではないか？　その意志に従う形で、ダルザック氏はパリに戻るという意志を示しているのではないか？　そこで、僕はこう尋ねたんだ。

『つまり、そこにはあなたの意志より、大きな意志が働いているのですね？』

『そうかもしれない……』ダルザック氏は答えた。

『その大きな意志とは、マチルド嬢の意志のことですか？』

ダルザック氏は言下に否定した。

『違う！　パリに戻るというのは、私が決めたことだ。マチルドに言われたからではない』

でも、その一方で、自分が城を留守にしたら、マチルド嬢がまた危険な目にあうのは間違いないと言って、前と同じ言葉を繰り返すんだ。

『そうなんだよ。私のいない時にかぎって、マチルドが襲われるんだ。このことには、予審判事も気づいている。ああ、でも、私が留守にすることによって、何かが起きるとしたら、その何かは取り返しのつかないことだろう。マチルドはまたもや命をおびやかされるかもしれない。私のほうは、城を留守にしていた間に、どこで何をしていたか、誰にも言うことができないんだ。つまり、私はいよいよ逮捕されることになるかもしれない。そうだよ。私は自分が疑われていることは知っている。予審判事のド・マルケ氏もフレデリック・ラルサン刑事も、私のことを犯人だと確信しているようだからね。ラルサン刑事などはパリまで私を尾行してきて、ふりきるのが大変だったくらいだ……』

そこで、僕ははっきりと言った。

『なぜ、犯人の名前を明かさないんですか？　あなたはご存じなのでしょう？』

ダルザック氏は不意打ちをくらって、あわてたような顔をした。

『私が犯人を知っているって？　誰がそんなこと言ったんだ？』

『マチルド嬢ですよ』僕は即座に言った。もちろん、はったりだがね。

すると、ダルザック氏は真っ青になった。それで、ぼくははったりが成功したとわかった。

マチルド嬢とダルザック氏は、犯人の名前を知っているのだ！　ダルザック氏は必死で動揺を抑えていたが、しばらくして言った。

『今夜はこれで失礼するよ。君がここに来て以来、君の能力には感服している。なにしろ、素晴らしい頭脳を持っているし、発想も独創的だ。だから、私は君を頼りにしているんだ。

お願いだ。君の助けが欲しい。明日の晩、また事件が起きるという予想は外れるかもしれない。もちろん、外れたほうがいいんだが……。でも、そうではない場合のことを考えると……。だから、ルールタビーユ君。君の力で、マチルドを守ってくれないか？　誰もマチルドの部屋には入りこめないようにして、そのまわりを厳重に監視してほしい。マチルドの部屋から一瞬たりとも目を離さないようにしてほしいんだ。どうか、決して気を抜くことがないように……。犯人は狡知に長《た》けている。頭が切れるし、目端《めはし》もきく。あんな狡知に長けた男は、二人といないだろう。でも、だからこそ、監視の目があれば、マチルドは救われるかもしれない。目端がきくだけに、自分が監視されていることに気がつかないはずがないからね。マチルドの部屋が見張られていると知ったら、何もしないで引きさがってくれるかもしれない……』

『このことはスタンガーソン博士には、お話しになったのですか？』

『まさか！』

『なぜです？』

『なぜって、今、君がした質問を博士に繰り返されたくないからだよ。〈犯人を知っているのか？〉と……。しかも、明日、私がいない間に、犯人が来るかもしれないなどと言ったら、博士はどんなに驚かれるか！　君だって、最初に私がそう言った時には驚いたろう？　私はただ〈私がいない時にかぎって、犯人がやってくる〉という事実にもとづいて、そう言っているのだが、博士はそうは思わないかもしれない。それよりも、その事実を〈犯人が来る時にかぎって、私はいない〉と、違う形で解釈して、私を疑うかもしれない。予審判事やラルサンのようにね。ルールタビーユ君。私は君にすべてを話した。それは君のことを、本当に信じているからだ。君だけが私の無実を信じてくれていることを知っているからだ』

ダルザック氏の話を聞きながら、僕は思っていたよ。まったく、なんて気の毒な人だろってね。マチルド嬢が〈黄色い部屋〉と〈不思議な廊下〉の犯人を暴かれるくらいなら、殺されてしまったほうがいいと思っているように、ダルザック氏もまた犯人の名前を告げるくらいなら、人生を犠牲にしてもいいと考えているんだ。だから、僕の質問が核心の部分に迫ると、しどろもどろになるしかなかったんだ。

犯人はマチルド嬢の〈秘密〉をつかんで、マチルド嬢を自分の思いどおりに動かしている。また、それによって、ダルザック氏まで思いどおりに動かしている。そして、二人のほうは、このことを――マチルド嬢の〈秘密〉が犯人に握られていることをスタンガーソン博士に知られるのを何よりも恐れているんだ。

僕はダルザック氏に、『お話はよくわかったので、今夜はおひきとりください』と言った。マチルド嬢の部屋は徹夜で監視にあたると約束してね。すると、ダルザック氏は『くれぐれも、マチルドの部屋から目を離さないでほしい』と繰り返した。寝室だけではなく隣の小部屋も、今は博士が寝室にしている応接間まで……。それこそ、蟻《あり》一匹入れないように……。マチルド嬢の忠実な番犬になったつもりで、と……。それはもう懇願とも言っていいくらいで、その必死さに僕は胸を衝かれた。しかも、よくよく話を聞くと、ダルザック氏は単に犯人がマチルド嬢の部屋に入らないようにしてほしいと言っているだけではなかった。むしろ、近づかないようにしてほしいと言っているように思えた。ダルザック氏の一番の願いは、部屋のまわりが厳重に警戒されているのを見て、犯人がそこに近づくこともなく、またこの城に来たという痕跡も残さず、姿を消してくれることなのだ。それは別れ際に、最後に僕に告げられた言葉からでもわかった。

『私が明日の朝に出発したら、博士やジャック爺さん、それにラルサン刑事に、〈もしかしたら今夜は何かが起きるかもしれない〉と、君が思っていることにして、警戒の準備をするように伝えてくれないか？　あくまでも、君の考えとして……。そして、私が戻ってくるまで、その警戒を解かないようにしてくれないか？』

そう言って、ダルザック氏は部屋を出ていった。なんとも気の毒な人だよ。哀れな人だ。この状況に苦しめられて、なすすべもなく、僕に助けを求めに来たものの、その僕に『犯人の名前を知っているなら教えてください』と責められて、うろたえるしかないんだから……。だいたい、自分が城を留守にすると、犯人がやってくるとわかっているのに、城から離れなければならないんだからね。もう八方ふさがりで、完全に追いつめられているんだ。

それはともかく、ダルザック氏がいなくなると、僕は考えこんだ。ダルザック氏が言ったように、犯人は確かに狡知に長けた男だ。だから、こちらはもっと狡知に長けて、巧妙に立ちまわらなければならない。ダルザック氏は僕たちが警戒しているのを見て、犯人があきらめて立ち去ることを願っているようだが、僕はそれには反対だった。そう、僕はそれには反対だ。今夜、犯人がマチルド嬢のもとに来るというなら、こちらが警戒していることを気取られてはならない。いや、もちろん、犯人がマチルド嬢の寝室に侵入するようなことはあってはならないよ。それはあくまでも阻止するさ。たとえ、犯人を殺してもね。でも、犯人が生きているかどうかは別にして、その顔をしっかり確かめてやる必要があるんだ。それには、まずこちらの陣地に犯人をひきこまなければならない。犯人が誰か確かめることさえできれば、たとえ生きて、その場から立ち去ったとしても、僕にはやりようがある。この悲劇を終わらせることができる。そうだ、終わらせるんだ！　そうして、彼女を──マチルド嬢を犯人の手から解放してやるんだ！」

そこまで話すと、ルールタビーユはパイプをテーブルに置き、シードルのグラスを空にした。そして、言葉に力をこめて言った。

「そうだよ、君。僕はどうしても犯人の顔をはっきりと見なければならない。その顔が、僕の理性が描いた〈論理の輪〉の中にある顔と一致するかどうか、確かめるためにね」

その時、宿の女房が料理を運んできた。郷土料理のベーコンのオムレツだった。ルールタビーユが軽口を叩くと、女房は笑顔を見せた。

「陽気な人だろう？」ルールタビーユが言った。「ここのおかみはマチュー親父が元気な時より、リューマチで寝ている時のほうがずっと陽気なんだ」

だが、私はルールタビーユの冗談も、宿の女房の笑顔もどうでもよかった。ルールタビーユから聞いた〈今夜、犯人が来る〉という話が気になって、それどころではなかったのだ。

オムレツを食べおわり、女房が奥に引っこむと、ルールタビーユは先程の話を続けた。

「今朝一番に君に電報を打った時、僕はダルザック氏の言葉を可能性のひとつとしか考えていなかった。つまり、〈もしかしたら、今夜、犯人が来るかもしれない〉という程度にしかね。でも、今ははっきりと言える。〈犯人は、今夜、やってくる〉と……。だから、それを待ちうけるのさ」

「その確信はどこから来るんだ。ダルザック氏が留守の時にかぎって、犯人が来るだなんて、やっぱり偶然の一致かもしれないじゃないか！」

「そのくらいにしておいたほうがいい」ルールタビーユが笑いながら制止した。「それ以上言うと、自分の愚かさをさらけだすことになる。あの男は──犯人は今夜、絶対にやってくる。僕は今朝、いやもっと正確に言うと、午前十時半にそう確信したんだ。君が到着する前、そして、アーサー・ウィリアム・ランスがこの城館に泊まっていることに気づく前に……」

「なんでまた十時半なんて、きっかりの時間が出てくるんだい？」

「それは今夜、犯人が部屋を訪ねてこられるように、マチルド嬢が算段していたからだよ。それがきっかり、朝の十時半だったというわけだよ。せっかくダルザック氏が僕に警備を頼んで、犯人を部屋に入れさせないようにしているのに……。まあ、マチルド嬢が何を算段していたかは、あとでまた話すがね……」

「そんな！　ダルザック氏の気持ちも知らずに、当のマチルド嬢が……。どうしてそんなことを！」私は思わず叫んだ。それから、声を低くして尋ねた。「マチルド嬢が、ダルザック氏を愛しているのは間違いないのか？」

「間違いない。僕は断言するよ」

「だが、それでは奇妙じゃないか……」

「そうさ。でも、この事件では、すべてが奇妙じゃないか。しかも、今夜、君はもっと奇妙な出来事に遭遇することになる。君がこれまでに経験したことがないくらい奇妙なことにね」

「でも、そうすると、マチルド嬢は、今夜、犯人が来るのを知っているということになる。マチルド嬢はどうやって、そのことを知ったんだ。君はマチルド嬢が犯人と手紙のやりとりをしているとでも言うのか？」

「そのとおりだよ。そう考えるのが一番自然だ。何も、頭を悩ませるようなことじゃない。いいかい？〈不思議な廊下〉の事件があった夜、犯人はマチルド嬢の寝室で書き物をしていたね。そして、僕が犯人を追いかけて、窓から寝室に飛びこんだ時、手紙が一通、机の上にのっていた。その手紙は犯人が消えてしまったあと、みんなでマチルド嬢の寝室に入った時には、机の上にのっていなかった。つまり、マチルド嬢がどこかにしまったということだ。その手紙に、犯人が《近いうちに、もう一度、訪ねてくる》と書いていなかったと、誰が言えよう？　もっと言えば、犯人はダルザック氏がパリに戻る日を確実に知っていて、その日の夜にやってくると書いていなかったと……。その日の夜、つまり今夜に……」

そう言うと、ルールタビーユはふんと鼻で笑った。私は馬鹿にされたような気がして、つい卑屈な気持ちになった。

だが、そこで突然、《主楼館》の扉が開き、ルールタビーユがはじかれたように立ちあがった。その勢いがあまりに激しかったので、私はルールタビーユの椅子に電流でも流れたのかと思った。

「ランスさん!」ルールタビーユが声をかけた。

見ると、そこには先程城館を出た時に、二階の鎧戸を開けていた男がいた。アーサー・ウィリアム・ランスだ。ランス氏は落ち着いた様子で私たちに会釈をした。

第二十章　マチルド嬢の行為

「僕のことは覚えておいででしょうか？」

ランス氏のそばまで行くと、ルールタビーユは尋ねた。

「ええ、もちろん。大統領官邸のパーティの時、ビュッフェで会ったね。私に料理をとってくれた少年だ」

少年と言われて、ルールタビーユは顔を赤くした。もちろん、腹をたてたのだ。

「さっき、窓を開けたら、君の姿が見えたんでね。それであとを追ってきたんだ。君は一緒にいて楽しい少年だからね」

そう言って、ランス氏が手を差しだしてきたので、ルールタビーユは気持ちを抑えたらしく、笑顔をつくって、その手を握った。そうして、私をランス氏に紹介すると、「一緒に食事をしませんか？」と誘った。

「いや、遠慮しておくよ。昼はスタンガーソン博士と約束しているんだ」

ランス氏は英語なまりがほとんどない、きれいなフランス語を話した。

「こうしてまたお目にかかれて光栄です」ルールタビーユは言った。「でも、あの大統領官邸のパーティでお会いした時は、翌日か、翌々日には帰国されるとおっしゃっていませんでしたか？」

ルールタビーユはあたりさわりのない会話をしている素振りをしていたが、ランス氏がどう答えるかに神経を集中させているように見えた。それは私も同じだった。

ランス氏は四十五歳ぐらいだろうか。おそらく酒の飲みすぎだろう、顔は赤紫色で、まぶたが重く垂れさがり、神経質そうに、頬が痙攣《けいれん》していた。アルコール中毒であることは明らかだった。博士はどうして自分の館に、こんなうさんくさい男を招いたのだろう？　私は思った。スタンガーソン博士のような有名な研究者と、こんなみっともない田舎の科学者が、どうやって、そこまで親しい関係になれたのか、不思議だった。

実はこのことに関しては、私はその夜、フレデリック・ラルサンから詳しい事情を聞くことができた。ラルサンもまた、ランスがグランディエに来たことに驚いたようで、不審に思って調べたとのことだった。それによると、ランス氏はスタンガーソン博士父娘がフィラデルフィアにいた時に知りあい、つきあいがあったそうだ。ランス氏は今でこそその面影はないが、アメリカきっての骨相学の第一人者で、十八世紀の末にガルとラヴァーターが創始したこの骨相学という学問を新しく独創的な実験によって、大きく発展させたという。だが、かつての知りあいというだけではなく、ランス氏にはいっこの城に来ても――それが突然でも――博士に歓迎される理由があった。というのも、博士父娘がフィラデルフィアにいた時のことだが、マチルド嬢の乗っていた馬車が暴走しだしたのを、居合わせたランス氏が命がけで止めたことがあったのだという。この出来事のあと、ランス氏とマチルド嬢が親しくなったことは容易に想像できる。だが、ラルサンによると、そこに恋愛関係のようなものはなかったと思われるそうだ。もっとも、ランス氏がアルコール中毒になったのは、十五年ぐらい前、スタンガーソン博士たちが、フランスに帰国した頃だというので、ランス氏のほうはマチルド嬢に恋をしていたことが十分考えられる。

それにしても、ラルサンはこういった情報をどこから仕入れたのだろうか？　私は不思議に思った。ラルサンは、情報源については固く口を閉ざしていた。だが、その内容については確信がありそうな口ぶりだった。

もし、私たちが《主楼館》でランス氏に出会った時に、すでにそうした事情を知っていたら、ランス氏がまるで自分の家にいるように、グランディエの城館にいることにこうまで不審な感情は抱かなかっただろう。だが、あいにくその時の私たちは、ランス氏と博士父娘の間にあったことをまだ知らなかったので、不審にも思い、また興味も持ったのだ。

ルールタビーユの質問に、ランス氏はごく自然に答えた。

「ああ、すぐに帰国をしようと思っていたんだが、事件を知って、延ばしたんだよ。なにしろ、マチルド嬢が生死の境をさまよっていると聞いたもんだから……。命の危険が去ったとわかるまで、出発できないじゃないか！　だから、まあ、元気になるまでフランスにいるよ」

ルールタビーユはその辺りのことについて、なおも詳しく訊こうとしたが、ランス氏はルールタビーユの質問をさりげなくかわすと、話題を変えた。そうして、こちらが尋ねてもいないのに、今回の事件について、自分の見解を披露しはじめた。その見解はフレデリック・ラルサンの考えと、そう遠くなかった。つまり、ランス氏もやはり、ダルザック氏が怪しいと考えているのだ。いや、そういった疑いを、もちろん、ランス氏がはっきりと口に出したわけではない。だが、その見解の内容や、それを言う口ぶりからすると、その裏にあるものが透けて見えるのだ。また、ランス氏は、ルールタビーユが〈黄色い部屋〉の事件の調査をしていることも知っていた。それだけではなく、〈不思議な廊下〉の出来事についても、博士からすでに話を聞いているとのことだった。そして、この〈不思議な廊下〉の事件の時に、ダルザック氏がグランディエにいなかったことをやり玉にあげて、「事件が起きるたびに、ダルザック氏が城を留守にしているのは残念なことだな」と悪意のある口調で何度も言った。やはり、ランス氏はダルザック氏が犯人であると思っているのだ。私たちが適当に頷いていると、ついにはこんなことまで言った。

「君が城館に滞在できるよう便宜をはかったのは、ダルザック氏なんだろう？　そいつはなかなか〈うまいこと〉を思いついたもんだな。といっても、君のことだ。最後には必ず真犯人をあげてみせるだろうがね」

ランス氏は明らかにそう皮肉っぽく言うと、「では」と軽く会釈して、《主楼館》を出ていった。ルールタビーユは窓越しにその背中を見送っていたが、その姿が遠くなると、こう洩らした。

「おかしな男だ！」

「あの人も、今夜グランディエに泊まるんだろうか？」私は言った。

だが、驚いたことにルールタビーユは、「どちらでもいいね」と、ランス氏が今夜、城に滞在するかどうかは意に介していないように見えた。

その後、私たちが午後をどう過ごしたかは、省略しよう。ただ、森の中を散歩したこと、その時にルールタビーユがサント・ジュヌヴィエーヴの洞窟に案内してくれたこと、そして、その散歩の間中、ルールタビーユは頭の中にあることをひとつも私に話そうとはしなかったこと――それだけを伝えておく。そうこうしているうちに、日も暮れだした。私はルールタビーユがそろそろ散歩をやめて、今夜の準備を始めるのだとばかり思っていた。ところが、これもまた驚いたことに、ルールタビーユはいっこうに城館に戻る気配は見せず、あいかわらず散歩を続けていた。すっかり日も暮れて、ようやくルールタビーユの部屋に戻った時、心配のあまり、私はとうとう尋ねた。

「ねえ、そろそろ今夜の準備をしなくてもいいのかい？」

するとルールタビーユは、こう答えた。

「準備はすべて整っているよ。今度こそ、犯人は逃げることができない」

「まあ、そう言うがね。つい三日前には、犯人は廊下から消えてしまったんだろう？　それこそ一瞬にして……。また、同じようなことが起きるかもしれないぞ」

「いいね、望むところだよ」ルールタビーユは胸を張って言った。「今夜、僕が望んでいるのは、まさにそういうことだよ」

ルールタビーユがいったいどんな準備をしているのか、私はもう少し詳しく知りたかったが、それ以上、訊くのはやめた。経験上、あまりしつこく尋ねても、徒労に終わることを知っていたからだ。すると、逆にルールタビーユが打ち明けてくれた。

「実は僕と門番のベルニエ夫婦で、城に近づこうとする者がいたら、わかるようにしてあるんだ。今朝からね。犯人が外からやってこないのであれば、中にいる人たちについては別に心配する必要がない」

そう言うと、ルールタビーユはポケットから時計を取りだした。時間を確かめて、私にも見せる。時計の針は六時半を指していた。それをまたポケットにしまうと、ルールタビーユは立ちあがって、私についてくるよう合図をした。だが、別に辺りに気を配るようなこともしない。足音をしのばせる様子もなく、私に口をきくなと注意をうながすこともなく、きわめて自然な足どりで歩いていった。部屋を出てすぐに、〈側廊〉から〈直線廊下〉に入ると、私たちはそのまま中央階段の前を通りすぎ、左翼側へ入った。すぐ左手はスタンガーソン博士の部屋だ。この左翼側の突きあたりは前にも書いたように部屋になっていて、部屋の扉も廊下の突きあたりについている。この部屋は今、ランス氏が使っているはずだ。部屋はそのまま右手に伸びているので、窓は城館前の広場に向かってついていることになる。昼前に広場からランス氏が鎧戸を開けるのを見たのはその窓だ。実はこの部屋の奥にはさらに天守閣の建物があるのだが、城館と天守閣は内部でつながっていない。つまり、構造上、行き来できないことになっているのだ。したがって、この建物の二階だけを考えると、〈直線廊下〉の突きあたりは、左翼側は今、ランス氏の泊まっている部屋の扉、右翼側の突きあたりは、この間〈不思議な廊下〉の事件の時、ルールタビーユがジャック爺さんを配した背の高い窓だということになる。要するに、何が言いたいかというと、ランス氏の部屋から出て、扉を背に廊下のほうを向けば、左翼側から右翼側まで、まっすぐに〈直線廊下〉を見通すことができるということだ。ただし、その位置からでは、〈側廊〉が見えないことは言うまでもない。

「これはまだ現場の下見だ。僕たちが実際に行動するのは、もっと遅い時間になる。いよいよその時が来たら、僕は〈側廊〉のほうを見張ることにする。そちらから、犯人がマチルド嬢の部屋に行かないか、監視するためにね。君はここ、この部屋の脇にある道具入れに入って、中から〈直線廊下〉を見張ってくれ」

そう言ってルールタビーユは、ランス氏の部屋の扉の向かって右手、広場側にある、廊下の隅を三角に区切って扉をつけた道具入れを示した。扉を開けると、道具入れの中は真っ暗だったが、顔のあたりの高さにガラス窓がついていたので、そこから〈直線廊下〉の様子を見ることができた。それこそランス氏の部屋の扉の前にいるのと変わらず、しかもその扉を見張ることもできる。廊下のガス・ランプはすべて灯されているので、明かりは十分だった。それでいて、道具入れの中は真っ暗なので、ほとんど人目につかない。見張るにはうってつけの場所と言えた。

だが、ふと心の中に疑問がわいた。いったいなぜ、私はここでスパイのような真似事をしているのだろうか？　これではまるで警察の犬じゃないか。こういう行為は嫌いだ。それに、弁護士という自分の職業に対する誇りだってある。弁護士がこんなことをするなんて！　もしそんな姿を弁護士会の会長に見られたら、裁判所の検事や判事に知られたら、規律委員会でなんと言われることか！　まったく、ルールタビーユときたら、いい気なもんだ。自分の頼みを私が断るかもしれないとは、さらさら思っていないのだ。しかし、それでいて、確かに私は断ることはしなかった。理由は三つある。ひとつは、自分が意気地なしのように見られるのが嫌だったからだ。二つ目は、たとえ警察官ではなくても真実を追求するのは自由だと、日頃から主張していたからだ。そして、最後に、ここまで来た以上、もう手を引くには遅すぎたからである。自分でもどうして躊躇《ちゅうちょ》しなかったのかと思うが、そちらの理由はただひとつ。それはひとえに私の好奇心が強かったからである。それには、私にはひとりの女性の命を守るという口実があった。こんな崇高な使命を禁じる規則など、弁護士にあるはずがない。

こうして、現場の下見が終わると、私たちは〈直線廊下〉を戻りだした。マチルド嬢の部屋の前を通りがかった時、応接間のほうの扉が開いて、料理女が出てきた。どうやら夕食を運んできたところらしい（スタンガーソン博士は、三日前からこの部屋で令嬢と夕食をするようになっていた）。扉が半開きになったままだったので、私たちは、その瞬間、応接間の中で起きたことを完全に見てとることができた。料理女が部屋から出ていくと、マチルド嬢はわざと何かを床に落とした。そして、博士がかがんでそれを拾っている間に、瓶に入った液体をさっと父親のグラスに垂らしたのだ。

第二十一章　待ち伏せ

マチルド嬢の行動に、私は動揺した。だが、ルールタビーユのほうは別に何とも思わなかったらしい。部屋に戻ってからも、そのことは話題にしようともせずに、今夜の手筈《てはず》についてあらためて私に指示をした。これからまず夕食をとり、そのあとで、犯人がやってくるのを、私は〈直線廊下〉で、ルールタビーユは〈側廊〉で見張るのだ。

「犯人がやってくるか、それとも僕が〈側廊〉のほうから犯人を追いたてるか、ともかく何かが起きるまで、君はあの〈直線廊下〉の隅にあった道具入れに隠れて、じっと待っているんだ。それで、もし君が僕より先に犯人の姿を見たら、僕に合図を送ってくれ。その場合は、犯人が〈側廊〉を通ってこなかったということだからね。僕は犯人が来たのを知らない状態だということになる。合図の仕方は簡単だ。隠れている道具入れの扉をほんの少し開けて、ちょっと腕を伸ばして、一番近くの窓のカーテン留めを外してくれればいい。そうすれば、カーテンが自然にほどけて、窓を覆うことになる。僕のいる〈側廊〉の窓からは〈直線廊下〉の窓が全部見えるからね。ずらりと並ぶ明るい窓の中で、一番端のひとつだけが暗くなれば、君からの合図だとわかるわけだ」

「そのあとはどうするんだ」

「まず、僕が〈側廊〉と〈直線廊下〉のぶつかるところに出てくる」

「僕はどうしたらいい？」

「男のあとを追って、僕のほうにすぐに来てくれ。でも、その時にはすでに僕が男をとっかまえて、その顔を見ているだろうさ。その顔がこの事件の〈論理の輪〉の中にある顔と一致するかどうか、確かめるためにね」

「君の理性が描いた〈論理の輪〉の中に――ということだね？」私はふふっと笑いながら言った。

「何が可笑《おか》しい？　笑っている場合じゃないぞ。まあ、楽しんでいられるのも今のうちさ。その時がきたら、笑ってなんていられなくなるからな」

「犯人を逃がしてしまったらどうする？」私は真剣な顔になって言った。

「それは別にかまわない」ルールタビーユは冷静に答えた。「顔さえ確認できたら、むしろ逃げてくれたほうがいいからね。それに、いずれにしろ、やつは逃げてしまうだろう。たとえば、犯人が玄関から階段をあがってきたとして、マチルド嬢の部屋に入ろうとした時に、君が僕に合図を送ったあと、道具入れから現れて、犯人を捕まえようとしたら、犯人は〈直線廊下〉の奥に逃げるかわりに、あと戻りして、階段を一気に駆けおり、玄関から逃げるだろう。特に、君の合図を見て、〈側廊〉から僕が出てきたりしたらね。その時は君はまだ〈直線廊下〉の端のほうにいるし、僕も〈側廊〉から出たばかりだ。僕らが中央階段の踊り場に着いた時には、もう玄関から出ているはずさ。だが、その間に僕はやつの顔を確認できる。僕に必要なのはそれだけなんだ。顔さえわかれば、この先、やつが生きていても、これ以上、マチルド嬢を苦しめることがないよう、いろいろと方策を考えることができるからね。そう、僕はやつの顔を確かめたうえで、初めから逃がすつもりなんだ。

反対に、今夜、僕がやつを生きたまま捕まえてしまったらどうだろう？　やつは予審判事の取り調べとか、裁判の尋問で、マチルド嬢が絶対に隠しておきたいと思っている〈秘密〉を暴露してしまうかもしれない。そんなことになったら、マチルド嬢もダルザック氏も、一生、僕を許してくれないだろう。そうはなりたくないんだ。そう、僕はあの二人に嫌われたくないんだ。素晴らしい人たちだからね。

マチルド嬢がどれほどこの〈秘密〉を知られたくないか？　それはこの部屋に戻ってくる前のことを考えてもわかるよ。ほら、君はさっきマチルド嬢が博士のグラスに何かを入れるのを見たろう？　あれは麻酔薬だ。マチルド嬢は今夜、犯人と会うことを博士に知られたくなかったんだ。もちろん、犯人とのやりとりを聞かれるのは論外だ。だから、その間は麻酔で眠っていてもらおうとしたんだよ。そこまでして、彼女は犯人のことを知られたくないのに、僕がその博士に、『これが〈黄色い部屋〉と〈不思議な廊下〉の事件の犯人です』と言って、生きたまま犯人を突きだしたら、マチルド嬢はいったいどう思うだろう？　少なくとも、僕に感謝してくれないことだけは間違いないね。

そう考えると、あの〈不思議な廊下〉の事件の時、犯人が魔法のように消え失せたのは、むしろ望ましいことだったんだよ。その意味では、びっくりするほど幸運だった。あのあと、僕らはマチルド嬢に事件の成り行きを説明したんだが、犯人が消えたと知った時、マチルド嬢は心からほっとしたような表情を見せた。ほんの一瞬、喜びに顔を輝かせてね。だから、その時、僕は思ったんだ。この女性を助けるのに必要なのは、犯人を捕まえることじゃない。犯人の口を封じることだと……。そう、つまり一番いいのは殺してしまうことだ。そうすれば、〈秘密〉がばらされることは永久にないからね。その〈秘密〉もろとも、犯人を葬り去るしかないんだ。

とは言ったって、人を殺すというのは、言うほど簡単なことじゃない。もともと、僕には関係のないことなんだからね。向こうから仕掛けてくれば別だが、そうでなければ、そこまではできない。それに、人を殺そうというからには、そいつがこの二つの事件の犯人で、マチルド嬢の〈秘密〉を握って苦しめているという確信がいる。ところが、肝心のマチルド嬢が犯人の名前を打ち明けてくれないので、僕は何もないところから出発して、犯人を見抜くしかなかったんだ。それがどうしても必要なことだからね。そして、幸い、僕は犯人を見抜くことに成功したのだが……。いや、違うな。僕は見抜いたんじゃない。僕は〈論理的〉に考えて、犯人の名前にたどりついたんだ。そうして、ようやくその人間が犯人だという確信を持てた。あとはその名前の持ち主の顔と今夜見る犯人の顔が一致すればいい。そうなったら、状況次第で、そいつを殺すことができるというわけだ。そう、だから、今夜、僕が犯人に望むことは、〈顔〉を見せてくれることだけだ」

「その顔が今回の事件の〈論理の輪〉の中に入ると、確かめられるようにね」

「そういうことだ。まあ、僕は今夜、必ずその顔が現れるだろうと思っているがね」

そこで、私はふと思い出した。

「そう言えば、君は〈不思議な廊下〉の事件の時に、犯人の顔を見ているんじゃないか？マチルド嬢の寝室に窓から飛びこんだ時に……」

「いや、見ることは見たんだが、ろうそくが床に置かれていたせいで、ちらっと赤いひげが見えただけなんだ」

「でも、ラルサンによれば、それはつけひげなんだろう？犯人が今夜もまたつけひげをつけて変装してきたら、その顔が見分けられるかい？」

「犯人は間違いなく、つけひげをつけてくると思うよ。でも、僕には見分けられる。マチルド嬢の寝室に比べれば、廊下は明るいし、それに今では、僕はそいつが誰だか知っているんだからね。〈論理的〉に考えたせいで……。だから、変装なんかにごまかされることはない」

「もうひとつ、訊いていいかい？君はさっき、犯人を捕まえて顔を確認したら、逃がすつもりだと言ったな。なら、どうして拳銃がいるんだ？」

「そりゃ、犯人が僕に顔を見られたとわかったら、何をするかわからないからさ。そいつは、今夜だけ、マチルド嬢の部屋に入りこもうとしているんじゃないんだぜ。〈黄色い部屋〉と〈不思議な廊下〉の事件の犯人なんだ。だから、僕に捕まらないように、ありとあらゆることをしてくるはずだ。それに対して、こちらは身を守る必要がある」

「そいつが今夜来るというのは、どうあっても間違いないんだね」

「ああ、今、君がここにいるのと同じくらい確かなことだ。マチルド嬢はさっき博士のグラスに麻酔薬を入れていたが、ほかにも今夜、犯人を部屋に迎える算段をしている。ほら、さっき話したろう？　今朝の十時半に起きたことだ。それを見て、僕は今夜、犯人が来ることを確信したんだが、マチルド嬢は、小間使いの母娘に今日は丸一日休みをやるという、もっともらしい理由をつけて、母娘を隣の小部屋から追い払ったんだよ。今夜は博士に小部屋で寝てもらうからと言って……。博士のほうは、この役目に大喜びだった。マチルド嬢が小間使いたちを外に出し、また博士を眠らせて、今夜はともかく部屋でひとりでいようとしていること、ダルザック氏がいない時にかぎって犯人がやってきて、そのダルザック氏が今夜は城を留守にしていること。この二つからすると、今夜、マチルド嬢のもとにやってくるのは間違いない。まあ、皮肉なものだね。あんなに犯人がマチルド嬢のもとにやってくるのをダルザック氏は恐れていたのに、当のマチルド嬢は犯人を迎えいれる準備をしているのだから……」

「なんてことだ！」

「そうだよ」

「そのために、父親を麻酔薬で眠らせようとするとは！　僕たちが見たのは、そういうことだったんだな？」

「そうだ」

「ということは、今夜の出来事に立ち会うのは、僕ら二人だけということになるね」

「いや、四人だ。もしものことを考えて、門番のベルニエ夫婦にも城館の外を見張っていてもらう。だが、夫婦が役に立つのは、〈犯人が姿を現す前〉ではないな。僕たちが犯人の口を封じたあとだ」

「つまり、殺すということか？　そんなことになると思うのか？」

「犯人の出方によってはな」

「ジャック爺さんには協力してもらわないのか？　前回は手伝ってもらったんだろう？　今回は必要ないのか？」

「ああ。必要ない」ルールタビーユはきっぱりと言った。

私はしばらく口をつぐんだ。だが、ルールタビーユが何を考えているのか知りたくなって、単刀直入に尋ねた。

「ランスにも協力してもらわないのか？　あの男なら、役に立ちそうじゃないか！」

すると、ルールタビーユは不機嫌な顔になって、馬鹿にしたように言った。

「ランスに声をかけるだって？　まったく、君はマチルド嬢の〈秘密〉をみんなに知らせてまわろうというのか！　さあ、行こう。夕食の時間だよ。今夜はラルサンの部屋で、一緒に食べようと約束している。もうそろそろ部屋に戻っているだろう。まだ、パリでダルザック氏のあとをつけまわしていなければな。だが、そんなに待つことはあるまい。今夜は絶対に戻ってくることになっているんだから……」

その時、隣の部屋の扉が開く音がした。

「ラルサンだ。帰ってきたんだ」ルールタビーユが言った。

「そうだ。今のうちに、忘れずに訊いておかないと……。今夜のことはラルサンには秘密にしておくんだろう？」

「もちろんさ。計画は僕たちだけで実行する。そうして、ラルサンと決着をつけるんだ」

「そうだ。手柄を独り占めにするんだ！」

それを聞くと、ルールタビーユが楽しそうに笑った。

「君がそんなふうに言うとはね！」

私たちは隣の部屋を訪れた。ラルサンは「今、戻ったところだよ」と言いながら、私たちに椅子を勧めてくれた。食事の間、ラルサンもルールタビーユも、ひどく上機嫌だった。どうやら、二人ともそれぞれのやり方で、犯人を手中にしたと確信しているらしい。ルールタビーユは、私が今日、グランディエにやってきた理由をこう説明した。

「僕がどうしているのか気になって、わざわざ会いにきてくれたんですよ。初めはすぐにパリに帰るつもりだったようなんですが、僕のほうで、今夜中に《レポック》紙のほうに届けてほしい原稿があったので、無理を言って引きとめたんです。原稿というのは、今回の事件の謎に関するもので、それにまつわるエピソードを物語ふうにまとめたものを連載しているんです。それがさっきようやく仕上がったものですから十一時の列車でパリに届けてもらうことにして、『その前に夕食を』ということになったんです」

ラルサンはルールタビーユの説明を信じていないように見えた。ただ、自分に関わりのないことには、あまり詮索しないことにしているようで、何も言ってこなかった。二人の言葉に耳を傾けていると、ルールタビーユもラルサンも、内容はもちろん、口調にも細心の注意を払っているようだった。その結果かどうか、話題は、アーサー・ウィリアム・ランスのことが中心になり、どういう経緯《いきさつ》で、ランス氏がグランディエに来たのか、アメリカでは何をしていたのか、スタンガーソン父娘とどういった関係にあったのか、ラルサンが知っていることを話してくれた。やがて、食事が終わると、ラルサンが急に気分が悪くなったような仕草をした。だが、それを振りはらうように言った。

「ルールタビーユ君、このグランディエですることも、ほとんどなくなってきたようだ。私たちがここで夜を過ごすのも、もう幾晩とないだろう」

「僕もそう思います」

「では、君は事件がもう解決したと言うのか？」

「はい。事件は解決しました。もう謎は残っていません」

「犯人はわかったんだな？」

「あなたは？」

「もちろん、わかっている」

「僕もですよ」

「それは同じ人物かな」

「違うと思います。あなたが考えを変えていれば、別ですが……」

そう冷静な口調で言うと、ルールタビーユは、今度は力をこめて宣言した。

「ダルザック氏は無実ですよ」

「君は本気でそう思っているのか？　もちろん、私はその反対の意味で確信がある。犯人はダルザック氏だ。これは戦いになるかな」

「そうですね、これは戦いです。どうしても決着をつけなければなりません。僕はあなたと戦いますよ。偉大なフレッドとね」

「いやはや、若いというのは怖いもの知らずだね。元気のいい話が出たところで、今日はお開きにしよう」

そう笑いながら会話を打ち切ると、ラルサンは「今夜は楽しかったよ」と言って、私に手を差しだした。私は握手をした。だが、ルールタビーユはラルサンの言葉を繰り返すようにして言った。

「ええ、僕には怖いものなんてありませんからね」

私たちは立ちあがった。ところが、私たちを見送ろうと歩きかけた時、ラルサンが突然、胸に手を当てて震えだした。ルールタビーユが近寄ると、ラルサンはその腕につかまった。顔が真っ青だった。

「ああ、くそっ。これは何だ？　毒でも盛られたのか？」

そう言うと、ラルサンは血走った目で私たちをにらみつけた。私たちは、「どうしたのですか？」と声をかけた。だが、ラルサンは苦しそうにするだけで、そのまま近くの肘掛け椅子にくずおれると、意識を失ってしまった。私たちはさすがに心配になった。いや、もちろんラルサンのことも気になったが、正直言って、自分たちの身も心配だった。なにしろ、私たちはラルサンが食べたのと、まったく同じ料理を口にしたのだ。

だが、今はラルサンのほうが先だ。私たちはラルサンを介抱した。胸の苦しいのはもう治まっているようだったが、ぐったりと頭を肩のほうに傾げ、まぶたも閉じられている。ルールタビーユは心配そうな様子で、ラルサンの胸に耳を当てて、心臓の音を聞いた。だが、顔をあげた時には、落ち着いた声で、こう言った。

「大丈夫。眠っているだけだ」

私たちはラルサンの部屋を出て、ルールタビーユの部屋に戻った。

「麻酔薬か？」私は尋ねた。「マチルド嬢は、今夜は館にいる人間全員に眠っていてほしいのか？」

「そのようだね」ルールタビーユは答えた。だが、別のことを考えているのか、その声はどこか上の空だった。

「でも、僕らは？」私は言った。「僕らまで眠ってしまったらどうする！　ラルサンと同じように、麻酔薬を飲まされていないとは言えないだろう？」

「君、気分は悪いかい？」ルールタビーユが冷静に尋ねた。

「いや、まったく」

「眠気がきているか？」

「別に……」

「じゃあ、一服しないか。これはいい葉巻だよ」

そう言うと、ルールタビーユはダルザック氏がくれたという最高級のハバナを一本私によこした。ただ、自分は葉巻を吸わず、肌身離さず持っているパイプに火をつけた。

私たちはそのまま十時頃までルールタビーユの部屋にいた。その間、二人ともひと言も発しなかった。ルールタビーユは肘掛け椅子に身を沈め、眉をひそめて、遠い目つきでパイプを吹かしつづけていた。

やがて、十時になると、ルールタビーユがおもむろに靴を脱いだ。それから、目で合図をしてきたので、私も同じように靴を脱いだ。二人で靴下姿になると、ルールタビーユがぼそっと言った。だが、あまりにも小さな声だったので、私は耳ではなく目で――ルールタビーユの唇の動きを見て、その意味を理解した。

「拳銃を！」

ルールタビーユはそう言ったのだ。私はベストから拳銃を取りだした。

「撃鉄を起こしておけ！」今度は少しはっきりと聞こえた。

私は撃鉄を起こした。

それを見ると、ルールタビーユは、戸口に向かった。音をたてないように、そっと扉を開ける。幸い、扉がきしむ音はたたなかった。私たちは〈側廊〉に出た。と、ルールタビーユがまた目で合図をしてきた。例の道具入れに隠れろという意味だ。私は静かに歩きはじめた。すると、何を思ったのか、ルールタビーユが突然、あとを追ってきて、励ますように私の肩を抱いた。そうして、頬にキスをすると、また部屋に戻っていった。いったいルールタビーユはどうして、こんなことをしたのだろう？　ルールタビーユの気持ちがわからず、私は少し不安になった。

だが、今はもうそんなことを言っている場合ではない。私は〈側廊〉から〈直線廊下〉に出ると、そのままマチルド嬢の部屋の前、それから中央階段の踊り場の前を通って左翼側に入っていった。そして、道具入れの前まで来ると、中に身を潜める前に、廊下に面した窓のカーテン留めを確認した。なるほど、カーテンは重そうなので、このカーテン留めを外せば、一瞬にして垂れさがり、窓は覆われるだろう。ルールタビーユが〈側廊〉から見ていれば、窓のひとつが暗くなり、私からの合図があったとわかるだろう。

が、その時、ランス氏の部屋から足音が聞こえたので、私はその場で身を固くした。ランス氏はまだ寝ていなかったのだ。だが、よくよく考えてみると、ランス氏がまだ城にいるのも腑に落ちなかった。ランス氏は博士の招待客なのだから、城にいるなら、博士と一緒に食事をするはずだ。しかし、博士はマチルド嬢の応接間で食事をしていて、そこにランス氏の姿はなかった。

そこまで考えると、これはいったいどういうことだろう？　そこは監視場所としては理想的だった。私は道具入れの中に入った。

廊下は明るく、奥まで見通すことができる。だから、何かあったら、私の目を逃れることは決してないだろう。それにしても、いったい何が起きるのだろうか？　もしかしたら、とんでもなく深刻なことかもしれない。ルールタビーユがキスしてきたことを思い出して、私はまた不安に襲われた。だいたい、友人に対して、別れ際にあんなことをするのは、友人の門出を祝うとか、そうじゃなかったら、友人が死地に赴く場合じゃないか！　ということは、これから私の身は危険にさらされるというのか？

拳銃を握るこぶしが震えた。私は必死に恐怖に耐えた。私は勇敢な人間ではない。だが、腰ぬけでもない。

そうやって、一時間が過ぎた。午後の十一時だ。今のところ、格別異変はない。九時頃から激しく降りだしていた雨も、今はやんでいるようだ。

ルールタビーユは、深夜零時から一時ぐらいまでの間に、事が動くことはないだろうと言っていた。ところが、時計の針が十一時半を指した時、突然、ランス氏の部屋の扉が開かれた。最初に、かすかに蝶番《ちょうつがい》のきしむ音がしたかと思うと、ついで扉が、ゆっくりと辺りをはばかるように、廊下に向かって開かれたのだ。この扉は外開きで、取っ手は左側についているので、扉が開いても、私のほうからは部屋の中は見えない。扉の向こうに誰がいるのかもわからない。いや、ランス氏だとは思うが、夕食の時、博士と一緒ではなかったことを考えると、ランス氏はもう城を辞去しているかもしれないではないか！　もしそうなら、ほかの人間だ。だから、中から人が出てくるまで、私はじりじりして待った。その間はわずか数秒なのに、私にとってはずいぶんと長く感じられた。

と、その時、館の外から奇妙な声が聞こえてきた。猫の声のような、だが、もっと恐ろしい声だ。実はこの声が聞こえてきたのは、これで三度目で、その前の二度は屋根の上で猫が鳴いているとしか思わなかった。だが、この三度目は声が甲高く、どこか違った響きを持っているように感じられた。そこで、私は〈神さまのしもべ〉のことを思い出した。そう言えば、今日までこのグランディエ城で事件が起こった時には、必ずどこからか、この鳴き声が聞こえていたのだ。そう考えると、体がぞくっとした。猫の鳴き声は、ランス氏の部屋の扉が開きはじめてから、中から人が出てくるまでのわずか数秒の間に聞こえ――辺りにはまた静けさが戻った。

見ると、廊下には扉を開けた人間の姿が現れていた。だが、それが誰なのか、すぐにはわからなかった。というのも、何か大きな荷物を抱えて、私には背を向けていたからだ。ランス氏ではない。しかし、男であることは間違いなかった。男は荷物を抱えたまま、背中で扉を閉めると、ようやくこちらを向いた。その顔を見て、私は思わず叫びそうになった。森番だ！　森番がこんな遅い時間に、ランス氏の部屋から出てきたのだ。それがわかった時、私は〈本当なら背中を見ただけで、森番だとわかってもよかったのに〉と思った。というのも、森番はいつものように、上から下まで緑の服で固めていたからだ。そう、一週間前に《主楼館》で見た時も、今朝、館の外ですれちがった時も、森番はいつも同じ格好をしていた。だから、見まちがえようはなかったのだ。

森番はどこか不安そうな顔をしていた。しきりに辺りの様子を気にしている。その時、また〈神さまのしもべ〉の鳴き声がした。森番ははっと足を止めて、手にしていた荷物を床に置くと、廊下の端から二番目の窓に近づいた。私は隠れているのがばれないよう、必死に息をひそめた。

森番は窓の前に行くと、ガラス窓に額をくっつけて、庭園のほうをのぞいた。月明かりで空は明るかったが、時おり、断続的に厚い雲が流れてきて、その月を隠すと闇夜が広がった。と、森番が誰かに合図をするように、片手をあげた。そして、もう一回……。これはいったい何の合図なのだろうか？　まもなく、森番は窓のそばを離れ、床に置いた荷物を抱えて廊下を歩きだした。

私はルールタビーユの言葉を思い出した。「もし君が僕より先に犯人の姿を見たら、僕に合図を送ってくれ」ルールタビーユはそう言っていた。だが、はたして森番は犯人なのだろうか？　それはわからない。だが、今、森番がマチルド嬢の部屋に向かっていることは確かだ。だとしたら、犯人である可能性はある。はたして、森番は犯人なのか？　でも、それを判断するのは、私じゃない。犯人だという可能性があるかぎり、私は言われたとおり、合図をすればいいのだ。そこで、私はカーテンの留め紐《ひも》をはずした。心臓の鼓動が早まった。その間にも、森番は中央階段の辺りまで差しかかっていた。そのまま踊り場の前を過ぎれば、そこはもうマチルド嬢の部屋だ。だが、びっくりしたことに、そのまま右翼側へ行くだろうという私の予想は外れて、森番は中央階段から玄関ホールへと降りていってしまった。

これはいったいどういうことだ？　いや、森番が階段を降りていったことではない。合図を送ったのに、ルールタビーユが姿を現さないことだ。私はどうしたらよいかわからず、ただ呆然と、窓に垂れさがったカーテンを見つめていた。合図は確かに送った。だが、ルールタビーユは現れない。ルールタビーユだけではなく、誰も〈側廊〉から出てこない。森番がランス氏の部屋から出てきて、階段を降りていっただけで、あとは何も起きないのだ。

私は困惑した。だが、どうすることもできずにじっとしていた。時間はせいぜい三十分くらいだったろうか？　それでも私にはその時間が果てしなく続くかと思われた。

もし今、ほかの出来事が起きたら、今度はどうしたらいいのだろう？　私は心配になった。合図はすでに行なってしまった。もう一度しても意味はないだろう……。だからと言って、私がここで〈直線廊下〉に出ていったら、ルールタビーユの計画を狂わせてしまうかもしれない。しかし、その一方でこうも思った。たとえ、ルールタビーユの計画が狂ったとしても、それはしかたがない。なにしろ、計画にはなかった、予期せぬ出来事が起こってしまったのだ。ルールタビーユはこの事態を予期できなかった自分を責めるだろう。私がここで持ち場を離れても、非難されるようなことはあるまい。合図をしたのに、何も起こらないのであれば、動いてみるよりしようがないではないか！　私は行動するほうに賭けることにして、そっと道具入れから顔を出した。やはり何も起こらない。〈直線廊下〉に足を踏みだすと、私は靴下姿で足音はたちにくいものの、さらに注意を払って〈側廊〉に向かった。

〈側廊〉には誰もいなかった。どうしてだろう？　ルールタビーユはここで見張っているはずだったのに……。そう思いながら、私はルールタビーユの部屋の前に立った。扉に耳を当ててみるが、物音はしない。扉をノックしても、返事は戻ってこない。そこで、ドアノブをまわして扉を開けると、私は部屋の中に入った。すると、そこではルールタビーユが床の上にひっくりかえっていた。

第二十二章　死体がひとつ

　私はすぐさまルールタビーユのもとに駆けよると、しゃがみこんで、心臓の鼓動を確かめた。死んでいたらどうしよう？　そう思うと、不安でたまらなかった。だが、心臓は動いていた。

「よかった、眠っているだけだ」

　どうやら、フレデリック・ラルサンと同じように、急激な眠気に襲われたのだろう。ということは、ルールタビーユもまた料理に仕込まれた麻酔薬で眠らされてしまったのだ。だが、それではなぜ、私は眠らされなかったのか？　私だって同じ料理を食べたのに……。その理由は、しばらく考えたすえに、ようやくわかった。麻酔薬はワインか水のどちらかに仕込まれたのだ。そうとしか考えられない。というのも、私は普段から、食事の時には何も飲まない。幼い頃から肥満症のけがあるので、水分を極力取らない食餌療法をしているのだ。

　ルールタビーユを起こそうと、私は力いっぱい揺さぶった。だが、ルールタビーユは目を覚ましてはくれなかった。これがマチルド嬢の仕業であることは疑いようがない。たぶん、マチルド嬢は父親以上にルールタビーユを恐れたのだ。ルールタビーユは、どうやら自分が犯人に〈秘密〉を握られていることを知っているらしい。また、とびぬけて優秀な頭脳を持っているともいう。おそらく、そんなことをダルザック氏から聞かされて、〈秘密〉を守るためには犯人が来る時に、眠らせておかなければならないと考えたのだろう。そう言えば、食事が始まった時、料理女が「おいしいシャブリがありますが、いかがですか？」と勧めてきていた。栓はあいていたので、博士たちのテーブルでついだ残りのものを持ってきたのだろう。マチルド嬢は博士のグラスに麻酔薬を垂らしただけでなく、ワインにも薬を仕込んだのだ。

私はそのあともルールタビーユをたたき起こそうとして、十五分ほど格闘したが、ルールタビーユはいっこうに目を覚ましてくれなかった。こうなったら、しかたがない。私は決心した。もはや最終手段だ。ショック療法で目を覚ましてもらうしかない。私は水差しを手にすると、ルールタビーユの頭に中身を思いきりひっかけた。すると、ルールタビーユはようやく目を開けてくれた。もちろん、まだ顔に生気はなく、力のないぼんやりとした目をしていたが、ひとまず第一段階は成功したと言ってよい。あとは意識をはっきりさせるだけだ。私はルールタビーユの頬を容赦なく叩いた。そうして、その体を無理やり起こした。ルールタビーユの体に力が入ったのがわかった。よし、これで大丈夫だ。

「もう少し頬を叩いてくれ」ルールタビーユが言った。「だが、音をたてないようにな」

音をたてないように頬を叩くなんて、そんなことは無理に決まっている。そこで、私は頬をつねりながら前後に揺さぶることにした。すると、ルールタビーユはようやく起きあがった。私はほっと胸をなでおろした。

「眠らされてしまった……。ああ、なんとか眠るまいと十五分は必死に耐えたんだが……。だが、今さらそんなことを言ってもしかたがない。サンクレール、しばらく僕のそばにいてくれ」

と、ルールタビーユがその言葉を言いおえるかどうかの時だった。館の中に、耳をつんざくような悲鳴が響きわたった。今、まさに死の恐怖に直面した――そんな悲鳴だった。

「しまった！」ルールタビーユが叫んだ。「遅かった！」

ルールタビーユは扉に飛びつこうとしたが、まだ足元がおぼつかないようで、壁にぶつかってころんでしまった。その間に、私は拳銃を手に部屋を飛びだし、マチルド嬢の部屋に向かった。そして、〈直線廊下〉に出た時、マチルド嬢の部屋から男がひとり、走り出てくるのに気づいた。男はほんの二、三歩、足を運んだだけで、あっというまに階段の踊り場にたどりついていた。

私は夢中になって、拳銃の引き金を引いた。銃声が廊下に響きわたった。だが、男はその瞬間にはもう階段のほうに姿を消していた。すぐに、すさまじい勢いで階段を駆けおりていく、男の足音が聞こえた。

私はそのあとを追いかけながら、叫んだ。

「止まれ！　止まらないと撃つぞ！」

そして、私が中央階段まで来た時、左翼側の廊下の奥から、ランス氏が「何だ、何があったのだ！」と叫びながら、走ってくるのが見えた。

それにはかまわず、私は階段を駆けおりた。すると、すぐ後ろから、ランス氏もついてきた。玄関ホールまで降りると、扉の脇の窓が開け放たれていた。その先に、逃げていく人影が見える。私はとっさに拳銃を構え、男に向かって続けざまに銃弾を発射した。ランス氏も持ってきた拳銃を構えると、立てつづけに撃った。男までの距離は十メートルだ。と、男がつまずいて、地面にころんだように見えた。その時にはもう、私とランス氏は男が出ていった窓から外に飛びだしていた。これなら、捕まえられる！　だが、男はすぐに起きあがって、また全速力で走りだしていた。私たちはあとを追った。だが、私は靴下だったし、ランス氏は裸足だった。男が銃弾で傷を負わないかぎり、追いつける見込みはなかった。そこで、私たちは残りのありったけの銃弾を男に浴びせた。銃弾は当たったのか？　当たったようにも思えるが、それはわからない。ともかく、男は逃げつづけた。

と、玄関を背にまっすぐ正門に向かっていた男が、不意に右に曲がった。どうやら城館の右翼に向かい、その裏側にまわりこもうとしているらしい。私は不思議に思った。城館の右翼の裏は行きどまりになっていて、行く手には高い城壁がそびえているだけだ。左手も高い城壁だ。つまり、そこは右側を城館の壁、正面と左側を高い城壁で囲まれた袋小路になっているのだ。城壁の向こうは、深い堀なので、とうていここから敷地の外に出ることはできない。物陰もないので、隠れることもできない。城館の中に逃げこむにも、扉は今は森番が使っている、例の半円形に張りだした小さな部屋の扉しかない。しかも、その部屋は館とは直接つながっていないのだ。もし、男がそこに逃げこむつもりなら、それこそ袋のねずみではないか！

あれだけ銃弾を浴びせたのだから、男はきっと怪我をしているにちがいない。私は思った。だが、私たちは男から引きはなされるばかりだった。もう二十メートルは離されただろうか？　と、その時、私たちの後方、それも頭の上で物音がした。走りながら後ろを振りかえると、〈直線廊下〉の窓が開いて、ルールタビーユが顔を出したところだった。

「撃て！　ベルニエ、撃つんだ！　令嬢が襲われた！」ルールタビーユが叫んだ。

その直後、わずかな月明かりのもと、銃声とともに、一瞬、光が暗闇の中に炸裂した。その光に、猟銃を手にした門番の姿が浮かびあがった。

ベルニエの狙撃は正確だった。男はぐらっと体を傾け、地面に倒れた。いや、倒れたと思った。というのも、この時、男はすでに右翼側の一番端に来ていて、建物の裏側にまわりこもうとしていた。だから、私たちのほうから見えたのは、ぐらっと体を傾けたところまでだったのだ。私のいる位置からは陰になって、男が地面に倒れたところまでは見えなかった。だが、その二十秒後に、ベルニエやランス氏とともに、右翼の建物の裏側に行ってみると、はたして男は地面に倒れていた。

その時、また頭上から、「何だ！　何があったのだ！」と、先程のランス氏とまったく同じことを叫ぶ声が聞こえた。見ると、ラルサンが自分の部屋の窓から顔を出して、私たちに向かって大声を出していた。この大騒ぎで、ようやく麻酔薬による昏睡から目が覚めたらしい。まあ、あれほど銃声が鳴り響けば、おちおち眠ってはいられないだろう。

男はうつぶせに倒れていた。私とランス氏、門番の三人は、男の死体を上からのぞきこんだ。これが〈黄色い部屋〉の事件と〈不思議な廊下〉の事件を引きおこした、謎の犯人なのだ。と、そこにジャック爺さんがやってきた。そのうちに、ようやくルールタビーユが上から降りて、私たちのところに来た。足取りはもうしっかりしている。その姿を見ると、一刻も早く教えてやろうと思って、私は叫んだ。

「犯人はもう死んでいる！　死んでいるんだ！」

「じゃあ、もうこれ以上の危害を加えるようなことはないな。それはよかった」ルールタビーユの声は安堵しているように聞こえた。「とりあえず、玄関まで運ぼう」

だが、そう言った瞬間、即座に言いなおした。

「いや、待て、森番の部屋にしよう。そのほうがてっとりばやい」

そう口にすると、ルールタビーユはすぐ目の前にあった半円形の小さな部屋の扉を叩いた。だが、中から返事はなかった。鍵も閉まっている。私は一時間ほど前に、森番がランス氏の部屋から出てきたことを思い出した。そのままどこかに行ってしまったのなら、別に部屋にいなくても不思議はない。と、ルールタビーユが言った。

「やっぱり、いないようだ。いたら、顔を出すだろうし……。それなら、しかたがない。最初に言ったとおり、玄関に運ぼう」

辺りは真っ暗だった。ちょうど、私たちが男のもとに駆けつけた頃から、大きな雲が出てきて、月をすっぽり覆ってしまったのだ。そこで、私たちは男の顔も確かめられないまま、腕や足を適当に抱えた。早く明るいところに連れていって、男の顔を見たい——私たちの気持ちはひとつだった。

私たちは、暗がりの中、男の体を玄関にあがる大理石の石段の一番下に横たえた。死体を運ぶ間、男の傷口から流れでた生暖かい血が、私の手に伝ってきていて、その感触に、私は早く死体をおろしたくてしかたがなかった。

月はあいかわらず姿を見せなかったので、ジャック爺さんが厨房に走っていき、ランタンを手に戻ってきた。みんなが固唾を呑む中、爺さんが男の顔をランタンで照らした。ぼんやりとした光の中に、男の顔が浮かびあがった。それは——森番だった。

だが、森番は一時間程前に、ランス氏の部屋から出てきて、中央階段を降りていったではないか。それとも、そのあとでまた二階にあがってきたのだろうか？ 私は森番が大きな荷物を手に、ランス氏の部屋から出てきたことを、まだルールタビーユに話していないことを思い出した。だが、その話をほかの人に聞かせるわけにはいかないので、ぐっと我慢して、あとで報告することにした。

さて、ここで犯人の顔を見たルールタビーユがどんな反応をしたかを触れずにおくわけにはいかないだろう。ルールタビーユはランタンの光で森番の顔を見た瞬間、驚愕した表情を浮かべていた。実を言うと、それはラルサンも同じだった。ラルサンもこの時には玄関前に降りてきていたのだが、そこに横たわっている死体が森番のものであると知ると、驚愕した表情を浮かべた。いや、ルールタビーユもラルサンもただ驚愕していただけではない。ひどく落胆しているようでもあった。どうしても、この結末に納得がいかないのか、一緒になって死体の顔をのぞきこみ、衣服をあらためたりしていた。そして、異口同音に〈あり得ない！　こんなことはあり得ない！〉と、同じ言葉を繰り返していた。

ルールタビーユなどは、とうとう癇癪《かんしゃく》を起こして、「僕が見たかったのはこの顔じゃない！　こんな顔なんて、犬にやっちまえ！」とむちゃくちゃなことまで叫んでいた。

だが、犯人が森番だと知って、納得できなかったのは、この二人だけではない。驚いたことに、ジャック爺さんまでが、この結末に抗議の声をあげはじめたのだ。ジャック爺さんは滑稽なほど悲しみにくれて、大げさに嘆きはじめた。

「そうじゃない。嬢さまを襲ったのは森番じゃない！　そんなはずがないんだ。ああ、それなのに……」

それはまるで、自分の息子を殺されたような嘆き方だった。いや、自分の息子を殺されても、そうはならなかったかもしれない。爺さんがあまりに大騒ぎするので、私たちは爺さんを黙らせなくてはならなかった。

しかし、いくらなんでも、これほど大騒ぎするのは不自然だ。私は思った。そこで、ルールタビーユからちらっと聞いたことを思い出した。それによると、ジャック爺さんは森番のことを嫌っていたらしい。それはこの城にいる者なら、誰もが知っているとのことだった。

したがって、爺さんとしては森番が死んだことを知って、自分が喜んでいるところを見せたくなかったのだろう。それで、大げさに嘆いてみせたのだ。私たちはそう理解した。

もうひとつ不思議なことがあった。それは事件がこんな遅い時間に起こったにもかかわらず、ジャック爺さんが寝間着ではなく、まるで昼間のようなちゃんとした格好をしていたことだ。ランス氏だって、裸足で飛びだしてきたというのに……。

その間、ルールタビーユは石段に膝をついて、ジャック爺さんが掲げるランタンの明かりで、まだ死体を調べていた。今は森番の服を脱がせて、胸元をはだけさせたところだ。私はその様子を横からのぞいた。森番の体は血で染まっていた。

と、突然、ルールタビーユが爺さんの手からランタンを奪いとり、胸にある大きな傷の辺りを照らした。それから、急に立ちあがると、びっくりするほど皮肉な口調で言った。

「皆さんはこの男が拳銃だか猟銃の銃弾で死んだと思っているでしょう? でも、そうではないのです。この男は心臓をナイフでひと突きにされているのです」

私は、またもやルールタビーユがおかしなことを言いだしたのかと思った。それで、自分の目で確かめようと、死体をのぞきこんだ。ルールタビーユの言うとおりだった。森番には、銃弾による傷は見当たらなかった。その代わり、心臓の辺りに、鋭い刃物でぐさりと刺された深い刺し傷があったのだ。

第二十三章　黒い幽霊

　あまりの展開に私が言葉を失っていると、ルールタビーユが肩を叩いてきた。

「ちょっと一緒に来てくれ」

「どこにだ？」

「僕の部屋にだ」

「何をするんだ」

「今、起きたことをよく考えるのさ」

　私のほうは正直、完全に頭が真っ白で、よく考えるどころか、何かを思うこともできなかった。なにしろ、ひと晩の間に、これほどむごたらしい事件がたてつづけに起こったあとなのだ。しかも、実際には何が起こって、どういう経過で、こんな結末に至ったのかもわからない。わかっているのは、森番が死んで、マチルド嬢が瀕死の状態にいるということだけだ。そんな状況で、どうしたら〈今、起きたことをよく考える〉気になれるのだろう？　私にはまったく理解できなかった。まったく、ルールタビーユは常人とは違う。戦闘のただ中にあっても、冷静沈着に事態に対応する指揮官。私にはそんなふうに見えた。

部屋の扉を開けて、私に椅子を勧めると、ルールタビーユはその真ん前に腰をおろし、パイプを吹かしはじめた。外から見た分にはわからないが、その突きだした額の内部では、さまざまな論理が組み立てては壊され、また組み立てられているのだろう。私はその姿を見つめていた。だが、いつのまにか眠りに落ちてしまったらしい、気がつくと、外は明るくなっていた。時計は八時を指していた。

ふと、目をあげると、ルールタビーユは、目の前の椅子にはいなかった。部屋の中にもいない。しかたがないので、私は立ちあがって、ひとつ大きな伸びをした。と、その時、扉が開いて、ルールタビーユが戻ってきた。その顔つきを見ただけで、私にはわかった。ルールタビーユは私が眠っている間も、時間を無駄にしていないことが。

「マチルド嬢の容態はどうだい？」私は開口一番に尋ねた。

「最悪の事態はまぬがれそうだ。だが、重体だよ」

「君は、いつ外に出たんだ？」

「空が白みだした頃にはね」

「今まで調べていたのか？」

「ああ、ずっとね」

「で、何か見つかったかい？」

「地面にくっきりと、二種類の足跡が残っていた。見た時には大変だと思ったよ。この謎を解くのは、かなり、手こずるんじゃないかとね」

「ということは、あまり手こずらなかったということか？」

「そういうことだ」

「昨晩の事件と関連がありそうなのか？」

「少しはね」

「どちらの事件だ？　マチルド嬢が襲われた事件か？　それとも、森番が死んだ事件か？　君は昨晩、森番の死体を見て、『あり得ない！』と言っていたね？」

「森番の事件だ。だが、今になってみると、森番の死は〈あり得る〉ものだった。まあ、今言った二種類の足跡は、それに関係するものだったんだ。最初から順を追って話そう。僕は今朝、夜明けと同時に、館の周辺を調べて、その二種類の足跡を見つけた。地面の状態からすると、どちらの足跡も、昨晩、同時につけられたことは明らかだった。この場合、〈同時に〉というのは、この二種類の足跡の持ち主が、並んで歩いたということだ。この二つが別々の時間に、互いに関係なく地面に残されたとは考えられない。というのも、仮に二つの足跡が同じ道を通ったせいでついたとしても、別々の時についたのなら、必ず、あとから歩いたほうの足跡が前に歩いた足跡を踏んでいるはずなんだよ。片方が片方に重なる時が出てくる。だが、この二つの足跡は重なることなく、並んで続いていた。これは二人がおしゃべりでもしながら、並んで歩いた時についたとしか考えられない。それもどうやら、城館前の広場のある一点で合流し、そこから一緒に歩きはじめたんだ。

さて、この二種類の足跡が最初に確認できるのは、広場の中央辺りだ。足跡は、そこから広場の出入口になっている門を通って、〈コナラ庭園〉のほうへ向かっていた。そこで、僕は広場からずっと目を皿のようにして足跡を追っていったんだ。ところが、その途中で、ラルサンに出会った。ラルサンは、すぐさま僕のやっていたことに興味を示したよ。というのも、この二種類の足跡は、どちらもただの足跡ではないからね。これを見たら、誰だって調べたくなるようなものなんだ。つまり、それは〈黄色い部屋〉の事件の時に発見された、あの二種類の足跡――〈ドタ靴の足跡〉と〈細身の足跡〉だったんだ。

ところが、〈黄色い部屋〉の事件の時に残されていた足跡と、今度の足跡では明白な違いがあった。〈黄色い部屋〉の事件の時は、〈ドタ靴の足跡〉は離れの窓の下を城壁と並行に進んだあと、垣根から敷地の外に出て、池のふちまで続いていたね。そこで、〈細身の足跡〉と合流して、〈ドタ靴〉のほうは消えていた。あとは自転車の車輪と並んで、〈細身の足跡〉がエピネーとコルベイユをつなぐ、コルベイユ街道に向かって続いていた。つまり、この二つの足跡の持ち主は同一人物で、靴を池のふちで履きかえたのだろう。それがあの時、僕とラルサンが同時に出した結論だった。だが、さっきも言ったとおり、今朝見つけた足跡は、一緒に並んで歩いているのだ。つまり、足跡の持ち主はひとりではなく、二人だということだ。足跡が互いに重なっていないのを見て、それが確認できると、僕は〈黄色い部屋〉の事件の足跡もひとりではなく二人だったのかと、かつて抱いた確信が揺らぎだしてしまった。ラルサンもまた、僕と同じ確信を抱いていたのだから、僕と一緒になって、犬が地面を嗅ぐように、この足跡をのぞきこんでいたよ。

僕は紙挟みから、前にとった足跡の型紙を取りだした。ひとつは、ジャック爺さんの古いドタ靴の足型。ラルサンが池の中から見つけたやつだ。それは今朝見つけた〈ドタ靴の足跡〉と、「ちょうど一致した。そしてもうひとつのほうも、池のふちで見つけた〈細身の足跡〉とは、靴の爪先の形がちがうものの、大きさは一致した。つまり、ほぼ同じだったということだ。もちろん、違いがある以上、この二つの足跡が同一人物のものだと結論を出すことはできない。といって、逆に、同一人物ではないと結論を出すこともできない。最初の足跡の持ち主が、違う靴に履きかえたのかもしれないからね。

そこで、僕とラルサンはこの二種類の足跡を追っていった。足跡は、やがて〈コナラ庭園〉から出て、先日と同じ池に出た。だが、今回は、そこでとだえてはいなかった。コルベイユ街道に出る小道にそのまま入っていたんだ。あいかわらず、二つ並んでね。コルベイユ街道は、最近、アスファルト舗装にされたので、それ以上は無理だった。僕たちは、ひと言も会話をすることなく城に戻ってきた。

そうして、城館前の広場まで来ると、いったん別れの挨拶をした。僕はラルサンが館の中に入るのを見守った。それから、ジャック爺さんのところに行ったんだが、どうやらラルサンも同じことを考えていたらしい。僕たちはそこでまた顔を合わせることになった。ジャック爺さんは、まだベッドの中だったよ。椅子の上に、濡れてしわくちゃになった洋服が投げだされているのが、すぐ目に入った。例のドタ靴と同じ型の靴もあった。靴は泥だらけだった。僕はすぐに不審に思った。だって、そうだろう？　確かに、昨日、爺さんは森番の死体を運ぶのを手伝ってくれたり、厨房にランタンを取りにいってくれたりした。でも、それくらいで、服が濡れてしわくちゃになったり、靴が泥だらけになることはないからね。ましてや、あの時には雨はあがっていたんだ。雨が降ったのは、事件の前と、そしてあとだけだ。それに、爺さんの顔ときたら、これまたひどいもんだった。疲れきったような顔で、ベッドから出ようともしない。しかも、僕たちの顔を見たとたんに、怯えた表情になって、目をぱちぱちさせているんだから、こりゃあ、何かありましたと言っているようなもんだ。少なくとも、森番を運んだあとで、そのまま寝なかったのは間違いない。

僕らはジャック爺さんの話を聞いた。爺さんは、あのあと、給仕頭がマチルド嬢のために医者を呼びにいき、医者を連れて戻ってきたところで、自室にひきとったと言った。そして、すぐに眠ってしまったと……。だが、僕らはそれは嘘だと言って、爺さんを責めたてた。医者が来た時に、爺さんはいなかった。それに、すぐに寝てしまったのなら、服や靴のことが説明できないと……。そうしたら、爺さんはやっと、館の外に出ていたことを認めたんだ。

そしてまた、こんな嘘をついた。

『あんなことがあって、頭痛がしたもんですから、皆さんが玄関前を引きはらったところで、少し辺りを散歩することにしたんです。でも、〈コナラ庭園〉より先には行ってませんよ』

そこで、僕たちは、『それなら、爺さんの足跡が池のふち、さらにはコルベイユ街道まで続いていたのは、どう説明するつもりだ？』と、なおも爺さんを絞めあげた。そうして、爺さんがどこをどう通って、コルベイユ街道まで行ったのか、まるで見ていたように話してやったんだ。すると、爺さんはベッドの上に身を起こし、体をぶるっと震わせた。それを見ると、ラルサンが追い打ちをかけた。

『お前はひとりじゃなかったな？』

と、爺さんは思いがけない返事をした。

『まあ、ひとりじゃないと言えば……。じゃあ、ラルサン刑事さんも見たんですね？』

『誰をだ？』僕は横から口をはさんだ。

『黒い幽霊ですよ。私は黒い幽霊のあとを追っていたんです』

そう言うと、ジャック爺さんは詳しく説明を始めた。

『実は、二、三日前から、夜中に黒い幽霊が何度も出ているんです。深夜零時になると、きまって庭園に現れて、木の間をすーっと滑るように、抜けていくんです。それも、まるで幹を通りぬけていくみたいに見えるんです。この部屋の窓の前を通ったこともあるんですよ。そう、二度ばかり。月に照らされて、黒い影が窓の外を通りすぎたんです。それで、おととい の晩は、思い切って、その黒い幽霊のあとを追うことにしました。いや、もう少しで追いつきそうだったんですがね。天守閣の角まで来た時、幽霊はふいっと姿を消してしまいました。

で、昨日のことですが、昨晩はまたおかしな事件が起こるし、嬢さまの命も危ないというので、なんだか気持ちが落ち着きませんでした。そこで、皆さんが館の中に入られたあとも、しばらく玄関でぼんやりしていたのです。そうしたら突然、城館前の広場の真ん中に、それが姿を現したんです。黒い幽霊が……。そこで、私は今度こそ逃がすまいと、またあとをつけていったんです。そうして、気がつかれないように足を速めながら、徐々に近づいていきました。幽霊は〈コナラ庭園〉の小道に入ると、敷地の向こうにある池のほうに行きました。ところが、そこから細い道を通って、コルベイユ街道まで来たところで、またふいっと姿を消してしまったんです』

『その幽霊の顔は見たのか？』ラルサンが尋ねた。

『いいえ。頭から黒いヴェールをかぶっていましたんで……』

『飛びかかって、捕まえようとは思わなかったのか？〈不思議な廊下〉の事件の時に犯人を捕まえようとした時みたいに……』

すると、爺さんは細かく首を横に振って答えた。

『できませんよ、そんなこと！　相手は幽霊なんですよ。もう怖くって、あとをつけるので精一杯ですよ』

でも、それはやっぱり嘘だとわかっているからね。僕はおどすように言った。

『本当のことを言ってください。あとを追っていたんじゃないことはわかっているんだから……。あなたはその幽霊と並んで歩きながら、コルベイユ街道のところまで行ったのでしょう。もしかしたら、幽霊と腕を組みながらね』

『そんなことはしてません！　ともかくコルベイユ街道まで行ったら、幽霊が消えちまったし、急にどしゃぶりになったもんだから、部屋に戻ってきたんです。そのあと、幽霊がどうなったのかは、まったく知りません』

そう言いながら、ジャック爺さんは僕から目をそらした。もちろん、嘘をついているからだ。僕とラルサンは爺さんの部屋を出た。

『爺さんは、共犯者だと思いますか？』

僕はラルサンに訊いてみた。その答えか、あるいは表情なんかで、ラルサンの考えが読めないかと思ったんだ。でも、ラルサンは両手をあげて、肩をすくめただけだった。

『なんとも言えないな。こういった事件では、拙速に結論を出すことはできない。昨日なら、この事件に共犯者はいない、と断言したところだがね』

ラルサンがこのあとエピネーの駅に行く用事があると言うので、僕たちは玄関ホールで別れた。で、僕はそのまま階段をあがって、自分の部屋まで戻ってきたというわけだ」

私は首を傾げた。

「でも、君、結局、その二種類の足跡は森番が死んだことにどう関係するんだい？　それに、ジャック爺さんが見た黒い幽霊というのは？　僕にはさっぱりわからないよ。見当もつかない。君は、どこまでわかっているんだ？」

するとルールタビーユはこぼれるような笑みを浮かべると、立ちあがって、私の手を力一杯、握りしめながら、嬉しそうに叫んだ。

「どこまでって……。何もかもさ。僕にはすべてわかったんだ」

「じゃあ、頼むから教えてくれないか？」

だが、ルールタビーユは突然、話題を変えて言った。

「その前に、マチルド嬢の容態を訊きにいこう」

第二十四章　犯人の二つの顔

〈黄色い部屋〉の事件の時と同じように、マチルド嬢はまたもや瀕死の重傷を負っていた。しかも、今回は胸を三箇所、ナイフで刺されるというもので、夜から朝にかけて、数時間もの間、生死の境をさまようことになった。幸い前回とは違って、今回は思いのほか早く意識を取り戻し、傷の具合もこれから命の危険をおびやかすものにはならないだろうという診断がくだされた。恐ろしい出来事ではあったが、マチルド嬢は命をとりとめたのだ。博士をはじめ、まわりの人々はほっと胸をなでおろした。

だが、これは少し先の話になるが、その後の経過はあまり順調とは言えなかった。確かに、体のほうは日に日によくなっていったが、精神が安定するまでに、かなり時間がかかったのである。ほんのわずかでも、この時の出来事を想像させるようなことが耳に入ると、マチルド嬢は精神を錯乱させ、意味のわからない言葉を叫んだ。いや、これは決して大げさに言っているのではない。この出来事以来、マチルド嬢の精神は衰弱し、博士とともに研究を進めた、あの素晴らしい知性は、影も形もなくなってしまったのだ。これにはもちろん、森番が死んだ翌日に、ダルザック氏が逮捕されたことも影響していると思われる。

そこで、その時のことに話を戻すと、森番が死んだ翌日に、マチルド嬢のもとにダルザック氏が駆けこんできたのは、午前九時半だった。その時、私たちはマチルド嬢の容態を知るために、部屋の前の〈直線廊下〉で待っていたのだが、その廊下の窓から、ダルザック氏が髪を振り乱し、服もしわくちゃで、靴まで泥だらけという、ひどい格好で、〈コナラ庭園〉を抜けて、城館に走ってくるのを目にしたのだ。ダルザック氏は死人のように真っ青だった。そうして、城館前の広場に入ったところで、おそらく私たちの姿に気づいたのだろう、大声で叫んだ。

「マチルドは？　私は間に合わなかったのか？」

「大丈夫です！　命は助かりましたよ」ルールタビーユが大声で知らせた。

ダルザック氏はそのまま玄関に飛びこみ、一分後にはマチルド嬢の部屋に駆けこんでいた。扉ごしに、ダルザック氏が泣いている声が聞こえた。

それを聞くと、私の横でルールタビーユがうめくように言った。

「かわいそうに……。なんと悲惨な運命なんだ！　まったくこの家族は疫病神にとりつかれているとしか言いようがない。ああ、僕が麻酔薬で眠ってしまわなければ、犯人の手からマチルド嬢を守れたのに！　犯人を殺して、永久にその口を封じてやることもできたのに！森番だって死ななくてもすんだのに……」

やがて、目を真っ赤に泣きはらした顔で、ダルザック氏が部屋から出てきた。その顔を気の毒そうにながめると、ルールタビーユは、昨晩の出来事をダルザック氏に語りはじめた。

マチルド嬢とダルザック氏を守るため、自分が犯人の顔を確認したうえで、永久に口を封じてしまおうかと思ったこと。ところが、麻酔薬を飲まされたせいで、その計画が狂い、悲惨な結果になってしまったこと……。それだけのことを簡単にまとめて言うと、ルールタビーユは恨み言を口にした。

「もしあなたがもっと僕を信用していてくれたら……。僕が味方だと、マチルド嬢にも話しておいてくれたら、こんなことにはならなかったでしょうに……。だいたい、この城の人たちは、相手のことを思っているのに、自分勝手に動きすぎですよ。あなたはマチルド嬢に犯人を近づけまいと、本人には内緒で僕に頼んでいる……。そのマチルド嬢は父親にも、婚約者であるあなたにも助けを求めず、むしろ自分から犯人を部屋に引きいれ、殺される準備をしている……。これではどうすることもできませんよ！　実際、僕が部屋に飛びこんだ時にはもう遅かった。命が助かったのは偶然ですよ。まさに幸運としかいいようがない。もっとも僕も醜態をさらしましたがね。麻酔薬で眠らされて……。悲鳴を聞きつけて、どうにか部屋まで行きましたが、体が半分眠っていて、ふらふらしながら歩くのが精一杯だったのです」

それを聞くと、ダルザック氏が、その時の状況をもっと詳しく知りたいと言ったので、ルールタビーユは自分の部屋から出て、マチルド嬢の寝室に行った時のことを最初から話しはじめた。

「今も言ったように、僕はふらふらしながら、壁に手をつくようにして、廊下を歩いていったのですが、マチルド嬢の部屋の前まで来ると、廊下に面した控えの間の扉が開いているのが見えました。そこで、控えの間に入ると、その先の寝室に続くドアも開いていました。あ、でも、寝室に足を一歩、踏みいれた瞬間、僕は心臓が止まるかと思いましたよ。だって、寝室の中ではマチルド嬢が机の上にあおむけにひっくりかえっていて、胸から大量の血を流しているのですから……。マチルド嬢は目を閉じていて、体はぴくりとも動きませんでした。ただ、その間もどんどん血は流れつづけていて、部屋着を真っ赤に染めていきます。もしかしたら、これは夢ではないのか？　僕は思いました。まだ麻酔薬が残っているせいで、悪夢を見ているのではないのか？　現実に起こっている出来事ではないのではないかと……。でも、そんなはずはありません。マチルド嬢の姿を見た瞬間に、体に残っていた眠気が一気に吹きとんでしまったくらいなのですから……。僕は考えました。

〈いずれにしろ、このままではいけない。ともかく、なんとかしなくては……。まずはマチルド嬢の命を救わなければ……〉

そこで廊下に飛びだすと、ちょうどうまい具合に、悲鳴を聞きつけて、給仕頭が二階にあがってきました。僕はすぐさま給仕頭に医者を呼びにいかせると、このまま犯人を生かしておいてはいけないと考え、窓から顔を出して、犯人を撃てと叫びました。それから、また寝室に戻ると、マチルド嬢の出血がおさまっているのを見て少し安心して、博士が寝ている応接間に入りました。夕べは、小間使いたちがいなかったので、本当なら隣の小部屋に博士が寝ているはずですが、思ったとおり、博士は応接間のソファーでぐっすりと眠りこんでいました。マチルド嬢に麻酔薬を飲まされたんです。小部屋と応接間につながるドアの鍵は、どちらも開いていました。

僕は博士を揺さぶりながら、叩いたり、つねったりしました。ええ、サンクレールが僕にしてくれたように……。すると、博士はまだ半分眠った状態で起きあがりました。もちろん、何が起きたかはまったくわかっていなかったのです。でも、僕が無理やりひっぱって、マチルド嬢の寝室まで連れていくと、すぐに娘の姿に気づいて、悲鳴をあげました。さすがに、一気に現実に戻ったのです。気の毒に……。これほどひどい目醒めは、ほかには考えられないでしょう。僕たちは二人で、足をふらつかせながらも、マチルド嬢を机の上からベッドまで運びました。

それから、僕は呆然としている博士をマチルド嬢のそばに残し、サンクレールたちのもとに行こうとしました。犯人がその後、どうなったのか、気になったのです。ところが、寝室を出ようとした瞬間、机の下に押しこまれていた物が目に留まりました。それは小包のようなものでした。どうして、こんなものがこんなところに？　僕は気になって、その小包を手にとりました。そして、少し包装が破けていたので、そこから中をのぞきこんでびっくりしました。それは書類の束で、〈差動蓄電器のための新型の検電器〉とか、《重量を持つ物質》と《重量を持たない物質であるエーテル》を仲介する物質の基本的な特性を表すグラフ〉といった文字が見えたからです。そうです。〈黄色い部屋〉の書類戸棚から盗まれたあの研究です。犯人はそれを置いていったのです。まったく、恐ろしいことを考える男です。

それを見た時、僕は思わず、身の毛がよだちました。なにしろ、犯人の計画では、マチルド嬢が殺された翌日に、博士は盗まれた研究が戻ってくるのを知るのです。まるで、娘の命と引き換えにしたように……。いくら大切な研究でも、娘がいなくなったら、もうそんなものに意味はありません。かえって、娘の代わりに研究が戻ってきたと思ったら、そんな研究は見るだけで辛くなるでしょう。そうしたら、博士はおそらくその研究を暖炉にくべて燃やしてしまうだろう。ひとつ残らず……。犯人はそう考え、またそうなることを期待したのです」

そう言うと、ルールタビーユはきっと唇を結んだ。

まもなく、予審判事のド・マルケ氏が書記と警官隊を連れてやってきた。城にいた者は、ようやく意識を取り戻したばかりのマチルド嬢は別にして、全員、尋問された。もちろん、私とルールタビーユもだ。私たちはあらかじめ相談して、何を言って、何を言わないか、決めていた。私が〈直線廊下〉の角にある道具入れの中に潜んでいたことや、博士やルールタビーユが麻酔薬で眠らされたことはもちろん言わないことにした。そんなことを話してしまうと、昨夜、何かが起きることを私たちが予期していたことや、マチルド嬢が犯人を待っていたことがわかってしまう。だが、マチルド嬢は命の危険を冒してまで、自分の〈秘密〉を守ろうとしたのだ。私たちがその犠牲を無駄にするわけにはいかない。だから、とうてい口に出すわけにはいかなかったのだ。

一方、ランス氏は昨日の夜の十一時頃まで、自分の部屋に森番がいたことを黙っていると思ったら、いとも簡単に打ち明けてしまった。それがあまりにも自然な態度だったので、私はびっくりしてしまった。ランス氏はこう言ったのだ。

「最後に森番を見たのは、昨日の夜の十一時ですね。なにしろ、それまで私の部屋にいたもので……」

だが、その続きを聞いて、私はすぐに納得した。

「実は今日の午前中にこの城を辞去するつもりでして……。それなら、いつものようにサン・ミッシェルの駅まで散歩しながら行きたいと思ったのですが、なにしろ、今回は荷物を全部持ってきてしまったもんですから、のんびり散歩というわけにはいかない。そこで、どうしたものかと思っていたら、森番さんが『そういうことなら、明日の朝一番で駅まで届けてあげますよ。こちらにもついでがあるから……』と言ってくれたので、お願いすることにして、夜、荷物を取りにきてもらったんです。そうしたら、狩猟とか密猟の話で、ずいぶん盛りあがってしまいまして……。結局、十一時までひきとめてしまったんですよ」

スタンガーソン博士もランス氏の言葉を裏づける発言をしたので、この点についてはひとつも疑いの余地がなくなった。すると、あの時の荷物はアメリカに持ってかえる旅行鞄だったのだ。私は心の中で頷いた。ランス氏がまだ城にいるのに、博士父娘と食事をともにしなかった理由も、スタンガーソン博士が説明してくれた。

「いや、さっきも言ったように、ランスさんは夕方五時頃、私と娘に明日の朝帰ると、挨拶に来てくださったのですが、ちょっと気分が悪いので、夕食は一緒にとれないとおっしゃったんです。たぶん、お部屋でお茶をお飲みになっただけだと思います」

これに対して、門番のベルニエは、ルールタビーユから昨夜、何かがあると聞いていて、それに備えて手伝いの準備をしていたので、私たち同様、本当のことを言うわけにはいかず、ルールタビーユに指示されたとおりに、適当なことを答えた。

「私は昨晩、森番に一緒に密猟の見まわりをするように頼まれていました」

それを聞いた時、私は心の中で、思わず笑ってしまった。もちろん、これは嘘なのだが、森番はもう反論できない。門番は素知らぬ顔で、話を続けた。

「で、私たちは〈コナラ庭園〉の近くで待ち合わせをしていました。それなのに、いっこうに森番がやってこないので、私はおかしいなと思って、森番の部屋に向かったのです。待ち合わせの場所は、〈コナラ庭園〉の端っこのほうでしたので、私は天守閣の近くにある小さな門から城館前の広場に入りました。ところが、そこまで来た時に、誰かが広場を右翼の建物のほうに向かって走っていくのが見えたのです。しかも、その男に向かって発砲するように、何発も銃声がしました。と、その時に、二階の窓からルールタビーユさんが叫ぶ声が聞こえたのです。その声は、私に『撃て！　ベルニエ、撃つんだ！』と言っていました。ルールタビーユさんは、きっと私が猟銃を肩にかけていることに気づいたんでしょう。私はすぐさま、銃を構えて男を撃ちました。その瞬間、逃げていく男に命中したと確信がありました。それも心臓に命中したと……。だから、あとでルールタビーユさんが上から降りてきて、森番の体を調べ、この男はナイフで殺されたんだと言うまで、ずっと私の銃弾で死んだんだと思っていました。いや、いったい、何があったんでしょう？　私にはとうてい理解できませんね。こいつは奇術ですよ。だって、森番の死体が私の銃で死んだものでないなら、もうひとつ別に死体があるはずじゃないですか！　私の銃で死んだ死体が……。いいですかい？　男が逃げこんだあの右翼の建物の向こう側は、先が行きどまりになっていて、いったんそこに入ったら、また同じところから出てくるしかない。城館の裏にはまわれないんです。左手は高い城壁だし、突きあたりも高い城壁だから、そいつを越えていくわけにもいかない。だったら、私たちが行った時には、まだそこにいるはずじゃないですか？　生きていようが、死んでいようが……。ええ、あそこにはランスさんはじめ、何人かいたんですから、誰の目にも入らないなんてことは、考えられません」

だが、それを聞いても、ド・マルケ氏はそれほど不思議だとは思わなかったようで、こう指摘した。

「だが、あの時、右翼の向こう側のその一角は、なんの明かりもなく、真っ暗だったそうじゃないか。だから、君たちは男の顔を確認するために、玄関に運ぶしかなかったんだろう？　だったら、逃げてきた男がその辺りにいなかったと、誰も断言できないじゃないか！」

すると、今度はベルニエが反論した。

「少なくとも、倒れた状態ではいません。生きているにしろ、死んでいるにしろ、私の銃弾を食らった男がその場に倒れていたなら、私たちの誰かが気づいています。あの場所は城壁と建物の間がひときわ狭くなっているので、地面に人がころがっていたら、必ず誰かが踏んづけたはずだからです」

ベルニエの言うことは間違っていなかった。私はあの時の状況を思い浮かべた。犯人はベルニエの銃弾を食らって、確かに、あの半円形の部屋の向こう側に倒れたのだ。そして、その二十秒後に、まずは私とランス氏、それから門番のベルニエ、ジャック爺さん、そして、かなり遅れてルールタビーユが集まってきた。つまり、あの半円形の部屋の前には、ちょうど袋小路の入口をふさぐように五人の人間がいたのだ。もちろん、森番の死体を除けばということだが……。その五人が全員、もうひとつの死体、あるいは倒れている人間に気がつかなかったとは考えられない。ほかに姿を隠すとしたら、その半円形の部屋の中だが、その部屋の扉には鍵がかかっていて、その鍵は死んだ森番のポケットから見つかっていた。

だが、ベルニエの言うとおり、そこには死体がひとつしかなかったとすると、今度はまた奇妙なことが出てくる。私たちが追っていたのはやはり森番で、森番は銃で撃たれて地面に倒れたのだが、それから突然、ナイフで刺し殺されたことになる。でも、誰に？　誰かほかの人間があらかじめ、そこにいたと言うのか？　ド・マルケ氏はどうやらそう考えているらしかった。つまり、森番を殺した犯人は、あらかじめ森番を殺そうと、ナイフを用意してその場で待っていたのだと……。というのは、詳しくはあとで説明するが、警察はこの時、森番の交友関係を調べていて、森番には別に殺される理由があったと見ていたのだ。したがって、森番は、〈黄色い部屋〉の事件にも、〈不思議な廊下〉の事件にも、今度のマチルド嬢の襲撃事件にも関係のない人間に殺された。また、森番自身もこの三つの事件には関わってはいない。そう結論しているようだった。では、マチルド嬢を襲ったのは誰なのか？　その犯人はどこに消えてしまったのか？　ド・マルケ氏は単に、私たちがその犯人を取り逃がしたと考えているように見えた。

いずれにしろ、警察は森番の死を、この一週間ほどの間に、グランディィエ城で起こった一連の事件とは関係ないものと見ていた。というのも、森番の交友関係や生活習慣を洗ったところ、森番が《主楼館》の主人であるマチュー親父の女房と密会を重ねていたのが判明したからである。そうだとしたら、今回、森番が殺されたのは痴情沙汰と考えたほうがよい。実際、マチュー親父が、「殺してやる！」と森番をおどしていたという証言もあった。そこで、ド・マルケ氏は、その線で間違いないと判断し、マチュー親父を逮捕することに決めていたのである。実際に、その日の午後一時、金髪の女房が夫はそんなことはしないと懸命に言いはったのにもかかわらず、マチュー親父はリューマチでうめいているところを逮捕されて、コルベイユの拘置所に移送された。マチュー親父にとって決定的だったのは、今も言ったとおり、《主楼館》に食事に来る、荷馬車の御者たちの証言だった。御者たちは、「そう言えば親父さん、昨日の夜も『あの森番の野郎、今度こそ殺してやる！』と言ってたな」と口々に証言したのだ。捜査の結果、《主楼館》から凶器のナイフは見つからなかったが、この御者たちの言葉が決め手となった。それは結果として、マチュー親父の藁のベッドの中からナイフが見つかるよりも、信憑性《しんぴょうせい》を持ってしまったのである。

前の晩に恐ろしい出来事をたてつづけに経験しただけではなく、夜が明けると、次から次へと新しい事実が出てくるので、あまりのめまぐるしいその展開に、私たちはただ呆然としていた。ところが、そこでさらに呆然とするようなことが起こった。予審判事たちが城に到着するのと同時に、エピネーに出かけていたフレデリック・ラルサンがエピネー・シュル・オルジュ駅の駅員を連れて戻ってきたのだ。

その時、私とルールタビーユは、玄関ホールでランス氏と一緒に、マチュー親父は森番を殺した犯人なのか、それともこれは警察による冤罪《えんざい》なのか、議論をしていた。といっても、もっぱら話しているのは、私とランス氏だけだった。その間、予審判事のド・マルケ氏と書記のマレーヌ氏は、私たちがルールタビーユは自分の考えに没頭しているようだったので、グランディエに初めて来た日に案内してもらった小さな応接間で、ひとりひとり城の人間を呼んでは話を聞いていた。その時はちょうどジャック爺さんがド・マルケ氏に呼ばれて、応接間に入ったところだった。ダルザック氏は博士や医者と一緒に、二階のマチルド嬢のそばにつきっきりだった。

さて、ラルサンが、鉄道会社の職員を連れて玄関ホールに入ってきた時、私とルールタビーユは、その男が以前に見かけた、ブロンドの山羊ひげの駅員だとわかった。

「おや、あの時の駅員さんじゃないか！」私が叫ぶと、ラルサンは笑いながら答えた。

「ええ、そうですよ。覚えていましたか？　エピネー・シュル・オルジュ駅の駅員です」

そう言うと、ラルサンは応接間の前に立っていた警官に、予審判事に取り次いでくれないかと頼んだ。警官が中に入っていくと、すぐにジャック爺さんが出てきて、入れ違いにラルサンと駅員が応接間に入っていった。そのあとしばらく動きはなかった。ルールタビーユは中で何が話されているのか気になるようで、苛々しながら待っていた。と、十分ほどして、応接間の扉が開き、先程の警官が予審判事に呼ばれて、また中に入った。警官はすぐに出てきて、階段をあがっていったが、たちまち降りてきた。そして、応接間の扉を開け、戸口から中に声をかけた。

「予審判事殿。ダルザック氏は降りてきたくないと言っています」

「なんだって！　私の呼びだしを拒否すると言うのか！」ド・マルケ氏が叫んだ。

「いえ、そうではなくて、マチルド嬢の状態を考えると、今はまだそばを離れられないと言うのです」

「よろしい。ダルザック氏が降りてこられないと言うなら、こちらがあがっていこう」

そう言うと、ド・マルケ氏は書記と警官を連れて、階段をあがっていった。その時に、ラルサンとエピネー・シュル・オルジュの駅員にも来るように合図をしたので、私たちも一緒についていった。

マチルド嬢の部屋の前までくると、ド・マルケ氏が控えの間の扉をノックした。すぐに、小間使いのシルヴィーが顔を出した。小間使いの髪型は崩れ、ほどけた髪が泣きはらした顔に垂れていた。

「スタンガーソン博士はおられるな？」ド・マルケ氏は尋ねた。

「はい」

「お話があると伝えてくれ」

小間使いはいったん部屋の中に戻っていった。

しばらくして、今度は博士が戸口に現れた。すっかり憔悴して、見るも哀れだった。目には涙の跡があった。

「取り調べにはお答えしたはずですが……。こんな時なのですから、少し放っておいてくれませんか？」

「ですが、博士、私どもとしては、どうしてもダルザック氏からお話を伺わなくてはならないのです。それも今すぐに……。いったん、令嬢のお部屋を出ていただけるよう、博士から説得してもらえませんか。さもないと、私は司法警察の権限でもってこの扉を越えていくことになります」

博士は返事をしなかった。その代わりに、予審判事をまるで首切り役人を見るような目で見つめて、くるりと踵《きびす》を返すと、また部屋に戻っていった。

すぐにダルザック氏が出てきた。顔には血の気がなく、表情はやつれきっていた。だが、予審判事の後ろに、ラルサンとエピネー・シュル・オルジュの駅員がいるのを見つけると、たちまち顔をこわばらせた。小さくうめき声を洩らすと、落ち着かない様子で、目をきょろきょろさせる。それから、絶望的な表情を浮かべると、がっくりと首をうなだれた。その姿があまりに悲壮だったので、私たちは胸を衝かれた。そして、これからダルザック氏が最悪の状況を迎えるのだと、一瞬にして悟った。その中で、ただひとり、ラルサンだけは猟犬が獲物の首根っこを捕まえた時のように、顔を輝かせていた。

山羊ひげの駅員を前に出すと、ド・マルケ氏が言った。

「この者に見覚えがありますか」

「はい」ダルザック氏は、震える声を必死に抑えようとしながら答えた。「エピネー・シュル・オルジュ駅の駅員です」

「この青年は、あなたがエピネーの駅で降りるのを目撃しています。それも……」

「ええ、昨夜、十時半です。間違いありません」ダルザック氏は自分から答えた。

沈黙が流れた。その沈黙を打ち破るように、予審判事が質問した。

「ダルザックさん、あなたは昨夜、エピネーの周辺で何をしていたのです？　マチルド嬢が襲われた場所から、わずか数キロメートルしか離れていないところで……」

ダルザック氏はきっと口を結んだ。そして、顔はあげたまま、静かに目を閉じた。自分が秘密を隠していることを表情から読みとられたくなかったのか、あるいは苦しんでいる気持ちを見せたくなかったのか、それはわからない。予審判事がもう一度、尋ねた。

「ダルザックさん、あなたは昨夜、エピネー周辺で、何をなさっていたのです？」

その言葉に、ダルザック氏は静かに目を開いた。そうして、気力をふりしぼるようにして言った。

「いいえ、申しあげられません」

「よく考えてください」予審判事は続けた。「理由もなく、返事を拒否するようなら、私はあなたを拘束しなければなりません。昨夜は何をなさっていたのです?」

「お答えできません」

すると、予審判事はおごそかに宣言した。

「ダルザックさん、法の名のもとに、あなたを逮捕します!」

その言葉がまだ終わらないうちに、ルールタビーユがダルザック氏に近寄った。何か言おうとする。だが、すぐにダルザック氏に押しとどめられた。警官がダルザック氏に近づいた。その瞬間、部屋の中から悲痛な叫び声があがった。

「ロベール! ロベール!」

マチルド嬢の声だった。その声があまりに苦しみに満ちていたので、私たちは思わずたじろいだ。この時ばかりは、ラルサンすらも青ざめた。この叫び声を耳にするなり、ダルザック氏はマチルド嬢のもとへ戻っていった。

それを見ると、予審判事がラルサンと警官を連れて、あとを追った。ルールタビーユと私は中には入らず、戸口に立ったまま、開いた扉から、部屋の様子をうかがった。マチルド嬢は博士やふたりの医者が止めるのもきかず、ベッドに体を起こしていた。その顔にはまったく血の気というものがなかった。ダルザック氏はラルサンと警官に、両脇から腕をつかまれていた。と、マチルド嬢が必死に、震える手をダルザック氏へと伸ばした。その目は大きく見開かれていた。ダルザック氏の身に何が起こったのか、理解したらしい。唇がかすかに動いて、何かをささやいた。だが、その声はあまりに小さかったので、誰にも聞きとれなかった。マチルド嬢はかろうじてその言葉を言いおわると、そこで力が尽きて、また意識を失ってしまった。その間にラルサンたちは、ダルザック氏をすばやく部屋から連れだしていた。ラルサンが馬車を探しにいっている間、私たちは玄関で待った。誰もが感情をたかぶらせていた。なんと、予審判事のド・マルケ氏すら、目に涙を浮かべていたくらいである。その隙をついて、ルールタビーユがダルザック氏に近づいた。

「弁明はなさらないのですか？」

「ああ」

「では、僕があなたを守ってみせます」

「無理だよ」かすかに笑みを浮かべると、ダルザック氏はさびしげに答えた。「私とマチルドにできないのに、君にできることはない」

「いいえ、僕にならできます」

その声はこちらが不思議に思うほど、落ち着きはらっていた。自信に満ちた口調で、ルールタビーユは続けた。

「僕はやりますよ、ダルザックさん。僕はあなたよりずっといろいろなことを知っているのですから……」

「君はまさか……」ダルザック氏は急に語気を荒らげて言った。

「いいえ、心配する必要はありません。あなたを救うのに、必要なことだけに留めますから

「君が何を知っているか知らないが、もし私に感謝してほしいのなら、これ以上は、知ろうとしてはいけない」

それを聞くと、ルールタビーユは静かに首を横にふって、ダルザック氏の耳元にささやいた。

「……」

「どうか僕の話を聞いてください。僕を信用してください。あなたは犯人の名前をご存じですね。そして、もちろん、マチルド嬢も犯人の名前を知っている。ただし、あなたがたが知っているのは、犯人のひとつの顔だけです。でも、僕はもうひとつの顔を知っている。犯人には二つ顔があるのです！」

だが、ダルザック氏はルールタビーユの言葉の意味がわからなかったらしく、ただ驚いたような顔をしていた。と、そこに、ラルサンが馬車を御して戻ってきた。警官に腕をつかまれたまま、ダルザック氏が座席に乗りこんだ。ラルサンは御者台にあがったままだった。

こうして、ダルザック氏は逮捕されたのだった。

第二十五章　ルールタビーユ、旅に出かける

その夜、私たちはグランディエをあとにして、パリに戻った。あんな恐ろしい出来事を経験したあとだったので、パリに戻れるのは嬉しかった。私はルールタビーユに言った。

「僕はもうあきらめたよ。こんな複雑な事件は僕の手にあまる」

すると、ルールタビーユは私の肩をぽんと叩いて、上機嫌で言った。

「いや、手に入れたい情報はすべてそろったよ。グランディエではもう調査の必要はない」

パリに着いたのは、夜の八時だった。昨日の夜からのことで疲れきっていたこともあり、私たちは簡単に夕食をとると、そのまま別れた。別れ際に、ルールタビーユは、「明日、君の家に行くよ」と言った。

翌朝、ルールタビーユは約束の時間に訪ねてきた。ウールで織った、英国製のチェックの三つ揃いを着て、腕にはロングコートをかけ、頭にはハンチングをかぶっている。そして、手には旅行鞄が握られていた。部屋に入ると、ルールタビーユは言った。

「ちょっと旅に出ようと思ってね」

「どのくらい行っているんだ？」私は尋ねた。

「ひと月か、ふた月はかかるかな。行ってみないことにはわからないが……」

私はそれ以上のことを尋ねようかどうしようか迷った。すると、ルールタビーユが思いがけないことを尋ねた。

「昨日、マチルド嬢が失神する前に、ダルザック氏に何か言ったろう？　何と言ったか、君にはわかったかい？」

「いいや。本当に小さな声だったからね。あれは誰にも聞きとれなかったと思うよ」

「そんなことはない」ルールタビーユはこともなげに言った。「僕にはわかったよ。マチルド嬢はこう言ったんだ、『話してしまって！』と……」

「じゃあ、ダルザック氏は今度こそ口を開くだろうか？」

「いや、絶対にしないね」ルールタビーユは断言した。

私はもう少しこの話をしたかったが、ルールタビーユのほうはもう時間がないようで、私の手を力強く握ると、立ち去ろうとした。私は急いでひとつだけ尋ねた。

「君がいない間に、マチルド嬢がまた襲われる心配はないのか？」

「もうその手の危険は、一切ないよ。ダルザック氏が逮捕されたからね」

この奇妙な言葉を残して、ルールタビーユは去っていった。次に会えたのは、それから二カ月以上もたった、ダルザック氏の裁判の場であった。グランディエの城で起こった、この〈説明できない事件〉を説明するために、ルールタビーユは旅先から戻ると、そのまま重罪裁判所へ出廷したのだ。

第二十六章　ダルザック氏、重罪裁判にかけられる

さて、グランディエの城で起こった一連の事件から二カ月半がたった、一月十五日。この日、センセーショナルな記事が、《レポック》紙の一面トップを飾った。

検察の暴挙を弾劾する

本日、ヴェルサイユの重罪裁判所で、ひとつの審理が行なわれる。パリ郊外、エピネー・シュル・オルジュの近くで、高名なスタンガーソン博士の令嬢が襲われた、あの凶悪な事件——〈黄色い部屋〉の事件として世間を騒然とさせた、あの不思議な事件の審理である。いまだかつて、これほど謎に満ちた事件はなかったろう。裁判史上、稀《まれ》に見る難解な事件。本日、審理に参加するセーヌ・エ・オワーズ県の陪審員たちは、それほど複雑怪奇な事件の裁判に関わることになるのだ。いや、単に謎に満ちた、複雑な事件だというだけではない。一番の問題は、その謎がまだ解明されていないことだ。事件の真相はいまだに闇に包まれたままなのである。

それなのに、警察はひとりの人間を逮捕してしまった。高潔な魂を持った、無実の人

間を……。そして、本日、その無実の人間が重罪院の被告席に座らされるのである。その人物の名はロベール・ダルザック氏――ソルボンヌ大学で教鞭をとる、フランス科学界の期待を一身に背負う、若き研究者である。ダルザック氏は科学者として優れているだけではなく、その誠実な人柄から多くの人々の敬愛も集めていた。そのダルザック氏を、当局は殺人犯として告訴したのだ。ダルザック氏逮捕の報がパリに流れると、各方面からたちまち非難の声があがり、警察は激しい抗議の声にさらされた。ソルボンヌ大学は、大学をあげて擁護に入り、《ダルザック氏の逮捕は予審判事の暴挙であり、これによって、大学は著《いちじる》しく名誉を傷つけられた。我々は氏の無実を固く信じるとともに、このような暴挙に至った司法当局に断固とした抗議を申し入れる》という声明まで発表した。

また、一連の事件の被害者である令嬢の父親であり、令嬢がダルザック氏と結婚した場合は、その義理の父親となるスタンガーソン博士も、「これは警察の勇み足である」と言ってはばからない。そして、被害者である当の令嬢も――令嬢は現在、事件のショックで、心身が衰弱している状態にあるが――もし令嬢がこの件に関してコメントを発表できるくらいに回復していたら、愛する婚約者の自由を奪った警察を激しく非難し、死刑を要求する十二人の陪審員の手から、自分が夫と定めた男を取り返すべく、本日、重罪裁判所まで足を運んだにちがいない。今も書いたとおり、事件のせいで、スタンガーソン嬢の精神はかなり衰弱した状態にあるが、それもいつかは回復すると思われる。

だが、その時に、自分の愛する男が無実であるにもかかわらず、陪審員たちの手によって、無慈悲にも断頭台に送られていたことを知ったら、いったい何が起こるだろう？　令嬢の精神は今度こそ崩壊してしまうのではないだろうか？　そんなことを読者はお望みだろうか？　これは特に、本日の審理に参加する十二人の陪審員にお尋ねしたいところである。

もちろん、読者は令嬢の精神が崩壊してしまうことなど、お望みではないだろう。そこで、我々はこの記事を書くことを決心した。これは十二人の陪審員の方々が事件の真相を見誤って、取り返しのつかない決断をくだすことがないようにしてほしいからである。いや、確かに、ダルザック氏には疑わしき点がある。事件が発生する時には、偶然とは思えないほど必ず城を留守にしていること。証拠とされる足跡が一致すること。検察の追及に対して黙秘を貫いていること。そして、何よりも、事件が起こった時の所在を明かさず、アリバイがまったくないこと……。こうした状況を考えれば、警察がダルザック氏を逮捕し、検察が裁判所に起訴したのは無理からぬことである。それは、今までに幾多の難事件を解決し、名刑事と謳《うた》われた、あのフレデリック・ラルサン刑事すらも例外ではない。ラルサン氏はこういった状況証拠にもとづいて、ダルザック氏が犯人だと、決めつけてしまったのである。予審判事もまた、それを認めてしまった。だが、今、いみじくも書いたように、警察が証拠としたのはすべて〈状況証拠〉にすぎない。警察はより直接的に〈真相の解明〉につながる事実や証拠を見つけだすことはできなかったのである。これは由々しきことだと言える。

そこで、本日、我が《レポック》紙は、陪審員たちの前で、ダルザック氏の弁護に立って、その無実を証明することにした。私たちにはそれができる。というのも、私たちは真相をつかんでいるからである。警察のつかめなかった真相を……。本日、私たちは事件にまつわる謎をひとつ残らず明かし、真実の光で法廷を照らすつもりである。

だが、私たち《レポック》紙が真実を知っているなら、どうしてそれを早く公表しなかったのか？　その理由は——私たちがこれから断頭台から救おうとしている、当のダルザック氏のことを考えたからである。だが、その理由もどうやらそれほど考慮しなくてもすむようになってきた。そこで、いよいよ真実を公表する決心をしたわけである。

さて、話は少し寄り道をするが、読者の中には、二年ほど前に起きた〈オベルカンフの左足〉事件のことを覚えておいでの方もいるだろう。パリのオベルカンフ通りでゴミ箱からバラバラになった女性の死体が発見された事件である。あの時、警察は必死の捜索をしたが、女性の左足だけは見つからなかった。だが、本紙を読んだ方は、ある匿名記事によって、〈その左足はパリの地下にある下水溝から発見された〉ことを知っているはずである。また、ラルサン刑事が〈造幣局の金塊強奪事件〉や〈万国銀行の金庫破り事件〉を解決した時にも、犯人が逮捕される前に、真相を言いあてた匿名記事が掲載されていたことを覚えている方もいるだろう。ところが、驚くなかれ、その匿名記事を書いたのは、〈オベルカンフの左足〉事件の時にはまだ十六歳、現在でも十八歳にすぎない、本紙で最年少の記者だったのだ。その名はジョゼフ・ルールタビーユ……。いや、読者諸君。諸君はこの名前をぜひとも頭に刻んでおいていただきたい。なぜなら、明日になったら、その名前は全国に轟くことになるからである。

それというのも、〈黄色い部屋〉の事件が起きると、ルールタビーユは現場におもむき、ほかの新聞社の記者たちは誰ひとりとしてグランディエ城の敷地内にすら入れなかったのに、機転をきかせて、事件が起こった離れまで入っていった。そして、びっくりしたことに、それからしばらくの間、事件の調査を行ないながら、城館に滞在したのである。当時、この城館には先程も名をあげたフレデリック・ラルサン刑事も滞在していて、事件の捜査にあたっていた。

というわけで、ルールタビーユははからずも、ラルサン刑事に対抗して、真実の追及に乗りだすことになったのだが、その過程で、大フレッドと呼ばれる名刑事が見当はずれの方向に捜査を進めていくことに気づいた。すなわち、ダルザック氏を疑う方向に……。だが、状況証拠はたくさんあっても、真にダルザック氏が犯人だとする証拠はひとつも見つかっていない。また、ダルザック氏が犯人だとすると矛盾する点も多すぎる。それでは無実の人間を逮捕してしまうことになる。そう考えて、ぞっとしたルールタビーユは、なんとかラルサン刑事の考えを変えようと、説得を試みた。だが、ラルサン刑事はルールタビーユのような新米記者からの忠告を聞きいれることはよしとせず、間違った方向に突きすすんでしまった。その結果、最初にご紹介したように、無実の人間であるロベール・ダルザック氏が逮捕され、本日、被告として裁判にかけられようとしているのである。

そこで、本日、我が《レポック》紙が陪審員たちの前でダルザック氏を弁護する話に戻るのであるが、その前にぜひとも読者に知っておいていただきたいことがある。それはダルザック氏が逮捕されたその日の夜のことだ。その夜、今、ご紹介したルールタビーユが、それまで滞在していたグランディエ城からパリに戻ってきて、《レポック》紙の編集部に立ち寄ると、編集長に向かってこう言ったのである。

「僕はこれから旅に出ます。どのくらいかかるかは、僕にもわかりません。ひと月ですむかもしれませんし、もしかしたら二ヵ月、三ヵ月かかるかもしれません。永久に戻ってこられないこともあるかもしれません。そこでです。ここに手紙を書きました。もし僕がダルザック氏の裁判の日までに戻ってこなかったら、証人による証言がひととおり終わったところで、この手紙を公表してください。公表の仕方については、ダルザック氏の弁護士と相談をしておいていただければと思います。ただ、あらかじめ言っておくと、ダルザック氏は無実です。これだけは断言しておきます。この手紙には、犯人の名前が書いてあります。といっても、今の時点ですぐに犯人を告発することはできません。犯人に対抗できる〈武器〉が必要だからです。実は、僕はこれからその〈武器〉を探しにいくのです。しかし、犯人がこの手紙に名前を書いた人間であることは間違いありません。その人間の犯行であることは、反論の余地のないほど綿密に論証してあります」

こうして、我が《レポック》紙の若き精鋭、ジョゼフ・ルールタビーユ記者は旅に出かけていったのだが、その後、私たちはただひたすらルールタビーユの消息を待つことになった。というのも、一カ月たっても、二カ月たっても、ルールタビーユは報告の手紙ひとつよこさなかったからである。そのうちに裁判の日程が決まり、私たちは心配になった。すると、今からちょうど一週間前に、ひとりの男が編集長のもとを訪れると、ルールタビーユの使いだと言って、編集長にこう告げたのである。

「ルールタビーユは裁判に間に合うかどうかわかりません。もし、間に合わないようであれば、あらかじめお願いしていたとおり、法廷で例の手紙を発表してください。その手紙には真実が書かれています」

そう言うと、使いの男は名前も名乗らず、去っていった。

そして、今日、私たちはいよいよ裁判の日を迎えたのであるが、残念ながら、ジョゼフ・ルールタビーユはまだ戻っていない。本人が言っていたとおり、「永久に戻ってこられなくなってしまった」のであろうか？　ジャーナリズムの世界には、真実を伝えようとして、職に殉《じゅん》じる記者がいるのである。そう、ジャーナリズムの世界にも、そういった英雄がいるのだ。ルールタビーユは伝えてはならない真実を伝えようとして、犯人に――あるいはその仲間に消されてしまったのかもしれない。だとしたら、私たちは絶対にその犠牲に報いなければならない。その犯人の名前を暴くことによって……。

本日、一月十五日の午後、我が《レポック》紙の編集長は、ヴェルサイユの法廷に裁判を傍聴しにいく。その手には間違いなく、ルールタビーユに託された手紙が握られているこどだろう。そして、その手紙には犯人の名前が書かれているのである。

記事はそこで終わっていた。ちなみに、この記事の冒頭には、ルールタビーユの写真が掲載されていた。

さて、読者の中には、この一月十五日の昼前に、パリのサン・ラザール駅が人であふれて、大混乱におちいったことを覚えていらっしゃる方もいることだろう。〈黄色い部屋〉の事件をはじめとして、二カ月半前にグランディエ城で起きた一連の事件の裁判を傍聴しようと、重罪院のあるヴェルサイユに向かうために、パリ中の人々が駅に殺到したのである。どの列車も、立錐の余地がないほど人が乗りこみ、鉄道側は急遽《きゅうきょ》、臨時列車を増発しなければならないありさまだった。

人々は誰もがその手に《レポック》紙を握りしめていた。その記事によほどの衝撃を受けたのだろう、駅の構内でも、ヴェルサイユに向かう列車の中でも、そこかしこで白熱した議論が繰り広げられていた。フレデリック・ラルサンの信奉者と、ジョゼフ・ルールタビーユの意見を支持する者との間で、つかみあいの喧嘩まで起きたほどだった。といっても、その議論の中心は〈無実の人間が有罪になったらどうする〉といった倫理的なことではなかった。犯人はダルザック氏であるのか、そうではないのか、それぞれがラルサン派、ルールタビーユ派に分かれて、持論を展開することに夢中になっていたのである。誰もが自分の意見が正しいと信じていた。

ラルサン派の人々は、ともかくあのラルサンが出した結論だから、ダルザック氏に間違いないと言い張った。ラルサンはその鋭い洞察力で、これまでにいくつも難事件を解決した名刑事だ。その結論を疑うのは、疑うほうが間違っているというのである。一方、ルールタビーユ派の人々は、真犯人については誰だかわからないし、ルールタビーユがどう説明するのか見当もつかないが、少なくとも犯人がダルザック氏でないことだけは間違いないと主張した。そうして、人々は《レポック》紙を握りしめながら、ヴェルサイユの裁判所に着いたあとも、二派に分かれて議論を続け、階段でも、傍聴席でも、激しい言い争いが続いたのだ。

一方、裁判所のほうは、《レポック》紙を手に、人々が法廷に向かって押し寄せてくるのを知ると、あわてて特別警戒態勢を敷いた。だが、それは決して十分とは言えず、警察を動員するのはもちろん、最後には軍隊に協力を要請することまでした。しかし、それでも、群衆をおとなしくさせることはできなかった。なにしろ、傍聴席にはかぎりがあるので、法廷に入れなかった人々が裁判所の建物を取り囲み、その数は刻々と増えていったからである。群衆はひしめきあい、その混雑は夜になって、裁判が終わってからも、まだ続いていた。

人々は興奮し、いつでも最新の情報を求めていた。開廷を待つ間も、人々は何か新しくわかったことはないかと、まわりの人々と情報を交換しあい、一時などは、〈スタンガーソン博士が自ら娘を襲ったと自白して逮捕された〉という根も葉もない噂まで飛びかった。もはや、いまその場を支配しているのは、狂気だった。その狂気は時間がたつにつれて高まっていく。人々の興奮は裁判が始まる前に、もはや最高潮に達していた。

とりわけ、人々が知りたがったのは、ルールタビーユが、いつこの裁判所に到着するか、いつ法廷に姿を現すかである。法廷の中にいる人々も、裁判所の建物の中にいる人々も、また建物のまわりにいる人々も、誰もがルールタビーユの到着を待ちわびた。そうして、自分はルールタビーユを知っているとか、自分は直接、顔を見たことはないが、《レポック》紙の写真があるので、顔を見ればわかるだろうなどと、口々に言いあった。なかでも、法廷に入れなかった人々は、建物の中にいる人も、外にいる人も、ルールタビーユの顔を見るのが、一番の目的になってしまっていたので、いつ裁判所の入口にルールタビーユが姿を見せるか、いつ通行証を手に、目の前の廊下を通るかと、今か今かと待ちうけていた。だが、《レポック》紙に掲載されたルールタビーユの写真は、いささか不鮮明であったので、少しでも似た人が現れると大騒ぎになった。人々は狭いところで、ぎゅうぎゅうに押しつぶされながら、「ルールタビーユだ！　ルールタビーユが来たぞ！」と叫び、喝采で出迎える始末だった。

そういうわけだから、《レポック》紙の編集長が到着したとわかった時には、「ルールタビーユは来ないのか」と、不満の声が巻きおこったくらいだ。その一方で、拍手をする人もいて、編集長は喝采と同時に、非難の口笛や野次で迎えられたのである。ちなみに、こうした場には珍しいことに、傍聴席にも、建物の内や外にも、ご婦人方の姿が多く見られた。

さて、そうこうするうちに、いよいよ開廷の時間になった。裁判長はド・ロクー氏という人で、いかにも司法官らしく、あらゆる偏見が染みこんでいる人だが（裁判官とはそういうものなのである）、根は実直な好人物である。裁判は被告や証人の宣誓から始まった。ひとりひとりが名前を呼ばれて法廷に入り、真実を述べることを誓うと、また控室に戻っていくのである。証人の中には、私もいた。事件の起こった翌日に、ルールタビーユとともにグランディエの城を訪ねて以来、私もまた事件に関わっていたからである。

私はあらかじめ傍聴席にうまくひとつ席を確保しておいたので、宣誓が終わると、証人の控室には戻らず、傍聴席のほうに行った。そして、裁判の進行を見守ったのだが、幸いなことに、宣誓するのが早かったので、ほかの証人たちや被告人たちが入廷するのをほとんど最初から見ることができた。スタンガーソン博士は、マチルド嬢が二度目に襲われた、あの最後の事件がよほどショックだったのか、十歳は老けこんでしまったように見えた。一方、アーサー・ウィリアム・ランスは、あいかわらず赤ら顔をしていた。その後、ジャック爺さんに続いて、マチュー親父が、両脇を憲兵にはさまれ、手錠をかけられた姿で現れた。当然のことながら、マチュー親父は証人席ではなく、被告席に連れていかれた。マチュー親父の女房は、涙にくれていた。それから、門番のベルニエ夫婦、マチルド嬢の二人の小間使い、給仕頭、料理女といった城の使用人すべてが名前を呼ばれて、入廷した。さらには、第四十郵便局の局員、エピネー・シュル・オルジュ駅の駅員、スタンガーソン博士父娘の友人が数名、法廷に入ってきた。ダルザック氏が入廷するのは一番最後になっているらしく、その前にダルザック氏の弁護人であるアンリ・ロベール氏と、その部下の数人の弁護士たちが入ってきた。弁護団は、もちろん、そのまま弁護人席についた。

私は法廷の中を見まわした。これだけの裁判となると、法曹界の人々も興味を引かれたようで、法廷にはこの事件に関係のない弁護士や検事たちも姿を見せていた。弁護士たちは席からはみだして、階段に陣取っていたし、赤い法服を来た裁判官の後ろには、近郊の裁判所の検事たちが並んで、裁判の様子を見ていた。

と、そこに、いよいよ憲兵に連れられて、ダルザック氏が現れて、被告席についた。ダルザック氏は落ち着いた表情をしていた。その物腰には品があり、威厳すら感じられたので、傍聴席からは感嘆の声が洩れた。人々はダルザック氏が憔悴しきった、哀れな姿で登場すると思って、同情する準備をしていたのである。ダルザック氏は、席に腰をおろす前に、弁護人席にいるアンリ・ロベール氏に向かって、丁寧に頭をさげた。ロベール氏は隣にいる新人弁護士で、第一秘書のアンドレ・エッス氏に書類の準備をさせていたが、ダルザック氏のほうを見ると、軽く会釈を返した。

傍聴席にいた多くの人々は、ダルザック氏が現れたら、スタンガーソン博士が被告席に行って、肩を抱きしめるのではないかと期待していた。だが、この時にはもう宣誓が終わって、博士は証人の控室に戻っていたので、そういった感動的な光景は見られなかった。

法廷にざわめきが起こったのは、陪審員たちが入廷して、席につこうとした時のことである。わざわざそのタイミングを見はからったのかどうか、弁護士のアンリ・ロベール氏が傍聴席の最前列にいた《レポック》紙の編集長を近くに呼んで、すばやく言葉をかわしたのだ。それを見ると、陪審員たちはよほどそのことが気になるのか、二人のほうにしきりに視線を送っていた。傍聴席にいる人々は、それを見逃さなかった。《レポック》紙の編集長は打ちあわせを終えると、傍聴席の最前席に腰かけた。どうして編集長は、証人たちと一緒に控室に行かないのだろうと、傍聴席では首を傾げる人もいた。

起訴状の読みあげは型どおりに終わった。続いてダルザック氏に対して、検察側、弁護側、それぞれから尋問があった。その内容をあらためてここで繰り返す必要はないだろう。いずれも、読者のすでに知っていることばかりだからである。ただ、尋問に対するダルザック氏の答え方についてだけ触れておくと、その答え方はきわめて自然な場合と、曖昧で不確かな答えをする場合――もっと言えば、質問に答えようとしない場合の両極端に分かれた。すなわち、ダルザック氏は事件に直接関係のないことについては包み隠さず、率直に話すが、事件の時にどこで何をしていたかといった、ちゃんと答えさえすれば容疑を晴らせるような質問には、曖昧な答えしかしなかったのである。これはダルザック氏の無実を信じている者から見ても、不自然に思えた。また、いくつかの質問に対して、これまで私たちにもそうしてきたように、頑として黙秘を貫いた。この黙秘が陪審員たちに悪い印象を与えたのは言うまでもない。私はダルザック氏の背後に断頭台が見えるような気がした。ダルザック氏は検察官の厳しい追及にも膝を屈することなく、裁判長の優しい呼びかけにも応じなかった。

「ダルザックさん、このような状況において黙秘しているのは、死に等しいですよ」裁判長は理を分けて説得した。

「結構です。そうなれば死を受けいれるだけです。ただし、私は無実です」

弁護士のアンリ・ロベール氏は有能だという評判をとっているだけあって、ダルザック氏が黙秘を貫いていることも弁護に利用した。すなわち、何も弁明しなければ不利になるだけなのに、黙して語らないということは、それは自分が有罪にされるより大切なものをかばおうとしているからである。そういったことはダルザック氏のような気高い精神の持ち主でなければできることではなく、そう考えたら、ダルザック氏が黙秘していること自体が高潔の証しであり、ダルザック氏が罪を犯していない何よりの証拠である。アンリ・ロベール氏はこう弁護したのだ。だが、この理屈はダルザック氏を直接知る人々には共感をもって迎えられたものの、傍聴席を埋めた多くの人々、そして陪審員たちには戸惑いを与えるだけだった。ロベール氏の巧みな弁論も、大勢の人々の胸を打つまではいかなかったのである。

公判はここで小休止が入り、そのあとで証人尋問が始まった。ルールタビーユはまだ現れなかった。法廷の扉が開かれるたびに、人々の目はそこに集まった。そして、それがルールタビーユではないと知ると、すぐに《レポック》紙の編集長のほうに目を移した。編集長は顔色ひとつ変えず、椅子の上で平然としていた。そんなことが何回か繰り返された。だが、ついに、その編集長がポケットから一通の手紙を取りだした。それに気づくと、法廷全体にどよめきが起こった。

さて、尋問に対するダルザック氏の答え方に触れているうちに、思わず話が長くなってしまったが、さっきも言ったように、公判の内容をすべてここに再録するというのは、私の意図とするところではない。この事件の詳細については、もう説明しつくしているので、今さら事件の経過がどうの、謎がどうのと繰り返しても、しかたがないからである。だから、そういった細部は飛ばして、この日、起こった出来事の中でも、〈最高に劇的だった瞬間〉に話を移そう。いや、この日、印象に残った出来事はほかにもたくさんあるが、〈劇的だった〉という意味ではこれを超えるものはない。

それはアンリ・ロベール氏が森番の死に関して、マチュー親父を弁護している最中に起こった。順を追って説明していくと、まず森番の殺害についての審理が始まって、憲兵に両脇を固められながらマチュー親父が証言台に立つと、アンリ・ロベール氏が「あなたは森番を殺したのか？」とか、「森番が殺された時間、あなたはどこにいたのか？」と決まりきった質問をした。マチュー親父は「俺はやっていません。リューマチ病みなので、ベッドで寝ていました」と答えた。ついで、金髪の女房が証人席に喚問されて、マチュー親父と直接対面させられた。女房は泣きじゃくりながら、森番に好意をもっていたこと、そして夫がそのことを疑っていたことを認めた。だが、「夫があの人を殺したとは絶対に考えられない」と強く主張した。

すると、そこで、ロベール氏が、「この点について、この場でフレデリック・ラルサン刑事の話を聞いてみてはどうか？」と裁判長に申し出た。

「実は先程の小休止の間に、マチュー親父の嫌疑について、ラルサン刑事と話すことができたのですが、森番の殺害について、ラルサン刑事はマチュー親父がしたことではないと考えています。つまり、犯人があらかじめ、あの右翼の隅の袋小路で、森番が戻ってくるのを待っていなくても、事件の説明は可能だと……。いや、そのほうがすっきりと説明できると……。裁判長、いかがでしょうか？ ここでラルサン刑事の推理を聞いておくのも有用だと存じます」

こうしてフレデリック・ラルサンが法廷内に呼ばれた。ラルサンは、毅然とした態度で説明し始めた。

「私は森番の殺害に、マチュー親父は関わっていないと考えています。実は予審判事のド・マルケ氏にもそう申しあげていたのですが、被告がたびたび森番に対して、脅迫めいたことを口にしていたことが、予審判事の心証を悪くしてしまいました。でも、マチュー親父の体の状態を考えると、それはやはり無理なのです。私自身は、あの夜、時を移さずに起こった〈スタンガーソン嬢の殺人未遂事件〉と〈森番殺害事件〉は、同一人物による犯行だと考えております。もしそうなら、マチュー親父は絶対に犯人ではありません。マチュー親父が、マチルド嬢を殺す理由はありませんから……。また、同様の理由で、森番がスタンガーソン嬢を襲ったということもありません。では、あの夜、あの右翼の隅では何が起こったのか？ スタンガーソン嬢を襲った犯人は城館前の広場を逃げていく時、銃弾を浴びせられ、門番のベルニエが言うには、猟銃で仕留められています。そうすると、問題は〈犯人は確かに死んだはずなのに、その死体はどこに消えたのか？〉ということです。右翼の隅のあの部分は特に狭いので、犯人がそこに倒れているなら、誰も気がつかないはずはないと……。それが謎でした。

ところが、私に言わせれば、それは謎でもなんでもないのです。真相はこうです。犯人は銃弾を食らって倒れたのではなく、単につまずいて、倒れたように見えただけなのです。ところが、犯人はそこで森番に遭遇し、森番が犯人の逃走を防ごうとしたので、非常手段に出た。すなわち、マチルド嬢を刺したナイフを今度は森番に突きたてた……。森番はこうして殺されたのです」

この説明は非常に簡潔ながらも、どの説明よりも納得のできるものだった。実際に、傍聴席に集まった人々の中にも、そうした意見を持っていた人は多いと思う。その証拠に、ラルサンの説明を聞くと、賛同する声がそこかしこであがった。

「では、そのあと、犯人はどうしたのだ？」裁判長が尋ねた。「右翼の隅は袋小路なのだろう？　入ったら、逃げられないのでは？」

「もちろん、逃げられません。犯人はただ奥の方の暗がりに隠れていたのです。あの時は月もなく、暗かったですからね。息をひそめていれば、誰にもわかりません。こうして犯人は、みんなが森番の死体とともに、城のほうへ引きあげていってから、悠然と逃走したのです」

傍聴席から深いため息が洩れた。確かに、それなら、すべてが説明できる！　だが、その瞬間、傍聴席の一番奥から若い男の声があがった。〈最高に劇的だった〉というのは、この瞬間のことだ。

しますよ」

「マチルド嬢を襲った刃物で、森番の心臓をひと突きにしたという点については、僕も同意

人々がびっくりしていると、その声はこう続けた。

「ですが、犯人が奥のほうに隠れていて、みんなが引きあげると、悠々と逃げていったという意見には賛同できませんね！」

法廷中の人たちが声のするほうを振りかえった。守衛たちがあわてて駆けより、男を黙らせようとした。裁判長はすっかり腹をたてて、「すぐさま、その男を退廷させよ」と命令をくだした。だが、その男はよく通る声でこう叫んだ。

「裁判長！　僕です。僕がジョゼフ・ルールタビーユです！」

第二十七章　裁判の行方

たちまち、法廷は興奮のるつぼと化した。男たちは怒号を発し、女たちは悲鳴をあげ、中には失神する者までいた。もはや〈法廷の威厳〉なるものは存在しなくなった。人々はルールタビーユの姿を見ようと、椅子から立ちあがり、傍聴席の通路を駆けのぼろうとした。通路はすぐに押し合いへし合いする人々で埋めつくされた。裁判長は「静粛に！　さもないと退廷を命じる！」と何度も叫んだが、そんな言葉に耳を貸す者はひとりもいなかった。ルールタビーユのほうは、立見席と椅子席を隔てる柵を乗りこえると、肘で人々をかきわけながら、最前列にいる《レポック》紙の編集長のところまで降りてきた。編集長は例の手紙を握りしめたまま、ルールタビーユを熱く抱擁した。その手紙を編集長の手からもぎとるようにして受け取ると、ルールタビーユはそれをポケットにねじ込み、もう一度、今度は傍聴席の柵を越えて、証人台に向かった。だが、ルールタビーユを見ようと、すでにその一角にも人はあふれていたので、証人台に近づくにはやはり人をかきわけていかなければならなかった。

おそらく、裁判に間に合ったせいだろう。ルールタビーユの顔は喜びにあふれていた。興奮で頬を赤く染め、その知的で丸い目を輝かせていた。服装は出発の日の朝と同じで、英国製の三つ揃いを着て、腕にはロングコートをかけ、右手にはハンチング帽を握っていた。だが、よほど過酷な旅だったのか、服はひどくくたびれていた。

「申しわけありません、裁判長。大西洋を横断する船が遅れたものですから……。さっき、ようやくアメリカから戻ってこられたのです。はい、僕がジョゼフ・ルールタビーユです！」

その言葉に、人々はどっと笑った。誰もが嬉しそうな顔をしていた。それまで、裁判がどうなるかと、法廷は重苦しい緊張に包まれていたのに、その緊張が一気に解けたのだ。人々はほっと息をついた。この若者は真実を運んできてくれた。この若者なら真実を明かしてくれる――誰もがそう確信した。

その中で、裁判長だけは、まだ憤然としていた。

「君がジョゼフ・ルールタビーユか！　いいかね。法廷を侮辱すると、どういうことになるか教えてやろう。裁判所が君の処分を決定するまで、法と正義の名にもとづき、裁判長の自由裁量権をもってして、君を拘留する」

「裁判長、その法と正義の名にもとづき、厳正なる判決をくだしていただくことこそ、僕が一番望んでいることです。僕はまさにそのためにここにやってきたのです。入廷の仕方が多少、人目を引くものであったことは、心よりお詫び申しあげます。でも裁判長。どうか信じてください。僕が誰よりも司法に敬意を払っていることを……。ただ、これでも一番目立たないやり方をしたつもりなんです」

そう言って、ルールタビーユが笑うと、法廷は笑いに包まれた。だが、裁判長だけは怒りをおさめきれないようだった。

「この男を退廷させよ！」

と、そこでアンリ・ロベール氏が口をはさんだ。まず、ルールタビーユの常識はずれの登場の仕方を本人に代わって詫びると、そのルールタビーユが、いかに誠実な態度でもって、この事件に関わってきたか説明をした。また、今、ルールタビーユを退廷させてしまったら、事件があったあと一週間、グランディエの城館に滞在していた者に証言をさせないことになるが、裁判の公平性を保つという点からすると、それは難しいこと、それにルールタビーユは被告の無実を証明し、真犯人の名前を明かしにここに来ているので、この裁判には欠かせない証人であることを述べて、裁判長を説得した。裁判長は半信半疑の顔をしていたが、それでも気持ちを動かされたようで、言った。

「すると、君は犯人の名前を明かしに来たというのか？」

「ええ、裁判長。僕はそのためにここに来たのです」

それを聞くと、傍聴席で拍手が起こった。だが、すぐに守衛が「静粛に願います！」と叫んだので、人々は拍手をやめた。アンリ・ロベール氏が続けた。

「ジョゼフ・ルールタビーユ氏は、証人として正式に召喚されているわけではありません。ですが、ここは裁判長の自由裁量権をもってして、証人として認めていただけないでしょうか？　審理を進めるにあたって、ルールタビーユ氏の見解に耳を傾けることは、決して無駄ではないと考えます」

「いいだろう」裁判長はついにルールタビーユを証人にすることを認めた。「それでは、あとでこの若者からも話を聞くことにしよう。だが、その前にまず森番の殺害事件のほうを……」

すると、そこで、今度は次席検事が発言を求めて立ちあがった。

「裁判長！　それよりも、まずこの若者から犯人の名前を明かしてもらうほうがよいのではないでしょうか？」

裁判長は頷いた。だが、この機会に弁護側に皮肉を言うのも忘れなかった。

「幸いなことに、検察側はジョゼフ・ルールタビーユ氏が証人となることに反対ではないようだ。むしろ、その証言が重要だと考えているように見受けられる。ならば、当法廷としても、ルールタビーユ氏の証言を積極的に求めよう。証人は犯人の名をただちに明かしてもらいたい」

その言葉に、法廷は水を打ったように静まり返った。

しかし、ルールタビーユは口を開かなかった。ただ、ダルザック氏を思いやるような目で、被告席を見つめている。そのダルザック氏は、裁判が始まってから初めて動揺を見せた。その顔にははっきりと不安が表れていた。

「さあ、ルールタビーユ君。証人として、君の発言は認められた。君は自分が知っているという、その犯人の名前を言いたまえ」

するとルールタビーユは意外な反応を示した。チョッキのポケットを探ると、大きな懐中時計を取りだして、時間を確認したのだ。そして、その口から出たのは、さらに意外な言葉だった。

「裁判長、犯人の名前は午後六時半になるまで申しあげることはできません。それにはまだ四時間あります」

それを聞くと、人々は驚きの声を洩らした。それはすぐに落胆の声に変わった。傍聴していた弁護士の中には、「我々をからかっているのか！」と怒声をあげる者もいた。

裁判長はこの成り行きに喜んでいるようだった。弁護席にいるアンリ・ロベール氏と第一秘書のアンドレ・エッス氏は不安げな顔をしている。裁判長が言った。

「茶番はもう結構。ルールタビーユ君、もう証人台から降りてくれ。君は証人の控室で、我々の監視下に置かれることになる」

だが、ルールタビーユは、法廷中に通る声で反論した。

「裁判長、僕は犯人の名前をはっきりと申しあげることができます。ですが、その名前は今も言ったように、午後六時半にならないと申しあげられません。それにはちゃんと理由があるのです。その理由は、犯人の名前を明かしたあとで申しあげましょう。その名前をお聞きになれば、僕がそうしなければならなかった理由もわかっていただけることと思います。僕は今、ここであらためて誓います。犯人の名前は必ず申しあげます。ですから、今、ここでは森番の殺害について、いくつかご説明できることをお話ししたいと思います。先程、ラルサン刑事は〈マチルド嬢を刺した犯人は、右翼の隅の袋小路に入って、森番を殺し、そのまま奥のほうの暗がりに隠れていた〉とおっしゃいました。僕はその意見には反対です。また、ラルサン刑事はその犯人がダルザック氏で、〈黄色い部屋〉の事件の犯人も、〈不思議な廊下〉の事件の犯人も、同様にダルザック氏だと考えていますが、僕はその見解に与《くみ》しません。ダルザック氏は無実です。ただ、このように意見や見解は違いますが、ラルサン刑事は僕がグランディエの城で、真剣に調査をしてきたことを認めてくださると思います。また、僕が発見したことが、ラルサン刑事の見解の裏づけになっていることもあります。ですから、僕が意見を述べることに関しては、ラルサン刑事は『そんなのは聞くに値しない』と一蹴することはないと思います」

その言葉に、ラルサンは同意した。

「裁判長、私もルールタビーユ君の意見はぜひ聞いてみたいと思います。特に、私の意見と違うというなら、なおさら聞く価値があると思います」

それを聞くと、人々はラルサンに対して、称賛の声をあげた。ルールタビーユからの挑戦状をラルサンは受け取ったのだ。かたや名刑事と謳《うた》われたベテランの刑事。かたや、すでに十六歳にして、その才能の片鱗を見せた有能な新聞記者。その二人が同じひとつの事件から別々の結論を引きだしたのだ。二人はこれから持てる力を総動員して、知性と知性の戦いを繰り広げるだろう。この戦いはさぞかし見応えのあるものになるにちがいない。誰もがそう思った。

裁判長が答えなかったのを見て、ラルサンが続けた。

「スタンガーソン嬢を襲った犯人が森番を刺し殺したという点については、私たち二人の意見は一致しております。違うのは、犯人が〈右翼の隅の袋小路〉からどうやって逃げだしたかという点。私は犯人が奥の暗がりに隠れて、みんながいなくなるのを待って、悠々と逃走したと考えていますが、ルールタビーユ君は違うようです。では、犯人はいつ、どうやって、あの〈右翼の隅の袋小路〉を抜けだしたか、私はぜひルールタビーユ君の口からその説明を聞きたいものですな。いや、これは大変興味深い問題です」

「そう、興味深いとはまさにこのことですね」

ラルサンのからかうような言葉をルールタビーユがあっさりと受けながしたので、その人を食ったような口調に、傍聴席からはまた笑い声があがった。それを見ると、裁判長が再び不機嫌になって、「今度、また笑い声をあげるようなら、即刻、全員に退廷を命じる」と言った。

「まったく。私たちは今、殺人事件の審理を行なっているのだ。それなのに、笑い声をあげるとは、不謹慎きわまりない」裁判長はなおもぶつぶつと口にした。

「はい、僕もそう思います。不謹慎きわまりないとはこのことです」

そうルールタビーユが言うと、人々は笑いをこらえるのに苦労した。私の前にいた人たちなどは、あわててハンカチで口元を隠していた。と、裁判長が気をとりなおして尋ねた。

「では、ルールタビーユ君。ラルサン刑事が言ったことは聞いていたな。君の意見では、犯人はどうやって逃走したのだ？　説明したまえ」

「はい。ですが、その前に、あの夜、起こったことで、これまで誰にも知られていなかった事実をひとつ、明らかにしないといけません」

そう言うと、ルールタビーユはマチュー親父の女房を見た。金髪の女房は覚悟を決めたような、悲しそうな笑みを浮かべた。

「事件のあと、僕が質問したところ、マチュー夫人は森番と親密な関係にあったことをはっきりと認めました」

「売女《ばいた》めが！」マチュー親父が怒りを抑えかねたように叫んだ。

「退廷させなさい」裁判長が命令し、マチュー親父は法廷の外に連れだされた。

「マチュー夫人はこう告白しました。夫人は深夜、天守閣の二階にある、かつての祈禱室で、森番と密会を重ねていたそうです。この密会は、マチュー親父がリューマチでほぼ寝たきりの状態になると、特に頻繁になったようです。まあ、このことはある程度、警察もつかんでいて、それでマチュー親父が逮捕されたわけですが、マチュー夫人と僕しか知らないこともあるので、それを順を追って、お話ししていきましょう。

さて、痛みどめのモルヒネを注射すると、マチュー親父はきまって眠りにつきます。しばらくはそうして落ち着いているので、その間は夫人も家をあけることができたのです。というわけで、マチュー親父が眠ると、夫人は森番に会いに城に向かうのですが、夜とはいえ姿は隠さなければなりません。そこで大きな黒いショールを頭からかぶって、顔を見られないようにし、まるで幽霊のような姿になりました。ジャック爺さんが、夜中にたびたび見かけて、肝を冷やしていた〈黒い幽霊〉というのは、このことだったのです。

城に入ると、夫人は自分が来たことを知らせるために、アジュヌー婆さんの飼い猫の鳴き真似をして、森番に合図をしました。アジュヌー婆さんというのは、サント・ジュヌヴィエーヴの森に暮らす老婆で、その飼い猫――付近では〈神さまのしもべ〉と呼ばれていますが、それが独特の鳴き方をするのです。それで、この声が聞こえると、森番は天守閣の自室にしている二階の祈禱室から降りていき、天守閣にあがる扉を開けてやるというわけです。天守閣が工事に入ってからも、密会はこの部屋で行なわれました。というのも、工事が始まると、森番は城の右翼側の端にある小部屋を寝室として与えられていたのですが、この部屋の裏には給仕頭と料理女の夫婦の寝室があり、その間の壁が非常に薄かったので、密会には向かなかったからです。

さて、あの夜も、〈右翼の隅の袋小路〉で事件が起きる前、森番とマチュー夫人は逢引きをしていました。そして、二人にとってはこのあとに大変な悲劇が起きたのですが、その悲劇のあとに起こったことを、僕は翌朝、城館前の広場に残った足跡を追跡することによって突きとめました。これはまたあとでお話しします。

ということで、いったん二人のことは措《お》いて、マチルド嬢を襲った犯人が玄関の窓から飛びだしてきたところに話を移します。あの晩、僕はダルザック氏が城を留守にすると、事件が起きるということから、万一に備えて、門番のベルニエさんに猟銃を持たせ、天守閣の後ろに潜ませていました。そのことはみんなには内緒にしておいてほしいと僕が頼んだので、ベルニエさんは予審判事さんの取り調べの時には、森番と約束していたと嘘を言いました。でも、今はもう本当のことを言ってもいいでしょう。詳しくは本人の口から聞いてください。あの晩のことで言えば、ともかく、犯人が飛びだしてきた時、ベルニエさんは天守閣の後ろにいたのですが、何発か銃声がしたので、広場のほうまで出てきました。そうして、犯人が右翼の建物のほうに逃げていくのを目撃し、猟銃を発砲したのです。犯人はよろめき、建物の角を曲がったところで、倒れたように見えました。これはラルサン刑事が言ったとおりです。

一方、天守閣の祈禱室で密会をすませた森番とマチュー夫人は、マチルド嬢が襲われる直前に、天守閣から降りてきて、城館前の広場でおやすみの挨拶をして、別れました。そして、マチュー夫人は、開いていた広場の門から出ようとしました。森番のほうは建物の右翼の屋上がテラスになった、半円形の部屋に戻ります。

ところが、その時、建物の二階から悲鳴が聞こえたかと思うと、その数秒後には銃声が鳴り響きます。それも何発も……。森番は部屋に入ろうと、鍵をポケットから取りだそうとしていたところだったと思いますが、それはせずに、様子を見ようと、今、来た道を戻りかけます。ところが、建物の右翼の角から広場に出るところで、ちょうど建物の角を曲がったばかりの犯人にぶつかり、いきなりナイフで刺されて、命を落としてしまったという次第です。けれども、僕たちはこの死体を見て、犯人の死体だと思い、それが森番だとはまったく気がつかずに、玄関の石段まで運んできました。

では、その間、マチュー夫人はどうしていたのでしょう？　実は森番と別れたあと、夫人は直後に聞こえた悲鳴と銃声に驚いて、門の近くにしゃがみこんで、そこでじっとしていたのです。広場はかなり広いですし、犯人は右翼の建物のほうに向かっていたので、拳銃を発射しながら犯人のあとを追うランスさんやサンクレール君が夫人に気がつくはずはありません。そこで、夫人は誰にも見つからずに、なおもその場で身を潜めていたのです。その場所から、やがて死体が運ばれていくのも目撃します。気の毒に、夫人はおそらく不安で心臓が縮み、いたたまれない思いをしていたことでしょう。もしかしたら、嫌な予感がしたかもしれません。そこで、夫人はもう少し玄関の近くまで行って、石段に寝かされている死体が誰のものか確認しようとします。そして、ジャック爺さんが持ってきたカンテラがその姿を照らした時、思わず悲鳴をあげそうになるのを必死でこらえたにちがいありません。そうです、その死体は愛人のものだったからです。夫人はしばらくの間、気が抜けたように、その場でぼんやりしていたことと思います。そして、死体のまわりにいた人々が玄関ホールに入っていくのを見て、ようやく立ちあがろうとしました。ところが、その時、玄関にいた人のうちのひとりが、まっすぐに近づいてきました。ジャック爺さんです。

ということで、今度はジャック爺さんの話をします。ジャック爺さんは、その晩、事件が起きる前に、窓の外を〈黒い幽霊〉が通るのを見て、今日こそ捕まえてやろうと服を着替え、表に出ました。そして、おそらくその〈黒い幽霊〉が天守閣に入ったのを見て、その幽霊がマチュー夫人で、森番と密会しに来たのだと思いあたりました。そこで、爺さんははっきり確かめようと、二人が部屋から出てくるのを待って、そのあとをつけたのですが、二人が広場の中央で別れたあと、突如、銃声が鳴り響いたので、そこからは自分も犯人を追って、〈右翼の隅の袋小路〉に向かったのです。ただ、その時に、マチュー夫人が門のそばにしゃがみこんでいるのを見落としませんでした。そうして、みんなが玄関ホールに入ったあと、マチュー夫人のもとに向かったのです。

マチュー夫人は、爺さんに森番との密会のことを打ち明け、どうか見逃してほしいと懇願しました。そのことは爺さんにもわかっていましたし、愛人をなくしてショックを受けている夫人に同情したこともあり、爺さんは夫人を《主楼館》まで送っていくことにします。二人は広場の中央から門を出て、〈コナラ庭園〉を抜けると、垣根を越えて、敷地の外に出ます。そうして、その先の池のふちまで来ると、脇の小道からコルベイユ街道に向かっていき、街道に出たところで別れました。そこまで来れば、《主楼館》まではほんの数メートルです。それから、ジャック爺さんは戻りました。もちろん、このことは自分ひとりの胸にしまっておくことにして……。というのも、あの晩、マチュー夫人がグランディエ城の敷地内にいたことを警察が知ったら、夫人にとっては面倒なことになるからです。たぶん、愛人を失った上に、そんなことに巻きこまれたら、夫人がかわいそうだと思ったのでしょう。

でも、ジャック爺さんがいくらごまかそうとしても、僕には事の真相がわかりました。ええ、事件のあとで、マチュー夫人やジャック爺さんに確かめるまでもありませんでした。僕にはすべてわかったのです。そう、事件の翌朝、広場の中央から並んで続く二つの足跡を見た時に……。ラルサン刑事は覚えていらっしゃいますね。なにしろ、二人で一緒に足跡を追って、敷地の外に出て、コルベイユ街道まで行ったのですから……。その足跡というのが、マチュー夫人とジャック爺さんのものだったというわけです」

そこまで話すと、ルールタビーユは証人席にいるマチューの女房のほうを向いて、軽く会釈をした。それから、話を続けた。

「夫人の足跡は、例の〈細身の足跡〉に大変よく似ていました。そうです。〈黄色い部屋〉の事件の時に、池のふちに残されていた、犯人の足跡にです」

それを聞くと、マチューの女房はルールタビーユが何を言いだすのかと、おびえたように体を震わせはじめた。いや、ルールタビーユが何を言おうとしているのかは、女房だけではなく、私たちにもわからなかった。

「夫人はとっても優美な足をしていらっしゃいますが、履いていらっしゃる靴は婦人物としては大きく、幅も広めです。つまり、違いは爪先がとがっているということだけで、サイズは犯人の靴と同じなのです」

それを聞くと、傍聴席にざわめきが起きた。ルールタビーユは軽く手をあげて、そのざわめきを静めた。法廷を支配しているのは、もはやルールタビーユだった。

「いえ、だからと言って、僕はマチュー夫人が犯人だと言っているわけではありません。つまり、よく似た足跡があったからと言って、そのこと自体は別に大きな意味を持たないのです。もし、こうした〈目に見えるもの〉だけに頼って捜査を進める刑事がいるとしたら、その捜査は誤った方向に向かってしまう危険性が高いと言えるでしょう。その意味からすると、ロベール・ダルザック氏の靴跡もまた、犯人の〈細身の足跡〉とよく似ていますが、これも同じことです。足跡がよく似ている――それだけのことです。したがって、足跡をもってして、ダルザック氏を犯人にすることはできません。足跡は証拠にはならないのです」

その言葉に、傍聴席はまたざわめいた。裁判長がマチューの女房に尋ねた。

「あの晩のことは、今、ルールタビーユ君が言ったことで間違いはないか？」

「はい、裁判長さま。ルールタビーユさんが言ったとおりです。まるで私たちのあとをつけていたのではないかと思うくらいです」

「では、犯人が城の右翼奥まで走っていくのも見ていたのだな」

「はい。走って行くのも目にしましたし、しばらくして、あの人の死体が運ばれてくるのも見ました」

「犯人は目撃しなかったのか？　あなたは城館前の広場にいたんだから、みんなが死体を運んだあと、犯人が出てきたのなら、わかったはずだ。つまり、ラルサン刑事の言うように、人がいなくなったのを見て、犯人が出てきたのであれば……」

「私は誰も見かけていません」マチューの女房は首を横に振った。「それにあの時、空は真っ暗になっていましたした」

「ならば、犯人はそのあとで出てきた可能性もあるな」自分の言葉に頷きながら、裁判長は言った。「〈右翼の隅の袋小路〉から誰もいなくなったあとなら、いつでも簡単に逃げだせるのだから……。もしそうではないとするなら――みんながまだそこにいるうちに逃げたのだとしたら、いったいどうやって逃げだしたのか？　これはルールタビーユ君に尋ねるしかないな」

「どうぞ、どうぞ、お尋ねください！」

裁判長の言葉に、ルールタビーユが自信たっぷりに答えた。その口調があまりにも愛嬌たっぷりだったので、裁判長も思わず苦笑してしまった。ルールタビーユが話を続けた。

「今一度、確認しますと、裁判長がお尋ねになったのは、犯人が〈右翼の隅の袋小路〉から誰もいなくなったあとに、脱出したのではないとしたら、ということですね。僕たちがまだそこにいる間に……。普通に考えたら、その状態で犯人があの袋小路を抜けだすのは不可能です。確かに辺りは真っ暗ですが、あの狭いところに死体を除いて五人の人間がいて、袋小路の出口をふさいでいたのですから、逃げようと思ったら、必ず誰かと接触したはずです。また、袋小路の突きあたりと、建物の壁の向かいは高い城壁になっていて、その向こうは堀ですから、そこから逃げることはできません。つまり、犯人は僕たちがいなくなるまでは、ずっと袋小路に閉じこめられることになるわけです。これはある意味で密室です」

「だからこそ、ラルサン刑事が言うように、君たちがいなくなってから逃げたというほうが自然ではないか！　それを君はそうではないと言い張る。だったら、言いたまえ！　犯人は君たちがまだそこにいるのに、どうやってその袋小路から抜けだしたのだ？　早く説明したまえ。私たちはもう三十分も前から、その説明を待っているんだ」

 言っているうちに、感情が激してきたのか、裁判長の言葉はだんだん語調が荒くなった。だが、ルールタビーユはいっこうに動じることなく、またもや懐中時計を取りだすと、時間を見た。

「確かにもう三十分ですね。もちろん、こうしてあと三時間半、尋問を続けることもできますが、最初に申しあげたとおり、僕は六時半にならないと、犯人の名前を言うことができません。そして、今のご質問はそのことに深く関係しているのです」

それを聞くと、傍聴席にざわめきが起こった。だが、今度はその中に非難や失望の調子はなかった。人々はルールタビーユが真犯人の名前を知っていて、六時半になったら、その名前を教えてくれると確信しはじめたのだ。いや、もうすでに確信していた。それに、ルールタビーユが裁判長を相手に、こうして人を食った態度で、まるで友だちと待ち合わせの時間を決めるように、時間の約束をしているのも面白く、なにやら愉快な気分になっていた。

こうした雰囲気に、裁判長は怒るべきかどうか、しばらく考えていたが、結局はこの若者の態度を楽しむことにしたらしい。それはひとつにはルールタビーユのどこか愛嬌のある言動に、すでに慣れてしまったということもあるだろう。だが、もうひとつには、あの晩のマチューの女房の行動を〈二つ並んだ足跡〉だけから推理した、その卓抜した才能に、裁判長として、一目置く必要があると考えたからだろう。ともかく、裁判長はこういう結論を出した。

「いいだろう、ルールタビーユ君。君の言うとおりにしよう。君は六時半まで退廷していてよろしい」

ルールタビーユは、裁判長に一礼すると、法廷の中にいる人々に向かっても、その額の突きだした大きな頭を何度もさげて、あちらこちらに会釈をしながら、証人の控室に続く扉へ向かっていった。

＊

ルールタビーユが証人の控室に向かったのは、おそらく私を探すためだろう。そう思って、私はルールタビーユと目を合わせようとしたが、うまくいかなかった。ルールタビーユは控室の扉を開けて、中に私がいないのを確かめると、法廷の外に出ようとした。そこで、私も周囲の人々をそっとかきわけて、出口に向かった。そうして、なんとかルールタビーユと同時に法廷から出ることができた。

私を見つけると、ルールタビーユは喜びを全身で表現しながら、私のもとに駆けよってきた。まるで、こんなに嬉しいことは久しくなかったという様子で、また会えてよかったと何度も繰り返すと、強く握手を求めてきた。私はルールタビーユに言った。

「君がアメリカで何をしてきたかは訊かないでおくよ。裁判長に言ったのと同様、六時半にならないと答えられないって、言われるだろうからね」

すると、ルールタビーユは上機嫌で答えた。

「いいや、サンクレール。そんなことないよ。僕がアメリカに何をしにいったのか、今すぐ話してやるさ。なんたって、君は友人なんだからね。そう、かけがえのない友人だ。僕は犯人のもうひとつの名前を調べにいったんだ」

「犯人のもうひとつの名前？　犯人にはもうひとつ名前があるのかい？」

「ああ、そうだよ。僕らがグランディエから引きあげてきた時、犯人には二つの顔があるということはわかっていた。けれども、その二つの顔のうち、僕は表の顔の名前しか知らなかった。それが、六時半になったら言う名前だ。でも、裏の顔の名前については、まだわかっていなかった。そこで、アメリカに調べにいっていたんだ。おかげで、裏の顔がどんなものか、よくわかったよ」

そんな話をしながら、私たちは法廷の外から証人の控室に入っていった。ルールタビーユの姿を見ると、中にいた人々は懐かしそうな顔をして、近くに寄ってきた。ルールタビーユはみんなに愛想よくしていたが、なぜかランス氏に対してだけは、どこか冷ややかだった。と、そこで、今度はラルサンが控室に入ってきた。それを見ると、ルールタビーユは急いで近づいて、それこそ指が折れてしまうのではないかと思うくらい、強い握手を交わした。なんだかんだ言っても、ラルサンには好意を抱いているらしい。だが、その一方で、どうあっても相手を負かしてやるという強い気持ちが見てとれた。

これに対して、ラルサンのほうは余裕しゃくしゃくの態度で、「アメリカには何をしに行っていたのか？」と尋ねた。すると、ルールタビーユは親しげにラルサンの腕をとって、旅の間に経験した小さなエピソードをいくつか紹介した。だが、しばらくすると、二人が真剣な口調になって、私たちから距離を取りだしたので、私は邪魔をしてはいけないと思って、二人から離れた。それに、法廷ではまだ証人喚問が続いていたので、それも気になって、一度、傍聴席に戻った。だが、そこにはもはや先程のような熱気はなく、誰もが早く時間が過ぎて、六時半にならないかと思っているのが、はっきりと伝わってきた。

＊

そうこうするうちに、ようやく午後六時半を告げる鐘が鳴った。ルールタビーユが再び法廷に招き入れられると、人々は皆、その姿を目で追った。ルールタビーユは落ち着いた足取りで証言台に向かっていった。ああ、この時の感情をどう表現したらいいのだろう？　私にはとうていできない。法廷にいる全員が息を呑んでいた。ダルザック氏はもう椅子には座っていられなくなったらしく、その場で立ちあがっていた。その顔は、死人のように真っ青だった。

裁判長が重々しく言った。

「君は裁判所が召喚した正式の証人ではない。だから、その意味での宣誓は求めない。だが、君自身が一番わかっているように、これから君が発言しようとしていることは、大変に重要な意味を持つ……」そこで、裁判長はいったん言葉を区切ると、まるでおどしをかけるように続けた。「そうだ。君の発言は大変、重要な意味を持つことになる。君にとっても、ほかの者にとってもね。だから、その点をくれぐれも心してもらいたい」

だが、ルールタビーユはいっこうに怯《ひる》む様子はなかった。

「わかりました。裁判長」そう言って、裁判長を見つめかえす。

「よろしい」裁判長が頷いた。「では、先程の話を続けよう。問題は確か、君たちがまだ〈右翼の隅の袋小路〉の出口をふさいでいるのに、犯人がどうやって、そこから逃亡したかということだったな？ 犯人は君たちとまるっきり接触せずに、広場のほうに出ることはできない。かといって、後ろや横の城壁から外に出ることもできない。そういった状態で、どうやって逃げたんだ。そして、その犯人とは誰なのだ？ さあ、もう約束の時間を五分過ぎている。ルールタビーユ君、さっそく話してくれたまえ」

法廷はしんと静まり返った。これほどの静けさを、私はかつて経験したことがない。その静けさの中で、ルールタビーユは厳粛に切りだした。

「今、裁判長がおっしゃったとおり、犯人は袋小路の出口にいる僕たちを乗りこえて、広場のほうに出ることはできません。城壁をのぼって敷地の外に出ることもできません。それは不可能です。だとしたら、あの時、犯人はあの場にいたとしか考えられません。そして、実際にいたのです」

「だが、君たちは犯人が広場に出るのを見ていないだろう？ 袋小路にいるのを見たわけでもない。予審判事による調書でもそのようになっている」

「それでも、犯人はあの場所にいたのです、裁判長」ルールタビーユは、力強く言った。

「それなのに、取りおさえなかったのか？」

「はい。森番の死体が犯人の死体だと思っていましたから……。しかし、犯人が生きて、あの場にいるとわかっても、僕はやはり犯人を取りおさえなかったでしょう。その理由は二つあります。ひとつは、僕にとって、犯人を生きたまま捕まえることはできないということ。もうひとつは、僕はあの時、〈論理的〉な思考の結果、犯人が誰だかわかっていましたし、〈目に見える証拠〉も持っていましたが、〈犯人に対抗できる武器〉を持っていなかったということ。僕はその〈武器〉を手に入れるために、アメリカまで行ってきました。その結果、少なくとも、犯人の名前を皆さんの前で公表することはできるようになったのです。あくまでも、名前を公表するだけですが……」

それを聞くと、裁判長はもうたまらなくなったらしく、苛々したように叫んだ。

「言いなさい！　早く！　犯人は誰なんだ？」

「それは、あの時、現場にいた者の中におります」

事ここに至っても、ルールタビーユは、まだもったいぶった言い方をした。さすがに法廷中が我慢できずに、ルールタビーユを急かした。

「誰だ！　はっきり名前を言ってくれ！」

だが、ルールタビーユは、おそらくわざとだろう、憎たらしいくらい、ゆっくりとした口調で続けた。

「もう少ししたら、お話しします。もう大丈夫だとは思いますが、念のためです。裁判長、僕にはそうする理由があるものですから」

「言ってくれ！　誰なんだ！」人々は声をそろえて言った。

「静粛に願います！」守衛が叫んだ。

裁判長はとうとう自分から訊きだすことにしたらしい。ルールタビーユに質問した。

「犯人は、あの時、現場にいた者の中にいたと言ったな。そして、それは死んだ森番ではないんだな？」

「違います」

「では、ジャック爺さんか？」

「違います」

「門番のベルニエ君か？」

「違います？」

「サンクレール氏か」

「違います」

「じゃあ、ランス氏か？　もうランス氏か、君しかいないではないか！　それとも君が犯人だとでも言うのか？」

「違います」

「では、ランス氏か？　そうとしか考えられなくなるが……」

「違います」

「どういうことだ？　君はいったい何を言いたいのだ？　あの場所には、もうほかに人はいないではないか？　ラルサン刑事が言ったように、犯人が奥の暗がりに隠れていて、あとから悠々と逃げだしたというなら別だが、君はそれを否定するのだろう？　それとも、奥の暗がりにいたのか？」

「いいえ。奥の暗がりにもいません。〈袋小路〉の手前にも奥にも、少なくとも、地上には……。でも、上は別です。残念ながら、僕はその時にはまだいませんでしたが、サンクレール君やランスさん、ベルニエさんは、犯人の顔を見て、また声も聞いています。そうです。あの時、サンクレール君たちの頭の上で、二階の窓から顔をのぞかせた人間がいたのです」

「フレデリック・ラルサンか？」裁判長が大声で尋ねた。

「そうです、フレデリック・ラルサンです！」ルールタビーユも大声で答えた。

すると、傍聴席からは抗議の声があがった。そちらのほうを振りかえると、ルールタビーユはきっぱりと言った。

「犯人は、フレデリック・ラルサンなのです！」

傍聴席の反応はいくつにも分かれた。呆然とする者、憤慨する者、疑う者、喝采する者。だが、この発言が驚きをもって迎えられたことだけは間違いない。法廷の中は騒然となった。さすがの裁判長も、すぐに静粛を求めるのはあきらめたようだった。と、そのうちに、あちこちから、「静かに！」という声があがって、ざわめきは自然におさまっていった。誰もがルールタビーユの説明を聞きたかったのだ。ふと、そこで被告席を見ると、先程まで立ちあがっていたはずのダルザック氏は、おそらくよほどの衝撃を受けたのだろう、茫然とした顔で、今は椅子に腰をおろしていた。

「そんな馬鹿な……。信じられない。ルールタビーユ君は頭がおかしくなったのか？」ダルザック氏がつぶやくのが聞こえた。

裁判長も声をあげた。

「フレデリック・ラルサンが犯人だというのか！　そんなことが信じられると思うか？　ダルザック氏ですら、君の頭がおかしくなったと言っているではないか！　そうではないと言うなら、証拠を出したまえ」

「証拠ですか？　お望みとあれば、お見せしましょう」頭がおかしいと言われたせいか、ちょっと険《けん》のある口調で、ルールタビーユが言った。「どうぞ、フレデリック・ラルサンを呼んでください！」

裁判長は、守衛に命じた。

「ラルサン刑事をここへ連れてきなさい」

守衛は小さな扉に走りより、姿を消した。扉は開けられたままだった。人々の視線は、すべてそこに向けられた。やがて、法廷に戻ってくると、守衛は裁判長の前に立って告げた。

「裁判長。フレデリック・ラルサン刑事は、もうここにはいないようです。四時頃、どこかへ出ていったまま、戻ってきていないそうです」

と、ルールタビーユが高らかに言った。

「それが証拠です！」

「どうしてだ？　なぜ、それが証拠になるというのだ？」裁判長は問いただした。

「何よりの証拠ですよ。いいですか？　ラルサン刑事は逃げたのです。もう、ここには戻ってこないでしょう。いや、今後、ラルサン刑事の姿を見ることは二度とないはずです」

それを聞くと、傍聴席からどよめきがあがった。

「君は法廷を馬鹿にしているのか？」裁判長が言った。「そうでないなら、なぜラルサン刑事がいた時に、証言台にあげて、面と向かって告発しなかったのだ？　そうしていれば、ラルサン刑事も、君の告発に反論することができたはずだ」

「ラルサン刑事がここにいれば、その反論は今でもできるでしょう。けれども、ラルサン刑事は逃亡した。これ以上、完璧な証拠があるでしょうか？　ラルサン刑事は僕に反論しません。これからも反論することはありません。僕に告発されることを恐れて、ラルサン刑事は逃げだした。それがすべてです」

「だが、ラルサン刑事が犯人だとは……。我々にはとうてい信じられないのだよ。ましてや、逃げだしたとは……。そもそも、ラルサン刑事は、どうして君に告発されると知っていたのだ？　そんなことは知らなかったはずだろう？」

「いいえ、裁判長。ラルサン刑事は知っていました。なぜなら、先程、いったん退廷した時に、僕がラルサン刑事に告げたからです」

「なんだって？」裁判長が目をむいた。「君はラルサン刑事が犯人だと知っていながら、その逃走を手助けしたと言うのか？」

「そうです、裁判長。僕はラルサン刑事を逃がしたのです」悪びれた様子もなく、ルールタビーユは答えた。「僕は裁判官ではありません。警察官でもありません。ただの新聞記者です。したがって、僕の仕事は犯人を捕まえることではありません。必要なやり方で真実を伝えることです。断頭台に犯人を送ることは僕の仕事ではないのです。犯人を捕まえ、断頭台に送り、社会の秩序を守るのは、警察官や裁判官の仕事なのです。裁判長は公正なお方ですから、そのことをわかっていただけると思います。もう一度言うと、僕の仕事は必要なやり方で真実を伝えることです。そして、今回の場合、僕にはこうしたやり方で真実を伝えることが必要なのです。〈生きたまま犯人を捕まえさせずに、その名前のみを告げ、この事件の謎を解きあかすのに十分なだけの真実を明かす〉ことが……。ぼくは先程、『犯人の名前は、午後六時半にならないと申しあげられません。それにはちゃんと理由があるのです。その理由は、犯人の名前を明かしたあとで申しあげましょう。その名前をお聞きになれば、僕がそうしなければならなかった理由もわかっていただけることと思います』と申しあげましたが、その理由とはまさにこれです。ラルサン刑事を逃がすためです。つまり、僕はラルサン刑事が逃げるのに必要な時間を計算したのです。ラルサン刑事は四時十七分の列車に乗って、パリに向かったはずです。パリまで行けば、隠れ家もあるでしょうからね。ここからパリまでの所要時間は一時間。そこから足取りを消すのに、一時間十五分。合わせて二時間十五分です。そして、ラルサン刑事に、『これから告発する』と告げるのがおそらく三時頃になると思われたので、さらに一時間ちょっと余裕を見て、それで六時半と申しあげたのです。もはやラルサン刑事の姿を見つけるのは不可能でしょう」

そこでひと息つくと、ルールタビーユは被告席のほうを向いて、ダルザック氏をじっと見つめた。それから、また裁判長に視線を戻した。

「そう、あの男を見つけることは不可能でしょう。だいたい、あの男はこれまでにも巧妙に警察の手から逃れつづけてきたのです。警察は八方、手を尽くしながら、どうしてもあの男を捕まえることができませんでした」

そう言うと、ルールタビーユは声をあげて高らかに笑った。だが、その笑いに同調する者は誰もいなかった。ひとしきり笑うと、ルールタビーユは続けた。

「そう、あの男は狡猾です。僕の前からは尻尾を巻いて退散しましたが、負けたのは僕にだけで、あとはすべてに勝利してきたのです。世界中の警察がそのあとを追いながら、とうとう捕まえられなかった男。世界で一番狡猾で、一番残忍な犯罪者。あの男はそういう男です。いいえ、嘘ではありません。それだけの犯罪者でありながら、あの男は四年前からフレデリック・ラルサンという偽名を使ってパリ警視庁に入りこみ、強引とも言うべき、その手腕で名声を獲得しました。でも、今も申しあげたように、あの男はこれまでずっと警察が追ってきた犯罪者なのです。その名前を言えば、誰もが知っている犯罪者。いいですか？ 裁判長。フレデリック・ラルサンは、あのバルメイエなのです」

「バルメイエだと！」裁判長が驚いた声をあげた。

「バルメイエ……」ダルザック氏が立ちあがった。「バルメイエ……。やっぱり、あれは本当だったのか……」

「そうなんです。あの男はバルメイエであり、そしてフレデリック・ラルサンだったのです。これで僕の頭がおかしくなったわけではないことがおわかりになられたでしょう？　ラルサン刑事の正体はバルメイエです。そして、この事実がラルサン刑事に対抗するための――犯人に対抗するための、僕の〈武器〉になったのです。ラルサン刑事は自分がバルメイエだと明かされたくなくて、法廷から逃げだしました」

人々は口々にバルメイエの名をささやいた。法廷の中では、もうその名前しか聞けなくなった。裁判長は一時、休廷することを告げた。

＊

この小休止の間、どれだけの騒ぎになったかは、読者にも容易に想像がつくことと思う。人々は、バルメイエのことしか考えられなかった。それだけに、フレデリック・ラルサンがバルメイエであることを突きとめたルールタビーユの能力に舌を巻いた。バルメイエというのは、それほど人々の関心を引く犯罪者だったのである。つい数週間前に、バルメイエが死んだという噂が流れた時には、人々は「あれだけ巧みに警察の手から逃れてきても、さすがに死神の手からは逃れられなかった」と言いあった。だが、今のルールタビーユの言葉が本当だとしたら、バルメイエは死神の手からも逃れていたのである。

これまでバルメイエは数々の事件の張本人とされてきたが、ここでバルメイエが関わった事件をひとつひとつ語る必要はあるまい。この二十年というもの、何か恐ろしい犯罪が起きるたびに、必ずバルメイエの名前が出てきて、新聞の社会欄を華々しく飾っていたからである。この先、何があっても、バルメイエの名前が忘れられることはない（この裁判の時、私は実際にそんなふうに思ったのだが、〈黄色い部屋〉の事件から十五年たった今、それは本当になってしまった。グランディエの城で起こった一連の事件は、今やほとんどの人が覚えていないが、バルメイエの名はいまだに多くの人が口にするからである）。

だから、バルメイエについては、それほど多くを語る必要は感じないが、ひと口で言うと、バルメイエは上流階級の人々の間を渡りあるいた大ペテン師である。どんな紳士よりも紳士らしい振舞いで、まるで一流の奇術師が指先ひとつで幻《まぼろし》をつくりだしてしまうように、自分を生まれも育ちも特別な、素晴らしい人間だと感じさせてしまうのだ。それでいて、残虐な行為も平気でして、昨今、ちまたで〈アパッチ族〉と呼ばれて恐れられているごろつきどもよりも無慈悲な性格をしている。

その犯罪をいちいち挙げていったら、たちまち紙とインクが尽きてしまうだろう。たとえば、上流階級の世界に入りこみ、名士しか招かれない厳しいクラブへ入会すると、そこで数々の名家の名誉を傷つける……。賭け事ではいかさまで不敗を重ね、賭け金を巻きあげる……。追いつめられた時には、刃物や羊の骨を武器に、ためらわずに人を殺傷する……。警察などは端《はな》から相手にせず、たとえ捕まっても、簡単に逃げてしまう。以前、フランスで逮捕された時には、公判の日に重罪院へ護送される途中で、監視にあたっていた警官の目に胡《こ》椒《しょう》をぶちまけて、まんまと逃げおおせた。そして、あとからわかったことによると、その日は何人もの腕ききの刑事が必死になって行方を追っている間に、なんと当人はフランス座の初日を観劇していたという。その後、フランスを離れ、アメリカに渡ったが、オハイオ州の警察に強盗犯として逮捕された時も、その翌日には逃げだしたと言われている。

このように、バルメイエのことを語るとなったら、それだけで一冊の本ができてしまうくらいなのであるが、その有名な犯罪者が、同じく有名なフレデリック・ラルサン刑事と同一人物であるというのだから、人々の驚きがどんなに激しかったかは言うまでもない。だが、人々はその事実に驚愕するとともに、この稀代の悪党の化けの皮をはいだのが、ルールタビーユという弱冠十八歳の新米記者で、そのルールタビーユがラルサンの正体がバルメイエだと知りながら、まるで世間をあざわらうかのように、逃がしてしまったということにも度胆を抜かれた。いったい、ルールタビーユはどうしてそんなことをしたのだろう？　だが、この点については、ルールタビーユは固く口を閉ざして、その理由を話さなかった。

一方、私はその理由をよく知っていたので、ルールタビーユのやり方に感心した。ルールタビーユの目的は、ラルサンに何ひとつ語らせないで、ダルザック氏とマチルド嬢のかたわらから、この男を追い払うことだったのだ。ルールタビーユはラルサンを逃がす代わりに、ラルサンの口からマチルド嬢の〈秘密〉が明かされるのを防いだのだ。ラルサンはこの取引きに応じた。そして、一連の事件の犯人がバルメイエだと知られた以上、もうマチルド嬢に近づくこともないだろう。

休廷の間も、人々はまだルールタビーユが暴いた事実に衝撃を受けていた。だが、それと同時に、一連の事件に残された〈謎〉の答えを知りたいという気持ちも高まっていた。

「ルールタビーユが言うように、フレデリック・ラルサンが犯人だとすると、ラルサンはどうやって〈黄色い部屋〉から逃げだしたのだ？　まだその謎が解けてないぞ！」

私は何人かの人々がそう口にするのを聞いた。

そして、裁判が再開された。

＊

開廷を宣言すると、裁判長はルールタビーユを証言台に呼び、自ら尋問を行なった。いや、今、〈尋問〉と書いたが、裁判長の態度は、〈証言を求める〉というよりは、〈尋問する〉ほうに近かったのだ。

「ルールタビーユ君。君は先程、あの〈右翼の隅の袋小路〉からは、誰も外に出ることはできないと言った。少なくとも、君たちが袋小路の入口をふさいでいる間はね。私もそれに同意する。それならば、ラルサンはどうやって、自分の部屋に戻ったんだ？　君が言うように、確かにラルサンは、あの時、ランス氏、サンクレール氏、門番のベルニエ君の頭上から声をかけた。二階の自分の部屋から……。その意味では、やはり君の言うように、あの場にいたことは間違いない。だが、そうやって自分の部屋の窓から顔を出すには、森番を殺したあとに、どうにかして、あの袋小路から抜けださなければならないではないか！　しかし、すぐに広場への出口がふさがれて、城壁を乗りこえるのが不可能な以上、どうやって、そこから逃げだしたのだ？」

そう裁判長が尋ねると、ルールタビーユは落ち着いて答えた。

「もちろん、〈普通の方法〉では逃げだすことはできません。でも、〈普通ではない方法〉ならば可能です。この点が〈黄色い部屋〉と違うところです。〈黄色い部屋〉は完全な密室でしたので、〈普通の方法〉でも〈普通ではない方法〉でも、逃げだすことができません。いや、確かにあの袋小路も、あの時のラルサンにとっては、密室と言ってよい状態でしたが、あの袋小路が〈黄色い部屋〉と違っているのは、建物の壁をあがれることなんです。森番の部屋――つまり、右翼から円形に張りだした部屋は屋上がテラスになっていますから、ラルサンはサンクレール君たち三人がやってくる間にテラスにあがり、そこから自分の部屋に入ることができたのです。それには部屋の窓を開けておけばいいだけのことですから、なんということはありません。テラスから窓までは一メールくらいしかないのですから……。ラルサンは部屋の中に飛びこむと、そのまま振りかえって、サンクレール君たちに声をかけたのです。バルメイエなら、それくらいの軽業、朝飯前だと思いますよ。それと裁判長、物的な証拠もあります」

そう言うと、ルールタビーユはベストのポケットから小さな包みを取りだし、その中に入っていた楔《くさび》を裁判長に見せた。

「どうぞ、ご覧ください。この楔はテラスを支える持ち送りのうち、右側の持ち送りの下のほうに打ちこまれていたのを持ってきたものです。持ち送りには今でも、ちょうどこの楔に合う穴が残っています。ラルサンは万一のことを考えて、城館のあちらこちらに逃げるための準備をしておいたのです。まあ、悪事を働く人間としては、当然の用心だと言えましょう。というわけで、あの晩、ラルサンは右翼の建物の角を曲がって、出会いがしらに森番をナイフで刺し殺すと、片足を建物の裾の車止めにのせ、森番の部屋の扉の上の庇《ひさし》をつかむと、体を持ちあげながら、壁の中程にある、この楔にもう片方の足をのせ、さらに体を持ちあげて、もう片方の手でテラスのふちをつかみます。そうやって、テラスの上まで這いあがったのです。テラスの上まで来れば、地上からはもう見えません。あの男は身のこなしが軽いですから、このくらいのことはなんでもなかったでしょう。

サンクレール君は、まさかラルサンがそんなことをしていたとは想像もしていなかったはずです。というのも、ラルサンは食事のあとに急に眠くなって、眠りこんでいると思っていたはずですから……。でも、実際はそのように見せかけていただけでした。実を言うと、あの晩、僕とサンクレール君はラルサンと一緒に食事をしたのですが、ラルサンが突然、眠りだしてしまったのです。そして、そのすぐあとに、僕も部屋で眠りこんでしまったのですが、それはラルサンがワインに麻酔薬を仕込んだせいでした。サンクレール君は食事の時に何も飲まないので、眠らずにすみましたが、僕はやられました。ラルサンは食事のあと、僕たちだけが眠ってしまったら、自分が疑われるので、自分も麻酔薬で眠らされたという演技をしたのです。ああ、でも、僕は本当に眠らされてしまいました。そのことを考えると、悔やんでも悔やみきれません。僕が麻酔薬を飲まされたりしなければ、あの晩、ラルサンはマチルド嬢の部屋に忍びこむことができず、あの事件は起こらなかったのでしょうに……！」

その瞬間、どこからかすすり泣く声が聞こえた。見ると、ダルザック氏だった。この話を聞いて、とうとう堪《こら》えきれなくなってしまったのだ。ルールタビーユが話を続けた。

「あの晩、マチルド嬢を襲うのに、ラルサンにとっては僕の存在が邪魔だったのでしょう。なにしろ、僕はラルサンの隣の部屋で寝ているのですから……。もしかしたら、ラルサンは、あの夜、僕がマチルド嬢の部屋を見張ろうとしていたことに気づいていたかもしれません。いや、たぶん気づいていたでしょう。ただし、僕がラルサンを犯人だと疑っているとは考えてもいなかったと思いますが……。いずれにせよ、自分が部屋を出て、マチルド嬢の部屋に向かったら、隣にいる僕に気がつかれるだろうとは、思っていたはずです。だから、麻酔薬で僕を眠らせ、マチルド嬢の部屋に行く機会をうかがっていた。そうして、サンクレール君が僕の部屋に来て、僕を起こしている声を聞いて、今がチャンスとマチルド嬢の部屋に向かった。そのあとは……。そのあと、ラルサンが何をしたかはご存じのとおりです。しばらくして、僕とサンクレール君は、マチルド嬢の部屋から悲鳴があがるのを聞きました」

「そもそも君は、どうしてラルサンが怪しいと思ったのかね？」裁判長が尋ねた。

「さまざまな事実が、僕の理性が許容できる〈正しい論理の輪〉の中に入ってきたからです。裁判長、僕は最初からラルサンのことがどこかひっかかっていたんですよ。どこか狡猾な感じがして……。まあ、実際、麻酔薬まで仕込まれたのですから、その直観は当たっていたのですが……。しかし、それはまだ直観にすぎません。ラルサンが犯人だと言うなら、それが論理的に正しいことを証明しなくてはならないのです。でも、そのうちに、ラルサンが犯人だとする〈論理の輪〉にいろいろな事実が入ってくるようになり、その事実の間で矛盾も生じなくなりました。つまり、僕は〈論理的〉に言って、ラルサンが犯人だと確信したのです。そうなったら、あとはやはりこの〈論理の輪〉の中に入る、〈目に見える証拠〉を見つけるだけです」

「その〈論理の輪〉について、もう少し説明してくれないか？　君の理性が許容するとか、〈正しい論理の輪〉だとか……」

「裁判長。事件を説明する〈論理の輪〉を描くには二つの条件があります。それは理性が許容すること、それが〈正しい論理の輪〉であることです。理性が許容するというのは、〈論理の輪〉の中に超自然的な要素を取り入れないこと。〈正しい論理の輪〉であるということは、その輪の中で事実や物証が必然的なつながりを持ち、しかも互いに矛盾していないということです。反対に、事件には関係のない事実や物証を〈論理の輪〉に入れていたり、その事実や物証が互いに矛盾していれば、それは〈間違った論理の輪〉だということになります。あの〈不思議な廊下〉の事件の翌朝は、僕はまったく〈論理の輪〉を描くことができませんでした。ええ、犯人が突然、廊下で消えてしまった事件です。もちろん、犯人が幽霊であったとか、超自然的な要素を取り入れれば説明はできますが、それは〈論理の輪〉としては失格です。また、いくら探してもない出口を想定するのも、ほかの事実と矛盾しますので、〈間違った論理の輪〉を描くことになります。でも、その朝、僕はどうしても〈正しい論理の輪〉を描くために必要な、とっかかりになるような事実や物証が見つけられず、ただ館のまわりの足跡を探していました。そこで、何かもっともらしいものが見つかっても、〈間違った論理の輪〉しか描けないと心のどこかで思いながらです。しかも、実際にはその〈間違った論理の輪〉を描くためのとっかかりさえ見つからなかったのです。

でも、その日の午後、はたと気づきました。〈正しい論理の輪〉を描くためのとっかかりとなる事実に気づいたのです。そこで、僕はまたあの廊下——城館の二階の〈直線廊下〉へ向かいました。

そして、実際に廊下に行って、窓や扉を調べてみると、思ったとおり、僕たちが追いかけた犯人は、何があっても〈廊下から姿を消すことができない〉という状況を確認することができました。そう、これは〈正しい論理の輪〉を描くための前提となる状況です。そこで、僕は頭の中に輪を描いて、その輪のまわりに真っ赤に燃えるような字で、〈この事件に関するあらゆる事実や物証は必ずこの輪の中に入ってくる〉と書きました。そして、今度はその輪の中に、やはり真っ赤な字で、その前提となるような状況——すなわち、〈犯人はこの廊下から消えていない〉という状況を書きました。そうです。そこから得られる結論は？　そうです。あの晩、犯人はあの廊下にずっといたのです。僕たち四人の中に……。

では、あの時、あの廊下には誰がいたのか？　それはジャック爺さん、スタンガーソン博士、フレデリック・ラルサン。そしてこの僕です。もしほかに犯人がいるのなら、廊下には全部で五人いたということになりますが、そうすると、突然、〈物質的に〉――というか、〈肉体的に〉消えてしまった現象が説明できません。だとしたら、あの廊下にいたのはやはり四人で、そのうちのひとりが追うほうと追われるほうのひとり二役をしていたことになります。犯人は表の顔と裏の顔の二つの顔を持っていたのです。なぜ、もっと早くにそのことに気がつかなかったのだろう？　僕は思いましたよ。わかってみれば、簡単なことだったのに、と……。まあ、それはおそらく、犯人が二つの顔のうちのひとつを決して見せなかったからだと思います。

でも、〈犯人はこの廊下から消えていない〉という前提から始めて、〈犯人はあの時、廊下にいた四人の中にいる〉と考えると、この四人のうち、誰が犯人なのかはすぐにわかります。つまり、この〈論理の輪〉の中に、〈ひとりの人間が同時に二人になって姿を見せることはできない〉という普遍的な真理を導入して、いくつかの事実と重ねてみると、この〈論理の輪〉の中で得られる結論はひとつしかありません。すなわち、僕はあの時、〈直線廊下〉で、犯人とジャック爺さんの姿を同時に見ています。また、スタンガーソン博士と犯人の姿も同時に見ています。そして、スタンガーソン博士とジャック爺さんは、犯人と僕の姿を同時に見ています。そうすると、犯人と同時に姿を見られていないのは、フレデリック・ラルサン、ただひとりだということになります。ええ、ラルサンと犯人の姿を同時に見た者はひとりもいないのです。

あの時、犯人を追いかけながら、僕が犯人の姿を見失った時間が二秒ほどありました。それは翌日の午前中に手帳に書きつけてありますから、間違いありません。ええ、〈直線廊下〉と〈側廊〉がぶつかるところで、犯人が〈側廊〉のほうに曲がったあと、僕たち四人――博士と僕とジャック爺さんとラルサンの四人が衝突するまで、二秒という時間があったわけです。ラルサンが犯人ならば〈直線廊下〉から〈側廊〉に曲がって、それから二秒の間に、すばやくつけひげとカツラを取ってポケットに入れながら、振りむきざまに僕たちと衝突することが可能です。ラルサンは実はバルメイエなのですから、変装などお手のものです。ちなみに、マチルド嬢が鍵の入ったバッグをなくして、新聞に三行広告を出した時、郵便局に現れたダルザック氏によく似た人物というのも、ラルサンの変装です。ラルサンはそういった形で、ダルザック氏に罪を着せようとしたのです。

それでは、僕が事件の翌日の午後に気づいた〈正しい論理の輪〉を描くためのとっかかりとなる事実とは何でしょうか？　それは今、説明した〈僕は廊下で犯人とラルサンを同時には見ていない〉という事実です。これをとっかかりにして、前提となる状況やほかの事実などをこの〈正しい論理の輪〉の中でつなげた結果、僕はラルサンが犯人だと〈論理的に〉理解することができたのです。

しかし、この結論にはさすがの僕も動揺しました。犯人を入れて廊下に五人いたとして、僕たち四人を除いてひとりも残らなければ、〈5－4＝0〉で引き算として成りたちません。でも、犯人が僕たち四人の中にいたと考えれば、〈4－4＝0〉で引き算が成りたちます。

しかし、〈引き算〉としては成りたっても、ラルサンが犯人だというのは、〈人情〉としては成りたちません。僕はやはり、〈人情的〉にラルサンが犯人だとは信じたくなかったのです。しかし、〈論理的〉には明らかに、犯人はラルサンであることが示されている。そこで、僕はラルサンが犯人であるという〈正しい論理の輪〉に入る、〈目に見える証拠〉を探しました。そのことはもう少しあとで述べることにして、ここではまず、あの〈不思議な廊下〉の事件のあとで、なぜ、僕が真っ先にラルサンを疑わなかったのか、その点についてお話ししましょう。その理由は三つあります。

第一に、僕はあの夜、まずマチルド嬢の部屋にいる犯人の姿を、はしごにのぼって、窓の外から見ました。そして、そのあとで城館の中に戻って、ラルサンに協力を求めにいったのですが、ラルサンは部屋にいて、寝ぼけ顔で出てきました。そこで、僕はラルサンがずっと寝ていたものと考えたのです。

第二に、テラスにはしごがかけてあったこと。ラルサンはマチルド嬢と同じ階にいるのですから、はしごを使って城館に侵入する必要はありません。

第三に、あの事件の時、僕はラルサンを〈側廊〉に配置しましたが、そのあとで犯人をマチルド嬢の寝室から追いたてるため、もう一度、城館の外に出て、窓から寝室に入りました。ところが、マチルド嬢の寝室には、まだ犯人がいました。そこで、それがラルサンだとは想像もできなかったのです。

こんなふうに並べると、僕がすぐにラルサンを犯人だと見破れなかった理由がおわかりになると思いますが、あの時、実際には何があったのでしょうか？

　まず第一の点については、難しいことではありません。おそらく、マチルド嬢の寝室で犯人の手紙を書いている後ろ姿を見てから、僕がはしごを降りている間に、ラルサンが手紙を書きおえ、部屋に戻っていたということでしょう。そうして、寝間着に着替えてベッドに入ったところで、僕が扉をノックした。そこで、ラルサンはいかにも今、起こされたといった寝ぼけ顔をしたのです。

　次に第二の点、はしごについてです。これもまた、たいして難しいことではありません。おそらくラルサンは嫌疑が自分にかからないようにしたかったのでしょう。つまり、犯人は外からやってきたと思わせるために、はしごをかけておいたのです。そして、あの夜はダルザック氏が城にいませんでした。だから、ダルザック氏が外から侵入したと見せかけるためにも、必要な措置であったのです。もちろん、状況によっては自分が逃げだす時に使う、ということも計算に入れてあったはずです。

　最後に第三の点ですが、これについては手こずりました。城館の二階で博士とジャック爺さんとラルサンをそれぞれの場所に配置した時、僕はラルサンを〈側廊〉に立たせました。それから、左翼側のスタンガーソン博士の部屋で待っている博士とジャック爺さんに事情を説明に行きました。ところが、ラルサンはこの間に、またマチルド嬢の寝室に戻っていたのです。これはあまりにも無謀な行為です。だから、その時点でラルサンが怪しいと僕が思ったとしても、この一点をもってして、すぐにその疑いをといていたでしょう。なにしろ、そこでまたもう一度、マチルド嬢の寝室に行ったとしたら、僕に取りおさえられるか、あるいは寝室から追いたてられて、博士かジャック爺さんに捕まるか、ともかく、現場を押さえられる危険があります。たぶん、僕と博士とジャック爺さんが廊下に出てくるまでに用事をすませ、自分はまた〈側廊〉の突きあたりの、僕に指示された場所に戻ってこられると考えて、そういった行動に出たのでしょう。でも、マチルド嬢の寝室から戻ってくる暇はなかった。そこで、結局は僕に追いたてられて、廊下を逃げることになったのです。でも、それは逆から考えると、ラルサンにはそうまでしてマチルド嬢の寝室にもう一度、行かなければいけない理由があったということになります。おそらく、僕がラルサンに〈側廊〉の突きあたりにいることを頼んで、博士の部屋に向かったあとで、ラルサンは自分がそうしなければならない理由――もう一度、マチルド嬢の部屋に行かなければならないことに思いあたったのでしょう。でなければ、自分の拳銃を僕に渡すようなことはしなかったはずです。

さて、そんなことになっているとは知らない僕は、博士らに手短に説明を終えて廊下に出ると、ジャック爺さんを〈直線廊下〉の右翼側の突きあたりにある窓のところに向かわせました。この時、僕は博士の部屋の前から、爺さんが持ち場についたのを確認しました。爺さんのほうは、僕が別に詳しい説明をしなかったので、〈側廊〉の突きあたりにラルサンがいるとは考えず――したがって、本当にいるかどうか確かめようともせず、窓のところに急いだはずです。もちろん、僕もその時にはラルサンが自分の持ち場を離れ、マチルド嬢の寝室にもう一度、行っているとは想像だにしていませんでした。

では、ラルサンはどうして、もう一度、マチルド嬢の寝室に行かなければならなかったのでしょう？　僕の指示を聞いた時には、そんなつもりはまったくなかったというのにです。ラルサンはいったい何をしにいったのでしょう？　ラルサンが犯人だという〈論理の輪〉の中で考えた時、僕はラルサンが、自分が犯人だとわかってしまう証拠をマチルド嬢の部屋に残してきたのではないかと思いました。たとえば、何か身につけているものを忘れてきてしまったのではないかと……。だとしたら、それは何だろう？　ラルサンはそれを回収できたのだろうか？　僕は考えました。そして、二度目に窓の外から犯人の姿を確認した時、犯人が明かりを床に置き、しゃがみこんでいたことを思い出しました。そこで門番のベルニエさんの奥さんに、あの部屋を掃除する時に、何かが落ちていないか、探してほしいと頼みました。すると、奥さんは鼻眼鏡を見つけたのです。それがこの鼻眼鏡です！」

ルールタビーユは、小さな包みをポケットから取りだすと、私も先日、目にした、あの鼻眼鏡を裁判長に差しだした。

「この鼻眼鏡を手にした時、僕は背筋がぞくっとするのを感じました。ついに、ラルサンが残した〈目に見える証拠〉が手に入ったと思ったからです。でも、それはあくまでも直観で、それだけではラルサンが犯人だという〈正しい論理の輪〉に入れるわけにはいきません。そうなるためには、ラルサンがあそこで鼻眼鏡を使っていて、それを取りに戻ったという〈論理的〉な説明がいるのです。僕は考えました。ラルサンは普段、鼻眼鏡をしていません。それはつまり、普段は必要ないということです。そして、あの晩の場合、ラルサンは何かあったら、すぐに逃げなくてはなりません。では、いったい、この鼻眼鏡はどういうことだろう？　僕はしばらく鼻眼鏡を見つめていましたが、どう考えても、鼻眼鏡は〈論理の輪〉の中に入ってきてはくれません。けれども、そのうちに、突然、はっと思いついたのです。〈もし、この鼻眼鏡が老眼鏡だったらどうだろう？〉と……。それなら、手紙を書くのに使っていたのだと説明がつきます。レンズを調べると、鼻眼鏡は確かに老眼鏡でした。

僕自身は、ラルサンが何か文字を書いたり、読んだりしているところを見たことがありません。だから、ラルサンが老眼鏡を使っていると言うことはできません。でも、警察の人なら、ラルサンが老眼鏡を使っているかどうか知っているはずですし、鼻眼鏡を見たら、それがラルサンのものかどうか、たちどころに答えることができるでしょう。これはラルサンの立場からすると、非常にまずいことです。自分の鼻眼鏡が〈不思議な廊下〉の事件のあとに、マチルド嬢の寝室から見つかったとしたら、真っ先に疑われるに決まっているのですから……。そう考えると、ラルサンがかなりの危険を冒しても、マチルド嬢の寝室にもう一度、行った理由が説明できます。ここで、鼻眼鏡は〈目に見える証拠〉として、見事に〈論理の輪〉に入ってきてくれたのです。あとは警察の人に、これがラルサンのものかどうか、確かめればいいだけになりました。おそらく警察に持っていったら、『そのとおり、これはラルサン刑事のものだ』と言ってもらえることでしょう。ちなみに、バルメイエは老眼です。

裁判長、これで私がどうしてラルサンが犯人だと突きとめられたのか、おわかりいただけたと思います。僕は〈目に見えるもの〉だけを頼りに、真実を突きとめようとは思いません。

それが証拠だとも考えません。〈目に見えるもの〉は〈正しい論理の輪〉の中に入るかどうか検証したうえで、入るとなったら、初めて証拠として採用するのです。つまり、僕にとって大切なのは、まず〈論理〉なのです。

ただ、〈論理的〉にはすべてわかっていたというのに、犯人がラルサンであることについては、僕ははっきりと目に見える形で確かめたいと思いました。つまり、犯人の顔を確認しようと思ったのです。それだけ〈人情的〉には信じがたいことだったのですが、今、考えると、これが間違いでした。僕は〈論理〉によって到達した結論に従えばよかったのです。その意味では、僕は〈論理〉に復讐されたと言えるでしょう。〈不思議な廊下〉の事件のあと、僕はどこか〈論理〉をないがしろにしていたのだと思います。もっと、自分の理性が生みだした〈論理〉に絶対の信頼を寄せるべきだったのに……。犯人の顔を確かめようなどと、無理に〈目に見える証拠〉を見つけようとして、失敗したのです。そうです。〈論理〉をおろそかにしたバチが当たったのです。ああ、そのためにマチルド嬢がまた襲われることになってしまって……。それを思うと、僕は……。僕は……」

そこまで言うと、ルールタビーユは声を詰まらせた。激しい感情の波が押しよせてきたらしい。ルールタビーユは鼻をすすりあげた。

ルールタビーユが少し落ち着くのを待って、裁判長が尋ねた。

「それにしても、ラルサンはあの夜、スタンガーソン嬢の部屋に何をしに行ったのだ？　そもそも、なぜ二度までも令嬢を殺そうとしたのだ」

「愛していたからですよ、裁判長。どうしてそうなったかは、知りませんが……」

「愛していたからか。それなら、確かに理由になるな」裁判長は頷いた。

「強力な理由になります。ラルサンは頭がおかしくなるほど、マチルド嬢を愛していた。そのせいで、まあ、ほかにもいろいろと事情はあったのかもしれませんが、どんな犯罪でもする気になっていたのです」

「当のスタンガーソン嬢は、そのことを知っていたのかね？」

「はい、知っていたと思います。犯人が自分につきまとうのは、自分を愛しているからだと……。ですが、その犯人がフレデリック・ラルサンで、刑事として事件の捜査にあたっているということまでは知らなかったでしょう。そうでなければ、ラルサンがグランディエの城に滞在するはずがありませんし、あの夜、〈不思議な廊下〉の事件のあとに、博士や僕たちと一緒に、マチルド嬢の寝室に入ることもしなかったはずです。そう言えば、あの晩、ラルサンはずっと下を向いて、部屋の隅の暗がりに目を凝らしていました。あれはおそらく、その部屋でなくした鼻眼鏡を探していたのでしょう。いずれにせよ、マチルド嬢は自分を愛する男にしつこく迫られ、二度までも襲われたわけですが、それがフレデリック・ラルサンだとは知らなかったはずです。でも、バルメイエだと知らなかったかどうかは……。たぶん、知っていたのではないかと思います」

「ダルザックさん、その点はどうです？　スタンガーソン嬢から信頼されているあなたなら、この点に関しても知っていたのではないですか？　令嬢はどうして誰にも話さなかったのですか？　打ち明けてくれれば、犯人の足取りを警察は追えたでしょうし、無実のあなたが糾弾され、苦しむ必要もなかったでしょうに！」

「マチルドは、私に何も言ってはおりません」ダルザック氏は首を横に振った。

「では、ルールタビーユ君の話はどうですか？　あり得ると思いますか？」裁判長は重ねて訊いた。

だが、ダルザック氏は態度を変えなかった。

「マチルドは、私に何も言ってはおりません」

裁判長は、しかたなくルールタビーユのほうを向くと言った。

「では、ルールタビーユ君。森番が殺された夜、つまり、二度目にスタンガーソン嬢が襲われた夜だが、君はマチルド嬢の寝室の机の下から、博士の盗まれた研究資料を見つけたと言ったね。ラルサンはどうしてあの書類を返してよこしたのだろう？　もうひとつ、そもそもラルサンはどうやって、鍵のかかったマチルド嬢の部屋に入ることができたのだ？」

私はルールタビーユの口元を見つめた。まさか、マチルド嬢が部屋の鍵を開けておいたとは言えない。〈それなら、どう言うのだろう？〉と思ったのだ。と、ルールタビーユが素知らぬ顔で言った。

「二つ目のご質問に関しては、お答えするのはいたって簡単なことです。なにしろ、ラルサンはバルメイエなんですからね。必要な鍵を手に入れたり、複製をつくることなど、どうってことないでしょう。どうして資料を返してよこしたかという点については、これは僕の意見にすぎませんが、ラルサンはもともと資料を盗む気もなかったのだと思います。マチルド嬢がダルザック氏と結婚することを知ったラルサンは、なんとしても妨害をしてやろうと決意して、マチルド嬢の周辺をうろつきだします。そして、ある日、マチルド嬢がダルザック氏とルーヴ百貨店に出かけた時に、たまたまマチルド嬢がバッグを置きわすれたのをそのまま持ってきたのか、あるいは近くに置いた時に盗んだのか、ともかく自分のものにしました。そして、バッグの中を見ると、頭の部分が銅でできた鍵が入っていました。ラルサンは、その時点ではまだそれが大切な鍵だとは思っていなかったでしょう。ただ、マチルド嬢が翌日の新聞に出した三行広告で重要な鍵だとわかったのだと思います。ラルサンは、広告に指示があったとおり、すぐさま第四十局の郵便局、局留めで手紙を送ります。想像するに、この手紙で、面会の約束を求めたのではないでしょうか。《バッグと鍵を持っている者は、あなたに恋をしていて、しばらく前からあなたのあとを追いかけているのです》とでも書いて……。ですが、返事はありませんでした。そこで、第四十局に直接出向いて確認をすると、手紙はとっくにマチルド嬢が受け取っていました。

ちなみに、この時、ラルサンは郵便局に来たのがダルザック氏だと思われるように、つけひげをつけ、ダルザック氏にそっくりな服装をして、第四十局に行っています。おそらく、将来、何があってもいいように、この時から準備をしておいたのでしょう。ラルサンはマチルド嬢を手に入れるためなら、なんでもするつもりでした。それほどマチルド嬢を愛していたのです。そして、その愛は、もしマチルド嬢が自分のものにならないのであれば、殺してやろうと思うくらい歪んだものでした。そして、もしそんなことになった場合は、その罪をダルザック氏に押しつけてやろう——ラルサンは最初からそう考えていました。マチルド嬢に愛されているダルザック氏が憎くてたまらず、ダルザック氏が破滅することを望んでいたからです。

ただ、そうは言っても、その時はまだマチルド嬢を殺しにいく事態になるとは、ラルサンも思っていなかったでしょう。マチルド嬢がおとなしく自分のものになってくれれば、そんな必要はまったくないのですから……。だから、ダルザック氏に変装したのは、あくまでも、万が一に備えてのことです。万が一、マチルド嬢を殺さなければならなくなったら、その罪はダルザック氏にかぶせよう。そう考えて、準備万端整えていたのです。ラルサンはダルザック氏と身長も同じくらいですし、靴の大きさもほぼ同じです。必要があれば、ダルザック氏の靴跡を手に入れて、それをもとに足跡がそっくりになるような靴をつくることも難しくありません。このくらいのことは、ラルサン——バルメイエにとっては児戯《じぎ》に類することです。

結局、手紙に返事が来ることはなく、面会は拒否されます。ラルサンのポケットには、あの小さな鍵が残されたままでした。そこでラルサンは決意したのです。マチルド嬢が会いにこないというのなら、自分が出向いてやろうじゃないかと……。もともとマチルド嬢に会いに行くことは、そのずっと前から考えていたのでしょう。なにしろ、用意周到な男ですから、マチルド嬢がグランディエ城に住んでいると知った時から、いつか城に忍びこむための準備をしていたのです。先程、本人と話したところ、本人もそのように言っていました。ええ、ラルサンはグランディエの城の図面を手に入れ、離れの構造も調べていました。それどころか、すでに城に入りこんだこともあったようです。

さて、局留めの手紙に返事が来なかったので、ラルサンはとうとうマチルド嬢に会いに行きます。ええ、〈黄色い部屋〉の事件が起きる日のことです。あの日の午後、スタンガーソン父娘が散歩に出かけ、またジャック爺さんもいなくなった隙をついて、ラルサンは離れの玄関脇の窓から侵入します。そうして、まず実験室に入ったのですが、実験道具や資料を入れた棚の中に、頑丈そうな戸棚が目につきました。そこで、近くに寄ってみると、戸棚には鍵がかかっていて、扉が開きません。これはきっと大事なものをしまうための戸棚にちがいない——そう思った時、ラルサンの頭にひとつの考えが閃きます。〈マチルド嬢のバッグにあった鍵は、この戸棚の鍵ではないか？〉と……。はたして、鍵を差しこんでみると、扉は開きました。中にはぎっしりと資料が詰まっています。それを見ると、ラルサンはマチルド嬢が新聞広告まで出して鍵を取り戻そうとしていたからには、この資料が非常に重要なものにちがいないと判断し、戸棚から盗むことにします。これをネタに脅迫して、マチルド嬢を自分の言いなりにさせよう、そう考えたのかもしれません。そうして、戸棚の資料をひとつにまとめると、紙で包み、ひもをかけました。ただ、持ちあるいているうちに邪魔になったので、玄関脇の化粧室にいったん置いておくことにしました。その跡を僕が見つけたわけです。

それはともかく、〈黄色い部屋〉の事件のあとから、森番を殺すことになる日の夜まで——つまり、二度目にマチルド嬢に怪我をさせる日の夜まで、ラルサンには資料の中身を確認する時間はたっぷりとありました。ラルサンは考えます。これは危険だ。こんなものが自分の部屋から見つかったら、〈黄色い部屋〉の事件の犯人として疑われる。だが、これを有効に使えば、マチルド嬢の気持ちをこちらに向かせることができるかもしれない。なにしろ、博士の大事な研究資料だ。返却すると言ったら、マチルド嬢は自分の言いなりになるかもしれない。ラルサンのことです。いろいろな可能性を頭に思い浮かべたことでしょう。そして、結局、二度目にマチルド嬢を襲った晩、盗んだ資料をマチルド嬢の寝室まで持っていき、そのまま机の下に置いてきてしまったというわけです。危険な資料の厄介払いができたのですから、ラルサンにとっては、これはこれでよかったのだと思います」

「なるほど。だが、ラルサンがそこまでスタンガーソン嬢にこだわるというのは……」裁判長が言いかけた。「いや、愛していたからだというのはわかるが、では、どうして……」

それを聞くと、ルールタビーユは何度か咳払いをした。私にはその咳払いの意味がよくわかった。おそらく、マチルド嬢の〈秘密〉に深く関わることなのだろう。ルールタビーユはきっとその辺りのことを詳しく説明したくなかったのだ。だが、裁判長をはじめとして、人々はみんなそれを知りたがっていた。ルールタビーユのこれまでの説明では、その点が十分に納得できなかったからだ。

だが、ルールタビーユはここで、きわめて巧妙な作戦に出た。裁判長の言葉を軽く受けながすと、誰もが興味を持つ方向に話題をずらしたのだ。

「やはり愛していたからでしょう。どうしてだかは知りませんが……。ともかく、ラルサンは〈黄色い部屋〉にやってくるほど、マチルド嬢を愛していた。では、ここで〈黄色い部屋〉の謎についてご説明しましょう！」

その瞬間、法廷の中にざわめきが起こった。誰もが聞き逃してはならないと、身を乗りだし、中には椅子を前に引く者もあった。と同時に、「しっ！」と注意する声もあちらこちらであがった。みんなの好奇心は一点に集中し、誰もがルールタビーユの口元に注目した。

だが、そこで口を開いたのは裁判長だった。裁判長は、〈黄色い部屋〉の謎はもう解決していると考えているようだった。

「しかし、ルールタビーユ君、これまでの尋問の結果からすれば、〈黄色い部屋〉の謎もすべて説明できたように思われるのだが……。フレデリック・ラルサンによると、〈犯人はダルザック氏で、あの晩、ジャック爺さんが窓にまわろうと外に出た隙に、実験室にひとり残った博士が、娘が婚約者に襲われるというスキャンダルを恐れて、犯人であるダルザック氏を逃がした〉ということだった。あれはラルサンが自分をダルザック氏に置き換えて説明したもので、〈犯人はラルサンで、娘が襲われるというスキャンダルを恐れて、博士がラルサンを逃がした〉とすれば、そのまま通用するのではないか？　あるいは博士がマチルド嬢からそうするように懇願されて、ラルサンを逃がしてやったとも考えられる」

「それは違います、裁判長」ルールタビーユは否定した。「あの時のマチルド嬢は、こめかみに傷を負って、博士に懇願することなど、できる状態ではありませんでした。もちろん、扉を閉めてもう一度鍵をかけることも、錠をおろすことも不可能です。それに、予審判事の取り調べに対して、博士はこう誓っています。『あの夜、娘が悲鳴をあげたのを聞いた時から、私は扉の前を決して離れてはいません。私が実験室でひとりになった時にも、扉は開いておりません』と……」

「しかしだね。博士が扉を開けて、犯人を逃がしたというのが、この謎に対する唯一の答えではないかね？」裁判長は言い張った。「〈黄色い部屋〉は金庫のように固く閉ざされていた。君の言い方によれば、〈普通の方法〉でも〈普通ではない方法〉でも、逃げだすことはできなかった。そうだろう？　それなのに、扉の外にいた博士たちが部屋の中に入った時には、犯人の姿はもうそこになかった。ということは、犯人はなんらかの方法で、逃げだすことができたわけだ。私たちは今、その方法を探しているのだ」

するとその言葉にルールタビーユが驚くべきことを言った。

「その必要はありません。博士たちが扉の前にいるのに、〈黄色い部屋〉から逃げだす方法なんて――そんな方法を探す必要はありません」

「どういうことだ？」

「犯人はその時、〈黄色い部屋〉の中にいなかったんです。部屋の中にいなければ、逃げだすこともありませんから……」

法廷の中がざわついた。

「なんだって？　犯人は部屋の中にいなかっただと？」

「そのとおりです。どう考えてもいられるはずがない。だから、いなかったのです。これもまた、いろいろな事実や目に見える証拠が〈正しい論理の輪〉に入るかどうかの問題です」

「しかし、〈黄色い部屋〉には、そこで犯行があったことを示す、ありとあらゆる証拠があったではないか！」

「それですよ、裁判長」ルールタビーユは力を込めて言った。「それが〈間違った論理の輪〉を描くとっかかりになってしまったんです。〈正しい論理の輪〉を描くための前提となる事実はこうです。〈黄色い部屋〉は、マチルド嬢が就寝のために鍵をかけて、そのあとで博士たちによって扉を壊されるまで、開けられることはなかった。その間、窓は外からも内からも開けられることはなく、ほかに出入口もなかった。したがって、もし〈黄色い部屋〉の中に犯人がいたとしたら、犯人はあの部屋から逃げだすことは不可能だった。それなのに、扉を開けた時に、犯人はここにいなかった。こうした事実から描かれる〈正しい論理の輪〉の中で、そこにきちんと入る形で導きだされる真実はただひとつ。あの晩、マチルド嬢が部屋に内側から鍵をかけてから、扉が壊されるまでの間は、犯人は〈黄色い部屋〉にいなかったということです」

「では、あの血痕は何だ。壁には犯人の血が残っていたではないか！」

「そうです、裁判長。それもまた〈目に見える証拠〉ということで、厄介なものになるわけです。警察は壁についた血痕を〈間違った論理の輪〉のほうに入れてしまいました。そうなんです。〈目に見えるもの〉は自分たちの都合でいかようにも解釈をすることができるのです。さっきも言いましたが、〈目に見えるもの〉をきちんと検証することなく、そのまま証拠にして〈論理の輪〉を描いてはいけません。〈論理の輪〉をつくるには、まず絶対に動かせない事実を中心に小さな輪を描き、その輪の中に、互いに矛盾しない事実や物証を入れて、広げていく形をとります。こうしてできたものが〈正しい論理の輪〉です。〈黄色い部屋〉の場合、絶対に動かせない事実を中心にした小さな輪とは、〈夜中にマチルド嬢が悲鳴をあげた時、部屋の中に犯人はいなかった〉ということです。その一方で、部屋の中には犯人がいた証拠だと思われる血痕が残っている。この事実は、最初に描いた小さな輪には入ってきません。警察はそれを無理やり入れた。だから、〈間違った論理の輪〉を描いてしまったのです。そこで、この証拠を〈正しい論理の輪〉に入れるなら、そこに矛盾が生じなくなるような、前提となる事実を想定しなければなりません。その前提を僕は思いつきました。確かに犯人は〈黄色い部屋〉に血痕を残した。だが、それは深夜にマチルド嬢が悲鳴をあげる前のことだろうと……。

では、この前提から出発して、きちんと説明がつくかどうか、詳しく検証していきましょう。《ル・マタン》紙が事件の詳細を報じた日、僕は、パリからグランディエに向かう列車の中で、たまたま予審判事と乗りあわせました。この時、判事との会話から、新聞記事にあったとおり、秘密の抜け道でもないかぎり、〈黄色い部屋〉が完全な密室であることがわかりました。ということは、犯人は、マチルド嬢が午前零時に部屋に入った時には、そこにはいなかったということになります。

しかし、〈目に見える証拠〉のほうは、僕が絶対に動かせないものとして描いた小さな輪から、どんどんはみだしていきます。部屋の中に犯人がいたことは間違いないのです。マチルド嬢は明らかに誰かに向かって発砲しています。ということは、誰かに襲われて反撃を試みたのです。状況から見ると、拳銃で自殺をしようとしたとも考えられません。ならば答えはひとつ。犯人が来たのは、もっと前ということです。けれども、そうなると、真夜中の時点で、どうしてマチルド嬢は悲鳴をあげたのでしょう？ この時に、銃声も二発聞こえています。これからすると、マチルド嬢はどうしたって、この日、二度目に襲われたことになります。少なくともそう見えます。

そこで、僕は事件は二度起きたということを前提に〈論理の輪〉を描き、第一の事件では何が起こったのか、第二の事件では何が起こったのかと、二つに分けて考えることにしました。この二つの事件の間は、博士とマチルド嬢、ジャック爺さんが実験室にいた時間からすると、何時間かあいています。僕の結論はすぐに出ました。まず第一の事件。この時、マチルド嬢は本当に襲われたのです。ただし、本人はそのことを隠しました。そして、第二の事件。これは事件というより事故です。この時、マチルド嬢は悪夢にうなされ、悲鳴をあげただけだったのですが、隣の実験室にいた博士とジャック爺さんは、マチルド嬢が襲われたと思ったのです」

傍聴席に静かなざわめきが広がった。それを手で制すると、ルールタビーユは続けた。

「ええ、でも、そうなんです。すべてが〈正しい論理の輪〉に入るのです。僕はこの論理をグランディエに向かう列車の中で組み立てたのですが、まだ〈黄色い部屋〉にも入っていないので、細かい事実や〈目に見える証拠〉がどうなっているのかは、わかりませんでした。でも、僕の描いたのが〈正しい論理の輪〉であれば、すべてはそこに入ってくるはずです。

さて、事件が二度にわたって起きたとすると、マチルド嬢はどう考えても、第一の事件を博士やジャック爺さんに隠したということになります。そのあと、マチルド嬢は何事もなかったかのように、夕食をとったり、実験をしたりしているのですから……。おそらく、マチルド嬢には、どうしても隠さなければならない理由があったのでしょう。そのために、この第一の事件のことは予審判事の尋問でも話していません。マチルド嬢はこれを深夜に起こった事件――僕の言う第二の事件のこととして話しています。襲われたことは事実なので、そうせざるを得なかったのです。さもなければ、『どうして、その前にあったことを黙っていたのか？』と、博士から追及を受けたでしょうから……。そうなったら、博士に対しても〈秘密〉にしておきたいことを話さなければならなくなります。

ただ、事実がこのとおりだったとすると、一番、気になるのは傷のことです。新聞記事によると、マチルド嬢は犯人に首を絞められ、またこめかみを鈍器で殴られていました。つまり、マチルド嬢が第一の事件を隠そうと思ったら、首を絞められた跡と、こめかみの傷の両方を隠さなければならないということになります。このうち、首を絞められた跡については、頭を悩ませる必要はありませんでした。服の襟を立てるなり、スカーフを巻くなりすれば、簡単に隠せますから……。問題はこめかみの傷です。第二の事件の時には、犯人は部屋にいないのですから、こめかみに傷を受けたとしたら、もちろん第一の事件の時です。〈目に見える証拠〉だけから考えるなら、現場には羊の骨が落ちていましたから、これで殴られたと考えるのが自然でしょう。そこまではよいのですが、この傷が第一の事件の時についたものだとすると、マチルド嬢はこれもまた博士やジャック爺さんの目から隠さなければなりません。では、いったい、どうやって隠したのだろう？　それが僕には謎でした。最初、僕はマチルド嬢は普段のように髪をひとつにまとめて額を丸出しにするのではなく、二つに分けて両脇に垂らして、こめかみの傷を隠したのではないかと考えました。けれども、予審判事によると、マチルド嬢の髪型は普段と変わらなかったと言います。そこで、もしかしたら、目立たないような小さな傷かと考えたのですが、どうやらそれも違うようでした。結局、この問題はあとから解決するのですが、〈黄色い部屋〉に入って、目に見える証拠を見つけるまで、僕は頭を悩ませました。

壁に残っていた手形については、第一の事件の時に、犯人がマチルド嬢に拳銃で撃たれて、傷を負った時についたものだと思います。なにしろ、第二の事件の時には、犯人は〈黄色い部屋〉にいないのですから、当然、この段階でついていなければならないのです。犯人が残していった、ほかの〈目に見える証拠〉もまた、この第一の事件の時に残されたものです。羊の骨も、ドタ靴の黒い足跡も、ハンカチやベレー帽もそうです。ところが、この〈目に見える証拠〉は、第二の事件のあとにも残っていたので、警察はこれを〈間違った論理の輪〉

に入れ、第二の事件の時の証拠だと考えたのですが、このことは同時に、マチルド嬢がこれらの証拠を始末していないということを意味しています。マチルド嬢は第一の事件を隠そうとしているわけですから、これはマチルド嬢にその時間がなかったということになります。さらに言えば、第一の事件と第二の事件の間はそれほど離れていなかったということも推論できます。第一の事件がいつ起きたかは、あとで博士の証言を聞いた時にわかりますが、確かに時間は離れていませんでした。第一の事件のあと——つまり、犯人がいなくなったあと、実験室にはすぐに博士が戻ってきたので、マチルド嬢は〈黄色い部屋〉で起きた出来事のあと始末をすることができなかったのです。もし、それができていたら、床に落ちていた羊の骨やベレー帽、ハンカチといったものをすばやく隠していたことでしょう。また、そのあとは博士が実験室を離れなかったので、マチルド嬢は部屋を片づけに〈黄色い部屋〉に戻ることもできませんでした。ようやく、戻ったのは深夜零時になってからです。ただし、〈黄色い部屋〉には、夜十時にジャック爺さんが入っています。ええ、日課となっている、戸締まりと豆ランプを準備するためにです。おそらくマチルド嬢はこの日課を忘れていたのでしょう。犯人に襲われながらも、それを隠して、必死に仕事をするふりをしていたのですから、忘れてしまうのもあたりまえです。でも、爺さんが〈黄色い部屋〉の戸締まりをすると言った時に、はっと気がつきました。そして、爺さんにこう言ったのです。『心配しなくていいわよ。自分で閉めるから』と……。これはジャック爺さんに、部屋に入ってほしくなくて、発せられた言葉だったのです。この発言は、例の《ル・マタン》紙の記事で、ジャック爺さんの話のなかにも出てきています。ただし、マチルド嬢の言葉にもかかわらず、爺さんのほうは〈黄色い部屋〉に入って、戸締まりと豆ランプの用意をします。しかし、部屋が暗かったせいで、爺さんは何も気がつきませんでした。豆ランプの明かりだって、たかがしれていますからね。いずれにせよ、この数分間、マチルド嬢はきっと、生きた心地もしなかったことでしょう。その一方で、もしかしたら、マチルド嬢は部屋の中に、羊の骨やベレー帽が落ちていたり、壁に血痕が残っていたことに気づいていなかった可能性もあります。あるいはその可能性のほうが大きいかもしれません。気づいていたら、深夜零時に部屋に入ったあとで、できるだけなんとかしようと思ったはずですから……。第一の事件のあとでは、首を絞められた跡を隠して、実験室に戻るのが精一杯だったでしょうし、深夜、部屋に戻ってきた時には部屋が暗く、壁や床の様子が見えなかった。おそらく、着替えは豆ランプの明かりでしたのでしょう。それに、この時には、その日一日の出来事で感情的にも肉体的にも疲れはてていたでしょうから、そのままベッドに倒れこんでしまったと思います。だいたい、寝るのが深夜になったのも、その日、経験したことの恐怖のせいで、できるだけ〈黄色い部屋〉に戻りたくなかったのかもしれません。

こうして僕は、事件は二度起き、マチルド嬢が襲われたのは第一の事件で、マチルド嬢が悲鳴をあげた第二の事件の時には、犯人は〈黄色い部屋〉にはいなかったという結論にたどりつきました。事件を説明する〈正しい論理の輪〉からすると、そう考えざるを得ないからです。そうなったら、あとはいくつかの事実や〈目に見えている証拠〉がこの〈正しい論理の輪〉の中に、ほかの事実や証拠と矛盾なく入るかどうか確かめるだけです。

たとえば、第二の事件の時に二発銃声がしたのは、どういうことか？また、マチルド嬢が『人殺し！』と叫んだのはどういうことか？　僕はこういった事実も〈正しい論理の輪〉に入る形で説明しなければなりません。そこで、まず『人殺し！』という叫び声について言うと、犯人は部屋の中にいないのですから、マチルド嬢が第一の事件の影響で、悪夢にうなされて叫んだと考えるのが自然です。それは、この叫び声が、ほかの物音——たとえば、家具が倒れる音よりも早く、一番最初にあがっていることからでも説明できます。

そうすると、今度は家具の倒れる音も説明できます。マチルド嬢は眠っていても、その前に経験した恐ろしい事件が、頭にこびりついて離れていなかった。そのため、頭の中で、その時の状況が悪夢となって再現されていたのではないでしょうか？

マチルド嬢は夢の中で、犯人につかみかかられて、叫びます。『人殺し！』と……。そして、犯人の手を振りはらいながら、眠る前に出しておいた拳銃をつかもうと、ナイト・テーブルに手を伸ばします。ところが、その勢いが強かったので、ナイト・テーブルは床に倒れ、その上に乗っていた拳銃がぶつかった衝撃で暴発し、銃弾が天井に命中します。ええ、最初から僕は、天井に残っていた弾痕は、暴発によるものではないかと疑っていました。現場の状況はそれと合致します。つまり、こうした状況は、事件は二度起きて、第二の事件の時には犯人は〈黄色い部屋〉にいなかったという〈論理の輪〉の中にうまく入り、ほかの事実や証拠と矛盾しないのです。

では、第二の事件の時に、銃声が二発したという点はどうか？　そう第二の事件の時にです。すでに見てきたことからわかるように、マチルド嬢は第一の事件の時に拳銃を発砲しています。犯人が手に怪我をして、壁に血痕を残しているのですから、これは明らかです。そして、第二の事件では拳銃は暴発し、銃弾は天井にめりこんでいます。そうすると、第二の事件で、銃声が二度聞こえたというのはどういうことか？　もしそうなら、どこかにもう一発銃弾が残っているはずなので、このままでは〈正しい論理の輪〉の中に入らないことになります。しかし、僕はそこで考えました。銃声が二発したというのは、はたして事実なのでしょうか？　銃声は家具が次々とひっくりかえって、大きな音がしている中であがっています。また、取り調べに対し、スタンガーソン博士は、一発目は鈍い音で、二発目は響きわたるような音だったと答えています。そうなのです。二発の銃声は同じ音ではないのです。では、この鈍い音というのが、ナイト・テーブルが倒れた音だったとしたらどうでしょう？　あのテーブルは大理石でできていますから、鈍く、大きな音がします。これは検証してみる必要があるでしょう。実際、あの時、門番のベルニエ夫婦は離れのそばにいたにもかかわらず、一発しか銃声を聞いていないと証言しています。つまり、鈍い銃声のほうは、隣の実験室にいた博士とジャック爺さんにしか聞こえなかった。こう考えると、すべての事実がお互いに矛盾することなく、〈論理の輪〉の中に入ってきます。これはこの論理の輪が〈正しい論理の輪〉だということです。最後につけ加えておくと、マチルド嬢は、人並外れて自制心の強い方だというのも、この論理を裏づけているように思います。なにしろ、こんな恐ろしい目にあっても、真実を隠しつづけることができるのですから……。

ということで、実際に〈黄色い部屋〉に足を踏みいれた時には、僕は事件が二度起きたと考えることで、ほぼ〈正しい論理の輪〉を描いていました。しかし、ひとつだけ、マチルド嬢のこめかみの傷だけは、この〈論理の輪〉の中に入ってきてくれません。マチルド嬢がその傷を隠していない以上、この傷は第一の事件でついたはずがないのです。つまり、警察が考えたように、羊の骨で殴打された時にできたものではない。傷はかなり深いものでしたし、マチルド嬢はいつものように髪をひとつにまとめてあげていましたから、第一の事件のあとでこの傷を隠すことはできません。となるとこの傷は必然的に、第二の事件で悪夢にうなされていた時に負った傷ということになります。僕はそれを裏づける証拠を〈黄色い部屋〉で探しました。そして、ついに見つけたのです」

そう言うと、ルールタビーユはまたもやポケットから小さな包みを取りだした。そして、今度はそこから、四つ折りにした白い紙を取りだした。その紙の中に何が入っているのか、私のいる場所からではよく見えなかった。と、ルールタビーユがその紙の中にあった何かを親指と人さし指でつまんで、裁判長のもとに持っていった。

「裁判長、これは髪の毛です。この金髪についている血は、マチルド嬢のものです。ひっくりかえっていた大理石のナイト・テーブルの丸い角に貼りついていたのを、見つけました。そして、その丸い角のほうにも血痕がついていました。端っこのほうに、ほんの少しだけ……。そうです。見逃してしまうほどの小さなものではありましたが、これは大変重要な意味を持った血痕でした。この血痕が、僕に真実を教えてくれたのです。第二の事件の時、悪夢から覚めたマチルド嬢は、気が動転したまま、ベッドから起きあがった。ところが、足がふらついていたので、体を支えることができず、そのテーブルの角に、激しくこめかみをぶつけてしまったのです。この髪はその時についたものです。髪はひとつにまとめていたということですから、きっと額の生え際の髪が一本だけ、こめかみのほうに垂れていたのでしょう。現場には羊の骨が落ちていたことから、傷を診た医師たちは、この傷はその羊の骨で、強く殴られたものだと断定しました。予審判事も、ただちにこれを凶器と判断しました。ですが、こういう状況なら、大理石のナイト・テーブルもまた鈍器になりえます。角の丸さが羊の骨の丸みと似ていたこともあって、医師たちも、また予審判事も気がつかなかったのだと思います。僕だって、最初に〈正しい論理の輪〉を描いて、この問題を考えなかったら、この髪の毛に気がつくこともなかったし、たとえ気がついていたとしても、こういった結論は引きだせなかったでしょう」

　その言葉を聞くと、法廷に一度、拍手が起こりかけた。だが、ルールタビーユがそのまま話を続けたので、すぐにおさまった。

「犯人が誰かは、もう少しあとになって判明したわけですが、それ以外で言うと——そうですね、グランディエに向かう途中の列車の中では、第一の事件がいつ起きたかということだけがわかりませんでした。予審判事の事情聴取に対しても、マチルド嬢は第一の事件が起こっている時間帯のことは、うまくごまかして話していましたから、マチルド嬢の供述を知ってもわかりませんでした。でも、博士の証言が教えてくれました。博士はあの日、自分たちが何時に何をしていたか正確に述べられています。それによると、あの日、第二の事件——つまり深夜の事件の前に、博士とマチルド嬢が実験室を離れたのが、午後五時から六時の間だとわかっています。そのあとはずっと誰かが実験室にいたのですから、犯人が〈黄色い部屋〉に忍びこんだのは、この五時から六時の間ということになります。ただし、あとからも説明するように、五時半からはジャック爺さんが実験室のタイルを洗いはじめていますから、正確にはその前のわずか三十分の間ということになりますが……。また、ジャック爺さんは、掃除が終わったあと、一度城館に戻り、また実験室に戻ってきた時には、博士とマチルド嬢が仕事を始めていたということです。

一方、その間、博士とマチルド嬢は散歩に出かけて、帰ってきたのですが、二人が一緒にいるかぎり、第一の事件は起きえません。事件はマチルド嬢がひとりで〈黄色い部屋〉の中にいる時にしか、起きるはずがないのです。そこで、博士とマチルド嬢が離れに戻ってきたのが六時で、実験室で仕事を再開したのが六時十五分だとすると、僕はまず五時から六時十五分の間で、博士とマチルド嬢が離れていた時間を探しました。すると、それはすぐに見つかりました。先程も言いましたが、事件の二日後、マチルド嬢の部屋で行なわれた予審判事の事情聴取の中に、その答えはあったのです。それによると、博士とマチルド嬢は、六時頃に離れの近くに戻ってきているのですが、そこでいったん別行動をしているのです。スタンガーソン博士はこんな内容の供述をしています。『この時、私は森番に声をかけられて、ちょっと立ち話をしました』つまり、博士は森番と話をしていた時間があるのです。森番は、伐採や密猟について相談をしようとしていたようです。博士はこの時、一緒に来てほしいと言われたが、明日にしてほしいと答えていますから、それほど長い時間ではありません。仕事を再開したのが六時十五分だとすれば、せいぜい十五分くらいです。そして、この間、マチルド嬢は博士のそばを離れて、ひとりで離れに戻っているのです。実験室のタイルを洗いおわったジャック爺さんは、一度、城館に戻っていて、離れにはいません。つまり、この十五分の間、マチルド嬢は離れでひとりだったということになります。

ということになると、第一の事件が起きたのは、この間だったということになります。離れの前で博士と別れて、博士が実験室に戻ってくるまでのわずかな時間。いや、博士は先程の調書で、森番と別れて実験室に戻ると、『娘は早くも仕事を再開していました』と供述なさっているので、犯行時間はもっと短いことになります。でも、それだけあれば十分です。事件はあっというまに起きて、あっというまに終わってしまったのですから……。

いや、僕にはその時の情景が、ありありと目に浮かびます。マチルド嬢は離れに戻ると、帽子を置きに〈黄色い部屋〉に入る。すると、そこにはバッグの鍵のことで脅迫めいた手紙を送ってきた男がいます。いや、その男かどうかはわからなかったかもしれませんが、ともかく、怪しい男がいます。そうです。ラルサンです。ラルサンが〈黄色い部屋〉の中に忍びこんで、マチルド嬢が入ってくるのを待っていたのです。

ということで、ここからはラルサンのほうから見た形で、この事件を再現してみましょう。

ラルサンは最初、〈コナラ庭園〉の植込みの陰に隠れて、離れの様子をうかがっていましたが、五時になって、博士とマチルド嬢が散歩に出かけ、ジャック爺さんが掃除道具を取りに、館に向かったのを見ると、開いていた玄関脇の窓から離れに忍びこみました。そうして、実験室から大切な資料を盗んだあと、〈黄色い部屋〉に入りましたが、履いていたドタ靴が歩きにくかったので、靴を脱いで、資料と一緒に化粧室に置きました。歩きにくかったのは、それがジャック爺さんの靴だったからでしょう。そうなのです。ラルサンはジャック爺さんのドタ靴を手に入れていたのです。そうして、五時半頃、ジャック爺さんが戻ってきて、実験室と玄関のタイルを洗っている間は、〈黄色い部屋〉のベッドの下に隠れていたのです。その間は、さぞかし時間が長く感じられたことでしょう。やがて、爺さんが立ち去り、ベッドから這いでてくると、ラルサンはまた離れをうろうろしはじめました。そして、ちょっと外の様子をうかがいに、玄関に出てきた時、〈コナラ庭園〉のほうから、こちらに誰かが歩いてくるのに気づいたのです。時刻は六時です。この時、すでに日は落ちていましたが、それでも歩いてくるのが誰かはわかります。マチルド嬢です。しかも、ひとりでした。この時、博士と森番は離れに続く砂利道がちょうど曲がっているところで立ち話をしていたので、ラルサンのいる玄関からだと、立ち並んだ三本のコナラの木に隠れて見えません。つまり、ラルサンにはマチルド嬢がまったくひとりで戻ってきたように見えたわけです。その瞬間、ラルサンの肚《はら》は決まりました。マチルド嬢を襲うなら、屋根裏部屋にジャック爺さんがいる深夜より、ひとりで離れにいる今のほうがいいに決まっている。そこで、ラルサンは念のために、玄関脇の窓を閉めました。マチルド嬢が撃った銃声に博士と森番が気がつかなかったのはそのせいもあると思います。離れから二人が立ち話をしていたところまではかなり距離がありましたし、ほかにいろいろな物音もしたでしょうから……。

さて、窓を閉めると、ラルサンは〈黄色い部屋〉に戻ります。そこにマチルド嬢が帰ってくる……。そのあとのことは、おそらく息もつかせぬ展開だったでしょう。マチルド嬢は恐怖にとらわれ、悲鳴をあげようとした。だが、ラルサンがその喉をつかむほうが早かった。殺される……。喉をしめられたマチルド嬢は、必死にナイト・テーブルへ手を伸ばします。男に脅迫めいた手紙を送られて以来、引出しに隠してあった、ジャック爺さんの拳銃を……。ところが、ようやくマチルド嬢が拳銃をつかんだ時には、羊の骨を握ったラルサンの手が、マチルド嬢の頭めがけて、まさに振りおろされようとしているところだった。マチルド嬢は何も考えずに、ただ無我夢中で引き金を引きます。弾が命中し、血飛沫《ちしぶき》が飛ぶ。羊の骨はラルサンの手からはじかれ、床の上をころがっていきます。ラルサンの血をつけて……。ラルサンはふらついて、思わず壁に手をついたことでしょう。それで、あの血まみれの手形を残すことになったのです。このあと、マチルド嬢がどんなふうに行動してくるか、ラルサンにはわかりません。ラルサンはとりあえず、逃げることにしました。

一方、マチルド嬢は、ラルサンが部屋から出ていくのを見送ると、しばらく部屋の中でじっとしていました。それから、〈あの男はどうしたのだろう?〉と思って、耳をすますと、玄関の辺りで、何かごそごそいう音が聞こえてきます。この時、ラルサンはジャック爺さんのドタ靴を履いて、盗んだ資料を抱えていたのだと思いますが、もちろん、マチルド嬢にはそんなことはわかりません。でも、そのうちに、ようやく窓が開いて、そこから出ていったことがわかったので、あわてて玄関に行くと、あらためて窓を閉めたのです。ただ、こうして難を逃れても、〈父親にこの光景を見られてしまっただろうか？〉〈銃声が聞こえてしまっただろうか？〉と、今度は父親のことが気になります。それでも、マチルド嬢は、超人的ともいえる気力をかきあつめて、もしまだ悟られずにすむのなら、父親にすべてを隠しとおす決心をします。そうして、なんらかの形で首に残った跡を隠すと、実験室で仕事をしているふりをします。そこに博士が戻ってきたというわけです」

そこまで話すと、ルールタビーユはダルザック氏を振りかえった。

「ダルザックさんは真実をご存じのはずです。今ので間違いないですね？」

「私は何も知りません」ダルザック氏は答えた。

「あなたは本当に立派なお方だと思います」そう心から感心したように言うと、ルールタビーユは腕を組んで続けた。「でも、どうでしょう。もしマチルド嬢がここにいらして、あなたが告訴されていることを知ったら、なんとおっしゃるでしょうか？『もういいから、すべて話してしまって……』と、そうおっしゃると思います。打ち明けたことはすべて、包み隠さずに……。いや、マチルド嬢自身が、あなたの弁護のために、自ら証言台に立つことでしょう」

しかし、ダルザック氏は返事をしなかった。身じろぎもしない。ただ、ルールタビーユをさびしげに見つめるだけだった。ルールタビーユが続けた。

「ですが、マチルド嬢はここにおられません。だから、僕がマチルド嬢に代わって、それをしなければならないのです。ダルザックさん、これは本当ですよ。マチルド嬢を救い、精神を回復してもらう、最上の——そして唯一の方法は、あなたが無罪になることなのです！」

その言葉を聞くと、法廷全体に割れるような拍手が起こった。裁判長も、それを押しとどめようとはしない。ダルザック氏は助かったのだ。それは、陪審員たちの顔を見るだけでわかった。陪審員たちは、その心情を率直に顔に出していた。

しばらくして、裁判長が言った。

「だが、それにしても、スタンガーソン嬢は殺されかかっていながら、なぜ父親に、こうまでも犯罪を隠そうとしたのだろう？」

「そうですね、裁判長。僕にもその理由はわかりません」ルールタビーユが答えた。「まあ、僕には関係ないことですし……」

すると、裁判長は、今度はダルザック氏に問いかけた。

「スタンガーソン嬢が襲われていた時、あなたはどこで何をしていたのですか？　今でもやはり答えることを拒否しますか？」

だが、ダルザック氏の態度は変わらなかった。

「何も申しあげることはできません」

そこで、裁判長はルールタビーユに説明を求めた。ルールタビーユは言葉を選びながら、こう答えた。

「裁判長、これはマチルド嬢が父親にも隠そうとしていたことと、密接な関係があるのだと思われます。したがって、ダルザック氏からしたら、この点に関しては黙秘を貫くしかないと思います。そこで想像をしてみますと、三度の事件においてラルサンはすべて疑いがダルザック氏に向くように仕組んでいます。ということは、その三度の事件が起きるまさにその時間に、ダルザック氏をどこかに呼びだしていたのではないでしょうか？　その場所に来ないと、マチルド嬢の〈秘密〉をばらすというふうに脅迫されて……。あの狡猾なラルサンのことです。そのくらいは当然したことでしょう。そうなったら、ダルザック氏は相手の言いなりだし、また、自分がアリバイを証明することによって、マチルド嬢が辛い思いをするなら、罪人になることを選ぶでしょう。ラルサンはそこまで計算していたのです」

それを聞いて、裁判長はしばらく迷っていたようだが、最後には好奇心に負けたのか、もう一度、尋ねた。

「その秘密とは何だろうか？」

「裁判長、それは僕にも申しあげられません」ルールタビーユは、申しわけなさそうに、頭をさげた。「ただ、これまでの話で、ダルザック氏を無罪放免にするだけの説明は十分にしたのではないでしょうか？　ラルサンが反論しに戻ってきたら、まだ裁判は続けなければならないかもしれませんが……。でも、まあ、そんなことはありませんね」

そう言うと、ルールタビーユは自分でもおかしくなったのか、大笑いした。それにつられて、法廷中に笑いが起きた。すると、裁判長が「最後にもうひとつ」と言って、質問した。

「ラルサンがダルザック氏に疑いを向けさせようとした理由はわかった。だが、ラルサンはジャック爺さんにも嫌疑がかかるようにした。ジャック爺さんのドタ靴を履いたり、ベレー帽やハンカチを現場に置いたり……。それにはどういう計算があったのだ？」

「警察官としての計算ですよ！」ルールタビーユは大声を出した。「ラルサンは自分で偽証拠をつくっておいて、誰かに嫌疑をかけ、ほかの警察官たちがその人物を逮捕しようとしたところで、別の証拠を持ちだし、その嫌疑をひっくりかえします。そうすれば、刑事として、ものすごく有能に見えるでしょう。これは結構、有効な手段ですよ。自分に疑いがかかってきた時も、まず偽の証拠で自分を疑わせ、あとからその証拠では自分を捕まえられないことを証明する。誰かを犯人にしようと思った時にも、まず別の人物に疑いが向くようにするんです。裁判長、考えても見てください。今回のような事件になると、ラルサンは、前もってじっくり時間をかけて、計画をたてているはずです。あらゆることを調査し、舞台になる場所のことも、そこにいる人々のことも研究しつくしているでしょう。こうしたことをラルサンがどうやって調べあげたのか。もしご興味があるようでしたら、ひとつお話しします。スタンガーソン博士は以前、《警視庁付属科学研究所》の要請でその研究所に実験協力をしていたことがありました。ラルサンはこの時、博士との間に入って、様々な連絡事項のつなぎ役をしていたのです。どうやらその時に、あの離れに二度、入っているようです。あとでジャック爺さんにばれないよう、変装はしていたでしょうがね。この時、ジャック爺さんの古いドタ靴、使い古したベレー帽を見つけて、盗んでおいたのだと思います。爺さんは、そのドタ靴を城の裏手で炭焼をしている古馴染みの友人にでもやろうと思って、ベレーと一緒にして持ちやすいようにハンカチで結んでおいたようです。ラルサンはそれをそっくり持ってきたと言っていましたから……。でも、〈黄色い部屋〉の事件が起きたあとは、爺さんはその靴やベレーのことを口にできなくなりました。もちろん、それが自分のものだとはすぐにわかったでしょうが、そのことについては口をつぐんでいることにしたのです。そんなことを認めたら、自分が疑われるのはわかりきっていましたから……。だからこそ、ラルサンがドタ靴やハンカチのことで爺さんを問いつめた時、爺さんはあんなにしどろもどろになったのです。すべては簡単なことです。さっき、ラルサンに訊いたら、まあ、そういうことだと認めていましたよ。人の気持ちをもてあそんで、楽しんでいる奴なんです。なぜかというと、こう言ってしまうのは大胆かもしれませんが、やつは大悪党でありますが、犯罪の芸術家でもあるんです。そのことは皆さんも否定なさらないと思いますよ。これがあの男の手口です。この手口こそが、あの男なんです。〈万国銀行の金庫破り事件〉でも、〈造幣局の金塊強奪事件〉でも、同じ手口を使ったんです。裁判長、この二つの事件をはじめとして、ラルサンが関わった事件は、審理をやりなおす必要があると思いますよ。真相はあのとおりでしょうが、細かい点ではきっと怪しいところが出てくると思います。ラルサンの実体はバルメイエなのですから、その策略によって、事件に関係する誰かが罪を着せられている可能性があります」

第二十八章　ステッキの真実

ルールタビーユが話しおえると、傍聴席から喝采が巻きおこった。拍手をする者、「素晴《ブラ》らしい《ヴォ》！」と叫ぶ者。法廷の中には興奮が渦まき、その興奮はルールタビーユが証言台を降りても静まらなかった。しばらくして、ようやくざわめきがおさまったところで、ダルザック氏の弁護士、アンリ・ロベール氏が「この件については予審をやりなおすことにし、それまでは公判を延期してはどうか？」と提案した。翌日、ダルザック氏は仮釈放された。マチュー親父は、公訴が取り消され、その時点で即時釈放となった。

警察はフレデリック・ラルサンの捜索を続けたものの、その行方は杳《よう》として知れなかった。その結果、グランディエで起こった一連の事件の犯人はラルサンである可能性が高いとして、ついにダルザック氏の無罪が認められた。ダルザック氏はようやく犯罪者の汚名から逃れられたのである。こうして、晴れて自由の身になると、ダルザック氏はただちにマチルド嬢のもとに駆けつけた。幸い、手厚い看護のおかげで、マチルド嬢の容態は上向きで、どうやら精神的にも元の明晰《めいせき》な状態に戻れそうだということだった。

ルールタビーユと言えば、当然のことに、一躍、時の人となった。あの日、裁判が終わってヴェルサイユの裁判所から出てきた時に、集まっていた群衆に高々と担《かつ》ぎあげられたのを皮切りに、翌日からはフランスだけではなく、世界中の新聞がルールタビーユに関する記事を載せるようになった。〈黄色い部屋〉の複雑怪奇な謎を見事に解決した名探偵として、大きな写真入りで、その偉業が紹介されたのである。ルールタビーユはこれまで有名人をインタビューする立場であったが、公判が終わってからは、逆に有名人としてインタビューされる立場になったのだ。だが、それによってルールタビーユの態度がこれまでと変わることはなかった。そのことは言っておく必要がある。

さて、あの日、裁判が終わると、私とルールタビーユは再会を祝して、ヴェルサイユにある《煙草を呑む犬亭》で楽しく食事をしてから、列車でパリに一緒に戻ってきた。その列車の中で、私は裁判の間、訊きたくてたまらずにいた質問を矢継ぎばやにルールタビーユに浴びせた。ルールタビーユは食事中に、事件関係の話をするのを嫌うので、それまで我慢していたのだ。

「ルールタビーユ、今回の事件は近来、稀《まれ》に見る難事件だったな。複雑怪奇というか……。まあ、君ほどの頭脳があったから、とうてい解けないと思った、あの不思議な謎も解決したわけだが……」

すると、ルールタビーユは笑いながら、私を押しとどめた。

「おい、もっと簡潔に話したらどうだい？　そんなにまわりくどい言い方をしていると、とうてい知性のある人間には見えないぜ。君にはふさわしくない。まあ、それほど僕を褒めたたえたいという気持ちはわからないでもないが……」

「わかったよ」私はむっとしながらも言った。もっといろいろと訊きたいという好奇心を抑えることができなかったのだ。「じゃあ、もっと単刀直入に訊くことにしよう。君はどうしてアメリカに行ったんだい？　今日の裁判で聞いた話だけでは、君がなんのためにアメリカに行ったのかが、さっぱりわからなかったからね。だって、君はもうグランディエの城を一緒に出たところで、犯人が誰かはわかっていたのだろう？　また、犯罪がどのように行なわれたかも、全部知っていた。三つの事件、すべてについてね。老眼鏡という〈目に見える証拠〉も手に入れていた。それなのに、どうしてアメリカに行く必要があったんだ？　犯人がラルサンだとわかっていたというのに……」

だが、ルールタビーユは逆に私に質問してきた。

「君はどうだい？　犯人はラルサンだとわかっていたかい？　ラルサンが犯人だとは、まったく疑わなかったのかい」

「まったくね！」

「嘘だろう？　信じられないな」

「そりゃあ、無理だよ。君は僕にだって、自分が何を考えているのか、教えてくれなかったじゃないか！　そんな状態で、どうやって僕にわかるというんだ？　君に頼まれて拳銃を用意してグランディエに行った時だって、君は犯人が誰だか知っていそうな素振りをしていながら、その名前を明かしてくれなかった。あの時はもうラルサンが犯人だとわかっていたんだろう?」

「そうだよ。〈不思議な廊下〉の事件の翌日に、犯人の消えた謎がわかってからはね。少なくとも、理屈としてはラルサンが犯人だとしか考えられなくなっていた。でも、理屈としてはそうでも、人情としては信じがたい。ラルサンが犯人だとは思いたくない。だから、しばらくの間は、断定することができなかったんだ。あの鼻眼鏡が手に入るまではね。そう、〈目に見える証拠〉が手に入るまでは……。あの晩、マチルド嬢の寝室にラルサンがもう一度戻った理由が、あの鼻眼鏡を探すためだとわかった時、僕は肚をくって、犯人はラルサンだと思うことに決めた。だって、それ以外、あり得ないんだから……。ただ、絶対に確実な証拠――マチルド嬢の寝室に侵入しようとしているラルサンの顔を見るまでは、君には言わないことにしたがね。

でも、本当のことを言うと、君は僕がラルサンを犯人だと思っていると、あの日に気づいてもよかったんだぜ。あの日、僕が『あの人のやり方には哲学がない。あの人は数学のように体系的に物を考えることができないんだ』と言った時、僕はその言葉を犯罪者としての、ラルサンに向けて発していたんだから……。絶対に捕まらないようにするためには、ラルサンのやり方には隙があるからね。まあ、君はその言葉が刑事としてのラルサンに向けて発せられたものだと思ったようだったが……。

それから、まだ鼻眼鏡が手に入る前のことだが、僕はやっぱり「犯人はラルサンでしかないのではないか」という考えに気持ちをとられて、君にもそのことをほのめかしたんだ。ラルサンは〈犯人を捕まえて、正義を守ろうとしているわけではない〉し、〈間違った方向で捜査を進めているわけでもない〉と……。覚えているかい？　僕は君にこう言ったね。『いや、僕はラルサンが迷い道に入りこむこと自体はいっこうにかまわない。それは逆に気持ちのよいことだ。ラルサンが間違った仮説を押しすすめた結果、無実の人が犯人にされるようなことがないならね。だが、ラルサンが間違った仮説を押しとおそうとして、迷い道に入りこんでしまったのだろうか？　そこなんだよ。僕が考えなければならないのは』と……。そう、まさに『そこ』なんだよ。君が考えなければならなかったのも……。〈ラルサンは本当に間違った仮説を押しとおそうとして、迷い道に入りこんでしまったのだろうか？　それとも、初めからわざと間違った仮説を押しとおそうとしているのではないだろうか？　僕たちを道に迷わせようとして〉と……。

だが、あの時の君は、僕が本当は何を言おうとしたかに気がつかなかった。つまり、君はラルサンが犯人だとはまったく疑っていなかったんだ。僕はなんだかほっとしたよ。ラルサンが犯人だと考えるのは、やっぱり気が重かったからね。でも、〈論理的〉にはそうだし、心から納得してそう考えるためにも、はっきりと〈目に見える証拠〉が欲しかったんだ。だから、あの鼻眼鏡が手に入った時は嬉しかったよ。いよいよラルサンが犯人だと覚悟を決めなければと思いながらもね。あれがマチルド嬢の寝室で見つかったもので、しかも老眼鏡であるということから、ラルサンがなぜマチルド嬢の寝室に戻らなければならなかったのか、はっきり説明がついたんだからね。僕は興奮を抑えられなかった。『あの人は数学のように体系的に物を考えることができない』とラルサンを揶揄すると——だって、そうだろう？　僕のほうは数学のように体系的に物を考えて、ラルサンが犯人だと〈論理的〉に結論を出し、目に見える証拠まで手に入れたんだからね——興奮のあまりこう宣言したんだ。『僕は誓うよ。僕はあの人を負かしてやるんだ。それも世間がびっくりするような形で』って……。そう、この言葉は刑事としてのラルサンに言ったんじゃない。マチルド嬢を襲った犯罪者としてのラルサンに言ったんだ。

もうひとつ。あの晩、ダルザック氏にマチルド嬢の部屋をそれこそ番犬のように見張ってくれと言われていたのに、僕はラルサンの部屋で十時まで食事をしていて、部屋から一歩も出なかった。もちろん、僕としては犯人が目の前にいるんだから、マチルド嬢の部屋を見張らなくても、まったく心配はいらなかったんだがね。でも、それを見て、君はおかしいと思わなかったかい？　君だって、僕がダルザック氏にマチルド嬢の監視を頼まれたことは知っていたんだから……。そう、あの時も、君は僕がラルサンだけを疑っていることに気づいてもよかったんだ。しかも、その前に、ラルサンが帰ってくるかどうかについて、僕は君にこう言っている。『そんなに待つことはあるまい。今夜は絶対に戻ってくることになっているんだから』と……。

いや、本当のことを言えば、僕だってもっと早くにラルサンが犯人ではないかと気づいてもよかったんだ。〈不思議な廊下〉の事件が起きる前に……。グランディエの城に着いたその日にね。犯人はラルサンだと疑ってもいい事実があったんだ。僕たちはその事実をうっかり見落としてしまった。君も僕もね。

そうだよ。ステッキのことだ。

僕は結局、論理を使ってラルサンが犯人であることを突きとめたが、その前に自分が観察したことの意味を洞察する力があったら、もっと早くに真相に気づいていたんだ。

ラルサンはダルザック氏を逮捕するまでの間に、あのステッキを物的証拠として、予審判事に提出しなかった。あのステッキは、〈黄色い部屋〉の事件が起きた日の夜の八時に、パリでダルザック氏とよく似た人物が購入したものだろう？　ラルサンがそのステッキを見つけて、マチルド嬢のこめかみを殴った凶器だと主張すれば、ダルザック氏に罪を着せるのは簡単じゃないか！　それなのに、ラルサンはそのステッキを持ちあるいているだけで、ダルザック氏をおとしいれる材料に使わなかった。僕はずっとそれを不思議に思っていて、今日の裁判の時にラルサンに直接訊いたんだ。ラルサンを逃がすために、二人だけで話をしていた時にね。『どうして、あのステッキをダルザックさんに嫌疑を向ける材料に使わなかったんですか？』と……。すると、ラルサンは最初、怪訝そうな顔をしていたが、すぐに答えたよ。『ダルザック氏に嫌疑をかける目的で、あのステッキを使うつもりは最初からなかった』と……。ただ、あのステッキには別の用途があったので、エピネー・シュル・オルジュの駅のバーで、僕たちにステッキのことを尋ねられた時には、かなり狼狽したと言っていた。僕たちに訊かれたせいで、『嘘をつかなければならなくなった』と言って……。

確かに、ラルサンは嘘を言った。ステッキは『ロンドンで貰ったんだ』と言って……。ステッキは真新しく、ラルサンは〈黄色い部屋〉の事件当日はまだロンドンにいたことになっていた。それなのに、ステッキにはパリの《カセット商会》という店の刻印が押されていたからだ。だが、その言葉を嘘だと思いながら、僕たちはこう受け取ってしまった。〈パリでつくられたステッキをロンドンで貰うのはおかしい。このステッキはダルザック氏のもので、ラルサンはグランディエに来てから城の付近で見つけて、そのうち証拠として突きつけようと取ってあるのだ〉と……。そして、パリに戻った君にカセット商会に行って調べてもらうと、ダルザック氏に特徴が似た男が事件当日の夜の八時に買ったということだったので、〈ステッキはダルザック氏のもので、ラルサンが城の付近で見つけた〉という見方を強めてしまった。ダルザック氏本人は〈これまでカセット商会でステッキを買ったことはない〉と言っているのに……。

でも、〈ステッキはロンドンで貰った〉というラルサンの嘘を、僕らは違う意味で受け取るべきだったんだ。〈パリでつくられたもので、それはつまり、ラルサンが事件当日、ロンドンではなくパリにいたことを示している〉と……。また、〈ラルサンがパリのカセット商会でステッキを買ったのなら、カセット商会に現れたダルザック氏に似た人物というのは、ラルサンの変装だ〉と……。そうだよ。その時点で僕はもうラルサンを疑ってもよかったんだ。ダルザック氏によく似た人物は第四十郵便局にも現れていて、僕はそれを犯人だと考えていたんだから……。だとしたら、カセット商会に現れたのも犯人で、ラルサンがダルザック氏に変装してカセット商会でステッキを買ったのなら、ラルサンが犯人だという証拠じゃないか！　どうして、僕はそのことに気がつかなかったのだろう？　第四十局にダルザック氏に変装して現れた時、ラルサンは明らかに将来、ダルザック氏に疑いを向けるつもりがあった。それならば、カセット商会の時も、ラルサンが同じことをしようとしたと考えるのが自然だ。しかも、今も言ったように、ラルサンが事件の当日の夜の八時にカセット商会でステッキを買ったのであれば、ラルサンは本来いたはずのロンドンにはいなかったことになる。これは明らかにラルサンのアリバイが成立していないということじゃないか！　でも、残念ながら、僕はこの重要な事実のつながりを見落としてしまった。そう、あの時ですら、〈論理的〉にラルサンが犯人だという結論を出すことは可能だったんだ。それができなかったのは、やはりラルサンが刑事として僕たちの前に登場したからだろうね。だいたい警視庁のほうでは、警視総監までが〈ラルサンはロンドンにいる〉と思って、そのことを疑っていなかったんだから……。

ただ、そうなると、〈ラルサンはどうしてステッキを買ったのか？〉という疑問が残る。普通に考えたら、〈それはダルザック氏に罪を着せるためで、ステッキを偽の証拠としてでっちあげようとしたからだ〉という答えが出てくる。〈マチルド嬢のこめかみの傷はこのステッキでつくられた〉とでも言ってね。だが、ラルサンはそうはしなかったし、ラルサン本人もステッキを偽の証拠にするつもりは、最初からなかったという。では、どうして、ラルサンはステッキを買ったのか？　これは実に単純な理由だったんだよ。あまりに単純すぎて、盲点になってしまったんだ。ラルサンがステッキを購入したのは、マチルド嬢の拳銃で撃たれて、手を怪我したあとなんだ。事件当日の夜の八時というのは、〈黄色い部屋〉で、僕の言う第一の事件が起きたあとだからね。時間的にも符合する。

そうさ、いつでもステッキを握っていれば、怪我をした掌《てのひら》を隠すことができるからね。そのために、ステッキを買ったというわけだ。ラルサンはそう説明してくれたよ。『そのことに気づかれたら、どうしようとひやひやしたよ』と言いながらね。ああ、僕にもっと観察力があったら……。それだけで、ラルサンが犯人だとわかったのに……。〈自分が観察したことの意味を洞察する力があったら、もっと早くに真相に気づいていた〉というのは、そのことさ。あの時、僕は〈ラルサンはどうして一日中、ステッキを手放さないんだろう?〉と疑問を持って、ラルサンの様子を観察していたのに……。一緒に食事をしている時も、ラルサンはぎりぎりまでステッキを握っていて、ようやく放したかと思うと、すぐにナイフを握って、今度はそのナイフを放さなかったんだからね。でも、自分が観察したことの意味を洞察することはできなかった。あれは手の傷を隠すためだったと、ラルサンから聞くまではね。だから、観察の結果はまったく役に立たなかったわけだ。

とは言っても、ラルサンが犯人だとしたら、手に傷の跡が残っているはずだとは考えていたよ。そこで、鼻眼鏡が手に入って、いよいよ犯人はラルサンだと確信したあと、ラルサンの部屋で一緒に夕食をとった時、僕は確かめてみた。ほら、ラルサンが麻酔薬を仕込まれて眠りに落ちたふりをしただろう? あの時に、僕はラルサンを介抱するふりをして、それとなく掌をのぞきこんだんだ。掌には小さな絆創膏《ばんそうこう》が貼ってあるだけだった。おそらく、もう傷は治りかけていたのだろう。これなら、ひっかき傷だと言い逃れができると、ちょっと残念に思ったよ。でも、たとえ小さくても、掌に傷があるという事実は、〈正しい論理の輪〉に入ってくる事実だからね。僕はそれで満足することにした。ちなみに、これも裁判の時にラルサンに訊いたところ、銃弾そのものは掌をかすっただけだそうだ。ただ、その割には出血が多かったとのことでね。

僕にもっと洞察力があって、あの時、自分が観察したことの意味をきちんと理解していたら、もっと早く真相に気づいていただろうし、〈ステッキはロンドンで貰った〉というラルサンの嘘の意味に、たとえあとからでも気づいていたら、また別の追及の仕方ができただろう。事件の当日はロンドンではなく、フランスにいたのではないかと質問してね。でも、まあ、そうしていたら、その時はラルサンも、ステッキを買ったのはダルザック氏で、自分はグランディエで見つけたのだというシナリオをつくっていただろうね。僕たちが勝手に勘違いしたのと同じシナリオを……。そうしたら、ダルザック氏が犯人だという証拠として使っていたはずだ。もちろん、それはでっちあげの証拠だけど……。

ただ、いずれにしろ、あとからそういったことに気づいて、ラルサンを追及するには、僕にはあまりに余裕がなさすぎた。そのあと次々に事件が起こって、それに対応するだけで精一杯だったからね。まあ、結局のところ、僕らとしては、ステッキのことで、たとえ一瞬でもラルサンの肝を冷やしてやったことで、よしとするしかあるまい。そうだよ。僕たちはあのバルメイエを狼狽させてやったんだ」

そう言うと、ルールタビーユはにやりと笑った。そこで、私は口をはさんだ。

「でも、今の話によると、ラルサンはステッキを買った時には、それをダルザック氏に嫌疑を向ける偽の証拠として使うつもりはなかったんだろう？　だったら、どうしてダルザック氏に見えるような格好をしたんだ？　ベージュ色の外套をはおり、山高帽をかぶってね」

「そりゃあ、ラルサンは犯行をしてきたばかりだったからだ。犯人である自分がダルザック氏の格好をして歩けば、犯人の足取りはダルザック氏の足取りと重なる。ダルザック氏はその頃、ラルサンによって、アリバイがあると言えない場所に来させられているからね。そうやって、ラルサンはダルザック氏に疑いを向けさせようとしていたんだ。グランディエで事件が起こった時は、いつもそうしていたんだ。

〈黄色い部屋〉の事件の時は、ラルサンは犯行後にパリに戻ったあと、掌の傷をどうやってごまかそうかと考えあぐねていた。なにしろ、翌日には刑事として現場に行くつもりだったのだから……。ラルサンは警視総監に呼びもどされるまでもなく、グランディエに捜査に行くつもりだったと思うよ。それはともかく、ラルサンが掌の傷のことを考えながらオペラ通りを歩いていると、カセット商会の前を通りかかった。そこで、いつもステッキを握っていれば、掌に怪我をしていることはごまかせると思って、店に入って、ステッキを購入した。ダルザック氏に似た男がカセット商会でステッキを買ったというのは、こういうことだったんだ。それにしても、ダルザック氏が犯人ではないことは、僕はほぼ確信していた。犯人がダルザック氏を罪におとしいれるために、ダルザック氏の変装をすることも……。そうしたら、ステッキを買ったのも、ダルザック氏に変装した犯人で、それはラルサンだと考えるのが自然だ。だって、そのあとラルサンはずっとそのステッキを持っていたのだから……。そう考えたら、ラルサンが犯人だと決まっているのに……。それを見抜けなかったというのは！　まあ……」

「まあ、しかたがないよ。どんなに優れた頭脳の持ち主だって……」私は言いかけた。だが、ルールタビーユはそのあとは言うなとばかりに手を振った。私はそのあとも質問を続けたが、すぐにルールタビーユがもう聞いていないことに気づいた。ルールタビーユは、ぐっすり眠りこんでいたのだ。パリに着いて起こそうとしたが、なかなか起きてくれず、それは苦労したものだった。

第二十九章　マチルド嬢の秘密

その後、私はルールタビーユに「アメリカまで何をしにいったのか？」と何度も尋ねた。ヴェルサイユから戻ってくる列車の中では、うまくはぐらかされたし、そのあともはかばかしい答えは返ってこなかったからだ。ルールタビーユはどうもこの点については、あまり触れられたくないらしかった。

だが、ある日のこと、ついにこう言った。

「ラルサンの正体を知る必要があったからだよ。ラルサンと戦う武器を探しにいくためにね。そんなことは考えればすぐにわかるじゃないか？　マチルド嬢とダルザック氏は、犯人がフレデリック・ラルサンというもうひとつの顔を持っていることは知らなかった。僕は犯人がフレデリック・ラルサンで、マチルド嬢とダルザック氏の前には別の顔で現れていることを知っていたが、その別の顔がどんなものかは知らなかった。そこで、アメリカまで調べにいったのさ」

「それは裁判所でも聞いたよ。君がアメリカから帰ってきた時にね。でも、どうしてアメリカなんだ？　それがよくわからないんだよ」私は尋ねた。

けれども、ルールタビーユはパイプを吹かして、私に背を向けてしまった。私は考えた。これは明らかにマチルド嬢の〈秘密〉に触れることなのだ。そして、その〈秘密〉はスタンガーソン博士とマチルド嬢がフランスに戻ってきたあとのことではなく、まだアメリカにいた頃のことに関係しているにちがいない。そう考えたからこそ、ルールタビーユは大西洋を横断して、アメリカ大陸に渡ったのだ。ラルサン――というか、やがてラルサンと名乗る男は、もうひとつの別の顔、別の名前で、マチルド嬢がアメリカにいた時に、その〈秘密〉を握ったのにちがいない。そうして、マチルド嬢やダルザック氏のフランスでの人生をおびやかしたのだ。そのもうひとつの別の顔、別の名前がバルメイエであることは、出発する時点で、まだルールタビーユにはわかっていなかったはずだ。けれども、アメリカに行って、とりわけ博士父娘が暮らしていたフィラデルフィアに行けば、その顔や名前がわかり、その口を封じるのに必要なネタ――つまり、犯人と戦う武器を手に入れられるのではないかと考えた。まあ、結局、そのもうひとつの名前がバルメイエだということがわかって、見事にその武器を手に入れて、帰ってくることになるのだが……。いや、そこまでは、これまでの話を総合して考えれば、私にもわかったのだ。しかし、そのマチルド嬢の〈秘密〉がなんなのかは、ルールタビーユが話してくれないかぎり、私には知りようがなかった。また、この〈秘密〉は当然のことながら、世間の興味を引き、ゴシップ新聞がさかんに書きたてたものだったが、それはいずれもくだらない憶測にすぎなかった。だから、これについては事件から十五年たった今まで、世間に知られることはなかったのである。

結局、私がその〈秘密〉について聞かされたのは、ずっとあとになってからのことだった。そして、今、私は冒頭に述べた理由で、マチルド嬢とダルザック氏の口をかたくなに閉ざさせた、その〈秘密〉を語ろうと思う。これについては、スタンガーソン博士も今ではすべてを知り、マチルド嬢のことを許しているので、もうどこにも差《さ》し障《さわ》りはない。ルールタビーユも同意している。まあ、もともと長い話にはならないだろうし、今となっては逆に真実を明かすことによって、マチルド嬢を守ることにもつながる。というのも、事件が起きて以来、マチルド嬢は最初から最後まで明らかに被害者だったにもかかわらず、そのマチルド嬢のことをあれこれと非難する、心根のさもしい人々が大勢いるからである。もしここで真実を語れば、そういった連中も、これからはおとなしくなるだろう。私とルールタビーユはそう考えたのだ。では、さっそくその話に移ろう。

＊

事の発端は、マチルド嬢がフィラデルフィアで、父親と暮らしていた娘時代にさかのぼる。父親の友人宅で開かれたある夜会で、マチルド嬢はひとりのフランス人と知りあいになった。ジャン・ルーセルというその男は、物腰が柔らかく、教養豊かな紳士だった。穏やかで愛情深いこの男にマチルド嬢はひと目惚れをした。噂によれば、ジャン・ルーセルは大変な資産家だという。ルーセルは博士に令嬢に求婚したいと申し出た。そこで博士は、ジャン・ルーセルなる人物について、身元調査を行なった。すると、あっさりと名うての詐欺師であることが判明したのである。そう、もうおわかりだろう。ジャン・ルーセルとは、バルメイエの変名のひとつだったのだ。バルメイエはフランスでの追及が厳しくなり、アメリカに逃げてきていたのである。

といっても、博士はルーセルが詐欺師であると知っただけで、それがあの天下の悪党、バルメイエであることまでは突きとめることができなかった。しかし、娘の結婚相手とするなら、もう詐欺師というだけで認められない。博士は求婚の申し出に首を横に振ったばかりではなく、ジャン・ルーセルに家に出入りすることも禁じた。だが、恋に目の見えなくなったマチルド嬢には、博士の言葉が耳に入らなかった。「あの人が詐欺師だなんて、嘘ばっかり。そんなのは根も葉もない噂よ。世界中のどこを探しても、あんなに素敵な人はいません！」とすっかりのぼせあがって、ついには父親に反抗するようになった。そこで博士は、少し娘の気持ちを落ち着かせようと、オハイオ川河畔のシンシナティに住む姉――マチルド嬢にとっては伯母のところに、しばらくの間、娘を預けることにした。

だが、それがかえって悪い結果を招くことになった。ルーセルがそこまでやってきて、ひそかにマチルド嬢と会い、駆け落ちすることを持ちかけたのである。マチルド嬢は父親のことを尊敬し、また愛してもいたのだが、恋の力には勝てなかった。そこで、伯母の目を盗んで、ひそかに家を抜けだすと、ルーセルと合流し、逃避行を始めた。そればかりか、二人はアメリカでは婚姻に関する手続きが簡単なことを利用して、結婚した。そうして、シンシナティからそう遠くないルイヴィルという街まで逃げると、そこで暮らしはじめたのである。ところが、それからいくらもたたないうちに、ある朝、玄関をノックする音がした。それはジャン・ルーセルを逮捕しにきた警察官だった。マチルド嬢は悲鳴をあげて、必死に抵抗をした。だが、ルーセルは連れていかれた。そして、マチルド嬢はこの時、初めて、数日前に結婚したばかりの男が、フランスを騒がせていた大悪党、バルメイエであることを知ったのである。

あまりのことにマチルド嬢は絶望し、自殺をはかった。だが、かろうじて命はとりとめ、そのあと、シンシナティの伯母の家に戻ることになった。伯母はマチルド嬢の顔を見ると、心からほっとしたような顔をした。もちろん、生きて帰ってきてくれたのが嬉しかったのだが、それと同時に、マチルド嬢が駆け落ちしたことを博士に打ち明けられず、その一週間ほど、ひたすら消息を求めながら、悶々《もんもん》としていたからである。マチルド嬢のほうは伯母に、このことは絶対に父親には言わないでくれと懇願した。知らなかったとはいえ、世紀の大悪党バルメイエと結婚したとあっては、父親に申しわけが立たない。それを知ったら、どれほど父親が悲しむだろう、心を痛めるだろうと思うと、何があっても父親にだけは秘密にしておかなければならないと思ったのだ。一方、伯母も、こんなにも重大な事態へ至ってしまったことに責任を感じていたため、マチルド嬢の願いを受けいれて、博士には黙っていると誓った。

一カ月後、マチルド嬢はフィラデルフィアの父親のもとへ帰った。そうして、自分のとった軽率な行動を心から悔やんで、もうこれからは恋愛はしない、結婚もしないと固く決心した。望むことはただひとつ、もう一生、バルメイエの名前を耳にしないですむようになること。そして、自らは研究にすべてを捧げ、父親に献身的に尽くすことによって、このあやまちを償い、いつの日か再び自分を許し、良心に恥じない日々が送れるようにしようと心に誓った。

マチルド嬢はその誓いを守った。そのため、フランスに戻ってきてからも、数多くの求婚の申し出を断り、独身を続けてきた。誠実で思いやりにあふれたダルザック氏の求愛ですら、断っていたのである。ところが、〈黄色い部屋〉の事件が起きる数週間前に、バルメイエが死んだという噂が広がった。もしそうなら、アメリカで立てた誓いはそろそろ解いてもよいかもしれない。マチルド嬢はその噂を信じて、過去の出来事をダルザック氏に打ち明け、それと同時にダルザック氏の求婚を受け入れたのである。こうして、償いについやす年月には終止符が打たれ、マチルド嬢はようやく心から信頼できる人とともに、幸せな生活に足を踏みだすことができるようになった。

ところが、マチルド嬢の顔にようやく笑みが戻ってきたその矢先に、運命はまたもやマチルド嬢を苦しめることになる。かつての夫、ジャン・ルーセル——すなわち、バルメイエがマチルド嬢の前に現れたのである。《ダルザック氏との結婚は絶対に許さない。私は今でも変わらず、君を愛している》と手紙をよこして……。そして厄介なことに、バルメイエが抱いていたのもまた、〈真実の愛〉だった。バルメイエは、マチルド嬢のバッグを盗んだあと、様子をうかがっていたが、マチルド嬢が新聞に三行広告を出したのを見て、すぐにこの手紙を書いたのだ。

一方、第四十郵便局に出かけて、バルメイエから来た手紙を受け取ると、マチルド嬢はすぐにこのことをダルザック氏に打ち明け、どうしたらよいか相談した。それが大統領官邸で開かれたパーティの時、庭園の隅で起きたことだ。その手紙には、バルメイエとマチルド嬢が、かつてルイヴィルで間借りした瀟洒な司祭館での、新婚の日々のことがつづられていた。《司祭館は何も魅力を失わず、庭の輝きもまた失われず》と……。そうして、バルメイエは厚かましくも、《今や、私は十分な財産も築いた。あの場所にあなたを連れていき、また二人で暮らしたい》とも書いていた。これはあとから聞いたことだが、その庭園の片隅で、マチルド嬢はダルザック氏に、はっきりとこう言ったらしい。

「もし、このことが父の耳に入りそうになったら、私は命を絶つわ。だって、父の言うこともきかずに、あのバルメイエと結婚してしまっただなんて……。そんな不名誉なこと、父に知られてはならないもの」

ダルザック氏は、マチルド嬢がかつて結婚した相手がバルメイエだったということについては、まだ半信半疑だったろう。だが、愛する女性を守るためなら、〈犯罪に手を染めても、相手の口を封じてやる〉と決心する。とはいうものの、天下の悪党、バルメイエを前にしたら、ダルザック氏は無力だった。もしルールタビーユがいなかったら、簡単に罪を着せられ、断頭台に送られてしまったことだろう。

マチルド嬢のほうも、バルメイエに対して、なすすべを持たなかった。局留めの手紙を受け取って以来、マチルド嬢はいつかバルメイエがやってくるだろうと警戒し、ジャック爺さんの拳銃を拝借して、〈黄色い部屋〉の引出しに隠していた。そして、本当にバルメイエが現れた時、羊の骨が頭に振りおろされようとした瞬間、拳銃を握ると、引き金を引いた。だが、バルメイエの命を奪うことはできなかった。その結果、マチルド嬢は、この恐ろしい男に容易につきまとわれる運命を自ら招きよせてしまったことになる。なぜなら、マチルド嬢は知らなかったが、バルメイエはその翌日から、フレデリック・ラルサンの名で城館の同じ階に泊まりこみ、近くで様子をうかがいながら、マチルド嬢に会う機会を狙っていたからである。

バルメイエが最初に《会いたい》と言ってきたのは、第四十局の局留めにした手紙の中だった。だが、マチルド嬢がこれに返事をしなかったので、バルメイエは直接、グランディエの城に乗りこむことにした。そうして、〈黄色い部屋〉の事件が起きてしまったのだ。次の手紙はどうやら普通の郵便で送られたらしい。マチルド嬢はようやく意識を取り戻して、ベッドに伏せっていたが、この手紙を受け取ると、バルメイエに会わなくてもすむように一計を案じた。手紙には、《あなたはまだ怪我のせいで外出できないだろうから、十月二十九日の夜に、私のほうから部屋に訪ねていこう》と書かれていたので、当日は隣の小部屋に小間使いたちと一緒に閉じこもることにしたのだ。バルメイエは一度、決心したらどんな大胆なことでもするし、あの男なら城館に忍びこむのも簡単だ――そう考えると、マチルド嬢は、バルメイエがやってきた時に、騒ぎが起きないように、〈自分が寝室にいない〉という手段をとったのである。これが〈不思議な廊下〉の事件の時にあったことだ。三度目の手紙は、まさにこの時に書かれた。マチルド嬢の寝室に忍びこんだバルメイエは、部屋にマチルド嬢がいないのを見て、手紙を書きのこした。たぶん、読者も覚えておられるだろう。あの事件の時に、ルールタビーユが寝室の机に置いてあるのを目にした手紙だ。その手紙で、バルメイエは、十一月二日の深夜何時と、日時を指定したうえで、確実にマチルド嬢に会えるような策略を講じてきた。《今度こそは間違いなく会ってほしい》と書いたうえで、《会ってくれるなら、戸棚から盗んだ研究資料は返す。もし、私が行った時に、寝室でひとりで待っていないようなら、資料はすべて焼き捨てる》と脅迫してきたのだ。

マチルド嬢は、〈黄色い部屋〉の事件のあと、資料が盗まれたことを誰かから聞いて、盗んだのはバルメイエだと確信を持っていた。フィラデルフィアにいた時に、博士の机の引出しから研究が盗まれたことがあったが、あの時と同じだと思ったのだ。〈あの時、ジャン・ルーセルことバルメイエは、私のバッグから引出しの鍵を盗んで、研究を持ちだしたのではないだろうか?〉マチルド嬢は以前からそう疑っていたのだ。バルメイエという男は、欲しいものを手に入れるためなら、何でもする男だ。復讐心も強い。だから、今度また会うのを避けたら、盗まれた資料は本当に燃やされてしまうだろう。あの資料は父さまと私が、これまで気が遠くなるような時間と努力を傾け、つくりあげてきたものだ。あの資料には科学の希望と未来が詰まっている。その資料が灰になってしまうのだ。そう思うと、マチルド嬢は盗まれた資料を取り戻すために、ついにバルメイエと会う決心をした。小間使いに翌日まで暇を出し、博士を麻酔薬で眠らせて……。

だが、実際に会った結果はどうだったかは？　二人の間でどんなやりとりがあったかは、お察しのとおりだ。マチルド嬢は、「盗んだ資料を返して、私のことはもうそっとしておいてほしい」とバルメイエに懇願した。だが、バルメイエは聞く耳をもたなかった。そうして、「資料は返すから、ダルザックとの結婚はやめにして、私と一緒にルイヴィルに来てくれ」と迫ってきた。けれども、マチルド嬢はそれを拒否し、自分はダルザック氏への愛を貫くと言いきった。それを聞くと、バルメイエは逆上して、マチルド嬢をナイフで刺した。ただ、その裏では冷徹にこんな計算もしていた。マチルド嬢が死んだら、その罪はダルザック氏にかぶせてやると……。そのための準備はしっかりしていたからだ。バルメイエは、犯行の時刻に、ダルザック氏がどこで何をしていたのか、アリバイが証明できないようにしておいたのだ。ルールタビーユが見抜いたとおり、その方法はいたって単純なものだった。

ダルザック氏は、マチルド嬢の〈秘密〉が明かされるのを何よりも恐れていた。それが父親に知れたら、自ら命を絶つと、マチルド嬢が言っていたからだ。その点についてはバルメイエも承知していたので、バルメイエはただこんな手紙をダルザック氏に送ればよかった。十一月二日の深夜何時と時間を指定し、またグランディエの城のそばに場所を指定したうえで、《もし、その気があるなら、これから言う金額を用意して、指定された時間と場所に来い。そうしたら、マチルドから送られた恋文はすべて返してやる。なんなら、マチルドの前から姿を消してやってもいい。ただし、その時間にそこにやってこないようなら、翌日には《マチルドの秘密をおおやけにする》と……。こんな手紙を受け取ってしまったら、ダルザック氏のほうは言われたとおりに行動するしかない。手紙にあったとおりに、指示された時間と場所に行くしかなかった。そうして、バルメイエがグランディエの城館でマチルド嬢を襲う準備をしている夜の十時半頃、エピネー・シュル・オルジュの駅で列車から降りるところを駅員に目撃され、そのあとはたぶんそこで待っていたバルメイエの手下に、どこかに連れていかれたのだろう。この手下については、いつかまた語る日が来るだろうが――まるで別世界から来たような奇妙な男である――いずれにせよ、ダルザック氏はこの男に連れていかれると、力ずくで朝まで足止めされていたのである。その結果、ダルザック氏は、事件のあった夜の間、どこで何をしていたか、警察の質問に答えられないことになった。マチルド嬢を殺し、ダルザック氏を断頭台に送るというバルメイエの計画はほとんど成功しそうだったのである。

だが、バルメイエにとっての誤算はただひとつ。ジョゼフ・ルールタビーユを甘く見ていたことである。

＊

さて、〈黄色い部屋〉の秘密がすべて明かされた今となっては、ルールタビーユがアメリカでどのように調査を進めたのか、その足取りを詳しく語る必要はないだろう。

読者はもうすでに、この若き記者のことをよくおわかりだと思う。だから、ルールタビーユが〈マチルド嬢とジャン・ルーセルの駆け落ち事件〉の顚末《てんまつ》を知るために、あの張りだした額の奥にある優秀な頭脳を使って、ありとあらゆる情報を集めたことは、容易に想像がつくだろう。だから、ここでは大まかにだけ、まとめておこうと思う。

ルールタビーユはフィラデルフィアに着くと、まずはアーサー・ウィリアム・ランスに関することを調べあげた。すると、前にラルサンから聞いたとおり、ランス氏が暴走する馬車からマチルド嬢を助けたということもわかった。だが、その一方で、ランス氏はその代償として、マチルド嬢に結婚を迫ったらしい。実際、当時のフィラデルフィアの社交界では、マチルド嬢とランス氏の結婚の噂が、まことしやかにささやかれたという。だが、マチルド嬢はバルメイエとのこともあり、ランス氏の求婚にはうんざりしていた。それでもランス氏は、昔、一度、命を助けたことを盾に、マチルド嬢に対して厚かましい態度を取りつづけたのだ。また、博士とマチルド嬢がフランスに戻って、結局、マチルド嬢に振られる形になると、悲しみを紛らすためだとか言って、ふしだらな生活を送ったらしい。まあ、ルールタビーユが好感を抱くような人物ではまったくなかったわけだ。だから、あの裁判の時、証人控室でルールタビーユがランス氏に冷ややかな態度をとったのは、理由のないことではなかったのだ。だが、それでも、ルールタビーユは今度の事件にはランス氏は関係していないと即座に判断をくだした。そうして、なおも調べていくうちに、マチルド嬢がジャン・ルーセルという男と恋愛関係にあったことを突きとめたのである。

当時のことを覚えている人の話を聞いていくうちに、ルールタビーユはマチルド嬢がシンシナティの伯母のもとに預けられたのを知る。そこで、シンシナティに行って、その伯母の話を聞くと、伯母はあとから男が追ってきて、二人が駆け落ちして結婚したこと、ところが結婚後まもなく男が捕まって、男の本名がバルメイエだとわかったということを話してくれた。それを聞いた瞬間、ルールタビーユはすべてを理解し、またどうやってマチルド嬢とダルザック氏を救えばいいか、その方法を見つけたという。ルールタビーユはラルサンと戦う武器を手に入れたのだ。

こうして事件の解決のめどが立つと、ルールタビーユは例のルイヴィルの司祭館も訪ねた。それは古いコロニアル風のつつましく、かわいらしい館で《司祭館は何も魅力を失わず、庭の輝きもまた失われず》の言葉どおり、往時の姿を今も伝えていたという。

その後、ルールタビーユは今度はバルメイエのことを調べていった。バルメイエはオハイオ警察から逃げだしたあと、その後、アメリカで何度も犯罪を行なっては、逮捕と脱獄を繰り返して、刑務所を渡りあるいていった。そして、最後はニューオリンズで殺したラルサンという裕福な商人の身分証明書を使って、五年前にニューヨークから船でヨーロッパに渡ったという。そこまで確認すると、ルールタビーユは自分もまたニューヨークの港から船に乗って戻ってきたのである。

こうして、ルールタビーユの旅は終わりを告げたが、これでマチルド嬢が秘密にしていたすべての謎が明かされたとお思いだろうか？　いや、まだひとつあるのだ。マチルド嬢は、ジャン・ルーセルとの間に男の子をひとりもうけていたのである。その子は、伯母の家で密かに産み落とされたのだが、伯母がうまく立ちまわったので、アメリカでは誰ひとり知る者はいなかった。では、その男の子はそのあとどうなったのか？　これはまた別の物語になるので、次の機会に語ろうと思う。

＊

さて、裁判から二カ月がたったある日。私は裁判所のベンチに、見るからに冴えない表情をしているルールタビーユがいるのを見かけた。

「やあ！　どうしたんだい？　元気がないね。なんだか悲しそうじゃないか？　友だちはどうしたんだい？」

「君以外に、僕に友だちはいないよ」

「でも、ダルザック氏は……」

「そうだね……」

「マチルド嬢だって……。そう言えば、マチルド嬢のその後の状態は知っているかい？」

「だいぶよくなったようだよ。だいぶね」

「じゃあ、そんなに沈んでいることはないだろうに……」

「さびしくなったんだよ。黒い貴婦人の香りのことを想っていたから」

「黒い貴婦人の香りか……。君はよくそのことを口にするね。ずいぶん気になっているようだけど……。黒い貴婦人というのは誰なんだい？」

「そのうちね。そのうちに、君にも話せるかもしれない、たぶんだけど……」

そう言うと、ルールタビーユは大きなため息をついたのだ。

監訳者あとがき

本書は*Gaston Leoux* ガストン・ルルーの *Le Mystère de la chambre jaune*『黄色い部屋の秘密』の全訳である。作品解説、作者についての紹介はミステリ研究家の吉野仁さんにお願いしているので、ここでは翻訳の話を中心にして、いくつか述べることにする。

翻訳にあたって留意したことはふたつある。ひとつはこの作品が「父親殺し」の性格を持っていること。これは本書を訳す前に、吉野さんからご教示いただいたものだが、それを念頭に原文にあたったら、腑に落ちる箇所がたくさんあった。もしこのご指摘がなかったら、関連する文章の意味をよく理解できないまま、流して訳してしまったかもしれない。吉野さんに感謝しながら、読者に対しては、「父親殺し」の読みが封殺されない訳を心がけた。

もうひとつは、この作品の持つ「論理性」を大切にすることである。これは翻訳の作業をしながら、あらためて気づいたことだが、本書はきわめて論理的な作品である。「ミステリ＝推理小説」の「ミステリ」（フランス語では本書のタイトルにも含まれているル・ミステール）には、「神秘」、すなわち「超自然」の意味がある。したがって、「ミステリ＝推理小説」というのは、「ミステリ＝神秘＝超自然」に見えるものを「理性」によって「論理的」に説明する小説ということになると思うが、その観点からすると、この作品は二つの意味で、まさに「ミステリ＝推理小説」の名にふさわしい。というのも、第一に、この作品では、正しく組み立てさえすれば、細部まで一分の隙もないほど、論理的に構成されているからだ。それは登場人物の非論理性にまで及んでいて、その非論理性を論理で詰めていけば、ある程度、話が進んだところで、「論理的」に犯人がわかるほどである。推理小説の目的のひとつを「読者による犯人あて」――「論理を共通の武器にした作者と読者の知恵比べ」とするなら、この作品は非常にフェアな作品だと言えよう。第二は、主人公の探偵が事件を神秘的（超自然）なものとして解釈するのを拒否し、あくまでも論理的に説明できると考えていること、そして、論理的思考をするにあたって、独自の方法を持っていることである。その方法とは、事件について確実に真実だとわかっていることで、まず〈論理の輪〉を描き、それから事件の諸要素をその輪の中に入れて、矛盾が起きないかどうか見ていくものである。もちろん、「本格推理小説＝謎解き小説」であれば、探偵が論理を一番重要視し、独自の思考法を持っているのは当然のことだが、この作品が書かれたのは一九〇七年である。それを考えるなら、本作は「密室もの」というだけでなく、「本格推理もの」としても、草分け的な存在と言ってよいのではないだろうか。

　ということで、翻訳ではこの作品の特徴である「論理性」をきちんと伝えることを主眼にしたが、なにしろルルーはフランスの作家である。また、新聞に連載した小説だということもあって、細かく見ていくと、論理的につじつまが合わないところも出てきた。そこで、翻訳では、本書の探偵さながらに、この作品が論理的になるための〈論理の輪〉を描き、原文の諸情報がその輪の中で矛盾しないように調整を加えていった。そのため、原文とは違う情報が含まれたり、原文にはない情報が補足されていることをお断りしておく（したがって、本書は作品研究には向かない。作品研究をするのであれば、原書や既訳も参照していただきたい）。

それから、この作品の舞台となった場所について。スタンガーソン博士の住むグランディエ城というのは実在の城ではない。だが、それ以外は、モンテリの塔やサント・ジュヌヴィエーヴの洞窟なども実際に存在する。また城の前を通るコルベイユ街道も、調べてみると古くからの街道であることがわかった。翻訳にあたっては、実際の地図を参考にしたが、地図からすると位置関係がおかしいと思われた場合でも、原文どおりにした。ただし、作品の中で矛盾する記述は調整した。また、余談であるが、サント・ジュヌヴィエーヴ・デ・ボワの隣にはフルーリー・メロジスという村があって、そこには一九六八年から刑務所がある。「凶悪事件の跡地の隣に刑務所とは！」と、ちょっと感慨にふけった。

翻訳はまず竹若が全訳し、高野が調整を加えた。その過程で、誤訳をチェックするために、宮崎嶺雄訳の『黄色い部屋の謎』（創元推理文庫）を参照させていただいた。宮崎氏に感謝したい。なお、文責は高野にある。

最後になったが、この作品の翻訳を勧めてくださり、またいろいろと相談に乗っていただいた早川書房の川村均氏に深く感謝の念を捧げたい。この新訳をきっかけに、とりわけ若い読者の皆さんが、フランス・ミステリの古典である『黄色い部屋の秘密』の魅力を知ってくださることを願ってやまない。

二〇一五年九月

高野　優

解説

書評家
吉野 仁

本書は、密室ミステリの古典的名作として名高い『黄色い部屋の秘密』の新訳である。

原著の刊行は一九〇八年だが、もともとこの作品は一九〇七年、《イリュストラシオン》紙において、挿絵入りで十二回にわたり連載されたものである。翌年一月にピエール・ラフィット社から単行本で刊行された。

主人公は、《レポック》紙の記者をつとめる、ルールタビーユという少年だ。本作の続篇にあたる『黒衣夫人の香り』のほか、ルールタビーユものは、シリーズとして、あわせて八作の長篇が発表された。ルールタビーユとはあだ名で、本名はジョゼフ・ジョゼフィン。第二章で説明されているとおり、丸っこい形の頭で、あちこちうろうろしていたため、*roule-ta-bille*「転がせ、お前の、玉」と呼ばれるようになったという。もっとも、作者が最初につけた主人公の名は、ボワタビーユ (Boitabille) だった。だが、同名のペンネームをもつジャーナリストから抗議されたことから変更したという。ちなみにルールタビーユとは、当時の俗語で、「頻繁に職を変える人」という意味があったらしい。元のボワタビーユも、ボワ (boire 飲む) にかけた洒落か俗語だったのだろうか。

作者のガストン・ルルーは、一八六八年五月六日にパリで生まれたフランス人作家。パリの法科大学院で学び、資格をとり弁護士となった。その後、《レコー・ド・パリ》紙の記者・評論家として裁判記事や劇評などを寄稿するようになった。そうした仕事が認められ、大手新聞社《ル・マタン》の記者となったのち、《イリュストラシオン》紙からの依頼で、『黄色い部屋の秘密』を書いたのだ。すなわち、主人公ルールタビーユや物語の語り手をつとめる弁護士サンクレールの人物造形には、少なからず作者自身が投影されているのである。

さて、物語の舞台となるのは、パリ郊外にそびえるグランディエ城だ。城の最寄り駅はエピネー・シュル・オルジュ駅とあるので、現在でいえばパリの南に位置するオルリー空港の、さらに少し南へ行ったあたりであろうか。事件が起きたのは、一八九二年十月二十五日のこと。その城に暮らすスタンガーソン博士の令嬢マチルドが、黄色い部屋で何者かに襲われたのだ。「人殺し！」という叫び声のあと銃声が響いた。しかし、その部屋は、扉も窓の鎧戸もみな内側から鍵がかけられていた。かけつけたスタンガーソン博士、家の老僕ジャック爺さん、そして門番のベルニエ夫婦の四人で体当たりし、どうにか扉を突き破ったところ、荒らされた部屋のなか、全身が血だらけとなったマチルド嬢が倒れていた。だが、犯人はどこにもいなかった。

これが〈黄色い部屋〉の事件である。完全な密室で惨劇が起きたのだ。作中ルールタビーユは次のように語っている。「その時、この〈黄色い部屋〉は、どこからも中に入れない——そう、まるで金庫のように固く閉ざされていたと、僕も思いますよ」（一〇八ページ）。

さらに、語り手の私ことサンクレールは、「エドガー・ポーの『モルグ街の殺人』でだって、こんな不思議な謎は設定されていない。（中略）それこそ、ハエ一匹入りこむ隙間もないんだ」と言う。加えて、作者は「原注」でコナン・ドイルのホームズものの一篇「まだらの紐」に言及している。

すなわち、ガストン・ルルーは、これまで密室殺人を扱ったミステリは書かれてきたが、結局のところ、不完全な密室だった、と強調したいのだ。しかし、この『黄色い部屋』は完全な密室状態であると。

これはポー「モルグ街の殺人」とドイル「まだらの紐」に対する挑戦である。さまざまな批判はあったものの、今日《こんにち》まで『黄色い部屋の秘密』が古典中の古典として読み継がれてきた最大の理由は、完全な密室にこだわった、という点にあるのだろう。本作は、多くの読者を獲得しただけではなく、のちに誕生するミステリ作家に大きな影響を与えたのである。

たとえば、ジョン・ディクスン・カーだ。代表作『三つの棺』（ハヤカワ文庫）には、フェル博士による「密室講義」が書かれていることで有名だが、密室トリック分類の第一の方法において、「この手の筋立てで文句なしに満足のいくものは、ガストン・ルルーの『黄色い部屋の秘密』だ。歴代最高の探偵小説だよ」と述べている。

もしくは、かのクリスティーは、『アガサ・クリスティー自伝』（ハヤカワ文庫）のなかで、次のように書いていた。「姉のマッジとわたしはあることについて議論をしたのだが、後にこれが実を結ぶこととなった」。さらに、「たぶん、それはちょうどそのころ出版されたばかりの『黄色い部屋の秘密』であったと思う」という文章に続けて、「読者の裏をかくミステリで、巧妙にくみたてられており、アンフェア、あるいはほとんどアンフェアと認めざるを得ないという人もいるようなタイプの作品だったが、その評価は当を得ているとはいえない。じつに手際よく小さな手がかりがみごとに隠されているのである」と述べている。「傑作の一つ」だと。『黄色い部屋の秘密』に感激したことが、自分でもミステリを書いてみたいという思いにつながったのだ。無論、この小説だけではなく、いくつものミステリを読んでいたのだろうが、自伝のなかでわざわざ作品名をあげていること自体、影響の大きさを感じさせられるものだ。

我が国でも江戸川乱歩は、かつて雑誌《ぷろふぃる》(一九四七年四月号)において、その時点でのベストテンという但し書きをつけてはいるが、ルルウ『黄色い部屋』を第二位に選んでいる。

もっとも、クリスティーが「アンフェア、あるいはほとんどアンフェアと認めざるを得ないという人もいるようなタイプの作品」と指摘しているとおり、完全な密室に挑んだ古典名作としての価値は認めつつ、ミステリとしての評価はいまひとつだという意見もこれまで多く述べられてきた。フェアプレイの問題や偶然の出来事が絡むところだけではなく、大仰な表現などに対する批判も見られる。

ミステリ評論の古典的名著といわれるハワード・ヘイクラフト『娯楽としての殺人』(国書刊行会)では、その会話表現のひどさを指摘し、比較できるとすれば「初期の活動写真時代の連続スリラー物ぐらい」だと書いている。「巧みな謎の考案者としてはすぐれていたが、ルルーは現代の読者むきの料理ではない」と。この『娯楽としての殺人』は一九四一年の刊行であり、その時点ですでに古臭く感じる読者は少なくなかったようだ。

もしくは現代日本の本格ミステリ界を代表する作家、有栖川有栖による『有栖川有栖の密室大図鑑』（現代書林・新潮文庫）でも本作は取りあげられていながら、「正直なところ、私は『黄色い部屋』のよい読者ではない」と断りを入れている。そこでは井上良夫による批判も引用されていた。さまざまな面から否定的な見方が示されてきたのだ。

そのあたり、読み手それぞれのミステリ観もさることながら、この『黄色い部屋の秘密』がそもそも新聞連載だったという点が重要なのかもしれない。ガストン・ルルーは、ミステリの書き手というよりも、むしろ本質はフィユトン作家だった、という指摘があるのだ。松村喜雄『怪盗対名探偵』（晶文社・双葉文庫）の第十章。ここでは『黄色い部屋の秘密』およびガストン・ルルーについて詳細に書かれており、本作を深く読み解くための手がかりが、ふんだんに盛り込まれているのだ。

以下、本作の核心となる内容に踏み込んでいる部分があるため、本文をまだ読まれていない方はご注意ください。

フィユトンとは十九世紀に生まれた新聞連載小説のこと。二十世紀初頭になっても、男性ヒーローを主役とした冒険活劇、もしくは探偵小説や犯罪小説、そして女性主人公の身にふりかかる悲劇を感傷的に描いたメロドラマなどが人気を得ていた。

この『黄色い部屋の秘密』でも、次の展開をはやく読みたくなるような章の終わり方がほとんどだ。とりあえず読者をその場面場面でひきつけるための小説テクニックがふんだんに使われている。いささか大げさでドラマチックに話を運んでいるのだ。それがフィユトンの典型的な形なのだろう。また、森に囲まれた城、〈神さまのしもべ〉という不気味な猫といったゴシック風味、もしくは美しい令嬢をめぐる恋愛模様、ある夫婦の醜聞、さらには登場人物の秘められた過去といったメロドラマ要素がふんだんにちりばめられているのも、大衆娯楽としてのフィユトンには欠かせないものに違いない。

また、いわゆる本格系の探偵小説としての出来栄えにこだわると、たしかにフェアプレイ精神に欠け、ご都合主義なところが目立ち、現実感に乏しく、時代がかった古臭いものに映るかもしれない。

しかしながら、あらためて、本作が書かれたのは、二十世紀初頭のフランスだということを思い出してほしい。ヴァン・ダイン、クリスティー、クイーン、カーなど、いわゆる黄金期の作家が登場する、はるか前のものである。探偵小説のルールを提唱した「ノックスの十戒」や「ヴァン・ダインの二十則」が発表されたのは一九二八年である。もちろんガストン・ルルーはこうしたパズラーとしてのルールなどまったく念頭になかっただろう。そもそも『黄色い部屋の秘密』は、読者に対してフェアな形で情報を提供し、探偵と推理を競い合うスタイルの小説ではないのだ。

ちなみに私見ながら、こうした黄金期の本格系ミステリは、同じ時期に振興していったスポーツのルールづくりと似た発展をしているように考えられる。詳しい話は省略するが、ようするに誰もが参加できるフェアプレイやアマチュアリズムの精神が探偵小説というジャンルになぜここまで持ち込まれたか、とくに英米では厳格なのか、という話につながっていると思う。

この『黄色い部屋の秘密』では、完全密室の謎だけではなく、三方から追いつめたはずの犯人の姿が忽然と消えてしまった、という〈不思議な廊下〉の謎、さらに、犯人を銃で撃ち殺したはずが、死体を見ると心臓をナイフでえぐられた別人だったという出来事など、魅力的な事件が扱われているものの、あくまでフィユトンとして読者を驚かせ、夢中にさせようとする企みから生まれたものなのでは、ないだろうか。

もう一歩、この小説の登場人物に踏み込むと、バルメイエという悪党の存在がとても興味深い。

かの〈アルセーヌ・ルパン〉シリーズで知られるモーリス・ルブランは、ガストン・ルルーとほぼ同じ頃にデビューを果たしている。一九〇五年にルパンが初めて登場した短篇「アルセーヌ・ルパンの逮捕」が発表されたのち、九篇が収録された第一短篇集『怪盗紳士ルパン』が上梓されたのは、一九〇七年のこと。当時のこうした大泥棒や怪盗と呼ばれるフィクション上の人物は、ある実在の人物がモデルとされている。その名はヴィドック。脱獄のプロにして変装の名人。しかものちにパリ警察の密偵になったことを足がかりに警察に所属し、やがて国家警察パリ地区犯罪捜査局初代の捜査局長にまでのぼりつめた。ヴィドックは、ポーが創造した探偵デュパンのモデルでもある。あきらかにバルメイエもまた、ヴィドックをモデルにしているのだ。

さらに松村喜雄『怪盗対名探偵』では、重要な見方が披露されている。そもそもこの『黄色い部屋の秘密』および『黒衣夫人の香り』の二篇は、探偵小説としてではなく、オイディプス悲劇として書かれている、というのだ。ジャン＝クロード・ラミイとピエール・レピイヌの論文にそう書かれているという。すでに本作を読み終えていれば、続篇『黒衣夫人の香り』を読まずとも、主人公ルールタビーユ、マチルド嬢、そしてバルメイエの関係がどういうものか、おわかりだろう。父との対決（いわゆる父殺し）と母への思慕が作品全体に通底して描かれているではないか。ドストエフスキー『カラマーゾフの兄弟』やトウェイン『ハックルベリー・フィンの冒険』など、父殺しを含む古典名作は数多くあるが、本作もまたそのひとつなのである。

『黒衣夫人の香り』の第五章「夜の溜息」のなかに、「そして、私達のもっと幼い時代から、コローノスの城壁の下に、超人的な不幸の重石を引き摺っているとされている、あのオイディプスやアンティゴネーそのもののような彼らはこれ以上、天帝の雷撃に圧潰されてはならぬと、私は想った」（日影丈吉訳）とある。

ちなみに、フレイドン・ホヴェイダ『推理小説の歴史はアルキメデスに始まる』（東京創元社）のなかでも、「『黄色い部屋』と『香り』とは、ジョイスがユリシーズ伝説にヒントを得たのといささか似ているが、オイディプス伝説を手本にしている」と指摘されていた。

さらに、先に紹介したヘイクラフト『娯楽としての殺人』においても興味深い指摘があった。「ルルーがふたりの主要人物にスタンガースンという名前を使ったのは、意図的か無意識的かしらないが、コナン・ドイルへの捧げものなのだろうか――『緋色の研究』参照」とあるのだ。

本作の主要人物である父娘の苗字は、スタンガーソンだが、シャーロック・ホームズもの第一作となった長篇『緋色の研究』において、最初に死体として発見されたアメリカ人旅行者の秘書をしていた男の名がジョゼフ・スタンガーソンだったのだ。
ルルーは、とくにコナン・ドイルに影響を受けたようで、たとえば本作において物語の語り手が、ルールタビーユの友人サンクレールである点などは、明らかにワトソンを念頭においたものだろう。ところが、その一方でドイルに対し、激しい対抗意識をもっているようにも感じられる。たとえば、「ラルサン、あなたはお話の中の刑事そのものだよ！　コナン・ドイルの読みすぎなんだよ。シャーロック・ホームズがあんたを馬鹿にしちまったのさ！　そのせいで、本の中より、もっとひどい仮説を立ててしまったんだ」という言葉が作中にある。コナン・ドイルがこしらえた探偵小説よりも優れたものを書こうというルルーの姿勢もまた一種の父殺しだったのではないだろうか。本作は、二重のオイディプス神話を備えているのだ。

　登場人物の命名に関する話で言えば、『怪盗対名探偵』によると、ルルーには十歳年下の弟がいて、その名がジョゼフだという。ルルーはこの弟をいたく可愛がり、そこでルールタビーユにジョゼフという名をつけたという。前に述べたとおり、本名はジョゼフ・ジョゼフィン。

　また、かの有名なミステリ評論集『夜明けの睡魔』（創元ライブラリ）で瀬戸川猛資は、「フランス・アレルギーの弁」と題した章において、「フランスのミステリには興味がない。はっきりいえば、好きではないのだ」と言い放ち、エンタテインメント精神に欠けていると指摘、やれ〝人生〟だの〝愛の不毛〟だのというお説教を入れるが、こういうのはミステリでは駄目なのだ、と手厳しく批判している。小手先芸の得意なフランス・ミステリ作家は何人かいるが、大作家と呼ぶだけの資格のある作家は誰もいない、と。

ところが、この章の〈付記〉の最後で、「ただ、すごく古いものでよければ、すごく気に入ったのがあって、ガストン・ルルーの『オペラ座の怪人』（一九一一）。これは一種の興奮を覚え、ルルーという作家を見なおしてしまった。ただ、ミステリ的興奮とはちょっとちがうので、やはり、推奨しないほうが無難か。プロットそのものは他愛ないから」と述べている。

そう、裏を返せば、英米のミステリの感覚とは、どこか異なるところが、フランス・ミステリの魅力なのだ。まさに〝人生〟や〝愛の不毛〟といったテーマが密接に絡んでいたり、他愛のないプロットにもかかわらず、怪奇性やシニカルな味といった独特の要素で読ませる面白さが感じられる。

そうしたフランス・ミステリにこだわった日本のミステリ作家のひとりとして、日影丈吉の名を忘れてはいけない。これまで早川書房から刊行されたガストン・ルルーの邦訳は、いずれも日影丈吉によるものだった。アテネ・フランセで外国語を学んだ経験もあり、ルルーやシムノンなどフランス・ミステリの邦訳をしていた。

日影丈吉は、《ミステリマガジン》誌において、「ふらんすミステリ・ハント」というエッセイを連載していた。その第三回（《ミステリマガジン》一九七四年六月号）で『黄色い部屋の秘密』に触れている。

「ふらんすミステリの大古典のひとつ『黄色い部屋』では、恐怖と残酷が、ひどく強調されている。作者のガストン・ルルウが、サイン入の記事を書いた有名新聞記者あがりで、絵入新聞の連載小説家だったせいもあるが、筋の展開も予告の方が大げさなくらいだし、人物の動作も身振り沢山だ。それに、恐るべき惨劇とか、血まみれの連続殺人なんて文句が、やたらに出てくる」。けっこう批判的な口ぶりなのだ。「ほんものの残虐殺人を茶の間や寝室に持ちこまなかったのは、（どういうわけか、この点を指摘した人は、ほとんどいないようだが）家庭小説の作者としての、特に良識的な考慮だったのか、とも思う」とも書いている。さらに、「ついでにいうと、今世紀のはじめ海峡のとなりの国で、コナン・ドイルが純粋探偵小説（？）の形式を決定しかけたときに、ルルウはその大パロディを書いた、といえないこともないのだ」と結んでいた。すなわち、本作は、ホームズに挑戦して書いた壮大なる洒落のようなものではないか、と日影丈吉は見ていたのだ。

そのあたりを含め、いまいちど、密室ミステリの古典的名作という視点をはずし、『黄色い部屋の秘密』および続篇『黒衣夫人の香り』をあわせて、作者自身の家族に対する思いを反映した、ガストン・ルルー版「オイディプス王」として読み直せば、また新たな愉しみを味わえるかもしれない。

これらのことも含め、ぜひ、（本書の表現にしたがうなら）『黒い貴婦人の香り』の新訳も期待したいところである。

二〇一五年九月

本書は、一九七八年八月にハヤカワ・ミステリ文庫より刊行された『黄色い部屋の秘密』の新訳版です。

災厄の町〈新訳版〉

Calamity Town

エラリイ・クイーン
越前敏弥訳

三年前に失踪したジムがライツヴィルの町に戻ってきた。彼の帰りを待っていたノーラと式を挙げ、幸福な日々が始まったかに見えたが、ある日ノーラは夫の持ち物から妻の死を知らせる手紙を見つけた……奇怪な毒殺事件の真相にエラリイが見出した苦い結末とは？　巨匠の最高傑作が、新訳で登場！　解説／飯城勇三

ハヤカワ文庫

九尾の猫〈新訳版〉

Cat of Many Tails

エラリイ・クイーン

越前敏弥訳

次々と殺人を犯し、ニューヨークを震撼させた連続絞殺魔〈猫〉事件。〈猫〉が風のように街を通りすぎた後に残るものはただ二つ――死体とその首に巻きついたタッサーシルクの紐だけだった。〈猫〉の正体とその目的は？　過去の呪縛に苦しむエラリイと〈猫〉との頭脳戦が展開される。待望の新訳。　解説／飯城勇三

ハヤカワ文庫

ホッグ連続殺人

The HOG Murders

ウィリアム・L・デアンドリア
真崎義博訳

雪に閉ざされた町は、殺人鬼の凶行に震え上がった。彼は被害者を選ばない。手口も選ばない。どんな状況でも確実に獲物をとらえ、事故や自殺を偽装した上で声明文をよこす。署名はＨＯＧ――この難事件に、天才犯罪研究家ベネデッティ教授が挑む！　アメリカ探偵作家クラブ賞に輝く傑作本格推理。解説／福井健太

2分間ミステリ

Two-Minute Mysteries

ドナルド・J・ソボル

武藤崇恵訳

銀行強盗を追う保安官が拾ったヒッチハイカーの正体とは？　屋根裏部屋で起きた、首吊り自殺の真相は？　一攫千金の儲け話の真偽は？　制限時間は2分間、きみも名探偵ハレジアン博士の頭脳に挑戦！　事件を先に解決するのはきみか、博士か？　いつでも、どこでも、どこからでも楽しめる面白推理クイズ集第一弾

時の娘

The Daughter of Time

ジョセフィン・テイ

小泉喜美子訳

英国史上最も悪名高い王、リチャード三世——彼は本当に残虐非道を尽した悪人だったのか？ 退屈な入院生活を送るグラント警部はつれづれなるままに歴史書をひもとき、純粋に文献のみからリチャード王の素顔を推理する。安楽椅子探偵ならぬベッド探偵登場！ 探偵小説史上に燦然と輝く歴史ミステリ不朽の名作

HM=Hayakawa Mystery
SF=Science Fiction
JA=Japanese Author
NV=Novel
NF=Nonfiction
FT=Fantasy

黄色《きいろ》い部屋《へや》の秘密《ひみつ》
〔新訳版〕

〈HM㊿-4〉

二〇一五年十月二十五日　発行
二〇一九年十二月十五日　二刷
（定価はカバーに表示してあります）

著者　ガストン・ルルー
監訳者　高《たか》野《の》優《ゆう》
訳者　竹《たけ》若《わか》理《り》衣《え》
発行者　早川浩
発行所　株式会社　早川書房
郵便番号　一〇一－〇〇四六
東京都千代田区神田多町二ノ二
電話　〇三－三二五二－三一一一
振替　〇〇一六〇－三－四七七九九
https://www.hayakawa-online.co.jp

乱丁・落丁本は小社制作部宛お送り下さい。
送料小社負担にてお取りかえいたします。

印刷・星野精版印刷株式会社　製本・株式会社明光社
Printed and bound in Japan
ISBN978-4-15-073054-3 C0197

本書は活字が大きく読みやすい〈トールサイズ〉です。